JN113009

装幀　坂野公一（welle design）
装画　喜国雅彦

プロローグ　潜入

夜間は警戒が厳しくて駄目だ。むしろ昼間のほうがいい。――何度も下見を繰り返して、彼の得た結論はこうだった。

方針さえ決まれば具体的なシナリオは自然に組みあがっていく。そしてそれに必要なものもシナリオからただちに導き出された。

まず、カメラ。

むろんそれはなるべく小型のほうがいい。彼はいろんな機種を実際に手に取って確かめ、結局のところ、やはり最初から頭にあった通りミノックスに決めた。

次に欠かせないのは運転のできるパートナーだ。

問題の笠部(かさべ)精肉の工場は茨城県土浦(つちうら)市のはずれに位置し、周囲は原野と山林がひろがっている。潜入は正面ゲートからと決めていたが、その前を横切る道路は民家や商店などまるでない、極めて見晴らしのいい一本道だ。そんな場所で長時間車を置きっぱなしにしておけば確実に人目を惹(ひ)くに決まっている。

彼は若い者を何人か使っている知人から信頼できる人物を調達してもらった。二十四、五のその男は駆け出しのライターということだった。長身で膚は浅黒い。ひどく無口で無愛想だが、呑みこみは早く、行動は敏捷で、運転の腕も確かだった。

そして潜入のために何よりも必要なのは出入りする者と同じ制服だった。

ゲートを往き来しているのは笠部精肉の従業員のほか、大東警備保障、矢敷食品、丸田陸運、ハマナ有機処理などの業者が主なところだ。見慣れぬ顔が交じっていても発覚しにくく、あちこち動きまわっても怪しまれないというのを第一条件とし、様ざまなケースを想定して考えた結果、彼は丸田陸運にターゲットを絞った。

彼はまず、その作業員の制服を何枚も隠し撮りした。そしてそれによく似た青いツナギを二着購入した。さらに制服と同じ箇所に社名やシンボルマークに似せて縫い取りを入れ、多少汚れをつけるなどして、それらしく細工を施した。

その他の細ごましたものもパートナーとの綿密な打ち合わせから練りあげ、できる限りの手筈を整えた。あとは実際に潜入してみないと分からない。すなわちこの時点で、残る問題は決行のタイミングだけとなったのだった。果たして運命の女神は彼にどんな顔を見せるだろうか。そんな想いを胸に押しこめ、彼は工場とその周囲の風景を眺め渡した。

工場と名づけられてはいるが、総面積二千ヘクタールの広大な敷地は実質は大半が養豚場によって占められている。高く張り巡らされた塀は吹きつける凩に白く冷えきり、ますます堅く彼の潜入を拒んでいるようだ。しかし少し足をのばせば森林浴やバードウォッチングに最適そうな周囲の風景を含めて眺めると、この塀のなかで怪しげな何かが行なわれているというのは単なる思いこみに過ぎないのではないかとも思えてくる。

まして彼は望んで危険に首をつっこむような冒険家ではない。人よりは多少とも行動派のタイプかも知れないが、むしろのんびりと自然を娯しむほうがよほど性にあっているのだから。

そんな彼がこうしてシナリオを実演に移そうとしているのはなぜだろう。

――多分俺はおかしな罠にかかっちまってるんだ。

彼は自嘲するように胸の底で呟いた。しかし今となっては引き返すことなどできないことも彼は十二分に承知していた。そうとも。加速は既に上限まで達している。もうブレーキもまにあわない。だとすれば、あとはいっきょに駆け抜けるほかないだろう。

彼は車に眼を移した。モスグリーンの中古の4WD。今朝借りたばかりのレンタカーだ。ナンバー・プレートはあらかじめ泥で汚してある。若いパートナーはサイド・ウィンドウに肘をかけ、黙って煙草を吹かしていた。こちらには眼もくれず、じっと工場のほうを見つめたままだ。

「行こうか」

彼は自分に言い聞かせるように声をかけた。パートナーは振り向きもせず、言葉の代わりにエンジンの始動音を返した。

ドアを閉めると車はゆっくり発進し、そのまま工場へ近づいていった。途中から右側の景色が白い高い塀に遮られ、それは蜿蜒とどこまでも続いた。

二人は腕時計をつきあわせ、秒針までピッタリ一致しているのを再確認した。それがすむとなぜかパートナーはニヤリと笑い、煙草を指先で窓の外に弾きとばした。

巨大な正面ゲートだった。その前を広い一本道が横切っている。そんなところに運送業者の制服を着てとはいえ、ノコノコ近づいていくわけにはいかない。少しでも不審に思われてしまえばそれで終わりだ。

ぎりぎりの場所まで姿を見せてはならないのだ。

下見を繰り返したお蔭で、毎日昼の十二時から一時までゲートは大型トラックで混雑することが分かっている。その混雑に乗じて紛れこむのが彼の目論見だった。タイミングさえうまくつかめば意外にすんなりと事は運ぶだろう。

そうだ、タイミングだ。彼は何度もその言葉を繰り返した。

うまい具合にゲートの前の入り組んだ場所にひときわ大きなトレーラーが横づけされている。打ち合わせを重ねて要領を心得ているパートナーはその陰になるように車を寄せ、速度を落とした。すかさずドアを開き、外に滑り出る。激しい緊張感が寒気とともにキリキリと体を縛りつけた。

車はそのまま走り過ぎていった。彼はぐるりとトレーラーを迂回し、足早にゲートに近づいていく。吐く息が白く舞いあがり、渦を巻いて背後へ消える。同じように白い息を吐きながら警備員が何人か詰所の前で胸を反らせていた。

彼はやや俯きがちに小走りでゲートを通り抜けた。心臓は硬く縮みあがり、その代わりにゲップの溜まったような妙な感覚が胸のなかにひろがった。

そこは大小の車が往き交うだだっぴろい場所だった。車だけでなく、制服姿の男たちが遽しく往復している。

ゲートを通り抜けても緊張は少しも解けなかった。むしろそのことによっていよいよ抜き差しならないところに追いこまれたという意識のほうが強かった。

いったん足を踏み入れてしまったからには絶対に正体を知られてはならない。今の彼は立派な不法侵入の現行犯だ。だからこそもう彼には前進する道しか残されていないのだ。

「会議の内容ですか？　いいえ、それは知りません」

そう答えた同僚は、けれどもそっと身を乗り出すようにして、

「そういえばあのときの会議は何だかひどくものものしい感じでしたね。研究所の者だけでなく、本社のお偉方や見かけない顔ぶれも交じって。これが彼のお土産のせいだとしたら、やはり大変なものかも知れないと、そんな気にさせられたのを憶えてますよ。現にしばらくあとになって、あの会議に関することはいっさい口外無用というお達しまでありましたからね」

そんな話を打ち明けた。

「本社というと笠部精肉ですね。彼は本社のほうに出かけることも多かったのですか」

「ええ。彼の説明は要領がいいと評判でしたから。本社だけでなく、現場のほうにもよく出向いていましたよ」

彼は普段よく氏が出向いていた場所を列挙してもらった。同僚の知る限り、それは十ヵ所近くあった。

「ところでその後、彼のいうところの革命は起こったのでしょうか」

その質問には相手は困惑の笑みを返した。

「どうですかねえ。僕には思いあたりませんが」

「もしかすると今はその準備段階ということでしょうか」

「まあ、それはそうかも知れませんね。あれ以来、やたら秘密厳守ということで煩くなりましたから、その動きが我々の耳にはいらないだけだとすれば」

「でも、研究所内で準備が進められているなら、その動きがあなたの耳にはいってこないはずないですよね。だからそれはどこか別の場所で進められているのではないでしょうか」

けれどもその推測については相手も「さあ」と首をひねるばかりだった。

彼は同僚から訊き出した候補地の選別にかかった。そうして最終的に浮かびあがったのが笠部精肉の土浦工場だった。

そこは養豚場としてだけ見ても、笠部社内のみならず、我国最大級の規模を誇っていた。広大な敷地には精肉工場や種々の試験場もあり、以前から氏の研究所との繋がりは深かったらしい。また、氏が土浦駅から電話をかけるつもりだったとすれば時間的にもぴったりと符合する。そして何より、変死体が見つかった現場からは眼と鼻の先だ。

掘りさげて調べてみると、ほかにもいろいろ興味深いことが分かった。というのは、もともとその地には試験場しかなかったのだが、精肉工場と五十に及ぶ巨大な豚舎が完成したのが三年前、そして大幅な規模拡張のための土地買収がなされたのが四年前の秋だというのだ。

さらに不審を抱かせたのは、そこでは無菌に近い環境で豚を飼育する方式が採用されているため、現在のところ取材や見学などはいっさい固辞しているという事実だった。それはつまり、そこの豚は全く外部の人間の眼にふれぬまま、その敷地のなかで肉に姿を変えてしまうことを意味する。

実のところ、クヌット生化学研究所で仕入れた遺伝子研究・進化論・畸形動物といったバラバラの要素を眺めているうちに、彼の頭にはひとつのイメージが芽をのばしていた。もしかすると、ペーアゼン博士は今まで存在しなかった全く新しい種類の生物を作ろうとしているのではないだろうか。

突拍子もない考えかも知れないが、それを妄想と決めつけることもできなかった。もともとそうした方面に疎い彼にはその想像がどの程度荒唐無稽なのかも判然としないのだ。けれどももしこの想像があたっているなら、化物作りの研究という言葉も的はずれではなかったことになる。

そうだ。そしてその恐ろしい化物が養豚場という意外な隠れ蓑のもとで、誰の眼にもふれることなく飼育されているとすれば――。

正面ゲートから五分あまり歩いたところで中央通路は検問所のような場所に行きあたった。その先にひろがっているのが豚舎の林立する区域だ。そこに近づくにつれて人の姿はどんどん少なくなっていく。さすがに正面から検問を突破することはできないので、彼はかなり手前で横道にはいった。

低い震動音の聞こえる建物のそばを通り、給水塔のような施設を過ぎたところで角を折れる。そこから行く手に見えたのは三メートルもの高さで立ち塞がる金網のフェンスだった。

再び汗が滲んでくるのが分かった。彼はそのまま金網のそばまで近づき、検問所から遠ざかる方向に横移動しながら、なるべくどの建物からも死角になった場所を捜した。そして適当な場所を選んで立ち止まり、もう一度ぐるりと周囲を見まわした。

これが第二の関門だ。一か八かやってみるしかない。彼は二、三度両手の指を屈伸させ、ゆっくり金網に手をかけた。

「糞ったれ！」

小声で吐き捨てるように呟き、渾身の力を指にこめた。なるべく大きな音をたてないように、ほとんど腕力だけでよじ登らなければならない。体を引きあげておいて片手をのばす。また体を引きあげて反対側の手をのばす。それだけでたちまち指がちぎれそうに痛んだ。

ようやくてっぺんに手が届いたのはその反復を十回以上繰り返したあとだった。反動をつけて足を跳ねあげ、踵をてっぺんにひっかける。そして思いきり体を引きあげる勢いで、そのままいっきにフェンスを乗り越えた。

あとは落下するのが一番早い。四つん這いの恰好で着地し、すぐさま近くの豚舎の陰に駆けこむ。金網を登りはじめてから三十秒もかからなかったはずだが、彼には恐ろしく長い時間に思われた。

壁に寄りかかったまましばらく注意深く周囲の気配を窺ったが、特にそれらしい変化はない。どうやら誰にも気づかれずにすんだのだろう。彼はひとまず肩から力を抜き、ゆっくり呼吸を整えた。

実際に豚舎のなかにはいるのが第三関門ということになるが、その前にひとつの問題がある。仮に彼の想像が正しいとして、化物が飼われているのはどの豚舎かという問題だ。もしそれがたったひとつの豚舎だとしたら捜しあてるのは絶望的だろう。果たして目当ての豚舎はいくつあり、そしてどこに配置されているのだろうか。

ともあれ彼は四方に注意を配りながらしばらくあちこち歩きまわってみた。処どころ黄色い作業服を着た人影を見かけ、そのたびに壁際に身をひそめなければならなかった。

およそ建物の外観は画一的で、大きく表示された番号だけが異なっている。問題の豚舎が特別な目印で区別されている様子はなさそうだ。こうなれば贅沢など言っていられない。とにかく潜入できるならどこでもいいのだが——。けれどもそう思って見まわしてみても、建物には全く窓らしい窓はなく、換気孔がはるか屋根近くに並んでいるだけだった。

試しに手近の豚舎をあたってみたが、正面の大きなシャッターはもちろん、周囲に三つほどあるドアはいずれも鍵がかかって到底彼には歯が立ちそうもなかった。たまたま鍵のかかっていないドアを捜して、片っ端から調べていくほかないのだろうか。何かほかに採るべき方法はないものだろうか。遽しくそんなことを考えながら歩いていくうちに、またひとつの人影が眼にはいった。

慌ててそれまでと同じように身をひそめたが、ふと今しがた眼にした光景が気になった。シャッターの横手の扉から現われたその作業員は手の勢いだけで無造作にドアを閉めたのだ。

あのドアは自動ロックになっているのだろうか？　もしもそうでなければ千載一遇のチャンスではないか！

彼はそっと顔を覗かせ、作業員の姿が見えなくなるのを待った。そして急いで角からとび出すと、ドアの前の低い階段を駆けあがり、思いきって強くノブをひねった。意外にたやすくそれは回転し、彼は快哉を叫びそうになった。そのままノブを手前に引くと、ドアは音もなく口を開く。その隙間に身を躍らせ、ドアを閉めなおすのに二秒もかからなかっただろう。けれども彼にはやはり長い時間のように思われた。

そこはがらんとした仄暗い空間だった。すぐ眼の前からゴムを貼ったスチールの階段が続いていて、その先を見あげると、高い天井に列をなして並んだ照明が眩しく輝いている。まだほかに人が残っているかも知れないので足音をたてないように上っていくと、途中の踊り場の左手に開いたままのドアがあり、部屋のなかには夥しい装置類が犇めいていた。

そっと覗きこんだが、人の気配はない。いくつかのランプがチカチカと明滅し、かすかな震動音が空気を波立たせているだけだ。そのドアをやり過ごして、さらに先へと歩を進める。途中で天井の輝きがユラユラ揺らめいているのに気づいたが、それは激しい緊張が彼の視界を歪めているのではなく、通路一面を覆うウォーター・カーテンのせいだった。

すぐそばまで近づくと、薄い膜となって流れ落ちていた水がぴたりと止まる。そしてその場を通り抜けてしまうと、再びサーッと音をたてて垂れ落ちた。

カーテンを抜けた途端、かすかな異臭が鼻をついた。デンマークにいた頃はしばしば嗅ぐ機会のあった匂いだった。そしてなおも階段を上るにつれて異臭はますます強くなった。

　上りつめたそこは建物の内壁から棚のように突き出した通路だった。それはぐるりと四方を一巡し、渡り廊下のような通路も宙空に何本か差し渡され、交差している。そしてその広い空間には耳慣れた鳴き声が数限りなく反響しあっていた。

　欄干に手をかけて見おろすと、コンテナ状のものがマッチ箱をびっちり敷きつめたように並んでいる。そしてこちらを向いた箱からは豚の首がずらりと横並びに眺められた。

　いずれもただの豚のようだ。やはりこの豚舎ではなかったのだろうか。それでもいちおう念のためにと、そばにあった階段を忍び足で降りた。

　周囲に首を連ねる豚、豚、豚……。いったいその総数はどれほどだろう。そのなかのどこかに、本当に俺の想像するような化物がいるのだろうか。そんなことを考えながら彼は一頭の豚の顔をまじまじと眺めた。

　その彼の動作が急に止まった。

　見開いた眼がさらにいっぱいにひろがる。かすかに開いた唇がふるふるとわななき、痙攣となって頬を走った。

　ひととき凍りついていた眼が不意に遽しく左右に動き、そしてもう一度正面で止まった。

　化物だ。そうだ、確かに化物だ。

　震える手で内ポケットからカメラを取り出し、シャッターを切る。何枚も。何枚も。そうするうちに胸の鼓動がどんどん高鳴り、ムカムカするような悪寒に襲われた。

　場所を移しながら撮れるだけ撮り終えてしまうと、今度は急に一刻も早く逃げなければという想いにしめつけられた。時計を見ると十二時三十五分。急がねば。カメラをしまい、引き返そうと階段に向きなおったが、そんな彼の眼に壁に取りつけられた小さな器械が映った。

ビデオカメラだ。

もちろんそうしたものが取りつけられているだろうことは予想していた。それも覚悟の上だったのだ。だが今、はっきり顔まで撮影されたと自覚するのは途轍もない恐怖だった。

鋭い耳鳴りが頭蓋を突き抜けた。もう足音など気にしている余裕はない。彼は大股に階段を駆けあがり、そこから再びドアをめがけて一目散に駆け降りた。

ドアの前でいったん立ち止まり、隙間から外を窺ってみる。大丈夫だ。人影はない。慌てて建物から飛び出し、金網の方向へ突っ走る。彼の胸は鎖でしめつけられるように痛んだが、それが全力で疾走しているせいか、圧し潰されそうな危機感のせいか、それとも先程見たもののせいか分からなかった。

今度は足も使って金網を乗り越え、そこから先は次第に歩調をゆるめていく。どのみちパートナーが迎えにくるのは十二時四十五分、そしてそれから十五分ごとにと決められているのだ。その時刻ジャストにゲートに着くようにタイミングをあわせなければならない。けれども歩調をゆるめるとかえって鼓動は激しくなり、クラクラと眩暈がするほどだった。

中央通路に戻り、さらにゆったりした足取りに戻す。寒気は身を切るばかりだが、全身に汗が這い伝うのを感じた。ここまできておかしな素振りを見せてはならない。何気なく歩くのだ。何気なく。

あと五百メートルというところか。危機が背後まで迫っているにもかかわらず、できる限りゆっくり歩かなければならないというのは何と拷問にも似た責め苦なのだろう。

あと四百メートル。

あと三百メートル。

背後の危機は次第にナイフのような実体感を具え、ジリジリと刃を突き立ててくる。そうして二百メートル、百メートルとゲートに近づくにつれ、彼は大声で叫び出したい衝動に駆られた。

あと五十メートル！

奥歯がカチカチと音をたてはじめた。心臓を鷲掴みにした見えない手が万力のように容赦なく力を加えていく。今、俺はどれほど蒼褪めているだろう。何よりこの顔色に不審を抱かれないだろうか。真っ黒に塗り潰された不安は既にぴったりと背中に貼りついている。

――そうだ。俺の顔は撮影されたのだ。

ゲートは眼の前にあった。時計を見ると十二時四十五分まであと三十秒足らず。このまま歩き続けるのだ。しかし両脇に突っ立っている警備員の眼が油断なくこちらに注がれている。もう潜入が発覚しているとしたら？　その連絡がここにもまわってきているとしたら？

そして、ああ、俺の顔も既に確認ずみだとしたら？

だが、何がどうあれ躊躇は許されない。来たときと同じくやや俯きがちに彼はゆっくりゲートへ向かった。一瞬耳鳴りが突き刺すような痛みとともにわんわんと鳴り響いたが、そのままゲートは背後へと過ぎ去っていった。

その場の混雑はまだ続いていた。彼は一台の大型トラックの横を通り、広びろとした場所に出た。すぐに打ち合わせ通りに4WDが走り寄り、間を置かず後部座席に乗りこむと、車はたちまちスピードをあげた。これ以上は望めない、まさしく絶妙のタイミングだった。

「お帰り」

前方を見据えたままパートナーはぶっきらぼうな口調で言った。それには答えず、彼はリア・ウィンドウに顔を押しつけた。

正面ゲートは速やかに白い高い塀に押しやられ、たちまち豆粒のように小さくなった。やがて敷地の側面の塀が現われ、それもどんどん遠ざかり、一分もしないうちに建物はすっかり見えなくなった。

これですべてが完了したのだ。

彼は正面に向きなおり、シートに深ぶかと体を沈めた。そうだ、これですべてが終わった。全身から緊張が解き放たれ、それに代わってじわじわと奇妙な懈怠(けだる)さが押しひろがっていく。爽快感のない疲労だった。

車はますますスピードをあげた。これならどこへでもひととびに行けるに違いない。

しかし——と彼は考えた。

俺はこれからどこへ向かうべきなのだろう。確かに出発点はあったような気がする。しかしそれは既に俺の帰るところではないのだ。だとすれば眼の前に続くこの一本道はパンドラの匣(はこ)を開いてしまった俺を果たしてどこへ導こうとしているのだろうか？

第一章　覚醒

I　妖精と牧神

　四十階からいっきょに降下する感覚は何度味わっても慣れることがない。自分の内臓器官が別の生き物に変容するようで、たちまち背中の膚が粟立っていく。だからそのときのそれを予感といっていいか分からなかった。ただその日はことにひどかったために、壁に凭れかからずにいられなかったのは事実だった。

　エレベーターを降りると吹き抜けの広いロビーは恐ろしく混雑していた。いつもは閑散とした高層ビルの一階だが、催し物によっては驚くほどの人出が殺到することもある。ややうんざりしながら人の流れに身を任せたが、それは複雑な渦をなしていて、うっかりおかしなところに巻きこまれると再び通路の奥へと押し戻されそうな勢いだった。

　客層から催し物の種類を推し量ろうとしたが、それはすぐにあきらめた。スーツ姿の会社員や子供づれの主婦だけでなく、ラフな身なりの若い男女もいれば、かなり高齢の老人もいる。要するにそこに特定のパターンは見あたらず、駅や商店街で見かける最もありふれた種類の雑踏がそのままこのビルに流れこんできたとしか思えなかった。

けれどもその群衆は、それでいてどこかしら妙な雰囲気を纏（まと）っているような気がした。はっきり言葉に表わせないその違和感は噎（む）せ返る人いきれに混じって確かにわらわらと立ちのぼってくるようだ。あるいはこれもひとつの予感といっていいのだろうか？

書類の詰まった鞄（かばん）を抱きかかえ、流れに逆らわぬように足を運びながらそれとなく周囲に眼を配る。そうするうちにふと鮮やかに燃え立つ黄色が眼に止まった。

それは人の頭髪だった。

黄色いその髪はパイナップルの萼（がく）そっくりに逆立ち、人びとの後ろ姿の合間に見え隠れしている。背は低い。恐らく女性だろう。それもまだ十代半ばというところか。ケバケバしいのは髪だけでなく、青く煌（きら）めくラメの衣服も同様だった。

場所柄によってはそれほどでもないのだろうが、最もありきたりな種類の雑踏のなかではその髪と衣服はやはりいささか奇矯（ききょう）に映る。だからこそその人物がどんな顔をしているのか興味を惹（ひ）かれた。

その瞬間、こちらの想いを読み取ったかのように不意に黄色い頭が振り返った。

小ぶりの輪郭に大きな眼がまず印象的だった。むろん知らない顔だった。次に気になったのは目尻の両端にメイクされた緑色の奇妙な形状だ。鳥の骨を象（かたど）ったようなそれは、まるでどこかの国の紋章みたいだった。

少女はキョトンとした表情でこちらと眼をあわせたが、すぐにそれは人なつこい笑顔に変わった。誰かほかの者に笑いかけたのかも知れない。そう思って少々ドギマギしながら首を巡（めぐ）らせてみたが、その途端に背後から人波に押しやられ、危うく前に倒されそうになった。

慌てて体を起こし、再び首をのばしたが、驚いたことに少女の姿はもうどこにも見えなくなっていた。泳ぐように出口を抜け、散りゆく人の流れを見まわしたが、やはり少女の姿はどこにもない。人影は暮れなずむ街並へと溶けこんでいき、地上よりも薄闇の侵蝕（しんしょく）の遅れた空に鱗雲（うろこぐも）がぽつぽつと点在していた。まだあどけなさの残る顔も、人なつこい笑みもくっきりと瞼（まぶた）に焼きついている。あの笑顔は何だったのだろう。ほんの一秒足らずのあいだに少女はどこへ紛れこんでしまったのだろう。彼はしばらくその場に立ちつくしたまま胸の底に波立つものを持て余していた。

「茎田（くきた）クン」

突然肩を叩（たた）かれ、茎田諒次（りょうじ）は弾けるように振り返った。

「何だ、鷹沢（たかざわ）さんか」

口を窄（すぼ）めて彼の顔を覗きこんだのは同僚の鷹沢悠子（ゆうこ）だった。

「あら、私じゃいけなかったみたいね」

彼女の言葉が示す通り、茎田の素振りに落胆の色があらわれていたのは確かだろう。思わず「いや」と口ごもったが、けれども悠子のほうではそんな彼の戸惑いを愉（たの）しんでもいるふうだった。

彼女は二十八歳の茎田より二つ三つ年長だった。知的な顔立ちのために冷たい印象を受ける向きもあるのだが、実態がなかなかそんな一面的なものでないことはすっかり相方としての役割が定着してしまった彼にはよく分かっている。

「そんなことないですよ」

「ボンヤリ人の流れを見てただけだっていうの？　それはいささか納得いかないわね」

彼はどう答えるべきか、ひととき自分の頭のなかを眺めまわしたが、結局自然に口をついて出たのは、

「妖精を見たんだ」

そんな言葉だった。

悠子の表情に困惑が混じったが、すぐにおかしさを噛み殺すようにして、

「それ、どこ風のジョークなの」

「ジョークとすればドイツ風かな」

悠子は本当に笑いだした。茎田は鼻白(はなじろ)んだように視線を逸(そ)らし、その眼をゆるゆると上空に向ける。背後の高層ビルは紺青(こんじょう)に染まった空にのびあがり、今にも彼の頭上に倒れかかってきそうな気がした。

二人の勤務先はそのビル内にあった。五十階建ての丸田(まるた)ビルは新宿副都心に林立する高層ビル群のなかでもシャープでメタリックなデザインと純黒の色調によってひときわ異彩を放っている。そのうち四十階から四十五階までを占めているのが日本総合心理学研究所で、三十近く区分けされた課のうち、二人が籍を置いているのは文化心理学課だった。

研究所は直接には恒河(こうが)大学の付属施設であり、その恒河大学は丸田グループの一機関である総合学術振興会の傘下にあった。科学技術のみならず、あらゆる学問分野に対する丸田の力の注ぎようは数多くの外郭団体への惜しみない後援からも明らかであり、今や丸田は我国屈指の財団として独自の学問王国を築こうとしている感さえあった。

現在、所内は一ヵ月後に開催される国際シンポジウムを控えて遽(あわただ)しい空気に包まれている。むろんその渦に巻きこまれている点では茎田も悠子も例外でない。そんな空気からぽっかりと解き放たれた、ひとときのエア・ポケットのような時間だった。

「じゃ、イギリス風だとどうなるの？」

「妖精になれそうな気がしてね」

「フランス風だと？」

「君という妖精を待っていたんだ——かな」

彼女は再び吹き出した。

「ほんとにあなたって冗談だか本気だか分からない人ね。でも、妖精だなんて。あなたも今日の講演を聞いたわけじゃないんでしょう」

「講演？」

「大ホールでの催し物。この人出はそのせいなのよ。テーマは『幻視する能力』ですって。ちょっと文学的な香りがするけど、主催が〈生命の園〉とくると内容もおおよそ察しがつくでしょう」

「いつもながら目聡いね」

二人はゆるやかな段を下り、駅の方角に歩きだした。

「生命の園というと、最近テレビなどでも派手に宣伝している——」

「ええ。いわゆる新々宗教のなかでも、新たな教育システムをバックにして急成長を遂げたというところが異色ね。最近は進学塾や経営塾だけでなく、いろんな文化団体にコミットしてるようだけど」

「ここのところ、またぞろそういった新々宗教が盛んになってきているね」

「もう何回目のブームになるのかしら。高校や大学の若い人たちにひろがっているのが特徴ね。私の親戚の子にもそういうのがいるのよ」

「UFOとか超能力とか、そのあたりの興味からはいっていくのかな」

「表面的にはそうでしょうね。でも、底にあるものはもっと深刻かも知れないわよ」

悠子の言葉に、茎田はふとあの少女も講演を聞きに来ていたのだろうかと思った。現代の新々宗教はあんなパンクな少女の気を惹く部分もあるのだろうか。だとするとその魅力はいったい何なのだろう。

「……そういえばいつかテレビで見たことがあるな。まだ二十代の原宿のブティック経営者が店にお札を貼って、アビラウンケンソワカとか何とか真言を唱えていたり、パソコン・ゲームのプランナーをやっているグループが、どこかの山奥に小さなピラミッドを建設中だったり。歌舞伎町の風俗の女の子のあいだで写経が流行しているというし、暴走族のなかにも全員で座禅を組んでいるところがあるっていうし」

「面白い時代ね」

そう言って悠子は頭をあげた。その視線につられて茎田も眼をやると、歩道に連なった桜の木々が枝をひろげ、夥しい数の蕾を結んでいる。色濃くぽっちりと膨らんだ様子からはもう開花までまもないことが窺えた。

気がつけば外気の冷たさもいつのまにか和らいでいる。もう三月も下旬なのだ。

こうしてその年もいつものように春爛漫の時季を迎えようとしている。新たな事件は記憶に繋ぎ止める暇もなく次々に起こり、人びとの生活は右から左からの情報に振りまわされ、そしてそれらの様ざまな変化も結局のところ代わり映えしない日常のなかに埋もれていってしまうのだ。けれどもそうしていつものように年を重ねながら時代は確実に巨大な滝の突端にさしかかろうとしているのだろう。

「ここ何ヵ月か、私のマンションにもいろんな宗教が勧誘に来てるわ。結構加入する人もいるみたい。いつもは早々にお引き取り願うんだけど、一度だけ暇だったから詳しく話を聞いてみたらそれなりに面白かったわよ」

「へえ」

「最初は『あなたにとっての生きがいは何ですか』なんて極めて陳腐なアプローチからはじまるんだけど、それから次第に、今の科学はまだまだ不完全なものだという話に移っていくの。そしてその次に来るのが意外なことに進化論の話題なのね」

「進化論？」

茎田は驚いて悠子の横顔に眼を戻した。

その透明度の深い瞳には知識欲の旺盛さがあらわれている。貪欲に情報を吸収していく幼児のように、その眼に映ったものはすべて彼女の興味の対象になるのだろう。

鷹沢悠子のもともとの専攻は人工知能に関するものだったと聞いている。院生のあいだに三年間ほどイギリスに留学し、その頃から興味はサイバネティックスから古代文字の解読へとひろがった。日本に戻ってからはさらに心理学へと関心をひろげ、二年前、日高（ひだか）主任に拾われて今の研究所にポストを得たのだ。

おおよそがそんな具合で、当初から知識の広さには眼を見張るものがあった。例えばあるフランスの学者が訪れたとき、話題が武士の作法に及んだが、それに関してまともに話ができたのは彼女一人だった。

ほかにもどうしてこんなことを知っているのかと驚かされることがしばしばだった。アメリカのマフィアの勢力分布、江戸時代の米相場の変動、各種格闘技の歴史、ビデオテープの製造過程、サメの歯のはえ変わり方など――。けれども茎田が最も驚かされたのは彼女が大学時代の友人である鷹沢完司（かんじ）の姉だったことだろう。

完司からは変わり者の姉がいることを前々から聞かされていた。しかし彼は自分の姉がなかなかの美人であることまでは口にしなかったのだ。

「そうなのよ。彼らは結局こう言いたいの。ダーウィニズムで進化のからくりを説明できないのは明らかだ。進化の方向はいったん決定されると遺伝子に刷りこまれ、その先の指針となり続ける。しかもそれは長期の潜伏期間を置いてから発現するので、現象として浮かびあがる変化は劇的なものになるのだと」

「へえ。定向進化説の一種かな」

「確かにこうした考えにも一理あるのよ。ダーウィンからの伝統的な考え方によれば大進化は小進化の積み重ねにほかならないから、いわゆる失われた環（ミッシング・リンク）は必ず埋められていくはずだけど、実際の化石事実は全くそれに反しているものね。つまり進化の過程は連続した系統樹を作らず、とびとびの点のあいだは決して線で結ばれない。というより、むしろ化石が物語る進化の歴史は突如として出現する新たな種が長期に亘（わた）って無変化のまま存続し、そして再び突然に絶滅するという繰り返しなのよ。こうした事実は伝統的進化論に対する最も強力な異議申し立てで、いわばダーウィンの眼の上の瘤（こぶ）といえるでしょうね。しかも理論的に見た場合でも、突然変異と自然淘汰（とうた）が進化の要因のすべてだとすると、新たな種が出現したとしても何代かのちにはもとの種に呑みこまれてしまって、結局跡形もなく消え去ってしまうはずなのよ。だから変異は集団内に集中して起こらなくてはならないんだけど、それはもはやまともな意味での突然変異とはいえないでしょう」

「僕もどこかで聞いたことがあるな。ダーウィニズムは進化を説明しているのではなくて、種の不変性、安定性を説明しているに過ぎないって」

「そういうわけで異説はいろいろあるのよ。――で、話はそこから人類の未来になるの。つまり、新人類ね」

　悠子はしばし気を持たせるように間を置いた。

「彼らがいうには、人類がどの方向に進化するかはその歴史の埋もれた部分を眺めれば分かる。内在する因子は潜伏期間中にもごくわずかな確率で封印を破ってしまうために、その徴候は必ず表面にあらわれるというのよ。そしてそれに該当するのが超常的な能力を持った人間だっていうわけ」

「ははあ。超心理学がついにお出ましだね。つまり、来るべき世界は超能力を持つ人類による理想社会ってことかな」

「まあ待って。話はそれだけじゃなく、天文学にも及ぶから面白いの」

眼をまるくした茎田の反応を確かめ、

「この進化論の柱は誘導因子と封印因子の存在だけど、ではその封印が何によって解除されるかというと、周期的に起こる太陽活動の大異変だというのね。数千年、数万年といったサイクルで起こるこの異変によって、地球上の生命は激しい太陽ニュートリノのシャワーを浴びる。そのために封印因子が壊され、それまで種のなかに蓄積された誘導因子がいっせいに働きはじめるというわけなの。ではそういった太陽活動の異変が何に起因しているかということになるけど、彼らはそれを太陽系内の潮汐力の大規模な偏りに求めるの。それが具体的に何を指すか、ここまでくれば何となく見当がついてこない？」

「見当？　いやあ、さっぱり」

「記憶がないかしら。私たちが子供の頃、かなり世間を騒がせたんだけど」

茎田は大きく首をひねって、

「太陽系内の潮汐力の偏り……？　もしかして惑星直列ってやつかな」

そう言うと、悠子はパチンと指を鳴らして、

「ご名答！　それよ。いちばん盛りあがったのは八一年後半だったわね。結局、その前後に太陽活動の異変が起こり、地球全体に激しいシャワーが降りそそいだはずだというのよ」

「そうすると、それから十数年たった今こそ変革の時期というわけだね」

「そうなのよ。彼らはこう言うの。これから新しい時代がはじまる。いや、それはもう既にはじまっている。考えられないような変動が起こる。何もかもが変わる。これまで人類が築き、人類を支えていた価値観のいっさいが崩れ去ってしまう。そして新たに打ち立てられるのは物質世界しか知らなかった人類には想像もできない、精神世界における価値体系なのだと」

二人は新宿駅西口のロータリーの対岸に出て、そこから地下道への階段を降りた。茎田は中央線で中野へ、悠子は小田急線で下北沢へ戻る。

「けっこう説得力があるな。それ、何ていう団体だったの」

「名称も面白いの。〈開発準備委員会〉と名乗っていたわ。主旨は既に封印の破られた者をできるだけ見つけだすこと、新たな価値変換の準備を整えること、そして予想される無用の混乱を避けること、ですって。それで私もそういう能力がないかどうか尋ねられ――」

悠子の声は突然そこで途切れた。地下道に足を踏みおろそうとした瞬間だった。津波のように起こった人びとのどよめきが、続けられるべき言葉の上に押し被さったのだ。

入れ違いに階段を上ろうとしていた男が機械仕掛けのように振り返った。いや、その男だけでない。地下道にいる群衆の大半が、あるいは立ち止まり、あるいは統一のない流れを作りながらどよめきの中心を眼で捜している。そしてそれはたちまちある一点へと集中した。そこには早くも大きな中空の円陣が作られようとしていた。

つい先程までくたびれた足取りで歩いていた人びとが生き生きと眼を輝かせながら人垣のなかを覗きこもうとしている。肩を押しあって輪は揺らぎ、その間から見え隠れしているのは倒れ伏した男の体だった。

「救急車だ！」

「死んでるぞ」

「動かすなよ」

興奮にうわずった声がとび交い、それにつれて人の輪も膨れあがっていく。その徒ならぬ雰囲気に呑みこまれるように茎田も駆け寄る人びとのなかに加わった。

俯せに倒れているのは四十前後の背広姿の男だった。左頬をコンクリートの床につけ、苦痛のためか恐怖のためか、眼を開いたまま醜く顔を歪ませている。両手の指は悉く鉤型に折れ曲がり、必死に何かをつかもうとしているかのようだ。黄色い歯を剝き出した口からは白い泡の塊りが親指の先ほど垂れ落ちていた。

燻んだ茶色の背広はすっかり着崩れてあちこちてかてかと光り、グレーのズボンも膝がすっこ抜けている。もしかするとその周辺に数多くいる浮浪者の一人かも知れなかった。

喧噪と静寂が入り混じり、厚いコンクリートに反響している。顔を背けるように眼をあげると照明は眼に痛いほどだったが、それでも地下道全体に奇妙な暗さがつきまとっているような気がした。

やがて近くの派出所から駆けつけたのか、警官が人垣を押しひろげはじめた。茎田もその場から離れ、悠子のそばに戻った。彼女ははじめから物見高い群衆に加わっておらず、それに引き較べて彼は急に気恥ずかしくなったが、なぜか相手の注意はこちらになく、まるで見当違いの方向を見やったまま立ちつくしている。

思わずその視線の先を追ったが、そちらには地上のバス乗り場に通じる階段があるばかりで、彼女の心が何に奪われているのか分からなかった。

「死んでるの？」

問いかけたのは悠子が先だった。

「そのようだね。ちらっと耳にしたところでは急に倒れてそのままだったとか」

「病気かしら」

「多分。心臓発作か、脳卒中か……。ところでさっき何を見てたの」

訊かれて悠子は軽く唇を窄めたが、急に悪戯っぽい笑みを浮かべると、

「牧神を見たのよ」

そんな言葉を返して寄こした。

2　闇を往く者

同じ夕刻、世田谷区成城の一角で、その夜のうちに区内の住人を震えあがらせることになる異常な事件が起こっていた。

異変を最初に感じたのは配達をすませて鍵坂通りを戻る途中の寿司屋の店員だった。鍵坂通りといえばひときわ豪奢な邸宅の建ち並ぶ道筋で、昼間でも交通量はほとんどなく、人通りもそれ以上に少ない。名前の通りジグザグに折れ曲がった勾配がゆるやかに続き、イチョウの街路樹、ヒイラギやカナメモチの生け垣、赤煉瓦に絡まる蔓草、そして様ざまな庭木が重層する光景は宵闇が迫る頃ともなると無人の街に迷いこんだような錯覚を起こさせる。店員もその不気味さから気を紛らわせるように鼻唄まじりにスクータ

ーを走らせていたのだが、そんなとき突然切り裂くような女の悲鳴を聞いたのだった。

店員は反射的にブレーキをかけた。足をついて周囲を見まわしたが、だらだら坂になった通りには一台の乗用車が駐車しているだけで、どこにも人っ子一人見あたらない。叫び声は一秒ほどでふっつりと消え、今はすっかり虫の動きでも分かりそうな静寂に戻っている。しかし確かに彼はそれを聞いた。近くではない。断末魔の絶叫だった。

店員は斜め後ろの路地に眼を向けた。声はその方向から聞こえたような気がしたのだ。忍び返しを具え(そな)る高い塀に挟まれた、幅三メートルほどの細長い路地だ。左が銀行頭取の浅間(あさま)邸、右が高級官僚の唐木田(からきだ)邸であることは彼も知っている。高い塀の上には常磐木(ときわぎ)の梢(こずえ)が鬱蒼(うっそう)と折り重なって、庭木というよりちょっとした原生林の趣きだった。いずれの家屋も路地とは相当の隔たりがあり、それらの木立に厚く遮られているので、今の叫びが両家の住人の耳に届いたかどうかは分からなかった。

舌打ちしながらスクーターを降り、恐る恐るその路地を覗きこんでみた。両側からアーケードのように巨木の梢が押し被さっているため、そこには墨を溶かしたような濃い闇がひろがっている。しかも途中でゆるい角度で折れ曲がっているせいで、先までの見通しは全く利かない。そんな場所にゆるゆると足を踏み入れると、それだけで彼の胸は激しい恐怖にしめつけられていった。

ひょっとして声はどちらかの敷地内から聞こえたのかも知れない。だとすればこの路地を検分しても無駄なことだろう。だけども今さら確かめもせずに引き返すのも間の抜けた話だし、そこに漂う空気には確かに異様なものが混じっているような気もする。そんな具合にあれこれ思い悩みつつ痩せ我慢を奮い起こして歩を進めるうちに、はじめは視力を奪われていた眼も少しずつ闇に慣れていった。

やがて最初のゆるやかな角にさしかかり、オズオズと顔を突き出したが、見通せる限りの範囲に異変らしい異変は見あたらなかった。

――何でえ。やっぱり何もねえじゃんかよ。

やや勢いを得て、店員は周囲を見まわした。右は丁子色（ちょうじいろ）の石壁、左は小豆色（あずきいろ）の煉瓦塀で、忍び返しはそれぞれ埋めこんだガラス片と鋭く尖（とが）った鉄櫛（てつぐし）だった。街灯はさらにひとつ先の角にあるらしく、煉瓦塀が折れ曲がったあたりに淡い光が灯ったり消えたりしている。古くなった蛍光灯が明滅を繰り返しているに違いない。

乗りかかった舟と思い決めてずんずん先に進み、その角を過ぎる。そのあたりはひときわ巨木の梢が密集し、街灯も半ば覆い隠されてしまっている。蛍光灯の古さはかなりのものらしく、もともとが赤茶けた弱い光しか発していないのが、痙攣（けいれん）するような不規則な明滅を繰り返すばかりで、かえってもの恐ろしい雰囲気を弥増（いやま）すだけにしか役立っていなかった。

さらに歩き進もうとして、不意にその足が凍りついた。明滅する光が地面に落ちるぎりぎりのところに黒い大きなものが横たわっていたのだ。

心臓を冷たい手が撫（な）でて通った。確かに人間のようだ。あれが悲鳴の主なのだろうか。通り魔に襲われでもしたのだろうか。だとすればすぐに助けてやらなければ。しかしそう思ういっぽうで、足はなかなか前に進まなかった。

それでも何とか死ぬ想いで近づいていく。前掛けを無意識に握りしめた掌（て）に冷たい汗がじわじわと滲（にじ）んでくるようだった。

仰向（あおむ）けだ。顔をむこうにして倒れている。赤い服。やっぱり女だ。ジーンズの脚をくの字に曲げてこちらに投げ出している。本当にどぎついくらいの赤だ。そしてさっきからぴくりとも動かない。死んでいるのだろうか。まさか——。

　相手が若い女だとはっきりして、恐がっている場合ではないという想いに駆られた。捻じ曲げた首に乱れた髪が被さり、両手を踊るようにはねあげている。彼は慌てて足を速めた。けれどもそのとき、点灯した光に相手の顔が照らし出され、彼は見えない壁にぶつかったように足を止めた。

　服の色だとばかり思っていた赤は凄まじい量の血潮だった。下顎から脇腹にかけて肉と衣服がギザギザに裂け、もう片方の脇腹もパックリと抉れて、血みどろの内臓がはみ出していた。

　店員は声もなくストンと尻餅をついた。顎が勝手に震えだし、それを止めようとするとカチカチ奥歯が鳴りだした。

　眼が吸いつけられたように離せない。そのままよくよく見れば屍体の周囲にも夥しい血の海がひろがり、そのなかに点々ととび散っているのは肉の切れ端らしかった。

　足をじたばたさせながら後ずさり、やっとのことで腰をあげて駆け出したあとで、ようやく咽の奥からヒーッという叫び声がついて出た。転げるように路地からとび出し、スクーターにとび乗って、近くの交番まで一目散に突っ走る。そうしてそこにとびこんだあともしばらくはうまく舌がまわらなかった。

　血相を変えて転がりこんできた店員に引っ張られるようにして現場に急行した巡査も、

「ウッ、こりゃあ……」

　顔を歪めて絶句した。

　発見者の店員も、現場保存にあたった巡査も、そして遅れて到着した捜査陣も、屍体からは等しくある直感を抱いた。そしてその直感はのちの検屍によって裏づけを得ることになった。被害者は猛獣に襲われた可能性が高いというのがその夜のうちに固められた警察の見解だったのである。

被害者は現場近くに住む高校事務員で、むろんそういった猛獣などとは何の繋がりもないことが確かめられた。そうである以上、その猛獣はどこかの檻（おり）を破って街に出たと考えるほかないだろう。

たちまち現場を中心として三重四重の非常線が敷かれた。浅間邸、唐木田邸はもちろん、周辺家屋の繁（しげ）みや物置きなどの徹底的な捜索が行なわれ、同時に大型犬を含む猛獣飼育で登録されている家庭や施設もひとつひとつ綿密なチェックが進められた。

その夜の九時過ぎには事件の概要が速報され、十一時のニュースでは遺体から失われている臓器が幾許（いくばく）かあること、現場から二十メートルほど離れた唐木田邸の繁みから被害者と同じ血液型の血痕が見つかったことなどが報道された。

この報道は世田谷区とその周辺の住人に寝耳に水の衝撃を投げかけた。何にもまして、事態のとりとめのなさがその恐怖に拍車をかけることになった。

なかでもとりわけ重苦しい不安を抱きながら報道に耳を傾ける家庭があった。小学五年生の長男が終業式を明日に控えたその日に限っていつまでたっても帰ってこないのだ。仲のいい友達の家に問いあわせてみても学校を出たのは間違いないことが確認されただけで、行方はさっぱりつかめない。ほかに立ち寄りそうな場所も思いあたらず、八時前にはいちおう警察にも届けたが、いっこうに連絡がないまま気を揉（も）んでいるところに九時過ぎのニュース速報だった。

自宅は杉並区の和泉（いずみ）だが、小学校は世田谷区内にあるため、彼らの不安はすぐそちらに結びついた。さらに十一時のニュースに至って危惧ははっきりとその方向に集中した。

ただ彼らは原野や密林に棲息する猛獣が自分たちの生活空間である都会のなかでどれほどの機動力を持ち得るのか全くイメージできなかったので、息子が襲われるという現実性をどの程度に見積もっていいのか見当をつけられないでいた。そして見当のつかないぶんだけ、不安は果てしもなく膨れあがっていくばかりだった。

　事件発生以来、警察にはその種の通報が様ざまにとびこんできていた。多くは単に外出している者の安否を懸念してのものだったが、この件に関しては当事者が小学生ということもあり、そもそも十一時まで帰宅しないというのが尋常でないため、誘拐の可能性もあわせて捜査する方針を固めた。

　むろん世田谷区とその周辺の各警察署は懸命の捜索を続けていたが、奇妙なことに猛獣の出どころも行方も全くつかめない状況が続いていた。猛獣の種類を特定するにも時間が必要とされ、そろそろ捜査陣のあいだにも実体のない雲のような相手を追い駆けなければならない苛立ちがひろがりつつあった。

　街なかでしきりに厳重注意を促すアナウンスが流され、それが周辺住民の恐怖をことさら煽りたてた。事情を知らないままその物々しい雰囲気にぶつかった帰宅組の人びとは全く唐突に驚きと戸惑いのなかへ投げこまれることになった。

　駅から世田谷区の八幡山へと千鳥足で出てきた男もニュースを耳にしていなかった一人だった。残業をすませて新宿の会社を出たのが九時過ぎで、ゴールデン街の寂れた飲み屋に立ち寄り、したたか酔いのまわったところで帰途についたのだ。京王線の電車に揺られ、乗り越しそうになって慌ててとび降り、フラフラと改札を抜け出たまではいつもの通りだったが、しばらく歩くうちに何となく妙な雰囲気に感づいた。

　それはあまりの静けさだった。夜半とはいえ人通りはなく、街じゅうがひっそり閑と口を鎖している。

いつもならまだあいているはずの店もなぜか軒並みシャッターを下ろしていた。

男は首をひねった。見慣れたいつもの街が無人の街に変貌しているのだ。自分だけがぽつんと一人、そこに迷いこんでいる。商店街をはずれるに従ってその感覚は強くなり、今までの酔いが急速に醒(さ)めていくのが分かった。

通りの先で赤いランプがチカチカと点滅しているのが見える。近づいていくと警官が二人、油断なく周囲に眼を配っていた。

――近くでクーデターでもあったのかいな。

そんなバカげたことを考えつつ、結局気になって尋ねてみたが、そこで初めて成城の事件を報(しら)されることになった。男は思わず口を曲げて、

「へえ。猛獣ってえと、どんな?」

「猫科の、巨大な、剽悍(ひょうかん)なヤツらしいです」

警官の一人が通達されたままらしいことを言って、気をつけて下さいとつけ加えた。

再びトボトボ歩きながら、男は冗談じゃねえと呟いた。こんな都会のド真ん中で虎だかライオンだかに喰われるなんざ、出来の悪い笑い話だ。そんなバカな話があってたまるか。

強がって胸を張ってみたが、そう思う傍(かたわ)ら自然に眼は四方に泳いだ。蒼褪(あおざ)めた街灯が道路や建物を濡れたように照らし、その背後にははるかに巨大な闇が蹲(うずくま)っている。ブロック塀に取りつけられたブリキの札に稚拙な文字で「神は不遜の民を滅ぼす」と書かれているのも何やら曰(いわ)くありげだった。

その闇のどこかに何かがひそんでいたとしても少しもおかしいことではない。彼の不安はいつのまにかぴったりと背中に貼りつき、じわじわと肩にのしかかり、どこまでも高くのびあがっていった。

そうしてとある角をひょいと曲がったとき、男はその場に棒のように立ち竦んだ。

そこは倉庫裏のひときわ深い暗がりだった。曇天で、月もなかった。鉄柵のむこうに古タイヤやドラム缶が雨晒しのまま積みあげられている。その先はさらに深い闇に繋がっていて、彼が見たのはその底に爛々と輝く青い光だった。

光は横に二つ並んでいた。吸い寄せられるように眼を凝らすと、その光はかすかだが、確かにゆっくり上下に動いていた。

冷水を浴びせかけられる想いとはこれだったのか。体じゅうの筋肉が石のように強張り、満足に呼吸さえできなかった。眼だけが青い光に吸い寄せられて、どうしても離すことができなかった。

爛々と輝く二つの光はまっすぐこちらに向けられている。そうだ、奴は俺を見ているのだ。そう思うと全身から血の気が引いて、気が遠くなりそうだった。

そのままどれほど睨みあいが続いただろう。不意に深い闇のなかでもっと真っ黒な影がムクムク蠢いたかと思うと、音もなくそこからとび出した。積みあげられた荷箱の陰をすり抜け、明かりの圏内にある水槽タンクの上に駆けあがる。蒼褪めた街灯の光を浴びてなお、その姿は切り抜いた闇のように真っ黒だった。

黒豹というのがああいう姿をしていなかっただろうか？　いや、間違いない。確かにあれは黒豹だ！

それから先は自分が何を考えているのかも分からなかった。半分気を失っていたのかも知れない。ただその青く燃えあがる二つの眼が依然としてこちらに向けられていることだけは意識していた。

黒豹はなおも十秒ほど彼を見据えていたが、突然割れた汽笛のような声で吼え、しなやかで逞しい身を翻して、あっという間に横手の暗がりへと走り去った。

男はじめてぶるっと体を震わせた。一度震えだすと、それは止まらなくなった。その場にへたりこみそうになるのを必死に堪えながら先程警官のいた場所へとあとも見ずに走り出した。

連絡を受けてその倉庫には速やかに警官隊が繰り出されたが、既に黒豹の姿はどこにもなかった。ただ、その後の調査で荷箱の上から黒い剛毛が発見され、また近所の住人のなかにも低い咆哮を聞いた者がいたことが確認された。


豹に関する一連のニュースは翌朝さらに大々的に報道された。予想外に広い範囲を移動している点は世田谷区のみならず、その周辺住民の怯えに拍車をかけた。警察は豹のひそみそうな場所に近づかないよう、戸締まりは厳重を極めるよう、特に夜間の行動には細心の注意を払うようにと警告を繰り返した。

その日の昼間はさすがに新たな事件の拡大はなかったが、日が暮れてからは豹の姿を目撃したという通報が三件、声を聞いたという通報が七件はいった。しかしそれらの場所はかなり広範囲に亘っており、さらに夜の十時過ぎにはもっと離れた場所から奇妙な通報がもたらされた。

環状八号線の杉並区清水と今川に挟まれた区域でオートバイが中央分離帯に突っこんで乗り越え、乗車していた高校生二人が対向して走ってきたトラックに撥ねとばされて死亡した。一人は即死の状態だったが、もう一人は病院に運ばれるまで生きていた。そしてその途中、少年は「豹が……豹が……」と譫言を繰り返していたというのだ。

さらに翌朝、同じ杉並区西荻北のとある家で飼い犬のドーベルマンの無惨な死骸が発見された。首の骨を折られ、腹を喰い破られ、やはり肉片が散乱しているといった状態で、付近の住人にも夜中の三時頃、悲鳴のような犬の声を聞いた者が何人もいた。

ワイドショーをはじめとして、テレビの各番組はいっせいに人喰い豹のニュースをトップに取りあげた。必然的に世田谷や杉並だけでなく、東京じゅうがこの話題で持ちきりになった。ほとんどの学校は春休みにはいったため、そちらの混乱が避けられたのは不幸中の幸いだっただろうが、夜の人通りは極端に減り、多くの商店も早々に店じまいし、ゴーストタウンのようになった夜の街を警官隊が物々しく往復するという、さながら戒厳令下の様相を呈しはじめていた。ことに普段から閑静な住宅街はその傾向が強く、また比較的人口密度の高い地区では自警団を組織するような動きもあった。

そしてその間、失踪した小学生の行方は杳としてつかめないままだった。

3　濁った闇の底で

薬屋横丁と称ばれるその五十メートルほどの狭い通りには一日じゅう黄色い滓のようなものが淀んでいた。昼間は西側の工場の騒音が絶え間なく響き、それとともに大気に舞いあげられた金属の粉塵は、日が落ちたあとも街灯に照らされながら重く、ゆるやかに渦を巻き続ける。そしてそれはトタン屋根や波型のビニール板を使った塀、腐って虫の湧いた羽目板、透明か不透明かも定かでない窓ガラスと、およそあらゆるものに貼りついて酸化し、赤茶けた汚れとなるのだった。

しかし通りに足を踏み入れたときの息苦しさはそのためばかりではない。ゴミ溜めやポリバケツ、雨の日しか流れを作らない溝から発散する匂いの混じりあった、そしてこの町全体に深くしみついてしまった異臭のせいなのだ。

彼のアパートはそんな場所にあった。古い木造の二階建てで、彼の部屋は階上にある。ものごころついたとき、彼は父親とその部屋に住んでいた。父親は母親のことを訊かれると不機嫌になるのが常だった。小学生の頃、同じ質問をしつこく投げかけてひどく殴りつけられたことがある。彼はそのときから母親のことを口にしなくなった。そして彼が中学卒業を間近に控えたある日、父親は突然ふらりと姿を消したまま二度と戻って来ることはなかった。

彼の職場は町の西側にある小さな工場だった。ビスやボルトやナットをはじめ、注文に応じて何でも作っている。彼の父親もそこで働いていたのだが、行方を晦ませてしまったあと、工場の社長が気の毒に思って彼を雇い入れたのだ。

幼い頃に父親の仕事場を覗いた記憶では、かつては従業員も三十人ばかりいたように思うが、末端企業の悲しさでどんどん生産縮小を余儀なくされ、現在では十人足らずで細ぼそと続いている。結局残されるのはほかに就職口のあてもなく、低賃金の条件を呑まざるを得なかった者たちで、実際その多くが中国やパキスタンから来た外国人だった。

それでも最初の頃は、真っ赤に灼かれた鉄が機械にプレスされ、製品の形となって弾き出される光景が好きだった。滴り落ちる水がたちまち白い蒸気となって舞いあがり、灼けた鉄は黒く鈍い色に戻る。いや、父親の仕事場を覗き見ていた幼い頃から彼にはその光景が魔法のように映った。真っ赤に輝くボルトやナットはこの世のどんな宝石よりも美しく、幼い彼の心を捉えて離さなかった。だから彼は飽きることなくその光景を眺めた。できることならずっとそれを眺め続けていたいと願ったほど——。

けれどもそれを仕事にしてしまうと、何となく胸躍る気持ちが続いていたのはわずかな期間でしかなかった。むしろその光景が彼の生い立ちの唯一の結果なのだという想いは彼の気分をたやすく深い淵に引きおろした。

働きはじめてすぐ酒を覚えたが、いつまでたっても強くなれなかった。少し度を過ごすとそれがひどい頭痛の引き金になってしまい、次の日一日、畳を搔き毟(むし)るほどの苦しみに襲われてしまうのだ。

小学生の頃の何年間か、彼は同じひどい頭痛に悩まされたことがある。間隔は不定期だが、避けようもなく周期的にやってくる慢性的な頭痛だった。薬を服(の)んでも医者にかかってもいっこうによくならず、鍼(はり)と電気を使う民間療法でようやく抑えこむことができたのだが、酒はかつてのこの頑迷な頭痛を呼び醒ましてしまうのだ。

そんな彼が習慣としているのは三種類の新聞と五種類の週刊誌に欠かさず眼を通すことだった。話題になった本も努(つと)めて読むようにしていた。そのために彼は職場周辺では何でもよく知っていることで一目置かれる存在になっていた。

けれどもそういった優越感は自分自身が置かれている現状への絶望感と常に裏腹なものでしかなかった。あるとき彼は新聞の読者欄に社会の矛盾についての一文を投稿した。もとより取りあげられる期待などなく、ただ鬱積した感情を何かにぶつけずにいられない気持ちだったのだが、何日かしてその欄に自分の名前と文章が活字になっているのを発見したとき、彼は全身の震えが止まらないほどの興奮を味わった。もちろん単純な喜びがほとんどだったが、同時に彼は今まで全く自分に関わりないと思っていた世界も決してあちらからこちらへの一方通行だけではないことを知ったのだった。

彼はそのときから熱心な投書マニアとなった。

投書先はたちまち幅がひろがっていった。新聞や雑誌ばかりでなく、様ざまな団体や個人がその対象となり得るのだ。むろんそれが掲載されたり、返事が戻ってくることは稀(まれ)だったが、あちらこちらに確かなパイプが通じているという実感はそのわずかな反応で充分保ち続けることができた。

その日も彼はいつものように朝から汗だくになって黙々と働いた。手当ての望めない残業が終わったのが九時過ぎ。鉛のような疲労を抱えながら家路を辿（たど）る彼をいつものように赤黒い酸性の闇が見おろしていた。

アパートのすぐ筋向かいには横丁の名の由来となった生薬（きぐすり）屋がある。近辺の家並のなかでも際立って古いこの店は昼ですら鍾乳洞のような薄暗さを湛（たた）えていた。

表のショーケースはあちこちに罅（ひび）がはいり、それを止めたテープは褐色に陽灼けしていた。陽灼けしたテープは外側から剝（は）がれてめくれあがり、その跡に土埃（つちぼこり）が黒くこびりついている。陳列されているのは干涸（ひから）びたマムシや人間の股を思わせる人参（にんじん）などのほか、棘（とげ）だらけの萎（しな）びた肉片、ボロボロになった木の皮、握り拳くらいの赤黒いタール状のものといったいかにも怪しげな代物ばかりだ。恐らく店の奥にはまだまだ夥しい罎（びん）や包みが山積みされたまま埃を被っていることだろう。しかし彼はその闇のなかに何があるのか確かめたいとは思わなかった。実際どんなに頭痛がひどいときでもこの店に駆けこんだことは一度もない。かつて父親が痛み止めの漢方薬を買ってきてくれたことがあったが、この店のものだけは絶対に口にしなかった。

あんな店の薬など服んだら治る病気もますますひどくなってしまう。彼は固くそう信じこんでいた。そしてそれは店の雰囲気などではなく、ひとえに女主人の風貌のせいだった。その気味悪さといったら、たまたま道で顔をあわせただけで足が竦んでしまうほどだ。同じクラスの仲間たちも鬼婆などと称んで蛇蠍（だかつ）の如くに忌み嫌っていた。

事実、彼はその女主人ほど醜い貌（かお）をほかに見たことがない。輪郭に較べて眼鼻が中央に潰（つぶ）れた感じで、膚は全体に浅黒く、めりこんだような金壺眼（かなつぼまなこ）に、ややしゃくれあがった頤（おとがい）という、一度見ればちょっと忘れられない面相なのだ。おまけに頬は痙攣性の病いのためにひきつれ、黄色い乱杭歯がいつも剝き出しになっている。実際の年齢は今も五十そこそこらしいが、彼が幼い頃から既にそれ以上の齢に見えた。

その頃から不思議でならなかったのはその店に客がはいるのを見たことがないことだった。多分、たまたま通りがかりの者が覗きこんだとしても、薄闇に蹲った人影が金壺眼の奥からじっとこちらを見据えているのに気づいた途端、ギャッと叫んで逃げ出してしまうだろう。そんなことで生計が成り立つのかどうか首をひねり、そしてそんなことに想いを巡らせている自分に気づくたびにムカムカ腹立たしくなるのが常だった。

そんな具合だったから彼は努めて店に眼もくれず、いつもそのまま素通りするようにしていた。けれども散歩の途中などにひょっこり女主人に出会してしまうのはどうしようもない。恐らくむこうはこちらの顔を知っているのだろう。彼女の背中は普段から力ずくで押さえつけたように屈曲しているが、すれ違うとき、その背をことさら深く曲げてみせるのだ。しかしそのくせ金壺眼にもひきつれた頬にも表情らしいものが全く浮かびあがってこないのが不気味だった。

今はガラス戸が鎖され、カーテンも閉めきられている。彼はそちらにちらりと一瞥をくれ、またぞろ腹立たしさが湧きあがろうとするのを嚥み下しながらアパートの入り口に足先を向けた。

靴を脱ぎながら真っ先に自分の郵便受けを覗きこむ。それは型通りの儀式のようなものだった。そこに手紙が舞いこんでいることは稀で、だから口を歪めて軽く舌打ちするのもそれに伴う習慣のようなものになっていた。

けれどもその日は違っていた。蓋を開けると彼の瞳は瓦礫の山から鮮やかな赤や青のガラス片を見つけた子供のように輝いた。強くふれると消えてしまいそうな案配で封筒の端をそっとつまみあげ、宛名が矢狩芳夫であることを確かめると、人けのない廊下をいそいそと急ぎ、階段を上って、鍵を開けるのももどかしく自分の部屋にとびこんだ。

後ろ手にドアを閉め、ロックをかけて、ようやくほっと人心地がつく。そんな有様を振り返って、まるで凶器を買い求めてきた殺人志願者だと思うと、口もとに捻れた笑みが湧きあがるのを禁じ得なかった。

六畳間に小さな炊事場がついただけの、古い、薄暗い部屋だった。窓のそばに置かれた卓袱台は疵と染みだらけで、流しの傍らにある小型の冷蔵庫も扉が木目のデザインという、今では古道具屋でもなかなかお目にかかれなくなった年代物だ。テレビだけは比較的新しいものだが、それでも十年は優にたっていて、箪笥や水屋に至っては果たしてどれだけの年月を経ているのか彼自身にもよく分からないでいる。そして部屋の隅に押しやられている二つ折りに重ねた蒲団もそれらに見劣りしないくらい薄汚れていた。まだ古びていないのは本棚と電話、そして卓袱台の上に新品のミキサーが置かれているのがいかにも場違いな感じだった。

しかしそういったものよりまず眼を惹くのは、全く青みを失い、褐色といえるほど陽に灼けた畳を覆い隠すようにして部屋いちめんに散乱している紙の切り屑だろう。よくよく見れば、それらは雑誌を切り抜いた残骸だと分かる。部屋の片隅には雑然と積みあげられた週刊誌の山がいくつもあり、今また彼は脇に挟んでいた新刊のそれを切り屑のなかに放り出した。誌名を確かめずとも、その水彩画の表紙から「週刊ひふみ」であることはすぐに知れる。そして彼は切り屑のまばらな場所を選んで、意気揚々と腰をおろした。

いったん封筒を横に置いて、先にくたびれたシャツを脱ぐ。そのとき胸ポケットからクシャクシャの煙草のケースが転がり落ち、そのなかから折れ曲がった一本を探り出して火をつけた。そしておもむろに手紙の封を切ろうとしたのだが、気持ちが逸（はや）っていたせいか、便箋の端もいっしょに破り取ってしまった。彼は舌を素早く二度鳴らし、それでも期待に胸を躍らせながら便箋をひろげたが、眼を通していくにつれ、その表情はありありと失望の色で占められていった。

『前略
大変ユニークな御意見を数多く戴（いただ）き、有難く思います。基本的な考え方には賛成しかねる部分もあるのですが、ひとつの意見としては興味深く、おおいに参考にもなりました。ただ、こうしたお便りすべてに眼を通すのは私個人として量的にも質的にも万全を期しかねる状況ですので、御意見は編集部宛てにお送り下さるようお願いします。

速水遼子（はやみりょうこ）拝』

その文面の裏に「迷惑だ」という意思がこめられているのは彼にもありありと感じ取れた。しかも「あなたの考え方にはおかしいところがある」と仄（ほの）めかしているではないか。

矢狩はなおあきらめきれないように、その短い、流麗な女文字で記された書面を読み返した。文字の美しさはそのまま書き手の知性と容貌を映し出しているかのようだった。

とあるグラフ誌の表紙にあった『週刊ひふみの編集長は美貌の才媛』という見出しが眼に止まったのはいつのことだっただろう。それによって彼は速水遼子のいかにも頭の回転の速そうな、すっきりした眼鼻立ちの美貌を知ったのだ。

あえてそれに引き較べるわけではないが、彼の容貌には鈍重な両生類の印象があった。色の薄い割に一本一本の毛が長い眉と、腫れぼったい瞼のために細くなってしまった眼が実際の年齢より五つ六つ齢嵩に見せている。だが彼はまだ二十代半ばなのだ。不健康な環境が彼をそんな具合に蝕んでしまったのだと少なくとも彼自身は信じている。いつもは表情を作らないでいると腫れぼったい瞼のために自然に仏頂面になってしまうのだが、このときの彼の感情は明らかに表情通りだった。

　最後の署名を穴のあくほど見つめ続けるうち、吸いかけの煙草の灰がポロリと落ちて、やっと彼はあきらめたらしく便箋を封筒に戻した。灰皿の底には歴代の灰が乾いた泥のようにこびりついている。彼はそこに吸殻を力いっぱい捻りつけた。そうして卓袱台の上に封筒を放り投げると、腕をのばしてテレビのスイッチを入れた。

　画面に映し出されたのはスタジオ内に五、六人が顔を突きあわせた光景だった。最近小説も書いて話題を呼んだ司会者が早口で喋っていた。例の人喰い豹に関する特別番組らしい。画面はすぐに切り替わって森閑とした夜の住宅街になり、強張った顔の女性レポーターがマイクに息を吐きつけるようにして報告をはじめた。

「はいッ。ここが最初に事件が起こったとされる世田谷区成城の路地の前です。これから私はカメラとともに路地の奥の現場に向かおうと思います。普段からこのあたりは閑静な住宅地なのですが、事件から三日たった今、周囲は水を打ったように静かで、私も身が竦む想いが致します。被害に遭われたのはここから二百メートルばかり離れたアパートに住む中尾令子さん、二十三歳の高校事務員でした……」

　神妙そうな顔で喋るのだが、大袈裟な抑揚をつけているためにかえってひどく軽薄に響いた。もともと彼はこの女性レポーターが嫌いだった。最近いろんな番組によく顔を出しているが、どういった層に人気があるのかさっぱり理解できない。器量はまずまず人並み以上かも知れないが、どのみち彼の好みではなかったし、大仰なくせに内容のない、それでいて呆れるほど傲慢な喋り方には我慢がならなかった。

番組はだらだらとつかみどころなく続いた。考えるに、本来的を絞るべき問題は豹がどこから出現したか、豹の習性から推し量れる今後の被害のありようと対策、そして豹の捕獲もしくは殺傷の見こみといった点のはずだが、それらは結局最初から最後まで曖昧なまま片づけられた。ただ、番組の終わり近くで司会者が口にした話題は初めて耳にするものだった。つまり、豹による恐慌状態が最もひどいのは大きな公園の周辺や神社仏閣の多い地域で、ことに杉並区の堀ノ内や善福寺などではかなり大がかりな自警団が組織され、その傾向が急速な勢いで各地にひろがっているというのだ。

「都市の問題のひとつは人と人との緊密な繋がりが失われ、どんどん疎外が進行しているという点です。こう申しては何ですが、今度の事件をきっかけにして地域住民の横の繋がりが回復されるというのは、それだけ取りあげればいい傾向といえるかも知れませんね」

司会者はそれが売り物の柔和な笑みをややひそめ、さらに言葉を続けた。

「しかしいっぽう、心ない人びとによって速やかな事態収拾が妨害されているのもまた事実です。豹を目撃したという通報は昨日一日で何と四十七件に膨れあがっていますが、その地点は考えられないほど広い範囲に散らばっているばかりか、時間的に並べてみると、あっちに行ったりこっちに行ったりと、まるでデタラメなものにしかならないんですね。同じ時刻に練馬区と目黒区と調布市で目撃されているといった有様です。これだけの数を考えれば、その大半がイタズラの通報であることは明らかでしょう。しかし警察はそのひとつひとつをチェックしなければなりませんから、真実の通報をより分けるだけでも大変な作業になってしまいます。結局捜査は大幅に遅れてしまうわけです。こうした混乱と不安を煽り立てるようなイタズラの通報には、私は全く許せない気持ちを抱かずにいられません」

矢狩は散乱した切り屑もかまわず、ゴロリと仰向けに寝転がった。

——面白いことになってきやがったな。せっかくのお祭り騒ぎだ。頼むから簡単に捕(つか)まってくれるなよ。

それは全く彼の正直な心情だった。

番組が終わると短いニュースの時間だった。足立区の高校に右翼団体が押しかけた事件、豚肉の大幅な値下がり、諏訪(すわ)湖でのＵＦＯ騒ぎ、海外ではブラジルで起こった暴動が報じられた。

彼が興味を惹かれたのはＵＦＯ騒ぎの話題だった。その日の午後四時頃、諏訪湖上空に三個の白く輝く物体が現われ、しばらく奇妙な動きをしたあと西の方角に消え去ったのを多くの人びとが目撃して、一時は大騒ぎになったというのだ。一般市民が撮(うつ)したビデオ映像というのも流され、確かにそれらしいものが不安定に動きまわっていたが、気象庁関係者の見解によると、温度の異なる大気の層が重なったための一種の蜃気楼(しんきろう)現象だろうということだった。

——は、バカバカしい。

弾みをつけて上体を起こし、テレビのスイッチを切ったとき、突然甲高(かんだか)い女の声が窓の外から聞こえた。

矢狩は懶(ものう)げに腰を浮かし、開け放したままの窓に体を寄せた。見おろすと、生薬屋のガラス戸が赤茶けた街灯の光に照らされている。先程は閉まっていた戸が今は開け放たれていて、その前に一人の女がぼんやりと佇(たたず)んでいた。

イチゲサトコだった。赤い縞(しま)模様のワンピース。その襟元がだらしなく片方によれている。縮れた髪はモズクのように縺(もつ)れあったまま決してほどかれることはないだろうと思われた。

誰でもやれるサトコ——そんな通称が定着してしまったのはもう十年以上も前のことだ。少し頭の足りない生薬屋の娘。けれどもあの母親に似ず、顔立ちは決して悪くない。齢は彼よりひとつ上だと聞いたことがある。彼が小学生だった頃にはまだこのあたりにも緑が多く、どこまでも続くかと思われる葦原で、その器量よしの足りない娘とよくいっしょに遊んだものだった。

涎かけを垂らした幼いサトコはよく彼の仲間たちにいじめられた。特に悪童というほどではない少年たちだったが、嫌われ者の鬼婆の娘ということもあって、とりわけ集団となるとサトコへの風あたりはきつくなる。そんなときに彼もいじめる側にまわるのはとりたてて不自然なことではなかった。そして再び一人で接するときには、そんなことなどすっかり忘れたようにいっしょに駆けまわって遊ぶのだ。ただし、そんなところを誰にも見られぬように気を配りながらではあるが――。

それは夢のような記憶だった。あの頃は誰にも見咎められず、二人だけで遊べる領域がいくらでもあった。楽しそうにはしゃぎまわるサトコの笑顔はいくら眺めていても飽きることがなく、そして気がつけばいつも宵闇が周囲を包んでいた。

彼がサトコと肉体を交えたのは中学一年のときだったと思う。そのとき既にサトコは処女ではなかったようだ。胸の膨らみは頭のほうと同じく未成熟だったが、唇だけはやけにぽってりと肉感的で、それが悦びを覚えていくにつれ、ふるふるとわななくのが面白く、彼は毎日のようにサトコを物置小屋に連れこんだ。

そんなことが一年近く続き、次第にサトコの腹が迫り出していくのに気づいて彼は急に恐ろしくなった。仲間たちを唆して関係を持たせ、誰でもやれると吹聴してまわったのは彼自身なのだ。けれどもさして煽りたてずとも噂は人づてに知らぬところまでひろがっていき、たちまち仲間以外に何人もの男が彼女に手を出したようだった。

あいつがやったと言ってた。いや、あの男も寝たらしい。――そんな話は彼の耳にも時折り届いた。いつしか噂は完全に彼の手を離れてとびまわっていたのだ。そしてある日、ふと見ると、いつのまにかサトコの腹はもとに戻っていた。堕胎したのか、流産したのか、それともどこかで産み落としたのか、彼には知る由もなかった。

それ以降、彼はサトコに近づかなかった。そのうちむこうもこちらを忘れてしまったらしく、顔をあわせても特別親しげな素振りは見せなくなった。ただ噂によると、サトコは男たちとのそのとき、たまらなくなるといつでも「ヨッちゃん、ヨッちゃん」と声をあげるというのだ。

それは悪い夢だった。それらすべて悉くのものが、胸のうちを掻きまわされるような、叩き潰して糞溜めにでもぶちこんでしまいたい記憶だった。

「馬鹿にしやがって」

矢狩はその呟きを咽の奥に呑みこんだ。

声には出していないはずだった。けれどもそれまでぼんやり佇んでいたサトコがそれに呼応するかのようにこちらに顔をあげた。

肉感的な唇。胸の膨らみも今は驚くほど豊かに変貌しており、斜め上から、その谷間に底深く影が滑り落ちているのが窺われる。そんなサトコの顔にふと媚びるような笑みが浮かんだかと思うと、体をクネクネと揺すらせるようにしてシナを作った。

「ヨッちゃん、してぇ」

どのようにして覚えたものか、精いっぱいの媚態を示しながらサトコはあられもなくねだってみせる。彼はそんな彼女を見つめたまま痺れたように身動きできなかった。

「ヨッちゃん、してよォ」

けれどもそのヨッちゃんという言葉にはこちらの名前を呼びかけるようなニュアンスは含まれていなかった。彼はすぐそのことに気づいた。気づいて彼はキリキリと唇を嚙んだ。

そうだ、それは目的語なのだ。彼女はヨッちゃんをしてと言っているのだ。恐らく男たちが面白がって、またヨッちゃんしようなどと言い寄っているうちに、いつしかサトコの頭のなかで男女の行為そのものを指す言葉にすり換わってしまったのだろう。

矢狩は両手で顔を覆い、その爪をきつく額に喰いこませた。

——冗談じゃねえ！

訳の分からない激情が鼻の奥から瞼の裏へと突き抜けた。なりふりかまわず誘いをかけるサトコの表情を見つめるうち、その激情はグルグルと渦を巻き、凄まじい暴風となって体じゅうに吹き荒れた。そうして今にも堰（せき）を突き破りそうになったとき、不意にあの金壺眼の母親がとび出してきて、あっというまに娘を店の奥に連れ戻した。

あとには淀んだ闇が残った。

彼はこの町で育ったのだ。気づいたときにはこの町にいた。黄色く濁った息苦しい空気はいつも饐（す）えた異臭を孕（はら）んでいる。生気のない町。腐り果てた町。——その忌まわしさは彼の人生そのものだった。

「ホラ」

突然、耳のそばで囁（ささや）く声がした。それが来るときはいつも突然だった。

「ホラ。アイツラガマタ馬鹿ニシテルゾ」

「……またお前か……」

あきらめたように彼は呟いた。

「あいつらって誰のことだ」

「アイツラハアイツラサ。悪賢（わるがしこ）ク、スバシコク、見境ノナイ奴ラダ。気ヲツケロ。気ヲツケロ。オマエハ奴ラノ罠ニカケラレルダロウ」

「罠……？　何だそれは」

「今ニ分カル。……ソウ、今ニナ」

「畜生。どいつもこいつも俺を舐（な）めやがって！」

彼は握りしめた拳を思いきり窓の框（かまち）に叩きつけた。

「馬鹿にすんなよ。俺はこんなところでウダウダやってる人間じゃねえんだ」

「ソウトモ。オマエハ豹ダ！」

その声はずーんと彼の体にしみ通った。一瞬遅れて彼はぴくりと体を震わせた。豹？　豹だって？　しかしいくら耳を欹（そばだ）ててもその声はもう二度と聞こえてこなかった。

「何だってんだ」

吐き捨てるように言い、それでもしばらくキョロキョロと首を巡らせていたが、ふと自分の眼から涙がこぼれているのに気づいて、慌ててタオルで顔じゅうを拭いまわした。

なおも五分ほど油断なく周囲に眼を配り、外の闇に痰（たん）を吐きつけておいて、ようやく矢狩は畳の上に寝転がった。そのまま腕をのばし、今日買ってきた週刊誌を手に取ると、仰向けに頭の上でページを開く。

そんな彼の眼にとびこんできたのは『連続する突然死の恐怖』という見出しだった。

その記事の内容を掻いつまんでいうと次のようになる。

日頃、自他ともに健康だと認めている人が全く何でもないときにいきなり急死してしまうことがある。

遺体を解剖して詳しく調べてみてもその死因は分からない。そういったケースは意外に多く、そのほとんどが就寝中に起こるため、一般にポックリ病と称ばれている。

こうした場合、多くは心不全として片づけられてしまうのだが、心不全というのはあくまで結果としての現象であって、それ自体が死亡の原因となるものではない。

このポックリ病の死亡者の統計を取ってみると、十五歳から四十代に多発し、なかでも二十代が約六十パーセントと高率を示している。また男女比は約十四対一で、圧倒的に男性に偏っている。ぐっすり寝こんでいるとき、姿勢や蒲団に乱れのないまま仰臥の状態で死んでしまうというのが典型的なパターンで、その七割はウーンと唸る声を家人が耳にしている。稀には呼吸困難や痙攣、チアノーゼなどを呈することもある。また、やや疲れた状態のときに多いともいわれるが、いわゆる過労死というのとも違う。

ところが最近、覚醒時に原因不明の急死に見舞われるケースが目立ってきているというのだ。

かつて早稲田大学の学生が麻雀の最中にウーンと伸びをして、そのまま後方に倒れ、死んでしまったという事件が話題になったが、この場合は解剖によって冠動脈の内腔に異常があったことがつきとめられた。しかしどうしても死因が特定できないケースは法医学界がそれと認めたものだけで、ここ半年間に四件起こっている。昨年十月、十和田湖に近いある村で弘前市在住の郷土史家が。暮れも押し迫った頃、川崎市の自宅である出版社の編集者が。今年の二月中旬、奈良市郊外の路上で菓子問屋店主が。そして三月初旬、諏訪湖畔で東京から訪れた宗教団体の幹部が。そして多くの医師たちに言わせれば、これは全く氷山の一角に過ぎないというのだ。

矢狩はそれで思い出した。つい先日の夕刻、新宿駅西口地下で近くの教会に勤める事務員が歩行中に急死したのだが、やはり原因がはっきりしないという状況も添えて新聞の片隅に小さく報道されていた。この記事がもう一週遅れで掲載されたなら当然その件も取りあげられていたに違いない。けれどもそのことがかえって、原因不明の突然死が連続しているという主張に説得力を与えていた。

彼は誌面に眼を通しながら知らず知らず胡坐に起きなおっていた。片肘ついた手に額を乗せ、そのまま十分近く何事か思案に耽っていたが、不意に背をエビのように曲げて、卓袱台からダイヤル式の電話を引き寄せた。そして彼は十桁の電話番号をメモも見ずにまわした。

「あっ、親っさん。矢狩だよ。久しぶりでびっくりしたろ。工場やめて以来だな。ああ、俺のほうは元気だ」

そう早口に前置きして、

「今、週刊誌読んでたら、去年の十月、弘前市の郷土史家が急死したって記事があったんで、ちょっと心配になったんだ。親っさんは市内じゃねえって聞いてたけど、いちおうな。……あ、知ってる人？　へえ、そうかい」

釣り糸にアタリがきたのだ。彼は思わず眼を細め、しばらく相手の言葉に耳を傾けていた。

「三戸郡？　新郷村？　それ、ひょっとして……」

それから再び相手の長談義が続いた。彼は時折り「へえ」とか「はあ」とか生返事をしていたが、ひと通りの話が終わったところで、

「じゃ、親っさんも体に気をつけてな」

そうしめ括って受話器をおろした。

そのまま受話器に左手をかけ、右手で頬杖をついて、再び何事か思案を巡らせていたが、やがて彼の鈍重な顔にありありと笑みが這いのぼった。

――もしかして。

その笑みを窓の外にひろがる闇に向け、

――美人の女編集長殿。こいつにゃあんたのほうから喰いついてくるかも知れねえぜ。

ランニングシャツの背中にぐっしょり汗を滲ませながら彼はそっと口のなかで呟いた。

4 神隠し

それは夢の世界だった。夢のなかで主人公である彼は濃厚な闇のなかを彷徨(さまよ)っていた。夜であることは間違いない。けれどもその闇を濃密にしているのは周囲を押し包む樹木のせいだ。そうだ。彼は深い森のなかにいる。頭上も梢によって鬱蒼と覆われ、夜空を見て取ることはできなかった。

しかし本当はそれらを樹木と称ぶべきではないのかも知れない。その多くは鈍い金属光沢を放っていたし、見透(みす)かせる範囲内でもかなりの数の発光器があって、赤を主体とした光の点滅が繰り返されていたからだ。けれどもなおかつ全体としては森としか表現しようがないのは、個々のものの形状とそれらの絡みあいが実際の植物以上に有機的だったからだ。

林立する円柱は手で握れるものから十人が腕を繋いでも届きそうにないものまで様ざまあり、その表面に刻まれた紋様もアルファからオメガまで百種百様だった。それらははるか頭上まで続くものばかりでなく、途中で互いに融合したり、折れ曲がって再び地上に戻っているものもある。幹からは枝状、帯状、羽毛状の突起がのび、さらに夥しいパターンを繰りひろげている。幹にはヒカリゴケのようなものが貼りついていたり、蔦(つた)のようなものが這ったりしていた。

そうなのだ。それはまさに森以外ではあり得ない。しかも人の手がふれぬ原生林だ。彼の鼻腔を充たしていたのも間違いなく樹脂の香りだった。そしてそんな深い森のなかを果てしもなく彼は彷徨っているのだ。

彼は疲れていた。足取りは重く、膝から下は棒のように無感覚だった。いったいどれほど歩き続けてきたのだろう。本当ならばとっくに倒れて動けなくなっているはずだった。そして多分、そんな彼を突き動かしているのはかすかに聞こえてくる声のせいだろう。

それは泣き声だった。しかも小さな女の子の。その少女を見つけようとして彼は森のなかを歩き続けている。

声はどちらから聞こえているのか分からなかった。……少女は何を泣いているのだろう。

何がそんなに悲しいのだろう。

あんなに泣きじゃくるほどの何が少女の身に起こっているのだろう。

それは彼の胸をしめつけた。その少女の悲しみは方角も分からず聞こえてくる声とともにすっぽり森全体を浸しているような気がした。

そうだ、分かっている。僕はその小さい女の子を見つけることはできないだろう。だから僕はこの先もずっとこの森のなかを彷徨い続けなければならないのだ。死ぬまでずっと、そしてもしかすると死んでからもずっと僕はこの森を彷徨い続けなければならないのだ。

そうとも、分かっている。これは僕に科せられた罰なのだ。……

柔らかな陽射しが茎田の瞼をくすぐっていた。ぽっと眼を開けると、細かな光の玉がいくつにも弾け散ったように見えた。

ゆっくりベッドの上に起きなおる。まだ夢の気分がまつわりついていて、それが彼を打ちのめした。気がつくと眼の端が涙に濡れている。思わず両手で顔を覆うと改めて涙がこみあげてきて、彼はしばらくそのまま身動きしないでいた。

夢判断を試みるまでもない。その夢の由って来るところを彼は重々承知していた。しかし、それにしてもなぜ今頃急に蘇ってきたのだろう。もうほとんど忘れかけていたというのに。

ようやく涙を拭って顔をあげ、ひと渡り部屋のなかを見まわした。白に統一された部屋。紺の絨毯を除いて、壁や天井はもちろん、家具や調度品も白にまとめられている。そしてそれは贖罪の色でもあるのだ。

意味もなく浮かびあがってくる皮肉な笑みを嚙み殺し、茎田はそうした気分を振り払うことにした。ベッドからおり、キッチンへ向かうと、タイマーをセットしておいたコーヒーメイカーにはもう保温ランプがついていた。

テーブルに着き、苦いコーヒーを啜りながら朝刊をひろげると、やはり真っ先に眼にとびこんできたのは人喰い豹の記事だった。このマンションの位置する中野区新井の隣、野方二丁目でまたしても犠牲者が出たというのだ。自宅に戻るために変電所の周囲を迂回する小道を歩いていた老人が襲われ、咽と腹部を喰いちぎられたのだが、その状況は最初の被害者のそれと極めてよく似ていた。推定時刻は夜の八時前後だとされている。

茎田は思わず開け放したままの窓に眼をやった。しかしさすがの人喰い豹といえども、マンション七階までは侵入のしようがないだろう。階段のほうから正々堂々と上ってくるのならともかくとして——。

けれどもそれは逆に、一軒家などに住む人びとの抱かされている恐怖をまざまざと想像させることになった。このニュースでまた、人びととの不安はますます掻き立てられていくだろう。

とにかく今度の事件は大東京を勝手気儘に猛獣が闊歩しているという異様さもさることながら、その猛獣がどこから出現したのか全くつかめないでいるのが大きなミステリとなっていた。普通、どこかで飼われていたか、あるいは運搬中に逃げ出したと考えるしかないが、その線からはいっこうに何も出てこないのだ。となるともともと非合法なかたちで飼育されていたと考えるほかないだろう。もしかすると故意に放たれたのではないかという憶測さえそろそろ囁き交されはじめているのが現状だった。

ほかにも目立った見出しを拾いあげてみると、「中野区で夜間電話パンク状態」「無人化地域で盗難相次ぐ」「一部商店で買い占め騒ぎ」「頭かかえる捜査陣」などが人喰い豹関連のものだ。コラムでは豹の生態が取りあげられ、攻撃力はライオンや虎などと較べて劣るものの、その差は人間にとってみれば大したものではなく、格段に大きい機動力を考えれば、むしろそれ以上に恐ろしい存在ともいえる点が強調されていた。床下や建物の隙間など、ちょっとした空間にも身をひそめることのできる豹は、こうして人びとの闇への怯えを増幅・拡大していくいっぽうなのだ。

豹関連の記事以外では「またも若い女性に硫酸」というのが眼についた。半月ほど前に浅草で勤め帰りの若いOLが顔に硫酸を浴びせかけられる事件が起こったのだが、今度は同じ台東区の小島で買い物帰りの女性が被害に遭ったという。手口や状況が酷似しているところから同一人物による犯行という見方が有力となっている。

背後から追い抜きざまの犯行であるため、人相ばかりか年齢や性別さえはっきりせず、男だとすれば中肉中背、黒っぽい衣服という部分的なことしか分かっていない。これでは犯人像など描きようがなく、周辺の若い女性は人喰い豹に加え、正体不明の硫酸魔という二重の恐怖に晒されているというのだ。

さらに紙面をめくって眼を通すうち、「現代への警告」という連載コラムに行きあたった。その回の見出しは「餌づけザルが警告するもの」となっていた。

日本各地で野生ザルの餌づけが行なわれているが、十年も前からそうした場所で何らかの畸形を持つサルが目立ってきており、かつて各メディアで大きな問題として取りあげられたが、この傾向は今もなお軽減するどころか、確実にふえてきている。生まれてくる赤ん坊ザルの十四のうち一匹が畸形という高率を示す場所も決して少なくない。そしてこの現象は野生ザルのあいだには全く見られず、餌づけをはじめると急激にあらわれるというのだ。

餌づけに使われるのは主にリンゴとパンである。しかしそのいずれも人間が口にしているものと全く変わりない。これはいったい何を意味しているのだろうかと執筆者は疑問を投げかけていた。

かつて原因はリンゴの表面に残留する農薬のせいではないかと言われた。リンゴは極めて害虫や病気に弱いため、繰り返し農薬を使用しなければならない。なるべくその回数を減らそうとする動きはあるものの、全く無農薬で商品たり得るリンゴを育てるのは極めて困難なのだ。これほど農薬というものと切り離せないリンゴにまず疑惑の眼が向けられたのは当然だったろう。

その後、いや、原因はパンにあるという声が強くなった。すなわちその原料となる小麦粉が問題とされたのだ。現在日本国内で消費される小麦粉はほとんどアメリカからの輸入品だが、そのアメリカでの小麦作りは大規模に機械化された農法のもとで行なわれ、農薬も飛行機などで大量に散布されている。実際、そうやって作られた小麦には日本国内で生産される穀物の基準を大幅に上まわる農薬が含まれているのが実情だ。加えて輸入の際の保存のためにも大量の燻蒸剤が使われている。

現在のところまだ原因は特定できないが、いずれにしても餌づけザルと同じものを口にしている人間に影響が出ないはずがない。考えられるのはサルに較べて人間の世代交代のサイクルが格段に長いため、サルに起こっている現象が人間にはまだはっきりあらわれてきていないだけではないかということだ。結局、餌づけザルは人間の未来をあらわしているのではないかとそのレポートはしめ括られていた。

写真には飼育係らしい男に抱かれた手足のない子ザルが撮されており、茎田が重い気分でそれを眺めているとき、突然玄関のチャイムが鳴った。

「生きてたか、先生」

ロックをはずしたドアから顔を覗かせたのは佃啓一（つくだけいいち）だった。

身長は百九十センチ、体重も軽く百キロを超しているだろう。プロレスラー然とした体軀（たいく）にふさわしく顔も角張って、真一文字の太い眉が厳（いか）めしい。愛用のラフなジャケットも胸の前をぴっちりあわせるのは相当苦しいはずだった。

「君こそ途中で豹に襲われずにすんだようで幸いだったね」

「どうしてどうして。いきなりとびかかってきたよ。ちょいと手古摺（てこず）ったが、四つ足まとめて縄で縛って上野動物園に売りとばしてきたところさ」

そんなことを言ってカラカラと笑い、小さな肘掛け椅子に窮屈そうに腰をおろした。

佃は茎田と同郷で、高校時代からラグビーのフォワードとして名を馳（は）せた。大学一年のときに膝を傷（いた）め、すっぱりスポーツから足を洗った彼は、卒業後、マスコミの世界に身を投じたのだ。今は近年飛躍的に部数をのばしてきた「週刊ひふみ」の記者として、かつて身につけた野性的な判断力と突進力を遺憾なく発揮している。

その彼が茎田に対して先生という言葉を使うのは自分の扱う事件に関して心理学的見地からのコメントを仰ぐ場合と、これまでの経験からして相場が決まっていた。

「今日は何かな。人喰い豹に関してなら僕より動物学者のほうが適任だと思うけど」

コーヒーカップを差し出しながら言うと、佃はゴリラのような分厚い手を振って、

「イヤ、そうじゃないんだ。もちろんそっちのほうでもテンテコマイなんだが、今俺が調べてるのは神隠し事件だ」

「神隠し――？」

「そう」

深刻ぶった顔で頷き、そっとカップに口をつける。その体格に似合わず、佃は極端な猫舌だったのを思い出して、茎田はこみあげかけた笑みを押し戻した。

「知らねえだろうな。四日前、女が豹に喰い殺された同じ日、杉並区で小学生が学校帰りに蒸発してるんだ。未だに行方不明だよ。身の代金の要求もないから営利誘拐ではなさそうだ。家の者は豹に襲われたんじゃないかというのをいちばん心配してて、警察もその可能性は考慮してるようだが、俺は違うと睨んでるね。というのは、ここ二年ばかりのあいだに杉並区を中心として、子供の蒸発事件が五件ほど相次いでるからだ。いずれも小学生で、たいがい学校帰りに、たいした金も持たないまま何の手がかりも残さず消えちまってる。結局神隠しとでもいうほかないんだな」

「……僕が新宿駅の地下で中年男の突然死を目撃したのがちょうど成城で豹の事件があったのと同じ時間帯だったらしいけど、その子供の身に何か起こったのももしかすると同じ頃だったのかも知れないな」

茎田が言うと、佃は意外そうに眉をつりあげ、

「ヘエ、突然死の現場にいたのか。あれはうちの記事でも扱いそこねちまった」

そんなことを言って、

「まあそれはともかくとして、神隠しが続いて起こっているのに俺が気づいたのは正月早々編集部にはいった電話からだ。練馬区のある家で、小学生の娘が家を出たきり帰ってこない。警察にも届けたが足取りが全くつかめないというので、うちに泣きついて来たってわけだ。ちょいと調べるとあとは芋蔓式さ。俺はひとまず自発的な家出だと考えて、現代の世相を反映する現象という観点から調べはじめてみた。ところが調べれば調べるほど、どうもそんな単純なものではなさそうなんだな。それで俺はいよいよ一連の神隠しの裏に何があるのか徹底的に探ってやろうと決めたのさ」

そこまで喋って、残りのコーヒーを顰めっ面でひと息に呑みほし、こちらにカップを差し向ける。茎田が二杯目を注ぐあいだ、窓からの柔らかな陽射しに眼を向けていた佃は、

「表面的には蒸発しているのが小学生という以外、まるで共通点も繫がりもなさそうだったが、俺は絶対何か隠されてるはずだと思った。そうでなきゃ話が一歩も進まないから、こいつは全くの希望的観測だったんだがね。とにかく俺はそれぞれの子供に関して、重箱の隅をつつくように調べてまわった。そしてようやく今月になって、俺はある共通点を見つけ出したんだ。もちろんそれは四日前の子供にもあて嵌まったんだがね。……へへエ、何だったと思う？　その共通点ってのは――」

勿体ぶるように言葉を切って、満面のニヤニヤ笑いを突き出した。

「……そう言われてもね。はてさて、みんな先祖伝来の隠れ蓑でも持っていたのかな」

「ウーム、そいつは俺も気がつかなかった。今度確認を取っておかなきゃな」

そう言って佃は笑い、

「蒸発した子供たちはみんなかつて一度はスプーンを曲げたことがあるんだ。もちろん手の力でひん曲げたんじゃないぜ」

「へえ、スプーン曲げね」

茎田がいかにも意外そうな表情を見せると、佃は満足げに頷いて、

「そうそう、一九七四年の三月というからもう二十年以上も前のことになるわけだな。ユリ・ゲラーによるテレビ公開実験を引き金に爆発的な超能力ブームが日本中を席巻するわけだが、その象徴となったのがスプーン曲げだ。実際あのブームは凄かったな。イヤ、実のところ、俺自身もご多分に洩れず、スプーンを握りしめながらテレビの前に齧りついてた口さ。俺はダメだったが、いっしょに視ていた従弟のチビが見事にひん曲げたのにはぶったまげたがね。

とにかくあのとき全国各地に続々と現われたのが超能力少年だった。『週刊朝日』が〈スプーン曲げ＝トリック〉説を前面に押し出した頃から表面的な熱狂は急速に冷めちまったが、いったん火のついたオカルト・ブームはむしろその後もじわじわとひろがるいっぽうで、今ではすっかり定着しちまったというのが実際のところだな」

そこまで立て続けに喋って、佃は再び窓のほうに眼をやった。

マンションの七階から眺められる空は雲ひとつない日本晴れだったが、うっすらとひろがる春霞のために冴えきった青空ではない。淡い陽射しが低く紺の絨毯にのびて、窓際の空間を明るく照らし出している。ひとときその光景に眼を奪われている佃はまるでそこに何者かの姿を見ているかのようだった。

「で、結局僕に訊きたいことは何なのかな。超能力についてだったら超心理学の担当者にでもあたってもらったほうが」

話を促すと、佃は弾けるようにこちらに首を戻して、

「ああ、そういえばおたくの研究所には超心理学の課もあったんだっけな。いざというときには伺（うかが）わせてもらうよ。だがそれはそれとして、話にはまだ続きがあるんだ」

言いながらジャケットの胸を探ったが、取り出した煙草のケースは空だったらしく、忌々（いまいま）しそうに握り潰すと、ぽいと肩ごしに放り捨てた。空箱は見事な放物線を描き、背後の屑籠にすっぽりとはいった。その間、佃は一度も後ろを振り返らなかったので茎田は眼をまるくした。

「凄いな。君こそ超能力者じゃないのかい」

「よせやい。鏡だよ、鏡」

佃は鼻白んだ顔で言い、茎田の背後にある大きな姿見を指し示した。しかし種を明かされてみても驚きはそれによって差し引かれることはなかった。

「いったん超能力少年という共通点が明らかになると、そのひとつ先にある繋がりも今度は比較的容易に浮かびあがってきたよ。五人の子供のうち、はっきりしているのだけで三人、その噂を聞きつけたらしいある団体が接触してきてることが分かったのさ」

「ある団体？」

「ああ。〈紫苑（しおん）の会〉といってね。表向きは聖書の勉強会ということになってるみたいだが、どうも胡散（うさん）臭（くさ）いところがある。代表者は鏑木琢馬（かぶらぎたくま）という四十過ぎの男で、荻窪（おぎくぼ）にあるマンションふうの建物が集会場になってるんだが、会員数もはっきりしないし、そのくせしょっちゅう人が出入りしている、何だか妙なところだぜ。パンフレットに鏑木という男のことが紹介されてて、若くからイギリスに留学して聖書協会に加入、のちに疑問を感じるところあって脱会、日本に戻ってから〈紫苑の会〉を開いたということに

なってるが、どこまで本当のことなのやら。まあなかなかのカリスマであることは確からしい。俺は一連の神隠し事件に絶対この会が絡んでると見てるんだが」

「面白いね。聖書の勉強会と超能力少年たちの失踪か」

「だろう。俺がこの会に眼をつけたのが十日ほど前で、そうこうするうちに新たな神隠し事件があったわけだが、同時に人喰い豹も出現して、お蔭で張り込みのほうもやりにくくなっちまった。そこで残念ながら豹が捕まるまで直接的な調査は保留して、じっくり作戦を練ることにしたのさ。それで今日は何かいい智恵を拝借できればと思い、こうして参上仕った次第だ」

「成程。要するにベンチ入りの暇潰しだね」

そう返すと、佃はクシャッと鼻の頭に皺を寄せ、二杯目のコーヒーを一気に呷った。

「難しいところだろうね。ひと口にカリスマといっても様ざまなタイプがあるだろうし。だけど一般的にそういう人物は強固な自尊心の持ち主であることが多いから、そのあたりをくすぐれば案外饒舌になってくれるんじゃないかな。そうなれば必要な情報もポロリと洩らしてくれるかも知れないし。そのためにはその主宰者の唱えていることを事前によく呑みこんでおく必要があるだろうね。今の話だと、その人物にはかなり独自の見解があるようだし、それが特異なものであればあるほど有利な武器として逆利用できると思うよ。それに聖書における重要なテーマである奇蹟は超能力と重なりあう部分が大きいから、そのあたりを誘い水にすれば話を引き出しやすいんじゃないかな」

「フム、奇蹟か。こいつはいいことを聞いたな。敵を知れば百戦危うからずってわけだ」

屈めていた背をそり返らせ、佃は再び想いを巡らせるかのように窓のほうに目をやった。

茎田は茎田でふと別の想いに囚われていた。彼がたまたま目撃した、原因不明の突然死に見舞われた中年男も教会で働いていたと新聞に書かれていた。全く脈絡のない偶然だったが、それが何とはなしに気にかかったのだ。

そしてそれは四日前の悠子との会話を思い出させた。

実際、このところの宗教の隆盛には目を見張るものがある。しかもこの言葉があて嵌まるのは常に新宗教、もしくは新々宗教と称ばれるものに限られていた。以前から既に創価学会、立正佼成会、生長の家、霊友会、天理教などはその規模からいっても現代宗教運動の主流として確立した存在だが、ことにここ十数年、様ざまな新団体の乱立が目立っている。もちろん簇生の兆しはもっと以前からあったはずだが、結局のところ、こういった現象は既存の価値観の喪失に悩む現代社会の反映なのだろう。なかでもとりわけ〈生命の園〉は現在飛躍的な成長をとげつつある最も有力な存在だった。

——ひょっとすると突然死したあの男が勤めていたのもキリスト教系の新宗教だったのかも知れないな。

そして茎田は回想から身を引き戻し、

「具体的な主張の内容が分かればもっといい智恵が見つかるかも知れないよ」

そう言葉を繋いだが、なぜか佃は上の空で頷くばかりだった。

茎田はリモコンを取り、テレビのスイッチを入れた。すぐにニュース・アナウンサーの生硬な声が流れてきた。北区の小学校で終業式の日、生徒のあいだでひどいリンチが行なわれていたこと、そして台東区で中学生四人が金欲しさに煙草屋の老婆を撲殺したという二つの事件がメインだった。

「いよいよ東京もニューヨーク化してきたな」

吐き捨てるように佃が呟いた。

5 蛇の眼の男

豹を目撃した、豹の声を聞いた、豹の通った痕跡があったなどといった通報は依然あとを絶たず、マスコミの発表は極めて慎重に絞りこまれた上で行なわれた。にもかかわらず、それらの地点はどんどん拡散を続けている。これだけ厳重な警戒網を敷きながらまるで笊から水が洩れるように楽々とくぐり抜けを許してしまっている状況には、警察当局も苛立たしさやもどかしさ以上に、狐につままれた想いに囚われているというのが実状に近かっただろう。

そうした状況とともに都民のあいだにはますます恐怖がひろがっていった。その日の朝のテレビや新聞では各地で自警団に加入する者としない者とのあいだに摩擦が起こっていると報道された。ことに三鷹市井の頭では双方の衝突により六人が流血、うち二人が重傷を負うという事件まで発生している。

そろそろ桜も三分ほど花開き、いつもなら各地の公園に花見客が繰り出しはじめる時期だった。しかし都心より西側の井の頭公園、神代植物公園、二子玉川公園、駒沢オリンピック公園、小金井公園、石神井公園といった方面には客足も途絶えたままで、そのぶん上野公園、日比谷公園あたりにはかなりの人出が予想された。そして恐らくそういった場所に繰り出す人びとのなかには、危険地帯からはいくぶん離れているものの、人喰い豹の徘徊している同じ闇のなかで花見をするという適度なスリルを目的にしている者も多いはずだった。

米田和江が声をかけられたのはそういった状況のもとでだった。

「すまない、和ちゃん。場所取りを頼むよ。上野公園に十五人ぶん」

男にしてはやや高い、よく通る声だった。その声に和江は軽装版の本から眼を離し、事務室にとびこんできた尾塚正秋（おづかまさあき）に顔を向けた。

「一人で……ですか」

彼女の癖である猫背がちに首を縮めた姿勢で返した言葉はいかにも気のなさそうな響きになった。

「一人じゃ無理？　じゃ、誰か加勢させようか」

「いえ……いいですけど」

「そ。じゃ、頼むよ」

躊（ため）らいも許さぬズバズバとした口調で言って、もうそそくさと立ち去りかけた尾塚は、ふと和江の机の上に眼を止めた。

「何読んでるの」

和江は慌てて本の表紙を手で覆い、

「会長さんの本。……そこの戸棚にあったものだから」

「何だ。じゃ隠すことないじゃないか。君、そういう変わったとこあるね」

怪訝（けげん）そうに首をひねりつつ、尾塚ははいってきたドアから姿を消した。

いつもながらの精力的な動きだった。ひょっとすると和江よりも低いくらいの貧弱な体つきなのだが、そのためいっそう活動的に映るのかも知れない。先程あちらで書類に眼を通していたかと思うと、もうこちらで事務の女の子相手に冗談をとばし、しばらくのちには地方から電話をかけてくるという具合だった。

和江はドアのほうをぼんやり眺めながら尾塚の最後の言葉を反芻（はんすう）していた。君、そういう変わったとこあるね。――むろんそれは彼女にも分かっている。そして重々承知しているだけにその指摘はきりきりと胸に応(こた)えた。両親や教師、友人たちからも何度となく投げかけられた評価——消極的、引っこみ思案、必要以上の用心深さ、拒否的な態度——しかしそれが何に由って来ったものなのか彼女自身にも憶えがないのだが。

　君、そういう変わったところあるね。

　今も鮮明に胸に灼きついているのは高校のホームルームのひとときだった。懈怠(けだる)い午後の陽光が窓ガラスに照り映え、校庭では学年の違う生徒たちの喚声が潮騒(しおさい)のように谺(こだま)していたことまで記憶に残っている。

　議題は学園祭のための劇に関してだった。演目はリリアン・メイスンの『嵐の一夜』に決まり、次に配役を決定する段になって、教師は一人一人に希望を表明させた。生徒は次々に立って、どの役がやりたいだの、舞台裏の仕事がいいだのと述べていった。

　和江はもともとそういった具合に次第に順番がまわってくる状況がいちばんの苦手だった。不意に名指しされるならまだいいのだが、刻一刻、徐々に自分の番が近づいてくると、緊張で心臓が破裂しそうになってしまう。やはりそのときも頭に血がのぼり、できることならその場から逃げ出してしまいたいと思った。

　けれども彼女には希望があった。演技にはもちろん自信などないが、音楽は人一倍好きだったので、音響係を担当してみたかったのだ。自分ならＢＧＭにこの曲を使いたいという構想もあった。

　とうとう自分の番がまわってきて、彼女はそれを口にしようとした。しかしあまりの緊張で咽がカラカラになっていたので一瞬言葉が痞(つか)えてしまい、その隙をついて背後からおちゃらかした声があがった。

「米田さんは聞かないでも決まってるじゃない。内気で無口なジョアンナがピッタリ」

どっと笑い声が押し被さった。いや、もしかするとたいした声ではなかったのかも知れないが、彼女の耳には突き刺すばかりの声高なものに響いた。言葉はそのまま咽の奥に呑みこまれ、カーッと顔じゅう火がついたようになり、何が何だか分からないまましどろもどろの応答をして腰をおろすのが精いっぱいだった。

結局のところ、彼女にまわってきたのは小道具の係だった。

そのこと以来、和江の内向的な性格にますます拍車がかかったのは確かだ。あるいはあの時点で彼女が自分の意志を通していれば全く逆の方向へのきっかけになっていたかも知れない。繰り返し思い返すたびにそんな悔いが胸をしめつける。

そう、ほんのちょっとした躓(つまず)きだったのだ。無数にまわる歯車のたったひとつの噛みあわせが狂い、その波紋がどんどん増幅されて、とうとう彼女をこんな場所に追いやってしまっている。小さな小さなその歯車を今から交換するわけにはいかないだろうか。そんな虚(むな)しい想いを巡らせながら溜息をつくしかない自分が情けなかった。

君、そういう変わったとこあるね。

分かっている。本当は何がどう転んでも変わっていたものなどないだろう。

和江はそっと表紙の上に乗せていた手をどけた。先程まで読んでいたこの本も決して暇潰しのためだけに手に取ったわけではない。ちなみに読みかけのページに眼を落とせば、すぐ次のような文章がとびこんでくる。

あなたはあなた自身の性格・人間性・世界観に縛られている。ほとんどの人びとがこのからくりに気づいていない。これらのものから解き放たれない限り、あなたのなかで眠っている本当の能力は決して呼び醒まされることはないのである。……

　著者は宗教法人〈生命の園〉の会長、相馬劫明。そして和江の勤めるこの出版社は生命の園の一機関なのだ。文京区本郷に位置するこの〈生命の園出版局〉は二階建てのビルで、一階が編集室、企画室、事務室、応接室、地下が倉庫になっている。二階に関しては事務員の和江もよく知らなかったが、ともあれ今必要な茣蓙は倉庫にあるはずだった。

　和江はのろのろと腰をあげかけたが、ふと思い立って事務室のテレビをつけてみた。この一両日、豹に関する新たな情報がはいるたびに番組の途中でも速報に切り替える態勢を取っているようだが、そのときもニュース・アナウンサーが遽しく速報を伝えていた。

　最初に耳にはいったのは「繰り返します。今日午後四時頃、豊島区雑司が谷三丁目で、四十歳前後と見られる婦人が豹に襲われて死亡しました」という言葉だった。

　事務所にいた数人の者がいっせいに顔をあげた。

　直接的な被害者としては既に七人目だった。報道によれば豹はまたしても現場からやすやすと姿を消してしまったという。

「いい加減、何やってるのかしら」

　事務員の一人が鬱憤を叩きつけるように言った。

「あなた、本当に上野公園に行くの？　喰い殺されちゃうわよ」

「でも上野なら……」

「甘ァい。雑司が谷といえばすぐ近くじゃない。上野公園だって眼と鼻の先よ」

　すると別の一人が本当に蒼褪めた顔で、

「どうしよう！　あたしの家、バス停から遠いのよ。今日はタクシーで帰ろうかな」

そう言って声を震わせた。

和江は黙って部屋を出、地下への階段を降りた。薄暗くがらんとした倉庫に足を踏み入れると膚寒い感覚に囚われた。返品された出版物が紐で束ねて山積みになっている。その奥には様ざまな機材の類いも立ち並び、さらにか黒い闇を織りなしていて、その一角に黒豹が身をひそめていたとしても全く不自然でない雰囲気だった。

莫蓙はその奥まった場所に押しこまれているはずだ。和江はおっかなびっくり薄闇に足を踏み入れた。一瞬しんとした耳鳴りが彼女を襲う。それは全くの静寂ではなく、かすかな低い震動音が響いているせいだった。こんなところで何が？　獣の唸り声？　ひやりとしたものが背筋を駆け抜けたが、よく眼を凝らして覗きこむと、業務用の冷蔵庫のような大きな機械が発しているものと分かった。

――いったい何の機械？

けれども彼女は詮索をやめにした。何やら得体の知れない不安に押されるようにしてしばらく捜しまわって目当ての莫蓙を見つけると、急いで裏の駐車場にまで運び出した。

同じ頃、杉並区上荻の閑静な住宅街の一角で、駐車した車のなかからとある建物に油断なく眼を配り続ける人物がいた。ゴルフ帽を目深に被り、ミラーグラスで顔を隠してはいるものの、その優に百キロを超すと覚しい巨体を見れば、知っている者ならすぐに佃啓一と気づくはずだった。

彼の視線の先には〈紫苑の会〉の集会場であり、主宰者・鏑木琢馬の住居でもある建物があった。むろん杉並区といえば人喰い豹騒ぎの真っ只中にあり、警察による警備の眼が厳しいが、昼間なら不審がられることも少ないと判断して、昨日から再び張り込みをはじめたのだ。そしてこの日が土曜日。以前、毎週土曜が休会日と聞いていたのだが、どういうわけか建物は朝から妙に遽しい空気に包まれており、佃のアンテナは直感的に何かあるとキャッチしていた。

建物は三階建てで、建坪は百坪足らずというところか。外装は臙脂色の煉瓦造りで、しゃれたテラスには鉢植えの花や観葉植物なども並べ置かれ、ちょっと見には住み心地のよさそうなマンションというところだ。一階には広いホールがあり、二階には小さな教室、事務室、資料室などがあるらしい。そして主宰者の鏑木は三階に住んでいるというのだが、一階のホールを除いて、普段からどの部屋の窓にもブラインドがかかっていた。

今はホールの窓すらブラインドが閉めきられている。要するに外から建物内部は全く窺いようがないのだが、そのくせ、朝からもう既にのべ十五人ほどが出入りしていた。

出入りしている連中の身なりを見ると、きちんとしたスーツ姿のほか、ラフな恰好、青い作業服を纏った者もいる。年齢もまちまちだが、比較的二十代三十代の若い者が多かった。そんななかでひと組の人影が建物から滑り出て、横づけにしていた車に吸いこまれるように乗りこんだとき、佃のアンテナをひときわ鋭く刺激するものがあった。その古い型の軽乗用車が走りだすのを待って、佃もすぐにエンジンをかけた。

車は青梅街道に出て東に向かった。ぴったり張りついてよく見ると、運転席とその後ろに三十くらいの男が一人ずつ、そして後部座席にもう一人見えるのは十歳前後の男の子だった。

――もしかすると？

その胸騒ぎは抑え難い興奮となってハンドルを握る彼の掌を硬くさせた。気を落ち着かせようとラジオのスイッチを入れると、とびこんできたのは台東区で連続している硫酸魔の新たな犯行のニュースだった。ラジオはそのあと、神奈川で起こった猟銃乱射事件、国会答弁での建設大臣の問題発言、海外ではクウェート要人暗殺を狙ったテロ事件、南アフリカでのクーデター騒ぎが報道された。

車は一路東へと走り、新宿副都心の高層ビル街を右手に、そのまま山手線のガードをくぐり抜けた。歌舞伎町界隈はさすがに人通りが多く、そこを通過して、さらに靖国通りを東に辿っていく。

——いったいどこまで行きやがるんだ。

そんな想いをよそに、車は市ケ谷から外堀通りを迂回し、飯田橋、水道橋、御茶ノ水と、ひたすら道なりに進んだ。秋葉原の手前でようやく左に折れ、今度は中央通りを北へ直進しはじめる。

そのとき、歌謡曲の流れていたラジオにニュース速報が割りこんだ。国内線の旅客機が北アルプスで遭難したと、アナウンサーの声が遽しくまくし立てる。墜落した模様だが、乗客百二十名の生死はまだ不明。現在遭難した機体を探索中だという。佃は一瞬、今追い駆けている神隠し事件を中断して、そちらの取材にまわされる羽目にならないかと危惧した。何しろここのところ記事ネタには困らないほど様ざまな事件が相次いでいるため、海のものとも山のものともつかないような事柄を調査している余裕など、本来は全くないのが現状なのだ。

——編集長、おっかねえからな。

事実、「週刊ひふみ」の顔である女編集長・速水遼子は佃が唯一苦手とする人物だった。最近は女性の編集長というのも珍しくなくなったが、近年飛躍的に部数をのばした実績が示す通り、その才はなまなかの男など太刀打ちできぬものがある。ことに一般大衆が何を知りたがっているかを先読みする能力にかけてはそれこそ天下一品と表現しても褒め過ぎではないだろう。

そんなことを考えるうちに車は上野広小路(ひろこうじ)の先でふた叉(また)になった道の左を選び、しばらく不忍池(しのばずのいけ)を横手に眺めながら走って、ようやく東照宮(とうしょうぐう)のあたりで駐車場所を決めた。同様な車がずらりと並んでいることから、佃は初めて花見の季節であることに思いあたった。

運転手を残して男と少年が降り、歩道橋を渡ってそのまま上野公園にはいっていく。佃も慌ててあとを追おうとしたが、駐車に手間取ったのと人通りの多さのために予想外の遅れを取り、入り口に駆けつけたときには二人の姿は雑踏のなかに紛れこんでしまっていた。

空は次第に菫色(すみれいろ)の天鵞絨(びろうど)を纏い、それにつれて三分咲きの桜が鮮やかに視界を占領していく。佃は臍(ほぞ)を噛む想いで、花に酔う雑踏を懸命に掻き分けた。

茣蓙を抱えた和江には適当な場所を捜しあて、それを敷き終えるまで桜の景観を娯(たの)しむゆとりなど全くなかった。

敷き終えるともうくたくただった。和江はぺたりと腰を降ろし、ようやく周囲に視線を巡らせる。けれどもやはり人の多さやすっかり出来あがっている集団の騒々しい嬌声は彼女の神経を苛立たせるばかりだった。

――あの本でも持ってくるんだった。

和江は猫背がちに蹲ったまま軽い後悔を感じていた。

何かに心を傾けていないとすぐにとりとめのない夢想が彼女を虜(とりこ)にしてしまう。そしてそれは必ずといっていいほど彼女の気分を重くする方向へと繋がっていくのだ。仕事の合間にボンヤリしながらも何となく不機嫌な表情を作ってしまい、そんなところをよく尾塚は指摘してからかった。

――あの人は本当に活動家だもの。敏捷で、自信に充ちてて、まるで私の逆……。

どうしたらあんなふうになれるのか彼女には理解のほかだった。社会に出てからも引っこみ思案の性格はいっこうによくならず、そばかすの多い地味な顔立ちの上、乱視の混じった近視のために度のきついメガネが離せないとあって、容姿にもまるで自信がない。健康面からいってもひどい疲れ性は中学の頃からで、すぐ眼が痛くなったり、肩の凝りが耐えられないものになる。それに加えて家庭のなかで続いているいざこざが常に頭の上にのしかかったように離れなかった。

まだ二十三歳なのに最近はたびたび三十近くに見られてしまう始末だ。

そんな彼女にとって尾塚という人物は不思議に魅力的な存在だった。それは彼の貧弱な体格と、いくぶんアクの強い容貌を割り引いてなお余りあるものだった。

けれども彼女は尾塚の肩書きさえよく知らなかった。はじめは編集部に所属しているものとばかり思っていたが、同僚の話によれば実は出版局内部の人間ですらないらしい。そのくせ頻繁に顔を覗かせ、出版局全体を自分の庭のように闊歩している。雑誌に時折り難しい文章を書いている点からすればライターとかコラムニストなどと称ばれる人種かとも思うが、結局のところはよく分からなかった。

年齢も不詳で、いつもの青い革のジャケットと、白くすりきれたジーンズという出で立ちでとびまわっているときには二十代にも見え、くたびれ果てた様子で長椅子で仮眠を取っているときには四十代にも見える。彼女の見当によれば三十代半ばというのがいい線と思うが、果たして実際はどうなのだろう。

気がつくと空にはべったりと夕闇が貼りついていた。人の数も増すいっぽうで、まだまだこれから夜半にかけて乱痴気騒ぎは膨れあがっていくに違いない。彼女は今のうちにとトイレに立った。

手を拭きながらトイレを出たとき、たまたま通りかかった通行人の言葉がふと彼女の耳にとびこんできた。「……眠っている能力が……」そんなふうな言葉だった。

話を交しているのは二人連れの男だった。肩を並べてぶらぶらと歩いていく。片方は白髪交じりの蓬髪で、渋い山鳩色の背広を着た年配の男。もう一人は痩身でやたらに背の高い、フードつきのジャージを纏った若い男だった。

和江はなぜかしらつられるようにそのあとを追った。

男たちはひととき連れ立って歩いたあと、あいたベンチに腰をおろした。彼女も少し躊ったあと、同じベンチの端に席を占めた。

どうして私はこんなことをしているのだろう。――そう。きっとさっきのあの〈能力〉という言葉に引き寄せられたのだ。なぜって、その言葉は私の想いを捉えて離さない呪文なのだから。

――いけない。こんなことをしていては。

けれども和江は顔を伏せながら耳を澄ませる自分を今さら興味から引き離してしまう気にはどうしてもなれなかった。

最初は二人が何を喋っているのか分からなかった。ずいぶん難しい内容らしく、ひとつひとつの言葉も記号めいたものにしか思えない。しかし顕微鏡のピントをあわせるときのように、ふと輪郭が鮮明に浮かびあがってきた途端にすべての言葉がはっきり聞き分けられるようになった。

「……それが訪れるのは動かせない事実なんです。ひとつひとつのデータを検討していけば、それは本当に明らかですよ。問題は、ですからそれがいつ起こるかということなんです。ええ、私はそれが急に起こると言ってきましたが、あくまでそれは生物の進化の流れという気の遠くなるような時間のスケールから見た話で、もちろん一日や一週間という単位で起こるわけではありません。ですが、だからこそ、その変化は私たちの眼で捉えられるはずなんです……」

それは年配の男の言葉だった。低く押し殺した口調の底に何かしらひどく切迫したものがこめられているような気がして、和江は胸の鼓動が昂まるのを感じた。

「分かりますよ。今がその過渡期にある……」

若い男が相槌を打つと、年配の男は間髪を入れず「そうです」と返して、

「もうひとつ肝腎な点は、そういった進化の激変は方向として普遍的なものでありながら、地域的に限定されて起こるということです。このことは前兆の探索に関して重要な指標となるはずです」

厳かな口調で言い添えた。

「なるほど。つまり、そういった区域を重点的に調べてみればいいのですね。……で、その区域を特定することは可能なんですか」

「たいへん難しい問題ですね。しかしひとつの考え方として、昔から霊的と見なされている場所にはもともと例のエネルギーが集まりやすくなっているのかも知れません」

「なるほど、なるほど。それは面白いですね」

「もう少し科学的なデータを持ち出せば、これは私の研究からなんですが、生物の棲息分布の限界をおおまかな線で表わして、過去から現在までの様ざまな種の変異を重ねあわせていきますと、できあがる網目模様には大きな粗密の差が浮かびあがってくるんです。そしてそれが粗になっていればいるほど種の変異が起こりやすい場所ということになりますね。我国の場合、目立つポイントを二、三あげると、十和田湖付近、三重県南部、徳島の剣山地……」

そのとき「お待たせ、和ちゃん！」といきなり甲高い声が聞こえて、彼女は思わずその場からとびあが

りそうになった。

隣に腰かけていた若い男がそちらに顔を向けるのが気配で分かった。瞬間その体がぴくりと強張(こわば)り、咽につっかかるような声が洩れた。

「……尾塚……！」

その言葉は彼女の背筋を冷たく凍りつかせた。どうしてこの男が彼の名前を知っているのだろう。次の瞬間、尾塚のほうでも男に気づいたらしく、突然棒のように立ち止まった。

腺病質な細かな皺と黄色い痘痕(あばた)に彩られた尾塚の顔に苦虫を噛み潰したような表情がありありと浮かんだ。そうして束(つか)の間(ま)二人の睨みあいが続いていたが、隣の男はふと思いあたったように彼女に眼を向けた。

それまで硬く身を縮めながらまっすぐ前方を見ていた和江は、男の視線に引き寄せられるようにゆるゆると首をそちらに向けていった。恐ろしくて仕方ないくせに、どうしてもそうせずにいられなかった。

そして和江は初めて男の顔を見た。ギリシャ彫刻めいて彫りの深い、そのくせ蠟(ろう)に似たやけにのっぺりした膚が貼りついていた。気味の悪い貌(かお)だった。二重瞼の眼は大きく、それに較べて瞳は異様に小さい。そう、これは蛇の眼だ。鋭い視線はこちらを刺し貫いたまま動かないでいる。

心臓が石のように縮かみ、全身の体毛がざわざわと音をたてて毳立(けばだ)つのが分かった。本当なら大声で叫んで逃げ出したかったが、体が感電してしまったように凍りつき、視線を逸らすことさえできない。襲いかかる激しい眩暈(めまい)。それを堪えているのがやっとだった。

この眼は忘れることができない。

一生忘れることができない！

やがて男の表情に酷薄な笑みが混じったかと思うと、不意にベンチから腰をあげ、連れの男を促すようにして遠ざかっていった。すぐに人ごみに紛れて姿が見えなくなり、ほっと全身から力が抜けると、彼女はベンチにつっぷしそうになった。

駆け寄ってきた尾塚に大丈夫だと答え、和江はさっきの男が何者か尋ねた。尾塚は唇の端を捻じ曲げながら、ちょっとした知りあいさ、と肩を竦めた。

「それよりあいつの横に座ってたのは偶然なのかい」

そう問われて、和江は事のなりゆきを頭から説明した。男たちの会話の詳しいところまでは再現できなかったが。

「何か生物の進化の話だったみたい。近ぢか何かが起こるようなことも言ってたわ。エネルギーがどうのこうの……。それから日本の地名をいくつかあげてたとき、急に尾塚さんが声をかけてきて――」

興味をあらわにして聞き入っていた尾塚は嚙みしめた歯の奥でキュッキュッと妙な音をたてた。

「ひょっとしてその場所を調査するようなことを言ってなかったかい」

「そう、そうよ。……確か十和田湖と……三重県の南部？……それと徳島の……何とか山地？」

不意に尾塚の眉が独立した生き物のように蠢いた。

「剣山地？」

「そう、それ」

和江は穴のあくほど相手の顔を覗きこんだ。奇妙な魔法にでもかけられているようだった。けれどもそんな彼女の想いをよそに、尾塚は眉間に集められる限りの皺を集めて、何やら深い思考に没入しているふうだった。

「結局あいつとはもう一度対決しなきゃならんな」

「え？」

和江はますます混乱しながら訊き返したが、もうそのときには表情を和らげていた尾塚は、

「何でもないよ。さて、花見の席はどこだい」

快活に言って首を巡らせた。

宙ぶらりんの気分のまま、和江は先に立って案内した。見あげるといつのまにか空は濃紺に暮れ落ち、下から照明を浴びた桜はいよいよ妖しく輝いている。人びとの喧噪とは関わりなく、花の占める空間ではひっそりとした静寂が保たれているのだろうか。そして尾塚という人間の実相もまた、こちらとは永久に関わりを持つことなく終わってしまうのだろうか。――けれども彼女は結局のところ、そんな想いを一人静かに嚥み下してしまうほかなかった。


ベンチから立ち去る二人の男をこっそり尾（つ）けていく、山のように大きな人影があった。佃だった。彼は少年を連れた男の姿を見失ったあと、公園のなかをあてもなくうろつきまわり、たまたま先程の場所で見憶えのある顔を見つけたのだ。

ベンチに三人腰かけているうちの五十がらみの男だった。急いで記憶のファイルをめくり、それが〈開発準備委員会〉という宗教団体の主幹・巫部詠典（かんなぎえいてん）であることに気がついた。

佃にその人物に関する知識があったのは昨年九月に岡山で起こった赤ん坊殺しの通り魔事件を取材したことがあり、その犯人と〈開発準備委員会〉とのあいだに何らかの繋がりがあるのではないかと一時期疑いが持たれたせいだった。

しかしその関連というのは最初から曖昧な話だった。犯人の自供によれば自分のやったことはすべて指

令に従った上でのもので、それは電波のかたちで直接頭のなかに伝わってくるというのだ。そしてその指令を発信しているのが〈開発準備委員会〉だというのである。むろんこうしたとりとめのない内容であるため信憑性はゼロに等しく、実際に調査してみても繋がりらしいものは全く出てこない。犯人が覚醒剤中毒であることははじめから明らかだったので、結局のところ、どこかで耳にした名称を妄想のなかに取りこんでしまったのだろうというのが警察の見解だった。

ともあれ〈紫苑の会〉を出た不審な車のあとを追ううち、〈開発準備委員会〉の主幹に出会したというのが単なる偶然かどうか彼はすぐには判断できなかった。そしてその判断がつかないうちにあの奇妙なひとときのドラマが起こったのだ。

最初はたまたま同じベンチに居あわせただけだと思われた若い女が、新たに登場した寸足らずの男を介して、そうではなかったことが明らかになったのだが、そのことは巫部と中央の若い男にとっても寝耳に水だったらしい。そしてその直後に中央の男が女に向けた凶悪な眼差しと、女が浮かべた血も凍るような恐怖の表情を佃は決して忘れることはないだろう。

ともあれ四人の関係は尋常なものではなさそうだった。こいつは何かとんでもない謂れがある。佃は瞬間的にそう判断した。〈紫苑の会〉の不審な二人も気になるが、いったん興味の対象をこちらに切り換える価値も充分にあった。

巫部と若い男がその場を離れたとき、佃は迷わずその二人を追った。彼の関心は巫部だけでなく、それに劣らず若い男に惹きつけられていた。人並以上の大きさながら、瞳だけは異様に小さい爬虫類の眼。今まで一度も見たことがないあんな眼の持ち主はいったい何者なのか。

しかししばらく歩いたところで若い男は巫部に頭を下げ、違う道筋に別れていった。佃は少し躊い、いささか後ろ髪を引かれながら結局巫部のほうを尾行することにした。

淡い桜色に染まる園路はどこまでも果てしなく続いているかのようだった。あちこちにわだかまる人ごみ。額にネクタイを巻きつけた男の影が遠い街灯を背にして奇妙な踊りを踊っている。そんな光景のなかをぶらぶら辿る巫部の姿を追ううち、佃の眼にふと鮮やかな黄色が映った。

それは少女の頭髪だった。麦の穂のように逆立った髪。派手派手しい青い服。人の流れのなかにぽつんと立って、誰かを捜すように周囲を見まわしている。よく見ると両方の目尻に緑色の奇妙な紋章がメイクされていた。

――パンクのイカレたネエちゃんも人並に花見にはやってくるんだな。

そんなことを考えた直後だった。いきなり眼の前が真っ白になった。そして次の瞬間、途轍もない衝撃が彼の体を吹きとばした。

最初は俯せに倒れ伏したまま何が何だか分からないでいた。粉塵がモウモウと立ちこめ、瓦礫が雨のように降りそそいでいる。ひょっとするとこの世の終わりかと思ったくらいだ。気がつくと耳の奥が火箸を突き刺されたように痛み、ジェット機の爆音に似た耳鳴りが谺している。そしてようやく手を突いて体を起こそうとしたとき、舞いあがる黒い煙幕のなかを走り抜けていく子供の姿が見えた。それは車で連れてこられたあの少年だった。

爆発は和江と尾塚をも襲った。

空間自体がその場からずれてしまうかのような凄まじい衝撃だった。そのために心臓が先に弾けとび、それを追いかけるようにして彼女の体は弓なりにのけぞった。

一瞬気を失ったのかも知れない。ゆっくり背後を振り返ると、木立ちのあいだから巨大な黒煙が渦巻きながら身をのばし、ムクムクとどこまでも天空にのびあがっていった。現実のものとは信じられない、恐ろしい光景だった。

ゴウゴウと尾を引く雷鳴に悲鳴と怒号が折り重なって届いた。周囲の人びとはある者は倒れたまま、ある者は立ちつくしたまま茫然（ぼうぜん）と立ちのぼる黒煙を見つめている。ややあっていくつかの足音が彼女の傍らを通り過ぎていった。

すぐ眼の前には尻餅をついた恰好の尾塚がいた。

「トバ」

そう聞こえた。その言葉は尾塚の口から譫言（うわごと）のように洩れた。

「……あいつが……?」

続けて、そうも聞こえた。あいつというのは先ほどの気味悪い青年のことだろう。多分、尾塚はこの突然の爆発があの青年のせいではないかと疑っているのだ。けれどもそこにどんな根拠があるのか、もちろん彼女には知る由もなかった。

次第に数多く群がってくる野次馬たちに、二人は身を起こさざるを得なかった。しかしそのとき彼女の背筋を鋭い痛みが貫いた。

ウッと呻（うめ）いてよろめいた彼女を慌てて尾塚が抱き止めた。

我慢できない痛みだった。衝撃を受けて体を捻ったとき背中の筋を傷めたに違いない。彼女は尾塚に縋（すが）りつき、依然続いている阿鼻叫喚（あびきょうかん）めいた喧噪を聞きながら、何もかもみんな悪い夢ではないだろうかと考えていた。

6　それぞれの炎

「よォ、先生」

電話で十階上の喫茶店に呼び出され、その声のした方向に眼をやって、茎田はアッと息を呑んだ。テーブルのひとつを陣取っている佃の姿は戦場から帰還したかと見紛う（みまがう）ものだったからだ。ジャケットもズボンもあちこちすりきれ、衣服だけでなく髪も白く埃にまみれ、右頬には痛々しい青痣（あおあざ）まで浮き出ている。

「どうしたんだ、それは」

慌てて向かいの席に座った茎田に、佃は唇の左端を軽く曲げながら、

「上野公園で爆弾事件があったのを知らないか。俺はその眼と鼻の先にいたんだよ」

愉快そうに言い放った。

「ああ、その事件のことは知っている。今日は飛行機も墜落するわ、豹の直接の犠牲者も出るわ、大変な一日だったようだけど、あの爆弾事件の現場に君がいたとはね」

「墜落機のほうも全員絶望らしいが、こちらの爆発でも死者は十人を下らないようだぜ」

「だけどどうしてそんな現場に？」

「さあ、それだがね」

佃はそう前置きして、最初から事の顚末（てんまつ）を説明した。その内容には茎田も強烈な興味を覚えた。

「まあカスリ傷程度ですんだのは運がよかったよ」

「運のせいだけじゃないだろう。君を噴きとばすにはミサイルくらい持ち出さなきゃ」

「そうかね」

満更(まんざら)でもなさそうな様子で言うと、眼の前にあったジョッキを傾ける。なみなみつがれた泡立つビールは見るまに太い咽の奥へと吸いこまれていった。

「ともあれ〈紫苑の会〉から出てきた少年、〈開発準備委員会〉の教祖と蛇の眼の男、そして突然起こったあの奇妙な睨みあいの裏にいったいどういうドラマが絡みあっているかだ。それに俺は直後に起こった爆弾事件もこれらと無関係じゃない気がするんだがな」

「それはちょっと早計じゃないのかい」

「もちろんそんな証拠はどこにもないんだが、実際にその場にいた俺にしてみりゃ、どうしても無関係とは思えねえんだよ」

「なるほど、そういうものかも知れないね。記者特有の嗅覚もあるだろうし。僕なんかが余計な口を挿(はさ)むことじゃなかったか」

「そんなこたァないけどな」と佃は分厚い手を振って、

「それからこれは昨日分かったんだが、ちょっと面白いことが浮かんできてね」

「面白いこと？」

鸚鵡(おうむ)返しに茎田が訊くと、佃はプロレスラー然とした巨体に似合わぬ愛嬌のある笑みを浮かべて、

「そう。〈紫苑の会〉の主宰者の鏑木の経歴を調べてみたところ、こいつの祖父(じい)さんってのは福来(ふくらい)博士の助手をしていた人物らしいんだよ」

「福来博士？」

その名は茎田にも聞き憶えがあった。日本における超常現象研究の先駆者で、その異端的な立場ゆえに

帝国大学助教授の籍から追放されたという人物だ。とはいえ、それ以上詳しいことはほとんど知らないが、その名前がすぐに頭のファイルから引き出せたのは彼もまた若い一時期、そういった方面に興味を抱いていた賜物といえるだろう。

「そう、福来友吉。明治二年生まれ、昭和二十七年没。御船千鶴子という透視能力者の調査から超能力研究に足を踏み入れ、次いで長尾郁子という念写能力者を見出して、こういった超常的な能力の実在を主張した。この二人の女性はそれこそ一時期のユリ・ゲラーと同様、日本じゅうで知らない者がないくらいに騒がれたらしいが、否定派の連中にインチキと決めつけられ、すっかり世間的な信用をなくしちまうんだ。博士は帝大を辞職せざるを得なくなり、以後は在野で細ぼそと研究を続けるんだがね。今から振り返れば、我国のオカルト研究とアカデミズムとの関係はこの時点で宿命的な反目を決定づけられたといえそうだな。

　事のついでにちょいと調べてみたんだが、肯定派と否定派の確執やら、超能力によって利を得ようとする連中の思惑やら、複雑な愛憎問題やらが絡まって、博士の周辺には恐ろしくドロドロした人間関係が渦巻いてたようだ。御船千鶴子は結局のところ、染色用の重クロム酸カリ溶液というのを服んで自殺するんだが、その原因というのが長尾郁子の出現によって博士の愛情を横取りされたからとする説もあるくらいだからな。

　ともあれ鏑木琢馬の祖父、正介もこの複雑な人間関係のなかの一人だったわけだ。一時期福来博士の助手を務め、その後独立して私設の超常現象研究所のようなものを開いている。否定派の学者、山川健次郎博士と口論の末、そばにあったお茶をぶっかけたというエピソードも伝わってるくらいだからかなり血気盛んなところもあったんだろう。その正介には三人の子供がいて、琢馬の父親というのは次男の信夫だが、これがやっぱり異端的な説を唱えた歴史学者だったらしい。戦時中に受けた迫害がもとで命を縮めたという話だし、母親のほうも熱心なクリスチャンだったというから、夫婦で舐めた辛酸は並大抵のものじゃなかったんだろうな」

「へえ。……そうすると、鏑木琢馬のキリスト教への志向は母親からの影響なんだね」

茎田がそう返したとき、佃はなぜか盗み見るように店の奥へと視線を滑らせた。

つられて茎田もそちらに眼をやったが、とりたてて気を惹くようなものは見あたらない。夜の九時半をまわろうとする時刻で、窓の外にはべったりと闇が貼りついていたが、もちろんそこにも変わったものなどなかった。

「何か？」

「――あ、いや、別に」

佃は軽く首を振り、

「鏑木琢馬自身の経歴に関しては、そういうわけで幼い頃に父親をなくし、母親の手ひとつで育てられたんだが、成績は子供の頃から優秀で、東大にストレートで合格したあと、ケンブリッジ大学へ留学している。聖書協会には留学当時から参加したが、五年ほどでそこをやめ、卒業後イギリスに十年あまり留まったあと、五年前、三十七歳のときに帰国して、すぐに〈紫苑の会〉を設立した。――とまあこんな具合だな」

「イギリスでは神学を専攻していたのかな」

「さあ、そこまでは。……とにかく、〈紫苑の会〉で奴が説いてる内容は俺なんかから見てもかなり異色なものだぜ。いちばん変わってるのは、どうやらこの会じゃ新約聖書の価値をほとんど認めていないらしいことだな」

「へえ」と茎田は首をのけぞらせ、

「それは確かに異色だね」

「だろう？　つまり鏑木によればイエス・キリストというのは真の救世主じゃないんだよ。その代わりというわけでもないだろうが、〈紫苑の会〉では旧約聖書以外の聖典もいくつか採用しているらしい。……イヤ、俺もそんなこんなで、ちょいと柄にもなく聖書ってやつを繙いてみたんだが、そもそも旧約聖書が年代も書き手も異なる三十九の古文書のアンソロジーだなんてこともそれまで全然知らなかった」

「全部読み通したのかい」

「まさか！　自慢じゃねえが、こちとら賛美歌を聞いてるだけで有難さのあまり頭が痛くなっちまう口だからな」

　茎田はその言葉に笑って、窓の下にひろがる光景に眼を移した。

　東京の俯瞰図はどこまでも広大で、宝石を鏤めたように美しかった。見つめるうち、今いる場所が成層圏に近いところのようにさえ思えてくる。

「実は最近、僕の同僚が〈開発準備委員会〉に勧誘されたそうで、そのときの話によると、もうすぐこの地球は超能力を持った新人類の時代にはいるという、そんな理念を掲げていたらしいんだけど、こちらの〈紫苑の会〉にもそれに近い独特のビジョンがあるのかな」

「うむ。……聖書の内容と絡んだ話が多くて、俺にはイマイチ理解できねえ部分が多いんだが、そのなかで憶えてるのにこういうのがあったな。もうすぐこの世には偽救世主が氾濫するってね」

「ふうん。何となく呼応しているのが面白いな。とにかくオカルティックな志向が福来博士から受け継がれてきたものだとすると、鏑木琢馬の異端性はなかなか由緒正しいものだといわなくちゃいけないね」

「そうだな」

曖昧な返事を返しながら佃は再び店の奥に眼をやった。

何だろう。そういえばこのあいだ家に来たときもしきりに窓のほうを気にしていたようだった。もともと彼にこんな癖があったかどうか咄嗟に思い出せないまま、茎田は話の興味に意識を戻した。

「ところで上野の爆発物がどういうものだったかまだよく分かっていないんだろうね」

「ああ、明日には結論が出るだろうがな。警察もえらくピリピリしてるよ。今のところどこからも犯行声明は出てねえようだし、場所が花見客でごった返してる公園のド真ん中だからな。爆弾事件というのは今でもぽつぽつ起こってるが、これだけ全くの無差別テロに見える事件はほかにないし、おまけに人喰い豹の騒ぎに重なってとくりゃ、まあ無理もねえだろうが」

そして佃も窓の下にひろがる光景を見おろして、「この夜景のどこかに豹や爆弾魔がひそんでいるかと思うと、何ともいえねえ気分だな」と呟いた。

「正体のつかめない事件が多いね。君の追っている神隠し事件もそうだし。豹にしたって、これだけの期間捕まらないでいるのは不思議だよ。そのうえ硫酸魔なんてものも出没してるようだし。これらがみんな連続事件だということを考えると、爆弾事件も続けて起こりそうな気がしてくるね。……そういえば飛行機の墜落事故も原因がはっきりするのはだいぶ先になるのかな」

茎田がそう言ったとき、不意に佃はポンと大きく手を打ち鳴らして、

「思い出した！　おたくが目撃した突然死のおっさんだよ。ほとんどの新聞で教会に勤めていたとなってたが、ありゃあとんでもねえ大間違いだぜ。男がはいっていたのは〈エロヒム聖協会〉という団体なんだが、その〈協会〉って部分を〈教会〉と取り違えちまったんだよ。そしてその〈エロヒム聖協会〉という

のは名前だけはえらく仰々しいが、何とUFOの同好会だっていうんだな。UFOの同好会ってのはアレだろう、いっときよくテレビで見たが、何人かが手を繋いで輪になって、夜中に星空を仰ぎながら、『はるかな宇宙の友人たち、今すぐに姿を見せて下さい』なんて呼びかけるヤツ。——俺には到底正気の沙汰とは思えなかったがな」

身振りを交え、猫撫で声でいかにもそれらしく口真似してみせるので、茎田は思わず吹き出した。佃もニンマリと相好を崩し、

「まあしかし、さすがに飛行機の墜落はそうそう続かんだろう」

そう言って膝を組み換えた。

そのとき不意に店内の空気が変わったような気がした。

息を呑む女の気配。それに続けてオーッという男のどよめき。何事かと振り返ると、何人かの客が首を揃えて窓の下を見おろしている。その顔のどれもが信じられないものを眼のあたりにしたような表情を浮かべていた。

一瞬遅れてドーンという地響きのような音が轟いた。ゆるいカーブを描いて店を取り囲む大きな窓ガラスがビリビリと眼に見えるほど激しく震動する。店じゅうの客が身を竦め、バラバラな方向に首をまわした。

驚くほど佃は敏捷だった。椅子をはねとばさんばかりの勢いで腰をあげると、疾走する重戦車さながら、たちまち店の奥へと駆けつける。それにつられて茎田もアタフタとあとを追った。

どこまでも続く美しいパノラマはそちらの窓の下にもひろがっていた。複雑な幾何学模様を描く都市の夜景。ある部分は極めて精緻に、またある部分はひどく乱雑に。そしてそんな均衡を破って、夜景のただ

なかに巨大な火柱が噴きあがっていた。

それは正常な細胞組織のなかで急速に増殖しつつある一団の癌細胞を思わせた。

火柱は白から黄色に、オレンジに、そして毒々しい赤に変わり、再び眩しい白光を放ったかと思うと大きく宙空で膨れあがった。そうして炎を押し包むように黒煙が身を捩りながら巻きあがっていく。轟音は低い震動となってなおも店内の空気を震わせていた。

「何だ？　ガス爆発か。それとも――」

佃の声に答えたのは窓際に座っていた若い女の客だった。

「ヘリコプターが墜ちたのよ。急に斜めになって、すうっと」

「ヘリコプターが？」

「何でまた」

「あれは歌舞伎町方面だぞ」

「どうしよう。事務所に墜ちてるんじゃないかしら」

様ざまな声が重なりあい、混じりあって、店内は騒然とした雰囲気になった。佃は窓際に寄り集まる人垣を掻き分け、茎田が呼び止めようとするまもなく店の外へととび出していった。急いで料金を支払い、通路に出たときには既に佃の姿はどこにも見えなかった。

「いつもながら素早いことだ」

茎田は溜息交じりにそう呟き、エレベーターに向かった。

四十階に降りてケージを出る。すぐ眼の前に受付の窓口。その先で通路が三方に分かれている。茎田が籍を置く文化心理学課は正面通路の奥に位置していた。

茎田が部屋にとびこんだとき、鷹沢悠子がテレビのスイッチを入れたところだった。そのチャンネルでは航空機事故の特別番組を報じていた。ほかの居残りの所員たちはみんな窓際に寄り集まっている。

「あなたもさっきの爆発、見た？」

「ああ、上でね。びっくりしたよ」

「ニュース速報が出るのにどれくらい時間がかかるのか確かめようと思って。でもいったい何の爆発かしら」

「ヘリコプターが墜ちたんだってさ」

その言葉にほかの所員も、へえ、という顔で振り返った。

「ヘリコプターか。しかし、それにしては火の勢いが凄いね」

主任の日高睦重（むつしげ）が首をひねる。まだ五十代だが、その頭はいかにも博士然とした見事な白髪だ。

「ガソリンスタンドにでもつっこんだんじゃないでしょうかね」

そう返したのはひそかに〈尺取り虫〉と渾名（あだな）されている所員だった。

本名は宇津島武彦（うつしまたけひこ）。茎田たちの少し先輩だが、彼は最初にこの男と接したとき、シュナイダーいうところの自己顕示型と情性欠如型の綯（な）い交ざった典型的なタイプだと思った。背は高からず低からずだが、衣服の上からもはっきり分かるほど痩せぎすで、逆三角形の顔、肉の削（そ）げ落ちた頬、切れ長の鋭い眼、常に笑みを含んだ薄い唇なども見るからに冷酷そうな印象を与える。メタルフレームのメガネを窓ガラスにくっつけるようにしてひとしきり眼下の光景を見つめていたが、やがてうっすらと眼を細めると、

「何て美しいんでしょう」

ぽつりとそんな言葉を洩らしてみせた。

炎は依然黒煙を交えて噴きあがり、いっかな衰える様子を見せない。茎田の見るところでは、むしろ炎の底辺部分は闇のなかで徐々に拡大しているようだった。

その光景はある映像を呼び起こした。

「……以前、アメリカのある港町で起こった大火災の記録映像を見たことがあるんだけどね。最初は一隻の貨物船の火事に過ぎなくて、周囲の人たちもそれほど慌てた様子じゃないんだけど、やがて積み荷の薬品が大爆発を起こしてからどんどん物凄いことになってくるんだ。繰り返し起こる爆発によってほかの船や港の倉庫にも炎が移り、それがまた爆発したりして、たちまち港じゅうが火の海となっていく。ここまでくると大騒ぎなんだけど、もう消防活動なんてまにあわない。強風に煽られて火は港から燃えひろがり、とうとう町全体が丸焼けになってしまうんだ。原因は一本の煙草の火の不始末だったらしいんだけど、それがあれよあれよというまに大惨事になっていくのは呆気に取られるばかりだった」

「この火災も東京全体にひろがる可能性がないとはいえないわね」

悠子が言うと尺取り虫も、

「振袖火事の再現ですか。そうなりゃさぞ面白いでしょうね。ちょうど時期でもありますし、こんな豪勢なお花見はないですから」

冗談とも本気ともつかない口振りで嘯いた。

そのときテレビからニュース速報を伝えるチャイムが鳴った。

『新宿の化学薬品倉庫にヘリコプターが墜落　現在炎上中』

「そうか」と真っ先に声をあげたのは日高だった。

「化学薬品倉庫というと、あの近辺では丸田化学だな」

「見て！」

悠子が顔を強張らせ、窓の外を指さした。しかしその必要はなかった。強烈な白光は厭でも彼らの視線を惹きつけずにおかなかったからだ。

実際その二次爆発の凄まじさはしばらくのちに襲った衝撃波からも明らかだった。大音響とともに窓ガラスがビリビリと震え、その震動は顔の皮膚でもはっきり感じ取ることができた。

巨大な黒煙の塊りが、絡みあう紅蓮の炎とともにムクムクと夜空へ突きあがっていく。窓枠にかけた手がかすかに震え、その背後から尺取り虫が抑揚のない声で囁きかけた。

「あの付近には病院もあったはずですがね」

きついオーデコロンの香りが胸をむかつかせた。その香りから逃げるように窓から離れ、自分の席に腰をおろすと、再びテレビと向きあう恰好になる。茎田は硬い口調で喋り続けているキャスターの言葉に耳を傾けた。

「……さて、それほどの悪天候ではなかったにもかかわらず、このように大きくコースをはずれ、引きつけられるように山頂に衝突してしまったのはどのような原因によるものなのでしょうか。墜落二分前に記録された機長の言葉は何を意味するのでしょうか。原因調査は現在もなお続けられておりますが、謎は深まるばかりです。十六時四十七分に記録された声をもう一度繰り返しますと、次の通りです。『……光……物凄い光です……並行して……いや、急速に接近……オレンジ色……オイ、どきたまえ！……手が……』以上です」

何だ？　茎田は耳を疑った。今、おかしなことが報じられていたのではないだろうか。ニュース速報を見るためにだけつけていた番組だが、どうやらそこで扱われていた内容は徒事ではなさそうだ。

光？　オレンジ色？　そんな言葉が墜落二分前に交信にはいっていたって？　茎田はそこから合理的な解釈を引き出すより前に、まず真っ先にあることを連想していた。それはかつて人並にオカルトへの興味を持っていた頃に仕入れた知識で、世にいう空飛ぶ円盤が騒がれるきっかけとなった事件——一九四八年一月七日、米空軍のトーマス・マンテル大尉が光輝く未確認飛行物体と遭遇し、その追跡中に墜落死したという事件だった。むろんその事件に限らずとも、飛行機がＵＦＯに遭遇したという話は世界じゅうに山ほどある。事実、この番組自体もそのことを暗黙のうちに指し示そうとしているのではないだろうか。

それは奇妙な暗合だった。つい先程佃に聞かされたのが、突然死した中年男が所属していたのはＵＦＯ同好会だったという話ではないか。そしてそんな暗合故に、何を馬鹿なという想いはいっそう強まった。

「こいつはいよいよ親父の出番かな。いや、あの課ではＵＦＯの問題までは扱っていないんだっけ」

尺取り虫が神経質な笑みを浮かべて言った。彼の父親の宇津島征彦は超心理学課の主任なのだ。しかし父親の征彦は息子とは対照的にでっぷりと肥り、容貌にも人の好さが滲み出ていて、クレッチマーの分類による循環気質の典型という印象を受ける。この二人を見較べると気質が遺伝するという説が信じられなくなるというのはよく所員たちのあいだで囁き交されるジョークのひとつだった。

「しかしＵＦＯが旅客機を襲ったなどとはねえ」

首をひねる日高に重ねて、

「何だか妙な具合ね。……まるで日本じゅうがおかしな方向に転がりだしてるみたい」

ぽつりと悠子が呟いた。

7 墓碑と覚醒

プラットホームに降り立つと予想以上の寒気が身を縛りつけてきた。空は白く、淡い斑(まだ)らを見せて、漉(す)きあがったばかりの和紙のようだった。

東北本線、八戸(はちのへ)駅。バスの発着所の並んだ駅前のロータリー周辺は小ぎれいな飲食店が軒(のき)を連ねているにもかかわらず、どことなく閑散とした印象を与える。それはごくありふれた地方の小都市の風景なのだろうが、東京育ちを自任している矢狩にはまだ雪がまばらに残っているのが珍しかった。

——東京どころじゃねえ。考えてみりゃ、あの腐った町からほとんど外に出たこともなかったんだ。

そのことに改めて気づいて、彼は小さく舌を二度鳴らした。

とりあえず近くのレストランで食事を摂(と)ったが、注文したピラフはひどくパサパサしている上に量が少なかった。もうひと皿スパゲティを頼んだが、今度はまるでケチャップでベトついたうどんのようだった。食べ終わって腕時計を見ると午前八時過ぎ。妙に酸っぱいコーヒーで口を漱(すす)ぎながらメモを取り出して確かめる。そこには東京を発(た)つ前に村役場に尋ねた簡単な経路が記されていた。むろん何度も読み返して頭のなかにはいっているのだが、そのとき彼がそうしたのは気息を整えるためのちょっとした儀式に過ぎなかった。

乗りこんだバスが市街をはずれると、ひろがる田畑はいちめん雪を被っていた。山並も処どころ落葉樹林が頭を覗かせているだけで、白い雪化粧がどこまでも続いている。土地の人びとにとってはうんざりする光景かも知れないが、矢狩はそれだけで子供のように心が躍った。

ふと気づくと、乗客はほとんどがゴム長やものものしいブーツを履いている。少なくとも彼のようにスニーカーを履いている者は一人もいない。雪道を歩かねばならないことなど全く念頭になかった彼はその迂闊(うかつ)さを指摘されたような気がして、再び小さく舌を鳴らした。

四十分ほどして五戸(ごのへ)のバス・ターミナルに着き、矢狩は乗り継ぎの時間を利用して近くのスーパーでゴム長を買った。

五戸から再びバスで十和田湖方面に向かって西へと進む。蛇行する車道は上ったり下ったりの緩斜面が続き、ひろがる光景は次第に山間(やまあい)のそれへと変わっていった。雪もますます深くなり、東京では桜の季節だとは信じられないくらいだった。

矢狩の前に座っていたのは四十がらみの肥った男だった。髪の薄くなった頭に平べったい帽子をちょこんと乗せ、チラチラと彼のほうに視線を送っている。彼がそちらに眼を向けると、男は「トウチョからかね」と話しかけてきた。はじめ、彼は何を言われているのか分からなかったが、何度も聞き返しているうちにトウチョというのは東京のことらしいと見当がついた。

男は話好きだった。聞き取りにくい発音とアクセントで興味のないことをベラベラと喋りかけてくる。たちまちうんざりしていい加減に相槌を打っていたが、ふと彼はこの男から予備知識を得られないものかと思いついた。

男は最近日本じゅうで相次いでいる奇怪な出来事を話題にのぼらせた。それは肝腎(かんじん)の話題を訊き出すには絶好のタイミングだった。

「去年の秋頃だったかな。弘前から来てた男が原因不明のまま死んじまった事件があっただろ。突然ポックリとな。知らねえか」

矢狩が水を向けると、男はポンと膝を叩いて、

「あァ——あれな。はずめは毒で殺されたんでねがつう噂も立ったもんで、俺達も警察にいろいろ聴かれてねし。すばらぐは誰も市販の牛乳やコーラは飲まねがったぐれえだ。村の者のなかにァ神の祟りて言うとるのもおるがね」

「その人、どこに泊まってたか知らねえかな」

「確か福丸屋つう民宿だな。金ケ沢つうバス停のぺっこ先だ」

そして男はもっともらしく頷き、

「まァああいう事件ァ別とすて、ここえら都会と違ってノンビリすだもんだよ。東京でァ豹さ出たり、爆弾仕掛けられたり、ヘレコプタ墜っこつたりで、うがうが暮らすてえられねえっぺ。俺達の眼から見ても何が世のながおがすぐなっつまってる気がするだな。おまげに飛行機墜っこつたのァ空飛ぶ円盤のしええつう話だども、はァ、えってァどうなっつまってるんだか。ここえらの大っきな話題つうても、何の魚コ漁れねぐなったの、米の自由化されっと困るだの、今年はいよいよ一揆すかねえから覚悟すろだの、そげなごだぁばっかなのによ」

「一揆だって？」

「んだ。毎年毎年米の生産高ァ落つてくるのに政府のほうでァずうっと減反減反つうばっかで——」

そんな話を適当に受け流し、矢狩は窓の外の光景に眼を戻した。

なだらかな山並に囲まれて散在する集落はいかにも時の流れの緩慢さを感じさせる。のどかでうら淋しい田園風景が続くこの道はずっと十和田湖まで通じているはずだった。

五戸から三十分ばかりでバスは商店などの立ち並ぶ村の中心地にさしかかった。そここそが彼の目的地

たる新郷村――キリストが骨を埋めたという土地だ。

正確にいえば、そのキリスト渡来伝説の舞台とされるのは、町村合併促進法によって昭和三十年に野沢村の一地区と翌年五戸町の一地区を合併して新郷村となった、旧・戸来村なのだ。

かつて雑誌やテレビから得た、矢狩の記憶にある限りのその伝説というのはだいたい次のようなものだった。

「東北の山奥にある戸来という村にはキリストが渡来したという伝説が残っている」

「そこにはキリストの墓がある」

「戸来という地名は〈ヘブライ〉が訛ったものである」

「そこの村人の容貌や風習にはユダヤ民族固有のものが残されている」

今回矢狩がそこを訪ねたのは、最近目立って連続している突然死に襲われた一人がこの地で倒れたという話を聞きつけたためにほかならない。さらにいうなら、その一連の死亡者のあいだから彼が引き出した〈発見〉のためだった。

青森県新郷村で、弘前市在住の郷土史家が。

川崎市の自宅で、出版社の編集者が。

奈良市郊外の路上で、菓子問屋店主が。

諏訪湖畔で、東京の宗教団体幹部が。

そして新宿駅地下で、教会に勤める男が。

弘前市在住の郷土史家というところから、同じ市に住む歴史好きの知りあいに連絡してみたところ、図らずもその口から出た新郷村という地名に、矢狩の予感は確信めいたものになった。それを指針にして自分なりの調査をひろげてみると、五番目の男が働いていたのは教会ではなく、〈エロヒム聖協会〉というUFO同好会だったことがすぐに知れた。また二番目の編集者が勤めていたのは「宗教世界」という雑誌であり、三番目の菓子問屋店主も地元の神道系新宗教の熱心な信者だったことが確認できた。

つまりこの五件の突然死は宗教、もしくはそれに類したものという一本の線で結ばれることが分かったのだ。

ここで問題は最初の郷土史家に戻るのだが、こうして浮かびあがってきた共通点からすれば、むしろこのケースのほうが異色ともいえる。ほかの件では本人がそうしたものに直接関わっているのに対し、この件では宗教的な匂いはキリストの死んだ村という土地のほうにあるのだから。

だからこそ矢狩はますます興味を惹かれた。そして彼はそこで何か得られるかどうかはともかく、実際にその土地をこの眼で見てみようと思い立ったのだ。

もちろん矢狩はどうして自分がこの問題にのめりこんでいくのかはっきり自覚を持ってはいなかった。「週刊ひふみ」の女編集長・速水遼子が彼の投書を袖にしたことへの鬱積がその大きな要因になっているのは確かだが、彼の〈発見〉から何が導き出されてくるにせよ、それによって彼女の鼻をあかすという期待はそうそう簡単に達せられるものではないだろう。

ただ投書マニアという行為自体、そこにこめられた期待のかたちは単純なものではない。それは魚群のなかに石を投げこむのに似ている。水面下で何が起こったか、起こらなかったのか、手応えが彼にはね返ってくることさえ稀なのだ。ましてそれによって彼に具体的な利益が還(かえ)ってくる可能性など、シャボン玉の膜より薄いといわねばならないのだから。

矢狩は上野駅近くの大きな書店で『日本に来たキリスト』という軽装版の本を見つけ、車中でそれを読み通した。その本は日本各地のキリスト伝説を紹介していたが、メインはやはり戸来村の伝説だった。そして彼は急ごしらえながらさらに詳しい予備知識を仕入れることができたのだった。

「キリストは日本で死んだ！

その墓は青森県の十和田湖近く、戸来村（現在は新郷村）というところに残されている。墓は二基あり、向かって右が〈十来塚〉、左が〈十代墓〉と称ばれている。そして十来塚にはキリストが、十代墓には聖母マリアとキリストの弟の頭髪が葬られているという。また、村の十和田湖寄りには〈迷ケ平〉という名の高原がひろがり、エデンの園とも称ばれている。

この戸来村の老人たちは赤くて高い曲がり鼻といい、膚の色といい、ユダヤ系の特徴を多く具えている。その老人たちが口を揃えて言うには、ゴルゴタの磔刑に処されたのはキリストではなく、その弟イスキリだというのだ。言い伝えは次のように続く。

『弟子たちを連れたキリストはツングースを経てシベリアに至り、アラスカに渡ったのち、青森県八戸地方へ辿り着いた。さらに戸来へ赴いてそこを安住の地とし、十来太郎大天空と改名、ミユという名の妻を娶った。その後、彼は日本各地を遍歴行脚したのだが、その容貌風采から天狗として後代まで伝承されることになる。そして百六歳で魂は天に召され、遺体は風葬ののちに埋葬された』

さて、この伝説を裏づける証拠は今も当地の言葉や風習のなかに数多く残されている。まず〈戸来〉という名称そのものがヘブライから転訛したものとされる。また、村にある石切神社はキリストの弟イスキリを祀ったものであるといわれている。

この村では藁で編んだ赤ん坊用の丸籠があり、エジッコと称ばれるが、これはユダヤ人の使用したものとそっくりである。

また、子供を初めて戸外に出すときに、額に墨で十字を書く習慣がある。

そして子供たちのチャンチャンコにはダビデの紋章、つまり✡という模様が縫いつけられる。

この〈ダビデの星〉はキリストの直系といわれる沢口(さわぐち)家の戸袋にも彫られている。

さらに足にシビレが切れたとき、人差し指にツバをつけて額に十字を書き、これを三回繰り返すと楽になるという風習がある。

村には〈ハラデ〉と称ばれる木綿製の農作業衣があるが、これもユダヤ人の作業衣にそっくりである。

最も興味深いものとして、村に伝わる〈ナニャドヤラ〉という盆踊りの唄がある。

ナニャドヤラー
ナニャドナサレノ
ナニャドヤラー

歌詞を見るととても日本語とは思えない。これが実はヘブライ語だと提唱したのは神学博士の川守田英二(かわもりたえいじ)氏で、翻訳すれば、

聖前に主を讃(たた)えよ
聖前に主は逆賊を掃蕩(そうとう)し給えり
聖前に主を讃えよ

こういった文句が浮かびあがってくるというのだ……」

また、その本には次のような点も指摘されていた。

「筆者は特にキリスト教の研究者ではないが、以前から聖書の記述に関して腑(ふ)に落ちない点があった。それはキリストが十字架にかけられ、息をひきとる前に、大声で『神よ(エリ)、神よ(エリ)、何ぞ(レマ・)吾を見捨て給う(サバクタニ)や！』

と叫んだことである。これはキリストにしてはひどく見苦しい死にざまではないだろうか？　そしてこの筆者の疑問は磔刑に処されたのがキリストではなく、彼の弟だとするこの伝説に接して、ようやく完全に氷解したのである……」

そんなものなのか、と矢狩は思った。とりたてて否定するわけでもなく、肯定するでもない、ただ、あ、そんな内容の伝説なんだな、という気持ちでしかなかった。いずれにせよ、直系とされる家まで残っているからにはその言い伝えはずいぶん古くからのものなのだろう。それ故に彼は伝説の真偽とは無関係に、キリストの墓や、今までひっそりとそんな伝説を伝えてきた村自体に胸躍るような興味を抱いていた。

喋り好きの男の話では新郷村の主たる産業は林業、農業、酪農で、伝説のお蔭で訪れる観光客もいるにはいるが、たいした数ではない。村の南には温泉もあって、〈キリストの発見した温泉〉ということになっているから行ってみるといい、と笑った。

矢狩の見るところでも、そこは全くの寒村で、観光地らしい風情はまるでない。矢狩は男に言われた通り金ケ沢というバス停で降りたが、その近辺が村の中心地のようだった。

その民宿はすぐに分かった。二階建てで、部屋数はせいぜい五つだろうと見当がつく、いかにも見窄らしい民宿だった。

二度三度と大声で呼ぶと、出てきたのは四十近い痩せこけた女だった。眼鼻の小ぢんまりした、およそ外国人の風貌とは程遠い、ごくありふれた田舎女という印象だ。彼に向ける純朴そうな笑顔もそんな印象をさらに強くした。

突然死した男が泊まっていたことを確認し、その部屋を希望すると、女将はやや戸惑ったように、

「あれまあ、お知りあいですか」

「ああ、ちょっと調べたいことがあってね」

「あいにく今塞がってますが」

申し訳なさそうに首を竦めた。客商売をしているせいか、女将の言葉にはさほどきつい訛(なまり)はなかった。

「じゃ、しようがねえな。隣でいいよ」

「ではこちらへ」

女将は先に立って階段を上った。途中まで上ったとき、階段の上に一人の男が姿を現わした。

土地の者でないことはひと目で分かった。恐ろしく背が高く、白のスキー・ジャケットが薄暗いなかに鮮やかに浮かびあがっている。顔もこちらこそ日本人離れした彫りの深さで、そのくせ蠟のようにのっぺりした膚が気味悪い。おまけにくっきりした二重瞼の眼は全体の大きさに較べて瞳だけ異様に小さく、それが正視を許さないほどの威圧を投げかけていた。

――こいつ、蛇のような奴だ！

思わずその場に立ち竦みかけた矢狩はゾクゾクした悪寒に襲われた。

男はチラと一瞥をくれると、身軽そうにリズムを取りながらすれ違っていく。そのまま足音が玄関の三和土(たたき)から戸外へ消えて、ようやく矢狩は肩から力が抜けるのを感じた。

「ひょっとしてあいつがその部屋に泊まってる客かい」

囁きかけるように尋ねたが、ぼんやり振り返った女将はキョトンとした表情を浮かべている。階段を上りきったところで、怪訝な顔と顔が向きあった。

「今の男だよ」

けれども女将の表情はますます曇って、

「今の方といいますと？」

「上から降りてきてすれ違っただろ」

思わず言葉が荒くなったが、相手はヘドモドと首を傾(かし)げるばかりだ。

「いくら何でも気づかなかったってこたァねえだろ」

言いながら矢狩は背筋に冷水でも浴びせられたような恐怖を感じた。確かにそんなはずはない。どんなにボンヤリした人間でも今しがた隣をすれ違った人物に気づかないわけがないだろう。ではこの女は何か訳あって空とぼけているのだろうか。こんな子供にも通用しない嘘をついてまで。

いや、それもまたあり得ないことだ。この表情や口振りが演技だとは到底思えない。ではいったいこれをどう考えればいいのだろう。

しかし矢狩はその先まで考えるのをやめた。どのみち俺には関係のないことだ。「まあいいや」という言葉とともに割り切れないものを振り払って、彼は女将の案内を促すように歩きだした。

板張りの廊下は二、三年前に改築されたらしく真新しいが、どことなくか黒い薄闇がまつわりついているような気がした。六畳の客室も同様で、いやに狭苦しく感じる。女将も先程のやりとりから居心地悪さを感じているせいか、必要もないことをやけにペラペラと喋った。

部屋に荷物を置くと、矢狩は早速その墓を見物しに行くことにした。道順を尋ねると、ひとつ先の田中(たなか)というバス停のすぐそばということで、歩いてもたいした距離ではないという。彼は帳場の前にある自動販売機で甘酒を二缶買い、ジャンパーのポケットに突っこんだ。

外気は五戸で感じたよりもさらに冷たく、家屋や田畑もまだあちこち厚く雪を被っている。都会の吹き溜まりの異臭のなかで育った矢狩には初めてといっていい心洗われる光景だった。

十和田湖へと抜ける車道をぶらぶら歩いていくと、ほどなく田中というバス停に行きあたった。道の右手には高台が続き、左手には田畑がひろがっている。そろそろ注意しなければと気を引きしめたが、墓の入り口はそのすぐ先で呆気なく見つかった。『✡キリストの墓入口』と記された白塗りの標識はこれまで見てきた村の佇まいからしてひどく唐突で場違いな印象を与える。そばには『キリストの聖泉』という立札があり、ビニールの管からチロチロと清水が流れ落ちているのも安っぽかった。

矢狩はそこで缶の栓を抜き、まだ充分に熱い甘酒に口をつけた。

そこから雪に覆われた細い山道が林を分けるようにして小高い丘へと続いている。一歩一歩雪に足が沈みこむ感触をいっぽうでは物珍しく思い、いっぽうでは疎ましく思いながら、とりあえず右曲がりになった坂を登っていく。十メートルあまり登ったところで今度は左に折れ、さらにずんずん道を辿ると、ものの二十メートルも歩いたところでぽっかりと小広くひらけた場所に出た。

正面の坂の上には小さな祠のようなものが見える。左手のちょっとしたスペースに立ち並んでいるのはどこにでもあるようなごく普通の墓石だ。そして右手には妙に仰々しい看板と、その背後の丘の上に立った十字架が見えた。

——何だって？

どうやらその十字架こそがキリストの墓にほかならないと分かって、矢狩は呆気に取られてしまった。列車のなかで読み通した本には現地の写真も掲載されていたのだが、あまりにも不鮮明な写真だったせいか、もっと鬱蒼とした森の奥とばかり思いこんでいたのだ。少なくともこれほど見晴らしのいい場所だなどとは思いもよらなかった。実際そこからは美しい山々ばかりか、田園の雪景色、そして近辺の人家までが一望のもとに見渡せるのだ。キリストの墓ともなれば、もっと人里離れた場所にこそ存在するべきではないだろうか。勝手な先入観といえばそれまでだが、彼にはどうしてもこの場所は秘められた史蹟にそぐわないとしか思えなかった。

駅のプラットホームにあるような仰々しい看板を見ると、そこには本に書かれてあったような伝説の内容が簡潔に纏めて説明されていた。雪にゴム長をめりこませながら彼はひとまず正面の祠に向かった。近づいて見ると、祠と見えたものは二間四方ほどのごく小さな展示用の施設だった。格子から覗きこむと、村の風習を示す品じなや〈キリストの遺言書〉なるものの写しが置かれていて、しゃれた洋品店にでも似合いそうなマネキン人形が三体、粗末な衣装を纏って陳列されているのがことさら異様だった。

再び看板のそばまで戻り、雪に埋もれた段を上ると、こんもりと盛りあがった土饅頭が二つあり、それぞれに人の背丈ほどの木製の十字架が立っていた。右側には〈十来塚〉、左側には〈十代墓〉の標識が添えられている。それらの何ともいえない真新しさ、安っぽさは肩透かしの感覚を越えて腹立たしささえ呼び起こした。

本によると、村にはこのほか日本のピラミッドと称される〈大石神（おおいしがみ）〉なる磐境（いわさか）、エデンの園に準（なぞら）えられる〈迷ケ平（まよがたい）〉、神代（かみよ）の文字が刻まれた石片が無数に転がるという〈ドコノ森〉といった史蹟があるはずだったが、それらもどういう類いのものか見当がつく。

矢狩は少し躊（ためら）い、手にした空き缶を十字架のひとつに投げつけた。それは見事に命中してコーンと高い音をたてた。

その途端、眼の前が真っ暗になった。

ぐらりと重心を失いかけて思わず片足で踏み堪（こた）える。気がつくと頭の後ろに烈（はげ）しい痛みがあった。何かがメリメリと喰いこんでくるような。——慌てて振り返ると、そこには民宿ですれ違った蛇のような男が立っていた。

蠟のようなのっぺりとした膚。眼に較べて異様に小さな瞳。柔らかな髪はゆるくウェーブを描いて額にかかり、口もとのかすかな笑みはこちらのすべてを読み取っているかのようだ。

「てめえだな！」

それが精いっぱいの反撃だった。その言葉を自分でも意外に思いながら、しかし自分でも予測できない言葉でしか反撃は無効なのだということも納得していた。今にも倒れそうな激痛を堪えて睨み返すと、ズボンのポケットに手を突っこんだままニヤニヤ笑いを浮かべていた相手は、

「オヤオヤ、君は豹だね」

不意におどけるような顔で呼びかけた。

「そうとも、俺は豹だ！」

何日か前の記憶が鮮明に蘇った。頭のなかに吹きこまれた声。**ソウトモ、オマエハ豹ダ！** あれは俺の声ではなかったのか。何かが違う、何かが違うと小さく呪文のように唱え続けていた言葉。真っ赤に灼けたビスと立ちのぼる蒸気。異臭のしみついた俺の人生のなかでひたすら蹲っていたものが呼び醒まされ、この糞ったれの状況を蹴り散らかそうとするなら、それは確かにそういったかたちを取って現われるだろう。だとすれば気を失いそうになるこの激痛もある種の陣痛だったに違いない。そうだ、俺はあの外道の親父の息子なんかじゃなかった。俺の素姓は仮のものなのだ。そのために血を流すことなどない。まるめてドブのなかに蹴りこむのが似合っている。そういったことどもが宙に舞う鉄粉のように輝き、煌めき、真っ黒に鎖された視界まで埋めつくしていくかと思われた。耐え難いこの陣痛——。

けれどもその痛みは次第に解きほぐれ、分極し、ひとつひとつの要素まで解像されていった。それは夥

しい、ほとんど無数に重なりあう声だった。怒鳴り声。囁き。繰り言。独語。泣き声。笑い声。近くの声。遠い声。助けを求める声。狂ったチューニング。有象無象でありながら、胸の奥まで喰いこんでくる存在感は本物だった。神経は障害電波に震え、流れるパルスは嵐になった。呼吸が乱れ、掌に汗が噴き出し、瞳孔がみるみる収縮するのが分かる。嵐に吹きあげられた感情は咽もとを通り過ぎ、眼の裏側で砕けたかと思うと意味もなく流れ落ちる涙になった。彼はたまらず頭を抱えこんだ。

「これはまたずいぶんみっともない豹だね。**豹なら立たなくちゃ**。でも無理ないことかも知れない。どうやら君はまだ制御の方法を知らないらしいからね。これが最初の能力解放なのかな」

砂の数ほど、星の数ほど重なりあった声のなかにひときわ大きく、叩きつけるようにそんな言葉が割りこんだ。その新たな闖入者はぎっちり詰めこまれた声の場を擾乱し、震盪させ、激しい衝撃波となって四散した。そうなのだ。いや、そうだろうか。だとしても、何がそうなのか。そんなこと。そうでないこと。それ以外、またそれですらないものを含めて。そのむこう。その奥。その一歩先。弾け割れるように。砕け散るように。粉の舞うように。迸る火のように。それを覗きこむ。そのものを凝視する。豹なら立たなくちゃ。落ちる。落ちていく。助けてくれ。誰か俺を助けてくれ。ダレカオレヲココカラヒキズリアゲテクレ。忘れる。次々と忘れていく。言葉が、数珠繋ぎの言葉が、この一瞬一瞬、燃える灯芯から寸断されて、とび散る油分子のようにどことも知れない闇の底へと消えていく。まにあわない。金も足りない。力はあるのだが。力は充分にあるのだが。誰にも負けない力は充分にあるのだが。ひょっとして、これが最初の——何だって？　膿瘍？　ノエシス？　いや違う。能力解放だ。それは何だ。何のことだ。待て。ちょっと待て。ほんの少し。少しだが重大な。無視できぬほど貴重な。この上もなく崇高な。あの人、介護費のために店を手放したんだって。十人採用するわけにいかんよ。俺は何て情けない人間なんだ。それは水酸化物の一種だろう。畜生、あんな女とやりてえな。円椅子の上に乗り、高さ一・八メートルのツゲの木の枝に。そんなところでグズグズしてちゃ困るのよ。やりました、キーパーの手をそれて会心のロング・シュート。神は不遜の民を滅ぼす。糞婆ァ、ブッ殺してやる。今年度一般会計予算案と給与水準是正のため、職員の定期昇給の一年間ストップを審議。な、こりゃ絶対UFOの仕業だぜ。こんなものかけるなんて人間のすることじゃないわ。ダレカオレヲココカラヒキズリアゲテクレ。恐い、恐いよ。いつ豹が来るか分からない。こんなに人の眼にふれないこと自体が信じられないね。きっと誰かが操(あやつ)っているに違いないよ。でも、いったい誰が。でも、いったい誰が。いったい誰が。いったい誰が。いったい誰が。いったい誰が。いったい誰が。………

「どうもそうらしいね。教えてあげよう。君が今味わっているのはブレイン・ストームだ。受信対象を絞りこむ技術が未熟なために自我が裸になってしまっているのさ。この場所に来てこれだけ早く誘発されるとは、むしろ君のようなケースのほうが珍しいんだよ。何とかしてあげたいが、こればかりは自転車や水泳と同じで自分の体で覚えるほかないからね。しかし大丈夫。コツさえつかめばすぐに楽になるさ。そうだよ。もうあとは時間の問題だ……」

それはもはや肉体的な痛みではなかったが、ほとんど自分自身を支えるのも不可能なほどの精神的苦痛だった。止めてくれ。頼むからこいつを止めてくれ。しかしその叫びは声にならず、矢狩は頭を抱えこんだまま膝をついた。前屈みに体をまるめると鼻の穴から鼻水が滴り落ちていくのが分かる。そのわずかな感触に彼は取り縋ろうとした。鼻の頭にくすぐったいような感触が湧きあがり、ゆるゆると大きくなっては消えていく。繰り返し、繰り返し。そうだ、俺は溺れているのだ。藁屑よりも頼りない、単なる数ミリ四方の皮膚感覚だが、それしかない以上それにしがみつくほかない。けれどもそんな想いも一秒に充たないあいだに吹きとばされて消えた。ただ彼はその感触に取り縋ったまま自分自身の内側のそのまた奥へと潰れこんでしまいたかった。

「これから喋る言葉はひとつのきっかけになるかも知れないよ。いいかい。君がここを訪れた理由はここが頻発する突然死と繋がりを持っているんじゃないかと考えたためだね」

その言葉は確かに矢狩を驚かせた。一瞬彼の苦痛は軽くなった。とはいえ、それでも脂汗(あぶらあせ)は噴き出すのをやめない。溶けてドロドロになった脳が額から洩れ出しているのではないかとさえ思えた。震えわななく全身に鞭を打ち、彼は地面に這いつくばった恰好で顔をあげた。

「私もその点には以前から興味を持っている。男が死んだのはここからずっと南の原野だったんだがね。しかし何回となくこの墓に来ていることも明らかだ。そう、私は君と違ってこういう場所に縁の深い人間だからね。ある程度まで調べるのは訳ないことさ。……いったい私が何者かという顔だね。でもそれはもう分かっているだろう。君よりは少しばかり制御の方法を弁(わきま)えた人間さ。私は必要な人間以外、私の存在の認識を遮断することができる。しかし君はさっきあの民宿で私の存在をはっきり認識したね。そのことで私は君が通常の人間ではないことを知ったんだよ。さっきから君の頭を覗きこみながらちょっとびっくりしているんだが、君の潜在能力の大きさはたいしたものだ。……うん、確かにそうだ。だからもうひとつ教えてあげよう。君はこのキリストの墓なるものを見てチャチさに辟易（へきえき）したようだが、少なくともここでキリストが死んだという伝説自体は何らかのかたちで古くから伝承されてきたものと思っているだろう。でもそれは違うんだよ。ちなみに民宿に戻ったら、そこにある観光用のパンフレットを読んでみたまえ」

　歪み、滑（なめ）らかさを失い、トラッキングの出た視界のなかで、男の爬虫類めいた顔はかすかな笑みを含んだ。何だって。パンフレット？　やはり声にならない声で叫んだが、それはやはり圧倒的な声の滝壺に飲みこまれて散りぢりに砕けた泡になるばかりだった。

　そうだ。似た状況を俺は経験したことがある。ずっと前。本当にずっと前。最初の記憶のそのまたさらに先。何かが俺を激しく揺さぶり続け、そのためかどうか、俺は俺を支えることができなかった。荒れ狂う波に弄（もてあそ）ばれながら、けれどもだからこそ俺は海そのものだった。

　このひりつくような感覚。消化不良に苛（さいな）まれるような。壁に頭を打ちつけたくなるような。宇宙の咽もとを絞めあげて最期のひと言を聞き届けずにいられないような。

　矢狩はもう一度渾身（こんしん）の力をこめて顔をあげ、何事かを哀願しようとしたが、そのとき既に相手は背を向け、悠然とした足取りで立ち去ろうとしていた。しかしそれは彼にとって有難いことでもあった。いくらでもあふれ出す涙と鼻水が口に流れこみ、涎と混じって顎を這い伝う。男が段を降りていくのを確かめておいて、彼はたまらず膝に額をすりつけた。

　消えてくれ。この声。この夥しい声！

　喰い縛った奥歯がキリキリと鳴る。そうして彼はどれほどのあいだ体をまるめて苦痛に耐えていただろうか。声の重なりは緩やかな波を描きながら、それでも徐々に弱くなっていく。そのわずかな落差を感知するたびに得もいわれぬ至福を味わったような気がした。それともほとんどのあいだ気を失っていたのだろうか。ふと意識が戻ったときにはあれほど彼を苦しめていた声は晴れあがった空の雲のようにひとかけらも残っていなかった。

代わりに骨の髄までしみ渡っていたのは凍りつく冷気だった。たちまち彼の体は瘧のように烈しく震え、そして震えだすともうそれは止めることができなかった。涙や鼻水は霜状になっていて、表情を動かすとそこだけがひきつれる。ずいぶん長時間雪のなかに倒れこんでいたのだろう。痺れきった足でようやく立ちあがると、ズボンの膝から下も凍ってバリバリになっていた。

歯と歯がカチカチと音をたてて、どうしても噛みあわせられない。震えもますます烈しくなるばかりだ。矢狩は急いでもと来た道を辿った。何にせよ、考えるのは宿に戻ってからのことだ。

転がりこむように民宿の玄関をくぐると、土地の者らしい男と立ち話していた女将がハッと振り返った。

「あれまあ。ずいぶんごゆっくり見物なさってただね」

それには直接答えず、矢狩はすぐ風呂にはいれるかどうか尋ねた。そして帳場のそばのテーブルに積まれていたパンフレットに気づき、

「これ、貰っとくよ」

ひと綴りをひっつかんで教えられた方向に急いだ。

浴槽にとびこみ、思いきり長い溜息をつくとやっと人間らしい気分が蘇ってきた。しばらく鼻の下まで湯につかり、全身に温もりがしみ通るのを待ってからおもむろにパンフレットを取りあげる。表紙は先程見てきたキリストの墓の風景写真だった。そしてその小冊子を読み進めるうちに彼の眉間はみるみる歪んでいった。

キリスト伝説の内容に関する部分は大半が彼の読んだ本と同様の事柄で占められていた。ただそれは言葉の真の意味での伝説ではなく、昭和十年に突然外部の人間によって持ちこまれたものだと明記してある点で異なっていた。つまりそれ以前にはそういった言い伝えなど村には全く影も形も存在していなかったというのだ。

経緯はこうである。茨城県磯原町(いそはらまち)在住の竹内巨麿(たけうちきよまろ)なる人物が祖先の武内宿禰(たけしうちのすくね)より伝わる古文書を自家の文庫から発見し、それによるとキリストは戸来に渡り来て住んだという。竹内らはその記述をもとに村を訪れ、キリストの墓を見つけ出した。最初は誰も信じようとしなかったが、古代文書研究会の考古学者らによってキリストの遺言書が発見され、考古地質学者の山根菊子(やまねきくこ)が著書『光りは東方より』でキリスト渡来説を支持・宣伝し、神学博士の川守田英二がナニャドヤラ＝ヘブライ語説を唱えるなどして、この説はにわかに真実味を帯びることになったというのだ。

なるほど、あの蛇男の言ったことは本当だった。だけどもこのことと突然死した男とどういう関係があるのだろう。いや、その前に、さっき俺を襲ったあの嵐のような声の洪水は何だったのか。

能力の解放とあいつは言った。まだ制御の仕方が分からないのだとも。とすれば、もしかするとその能力というのは——。

SFやマンガのなかだけでなく、それは既に日常の言葉として定着している。しかしそんなものが実在したのか。しかもその能力が俺にあるって？　けれども今は制御どころか、たったひとつの声さえ聞こえない。それとも（ああ！）このテレパシーというやつは能力が眼醒めるときにはいつもこんなふうに陣痛を伴うのだろうか。

矢狩は手をのばして鏡の前の棚にパンフレットを置き、バシャバシャと頭から湯を被った。激しく何度も顔を洗い、雨に濡れた犬さながらブルッとしぶきをはねとばす。訳も分からず湧きあがる高揚にそうでもせずにいられなかった。そうだ、俺はやっぱり豹だったのだ。これで分かった！

　それからゆっくり笑いがこみあげ、クックッと声が咽から洩れたかと思うと、たちまち哄笑となって湧きあがった。狂ったような馬鹿笑いだった。

「お客さん、どうかなさったですか」

　笑い声を聞き咎めて女将が外から呼びかける。矢狩はそれで慌てて笑いをひっこめ、「何でもねえよ」と大声で返した。

　そこで思いついてガラス戸のむこうに注意を集中してみたが、やはり思考のひとかけらもこちらに伝わってこない。まあ、いずれまたその時が来るのだろう。彼はあきらめて濛々と立ちのぼる湯気を眺めた。

　ぼんやりそうしているうちにふとひとつの疑問が湧きあがった。死んだ男は何のためにこの村に来ていたのかという疑問だった。

　今までは郷土史家という肩書きから、単純にキリスト伝説を調べにきたのだろうと思いこんでしまっていた。だが実はそれが伝説でも何でもなく、まして発生の経緯がこんなパンフレットにすら記されているほど明らかであるなら、仮にも郷土史家と称ばれる人物には常識だったのではないだろうか。とすれば、彼がこの地を訪れた目的はもっとほかのところにあったとは考えられないだろうか。

　果たしてそれは何だったのだろう。

　考えるうちに矢狩はもっと差し迫った問題に思いあたった。あの蛇男はこの民宿に泊まっているのだ。先に戻ってきて今もここにいるのかも知れない。あいつは自分の能力を思い通りに扱える。必要な人間以外、自分の存在を消すことができるとも言っていた。現にここの女将にはあいつの姿が見えていなかったじゃないか。つまりあいつはこの民宿の空き部屋を勝手に使っているのだろう。もしかすると行動を操って食事を運ばせるくらいのことはやっているかも知れない。

それを考えると何やらゆっくりしていられない気分になった。急いで風呂からあがり、周囲に眼を配りながら自室に戻る。部屋に戻ってみて驚いたのは窓の外がひどく薄暗くなっていて、既に夕暮れが迫っているらしいことだった。

——俺は何時間も気を失ってたんだ！

矢狩の手からジャンパーが落ち、そのポケットから冷えきった甘酒の缶が転がり出た。そのまますとんと腰を落とし、バリバリと短い髪を掻き毟る。そうしてたまらずテレビのスイッチを押すと、ちょうどニュースがはじまったところだった。

最初は豹関係で、昨夜、文京区小石川(こいしかわ)でまたしても女性が襲われ、これで直接の犠牲者は八人になったと報じられた。都民からは警察当局への非難の声が強くあがっている。また、これだけいっこうに捕獲できないのは何者かが豹を操っているからではないかとする噂にもふれた。その噂は二、三日前から矢狩の周囲でも囁き交されていた。

旅客機墜落事故と上野公園爆弾事件についてはまだ捗(はか)ばかしい進展はなく、病院を巻きこんで百十七人もの死者を出した新宿の大火災に関してもヘリコプターの墜落原因は不明のままだった。

矢狩は翌日もあちこち村をまわってみたが、男の姿を見かけることはなかった。

第二章　症候

1　怪物

「全くあんたもお人好(よ)しだよ。聞けば花見の場所取りに行かされたっていうじゃないか。そんなもの断っちまえばいいのにさ。だいいち豹みたいなのがウロウロしてるときだってのに、女の子一人で行かせるのもどうかしてるよ。非常識極まりないったら。だからこんな目に遭うんだよ。そもそも人間みんな神の子だなんてご立派なことを言ってる人たちが花見でドンチャン騒ぎなんかしてていいのかね。あんたもそういうとこ勤めりゃちょっとは引っこみ思案も治るかと思ってたんだけど、ああ、とんだ見こみ違いだったねえ。そりゃ爆弾仕掛けたのは誰か分からないけど、責任は会社にもあるはずさ。それなのにお見舞いひとつもなしだなんて、あたしゃ開いた口が塞がらないよ。あんたももうちょっとしっかりしてくれなくちゃあ。あの人はあんな具合だし、敏樹(としき)も最近どんどんひどくなってきて、昨日なんか手がつけられなくてこの有様だよ。まあ、あの子があんなになっちまうのも無理ないけどね。菊田(きくた)んとこの叔父がしょっちゅう来てはゴタゴタ言ってくんだもの、そりゃ何も手につかないさ。気の毒だけど、でもどうしようもないものねえ。隆夫も学校のほうから変なことを言われるし、あたしゃもうどうにかなっちまいたいよ……」

寝間着を畳んでいた手が止まり、繰り言は不意に涙声になった。そんな言葉を聞き流しながら髪を梳いていた和江は鏡のなかの自分の眉間に深く縦皺が刻まれるのを認めた。

地味な、目立たない顔立ち。眉は薄く、眼は細く、口は小さいがやや前に突き出ている。そういった容貌の凡庸さ故に、眼の下に散ったソバカスも貧相な印象を強調するだけにしか役立っていない。

和江は言葉を失ったままゆっくり病室のなかを見まわした。弾力が不揃いになったベッドも三晩のつきあいでしかなく、壁も天井も花瓶に活けられた花も見慣れたものになるまでには時間が足りなかったが、それでもなぜか後ろ髪を引かれた。

彼女にとって言葉はとうに干涸びたものだった。干涸びたものだからこそ咽の奥にひっかかる。そしてそれは内も外も見分け難い深いところに沈澱し、じわじわと凝り固まって、いつしか重い鈍痛すら伴っていることに気づくのだ。

言葉では癒せない。そうだ、言葉では癒せない。ではいったい何によって？

けれども啜り泣きの声をいつまでも聞いているのはさらに我慢し難かった。視線を鏡に戻し、そのなかで肩を震わせている母親の姿を眺めながら和江は懸命に言葉を捜した。

「変なことって何……？」

結局それが口をついて出た言葉だった。

「学校で悪さしてるみたいで困ってるんだって。そんな馬鹿なことあるもんかねえ。あんなにいい子なのに。何かの間違いだよ、きっと」

腫れぼったい瞼のためにことさら細くなった眼をいっそう細く押し潰して母親は言いつのる。切り出しの彫刻刀で削ったような目尻の皺はそれによってますます深くなった。和江はそんな様を眺めながら、いつのまにこんなふうになってしまったのだろうと考えていた。

「悪さって、どういう悪さなの」

「先生の話だと教室で妙な遊びが流行ってるんだってさ。まあ集団のいじめみたいなものらしいんだけど。どうもその先頭に立ってるのが隆夫じゃないかっていうんだよ」

「あの子が先頭に立って……？」

「本当に確かなんですかって訊いたら先生も首をひねって、どうも実態はまだはっきりしていないんですが、問題が表面化してからでは遅いですので、今のうちにくれぐれも注意しておいて下さいって」

「いったいどんな遊びなの」

「〈黒い羊〉とかいうんだってさ。羊に決められた子は草を食べさせられたり、頭にマジックで悪戯書きされたり、もっとひどいことをされたりする子もいるんだって。同じ子がずーっといじめられるんじゃなくて、次々に変わるらしいんだけど、誰が羊になるかを決めてるのが隆夫らしいって。でも、やっぱり間違いだと思うよ。本人も知らないって言ってるし」

言いながらその言葉を本当に信じているのかどうか、母親は口をかすかに震わせていた。話に出た〈もっとひどいこと〉というのを例示するかのように母親の額には青痣が浮き出し、左の顳顬から頬にかけて細かな瘡蓋が刷毛でなすったように走っている。上唇には絆創膏が横に貼られ、その下が切れてミミズ腫れになっているのが分かった。

「……いじめられてないならまだましじゃない」

和江は不貞腐れた表情を交じえて返す。けれどもそれは必ずしも反発からきているだけではない。どうしようもなく惨（みじ）めな者どうし、互いに相手の力になれないことを知りつつ向かいあうとき、同情や労（いたわ）りを表に出すためのひとつのかたちはそれを裏返しに示してみせることなのだ。私にはそれが分かっている。けれどもこの女にはこの先も決して分からないままだろう。和江はそう思うたびにたまらなくなるのだが、あるいはそのいっぽうで、それこそを唯一の慰めにしているのかも知れないと思った。

――そうだわ。敏樹にしても、勉強が手につかなくて家の者にあたり散らすなんて、全く結構なご身分じゃないの。甘えてるのよ。病気という隠れ蓑（みの）を被って、結局それがいちばん居心地のいい状態なんだから！

言葉には出さず、胸の奥でそう叫んでみたが、そういったご身分の結構さが誰にとってのものなのかという想いが間を置かず彼女の頭を占領した。そう、どれほど豪華に装飾された通路であれ、はるか上空に差し渡されたそれを辿（たど）る者には装飾の豪華さなど眼にはいらないに違いない。そして眼に映る奈落の深さだけが彼にとって意味あるものだとすれば、それに対する批判も忠告ももはや彼には無縁なものというほかないだろう。しかも問題のあり方が誰にとっても同じである以上、和江が発しかけたそれらの言葉は鬱々と胸の底でしか叫びをあげられない彼女自身にも投げ返されてしかるべきなのだ。

ああ、どうやってチャンネルを切り換えればいいのだろう。一瞬何かをつかみ取れそうになったような気がして、それが再びもとの晦冥（かいめい）のなかに紛れこんでいくのを苦々しく意識しながら（そしてそれはありふれたいつもの繰り返しに過ぎないのだが）、和江は額の骨と肉のあいだでチリつく頭痛の気配を懸命に抑えこもうとした。

本当はもっと入院していたい。脳裡（のうり）にどれほどもの狂おしい想いが跳ねまわろうとも、この三晩の隔絶された静謐（せいひつ）さはやはり何物にもましての安らぎだった。ぬくぬくと毛布にくるまって、そのまま自身の闇のそのまた奥へと自分自身を塗りこめてしまえれば。けれども彼女の願いはいつも、この猥雑で棘々しい世界のなかでは非現実的なのだ。

――敏樹、あなたもそうなの？　いいえ、あなたにとってはそれどころでなく、自分自身の闇のそのまた奥さえもが世界と同じだけ猥雑で棘々しい場所だったとしたら！

和江は二ヵ月ほど前、荒れ狂う弟に手を焼いて、本人を連れて精神科医に相談に行ったときのことを思い出した。建物は病いのイメージを払拭するかのように白く、そしてその白さはちくちくと眼に痛かった。医師は一時間ほどの問診ののち、母親と和江を呼び出して特に異常な点は見あたらないと告げた。むしろその診断に愕然としていた母親はそれではいったいどうしたらいいのかと縋るように尋ねたが、医師は表情も動かさず、気長に互いの理解を深めるように努めることです、と答えた。

「先程のお話にありましたね。窓ガラスは割れ、障子もボロボロ、壁も家具も傷ついていないものはないくらいだと。全く悲惨な状況だと思います。しかしその荒んだ光景は息子さんの心のなかの光景と同じなんだということを理解してあげて下さい」

だとすれば敏樹には逃げ場すらないのだ。和江の胸を軋むような疼きが走ったが、しかしそこから先をどうすればいいかはなおも愚痴を訴え続ける母親同様、彼女にも全くの五里霧中だった。

とどのつまり、彼女にとっての運命とは果てしもなく続く堂々巡りなのだ。

そのとき突然病室のドアがノックされた。そして返事も待たずにはいってきたのは尾塚だった。

「やあ、もう退院だって？　あ、こちら、お母さん？」

母親は一瞬頭を下げかけたが、すぐさま背を向けてしまい、それきり言葉も返そうとしない。和江は慌てて笑顔を作りながら、ええ、とだけ答えて話題を戻した。

「もう腰の痛みもないし。たいしたことはなかったみたい。ご心配おかけしてすみません」

「そう、よかったね。爆弾を仕掛けた奴はまだ分からないらしいが、全くひどいことをしやがるよ。それにしてもここのところおかしな事件ばかりだね。北アルプスで飛行機が墜落したと思ったら、今度は新宿にヘリが墜っこちる。豹についてもおかしな噂が流れてるのを知ってるかい。これだけいつまでたっても捕まらないのは、裏で自在に操っている人間がいるからじゃないかっていうんだ」

「人間が操って……？」

「そう、しかもその何者かは豹だけじゃなく、ほかの一連の出来事の糸も引いているんじゃないかってね。何だか僕もそれがあたってるんじゃないかという気がしてきたよ」

そうなのだろうか？　けれどもそれが本当だとしても、彼女にとっては遠いところの出来事だとしか思えなかった。自分の肩にのしかかっているもの以外はとりあえず彼女には無縁なのだ。だからこそ突如我が身に降りかかった爆弾事件は生々しい怯(おび)えをもたらしたが、その裏で何かが蠢(うごめ)いているという話になると、やはり彼女には与(あずか)り知らぬ世界でのことだった。

「いや、実は僕も個人的にそのあたりのことを調べてみようと思ってるんだよ。それをちょっと手伝ってもらえないかな」

「私が……手伝いを？」

そのとき今まで押し黙っていた母親がいきなり大声で割ってはいった。

「このうえ和江を危ないことに巻きこまないで頂戴！」

驚いて振り返ると、母親は肩ごしに後ろを向き、これまで見せたことのない敵意に充ちた眼で尾塚を頭から爪先までまじまじと眺めまわしていた。

「何言ってるの、お母さん」

「黙っといで。あんた、人が好いからそうやって利用されてばかりなんだ。ああ、この際言わせてもらうよ。こんなにいい教えはないってみんな言うから毎日集会に出て、没観もやって、この子もおたくに勤めさせたりしてるのにいいことなんかひとつもないじゃないか。もう騙されないよ。相馬さんが何だって？　幸せは人の心のなかにあるなんて、そんなお題目、何の役にも立ちゃしない。うまい言葉を並べたてて金ばっかり巻きあげていくそこいらのペテン師とおんなじさ。そうでなきゃあたしたちをどうにかしておくれっていうんだ！」

狂ったように迸り出る母親の言葉に、和江はすうっと血の気が引くのを感じた。

「お母さん、そんなみっともないことを言って！　だいいち尾塚さんは出版局の人じゃないのよ」

「どのみち上の人には違いないんだろ。よく『心の泉』に文章書いてるって言ってたじゃないか。あんたは余計な用事をさせられることはないんだよ。そんな頼み事をするんだったら、その前に見舞い金でも包んでくるのが道理ってもんじゃないか」

「もうやめて！」

和江の声は悲鳴に近いものになった。それが自分の頭のなかにガーンと反響して、彼女の激情は何倍にも膨れあがった。膨れあがった激情は理性を吹きとばし、箍を失ったゼンマイのように弾けたかと思うと、彼女は逃げるように病室からとび出した。

「和ちゃん！」

廊下にとび出し、そのまま一目散に出口を目指す。そんな唐突な行動に出たのは初めてだった。階段を駆け降り、受付のあるロビーを抜け、ガラス戸を押しやって外に出ると、もう心臓は今にも壊れそうだった。顳顬の奥がズキズキと音をたてて、それがたまらない気持ちに拍車をかけた。

――もう厭。何てみっともない。あんな母親。あんな家族。私を縛りつけているすべてのもの。全部消えてなくなってしまえばいい。そうよ、みんな燃えつきてしまえばいいんだわ！

そんな想いが狂ったように駆け巡る。自制できない情動は外へ迸り出る手段を選ばないのか、気がつくとぼろぼろと涙さえこぼれ落ちていた。嗚咽を嚙み殺そうとするためにますます呼吸はままならず、咽の奥でヒューヒューと詰まった笛のような音をたてた。そこまで彼女を駆り立てた要因のなかには、そのときその場から逃げ出してしまったこと自体も含まれていただろう。何かがいっきょに堰を突き破ってしまったのだ。今までただひたすらにすべての意志を沈黙のなかに巻きくるめることが誰にとっても最良の手段だと思い決めていた彼女にとって、自分でも不思議なくらいの感情の暴走だった。

けれどもそんな破れかぶれの激情も結局一時的なものでしかない。攪拌が弱まれば鬱屈した気分がたちまち水銀のように底にわだかまり、やり場のない後悔を搔き立てる。すべてのものから逃げ出したい想いはいつしかひそかな祈りにさえなっていたというのに、跨ぎ越さなければならない溝は今なお眼も眩むほどの巨大な深淵なのだ。

門から塀にそって坂を駆け降り、ガードの下で力つきて激しく肩で息をついていると、ややあって駆け寄る靴音が背後まで追いついてきた。そしてしばらく苦しそうに喘ぎながら、

「けっこう足が速いんだね。あまり年寄りを走らせないでくれよ」

冗談めかして言ったあと、ぽつりと「まあ、人生いろいろあるさ」とつけ足した。そうしてさらに鼓動が鎮まるのを待ち、病院に戻るかどうか尋ねてきたが、和江が首を横に振ると、

「じゃ、僕につきあってもらうよ」

そう言って通りかかったタクシーを呼び止めた。

促されて隣に乗りこみ、和江は改めて横目で尾塚を観察した。上背は和江とどっこいだし、顔じゅう黄色い痘痕がしみついている。異様に鋭い眼のまわりには細かい皺が刻まれ、まばらに散った短い不精髭も不健康な印象を与えた。とにかく第一印象はいかにも冴えないこの男に人並はずれた知性の閃きと行動力が備わっているとも見て取りにくいだろうが、そのうえこうしたさりげない労りの術まで心得ていようとは彼女さえ今の今まで想像できなかった。けれどもその尾塚は車中の人となってからは、なぜか眉をひそめて遠い宙空を見据えていた。

「――ずっと昔」

尾塚は不意に話の口火を切った。

「僕は神経ばかりが尖り立った種類の子供だった。ちょっとしたことがやけに頭のなかにビンビン響き渡るんだ。いわゆる癇症というやつだね。だもんで、何とかしなきゃいけないと思ったお袋は僕を近くの村の怪しげな婆さんのところに連れていったんだ。僕の育ったところは本当に凄い田舎だったけど、その婆さんの家は藁葺屋根で、もう格段に古かったな。薄暗くて、じめじめしてて、今にもお化けが出そうななかに婆さんが白い袍のようなものを纏って座ってるんだよ。前後のことはよく憶えてないんだが、僕はそこで塩のなかに両手をつっこんですりあわせ、次に水に浸し、また塩揉みするといったことを何度も何度も繰り返させられたんだ。そしたらどうだろう。そのうち両手のそれぞれの指の先から白くて細い糸のようなものが出てきたんだよ。はじめは短かったそれがだんだん長くのびてくるんだ。僕は子供ながら、これは何だろうとびっくりしてしまった。婆さんの説明ではこの糸のようなものが癇の虫で、これさえ出してしまえばよくなること覿面だっていうんだよ。

君、こんなことを聞いても本当にしないだろう。イヤ、僕自身、神経の細い子供の常で疑り深かったから、塩に混ざっていた糸屑がついてるだけじゃないかと思ったよ。だけど婆さんがその端を軽くひっぱってみせると、糸はピンと張って、確かに僕の指から出てるとしか思えなかった。その感覚をどういえばいいのかな。髪の毛をひっぱるよりももっと奥深くの肉までツンツンとくるような、神経まで持っていかれそうな感覚なんだ。指のなかをずっと伝って、手の甲あたりまで喰いこんでいるというのが実感だった。神経過敏がそれによって治ったかどうかはともかく、この体験ははっきり僕のその後の人生に影響を与えたね。まるでその糸が僕の心にまで繋がっていて、本来なら眼醒めることのなかっただろう部分が無理矢理ひっぱられたお蔭で呼び起こされてしまったような、そんな具合さ。

癇癪はあまり起こさなくなったけど、依然僕はいろんなことに気を奪われやすく、そのくせ臆病な子供だったよ。その僕が初めて金縛りというものを体験したのは小学校の五年のときだ。のちにかなり数多くの経験者に話を聞いてみたけど、一般に金縛りというのは就寝中にふと眼が醒めたところ、頭はハッキリしているのに体がビクとも動かなくて、それが物凄く恐ろしいというのがいちばん基本的なパターンみたいだね。何割かの者はそのとき視界の片隅に人影を見たりもするようだけど。しかし僕の場合は到底そんななまやさしいものじゃないんだ。例えば初めてのときはこんな具合だった。眼が開いているのに体が動かないというのはパターン通りだけど、見あげた部屋の天井の隅あたりに恐ろしく強烈な光の塊りがあるんだよ。しかもシュルシュルと耳を塞ぎたくなるような大きな音をたてている。強烈な光はグルグル回転しながら揺らめいてるみたいで、それにつれて部屋のあちこちにできた影も様ざまに形を変えていくんだ。僕は何が何だか分からなかった。この世の終わりかとも思ったよ。叫びたいのに咽が痺れて声も出ない。そうやって必死に硬直した体を動かそうとあがいているうちに、今度は自分の体が寝ていた蒲団ごと、そっくり宙に浮きあがっていってるのに気がついたんだ。光と闇との交錯はますます激しく、普通の百倍も眩しいミラーボールのように輝いて、本当に凄まじい光景だった。

そのままどんどん高く浮遊して、光の塊りが眼の前にワーッとひろがってね。もうダメだ！ そう覚悟した途端、いきなり光の回転が狂ったように速さを増したかと思うと、部屋ごとバチーンと弾け散ってしまったんだ。そしたらその砕けた光景のむこうから途轍もなく巨大な人間の上半身が現われた。薄目をあけ、唇にかすかな笑みを含んだその端整な顔は男でも女でもなく、日本人でも外国人でもない、何かしらひどく茫洋とした、それでいてゾッとするほどの神々しさを湛えていた。その視線に晒されるうち、体じゅうが炎のように熱くなって、やがて眼の前も真っ赤に燃えあがっていくんだ。たまらなくなって何か叫んだと思ったら、その世界からストーンと真っ逆さまに墜落して、気がつくと蒲団の上にびっしょり汗をかいて起きあがっていた。……もちろん、みんな夢だったのかも知れない。あんなに生々しい夢を見たことはないけどね。それから僕はずっと今でもあの巨大な人物が誰だったのか気になって仕方ないんだよ」

その不思議な思い出話に和江は黙ったまま耳を傾けていた。

「中学の頃から僕は神秘的な事柄に夢中になっていった。いろんな本を片っ端から読んでいったよ。幽霊や妖怪。様ざまな占い。世界の秘境。奇蹟物語。死後の世界。空飛ぶ円盤。四次元の世界。ムー大陸。超能力。魔術や錬金術。……まあ、ひっくるめてオカルトと称ばれるジャンルだね。最初はとにかく断片的な知識がふえていくのが面白くて仕方なかった。例えば一九〇七年、マサチューセッツ州のダンカン博士が今まさに息をひきとろうとしている病人を精巧な秤の上に載せ、絶命の瞬間に二十一グラム体重が減少するのを計測した——なんて話にはゾクゾクするようなスリルを覚えたものだし、人間の背後には一メートルほど離れて、その本人の肉体と全く同じ形をした幽体が付随していて、ゆるい紐のようなもので繋がっているなんて話からも様ざまなイメージを掻き立てられたのよ。

高校、大学と進むにつれて、興味はもっと体系的、原理的な方向に傾いていったし、世界史や自然科学をオカルトの視点から洗いなおしていくようになった。小説もモームの『魔術師』やユイスマンスの『彼方』、バルザックの『セラフィータ』、クロソウスキーの『肉の影』、ユルスナールの『黒の過程』なんてあたりをもっぱら読み漁(あさ)っていたな。いつのまにか世間でもオカルトがブームになりつつあったけど、日本でのブームはあまりにも薄っぺらで、毒にも薬にもならないのが僕の不満だった。ともあれそのブームを決定づけたのがユリ・ゲラーの登場だったね。だけど超能力というものの内実を彼の演じてみせた事柄をもとに云々(うんぬん)するのは馬鹿げてるんだ。だって彼はもともと超能力を売り物にした奇術師に過ぎないんだから。

ユダヤ人ユリ・ゲラーは一九四六年十二月二十日、テルアビブで生まれたんだ。両親は彼が幼い頃に離婚し、彼を引き取った母親はキプロスで再婚している。一時期は寄宿舎にも入れられてたんだが、既にその少年時代から彼は奇術に強い興味を惹(ひ)かれるようになった。十八歳でイスラエル軍に入隊し、エジプト軍の銃撃で負傷した彼は収容された兵営でシピーという少年と知りあい、以後、二人はコンビを組んでプロの奇術師となるんだ。彼らの手口は常にシピー少年をサクラに使った単純なものだった。彼は劇場に対しても本物の超能力者というふれこみで契約していたので、トリックを見破った支配人に追放されたこともある。……まあずっとそんな調子でいれば問題はなかったんだけど、彼の運命を大きく変えたのはアンドリア・H・プハーリックなる超常現象研究家がスポンサーについたことだった。プハーリックは彼をアメリカに連れて帰り、『ユリ』という本を出すなどしてマスコミを利用した大々的な宣伝を行なったんだ。彼はたちまち有名になった。一九七二年にはスタンフォード研究所で彼の能力の実験が行なわれたんだが、結論も出ずにあやふやに終わってしまったのをいいことに、あたかも科学的に実証されたかの如く世間にアッピールしている。まあ『タイム』誌あたりは次の年に特集を組んで、彼の能力をまっこうから否定しているけどね。

そしていよいよ彼が日本に上陸したのがさらに翌年の一九七四年だ。その後の爆発的なブームはいちいち説明するまでもないかな。自称オカルト研究家どもや奇術音痴の科学者たちが踊らされているのはけっこう面白い見物だったけど、それを別にしてはっきり彼の功績といえるのは、触発されて雨後の筍のように出現したスプーン曲げ少年のなかに確かに本物の能力を開発された者が存在したことさ。

イヤ、これは少し話が脇道にそれてしまったね。とにかく僕は大学にいた頃からいろんな団体に出入りするようになった。オカルト研究を標榜するものから、宗教団体、占術教室、ＵＦＯ同好会、そしてもっと怪しげな集まりまで、様ざまなものにね。それは今でも続いていて、〈生命の園〉もそのひとつに過ぎないんだけど、やがて僕はそうした交流のなかで同じ年代のある男を知ったんだ。そいつは多分、僕の生涯の宿敵といえるだろう。そう言えばうすうす見当がつくんじゃないかな。それはあの爆弾事件のあった日、上野公園のベンチで、君の隣に座っていたあの男さ。名前は鳥羽皇基という。……フン。これだけは憶えておいたほうがいい。あいつは恐ろしい男だよ。いや、あいつの眼とまともに向きあった君にはそれが身にしみて分かっているはずだったね。蛇よりも残忍で、虎よりも獰猛な奴だ。様ざまな団体に出入りを続けるうち、常に奴の存在が影のようにチラついているのに気づいて、僕はいったい何者なのか探りを入れてみることにした。結局正体は今でもはっきりしないんだが、その過程でボンヤリ浮かびあがってきたのは奴の目論見が暗黒の復興にあるらしいってことだった」

「暗黒の復興……？」

初めて和江は口を挿(はさ)んだ。はじめは風変わりな身の上話だと思い、そんな過去を打ち明けられたことにかすかな喜びさえ感じていたのだが、それが何やら恐ろしげな話題に繋がっていくのには戸惑いを感じざるを得なかった。

「そう。つまりひらたくいってしまうと、僕が追求しているのが白魔術であるのに対して、奴が操ろうとしているのは黒魔術なんだよ」

尾塚は遠い宙空を睨(にら)みつけたまま言いきった。

むろん普段なら彼女がいつもそうであるように、その話もどこか遠い世界の出来事としか思えなかっただろう。ましてそもそもひどく現実離れした、荒唐無稽といっていい内容ではないか。けれどもいったんあの鳥羽という男の恐ろしい眼を見てしまった彼女には、その話は首筋にべったり貼りついてくるような不気味な生々しさを伴っていた。

「そう。さっき僕は世界史のことを口にしたけど、オカルティックな力が歴史を動かしていたのは何も祭祀(まつりごと)イコール政治(まつりごと)だった時代や、キリストの奇蹟が生きていた時代だけじゃない。二十世紀の現代もなおそうなんだよ。例えばかの有名なアドルフ・ヒトラーの掲げた理念がある種のオカルティズムの流れから生み落とされたものだったことは決して見逃してはならない事実なんだ」

尾塚はかすかな憂鬱を混じえて言った。

「……ヒトラーが？　そんな話、初めて聞くけど……」

「もちろん学校で習うような皮相的な歴史をいくら眺めていてもそんな要素は鼻先も浮かびあがってこないさ。といっても別にヒトラーが個人的に魔術や占術に凝ってたというような話じゃないよ。問題はもっと大きく、根深いんだ」

尾塚は唇を湿して語り続けた。

「呪術にしろ、占術にしろ、錬金術にしろ、様ざまなオカルティックなジャンルはそれぞれ固有の宇宙論というべきものとセットになっていることは分かるね。もちろんそのほとんどは極めて断片的で曖昧なものでしかないけど、なかにはかなり全体的で明瞭なかたちを取るものもある。とりわけそのジャンルが宗教的な装いを取れば取るほど宇宙論は整備され、体系化され、従ってその部分が大きく前面に出てくることになるだろう。ところで西洋では一貫してキリスト教の独占支配が続いていて、自身の宇宙論をどんどん体系化する方向に進んできたんだけど、まさにそうであるが故に、ほかのオカルティズムに対しては、その宇宙論が体系化されたものであればあるほど非寛容にならざるを得ない。こうして起こった反教権的な宇宙論への弾圧は異端審問という制度を確立してからますます加速し、もっと俗っぽいレベルでは魔女狩りというかたちで吹き荒れることになるんだが、なかでもキリスト教が最も忌み嫌ったのがグノーシスやマニ教といった異教的な思想、あるいはカタリ派やボゴミル派といったキリスト教内の異端だったんだ。

さて、とりわけ中世末期からのオカルティズムへの弾圧には凄まじいものがあったんだけど、近世にはいってキリスト教支配の体制がゆるんでくると、それまで抑えこまれていた様ざまな矛盾が噴き出して、ヨーロッパ世界は大きな混乱に包まれていった。そんな状況を背景にして誕生したのが〈薔薇十字団(ばらじゅうじだん)〉という秘密結社なんだ。十七世紀はじめにどこからともなく現われたこの集団はグノーシス思想とカバラ思想を二本柱とするオカルティズムの復興を唱え、たちまちドイツから全ヨーロッパへとひろがっていった。また、イギリスでは有名な〈フリーメーソン〉という秘密結社が名乗りをあげ、薔薇十字の団員も多数流れこんで、のちに近代秘密結社としては最大の規模にまで拡大していくんだ。十八世紀には〈ババリア幻想教団〉などの政治結社や〈業火(ごうか)クラブ〉などの享楽のための結社まで、種々雑多な性格を持った夥しい秘密結社が乱立している。十九世紀になるといったん消滅していた薔薇十字が復活し、エリファス・レヴィの加入していた〈薔薇十字協会〉のほか、スタニスラス・ガイタの〈薔薇十字カバラ団〉、ジョゼファン・ペラダンの〈カトリック薔薇十字団〉、マクレガー・メイザースの〈黄金の暁教団〉などが創設された。そしてそんな流れのなかでブラバッキー夫人の〈神智学協会〉、ルドルフ・シュタイナーの〈人智学協会〉、そして今世紀にはG・I・グルジェフの〈人間の調和的発展のための協会〉といった白魔術的啓蒙運動の団体が誕生し、いっぽうではアレイスター・クロウリーの〈銀の星教団〉といったヒッピー文化に繋がる反権威指向の強い結社も生まれている。

さて、十八世紀の〈ババリア幻想教団〉はもともと反ジェズイット的な自由思想を求める学者サークルとして出発し、フリーメーソン員を獲得しながら統一ドイツ形成を旗頭とする政治結社に成長していったんだが、一時はゲーテやヘルダー、シラー、モーツァルトも参加したこの結社は弾圧によって十年で解散してしまった。ところが今世紀はじめ、第一次大戦に向かおうとする一九一二年のオーストリアに突然この〈ババリア幻想教団〉が復活するんだ。同じ年、この結社からミュンヘンに〈ゲルマネン結社〉が生まれ、ゲルマン優越主義を思想の基盤に置く極右民族主義団体として活動をはじめる。……そもそもゲルマン民族を優秀、セム人種を劣等とみなす人種理論は十九世紀後半から広く流行・定着していて、特にグイド・フォン・リストと〈リスト協会〉、ランツ・フォン・リーベンフェルスの〈新聖堂騎士団〉、〈ミュンヘン宇宙調和会〉のアルフレート・シューラーなどの影響は大きかった。第一次大戦そのものがドイツ・オーストリアを中心とする汎ゲルマン主義と、ロシア・セルビアを中心とする汎スラブ主義の対決だったんだからね。こうした期間、反ユダヤ運動は坂を転がるように勢力を増し、開戦の年にはその名も〈反ユダヤ主義同盟〉が結成され、激しい活動を行ないはじめることになる……」

「恐ろしいことだわ」

和江はぽつりと呟いた。

「そう。だけどこれはまだまだ序の口なんだよ。……第一次大戦は一九一四年から一八年まで続き、そして君も知る通り、結局ドイツは敗北するんだ。ドイツ国民はそれによってゲルマン優越主義を捨てただろうか？……いやいや、誇り高き彼らは敗北の原因を国内の社会主義者とユダヤ人の裏切りに求めたのさ。とどのつまり、敗北は民族主義の炎をますます煽（あお）り立てたんだ。かてて加えて、戦後の混乱と社会不安、不景気と超インフレ、ベルサイユ条約に基づく賠償問題、ワイマール共和制の抱える矛盾など、人びとの理性を失わせる条件はいくらでも揃っていた。敗戦の年〈ゲルマネン結社〉のババリア支局から誕生した〈トゥーレ協会〉は南部ドイツの右翼運動の中心的な存在となり、ほかにも大小様ざまな右翼団体が百花繚乱の彩りで乱立している。〈トゥーレ協会〉はナチスの直接の母胎だが、もうひとつ多大な影響を与えたのは〈ブリル協会〉だな。ちなみにトゥーレというのはケルト・ゲルマン神話に登場する北方の海に浮かぶ楽園で、ブリルというのはブルワー・リットンの小説『来（きた）るべき種族』で創作された、人間が潜在的に持っている神秘的エネルギーのことだよ。

さて、ようやく話はナチスのところまで来た。年表に従えば、敗戦の年、〈トゥーレ協会〉傘下に〈政治労働者サークル〉という極右政治団体が組織され、翌一九一九年、この団体は〈ドイツ労働者党〉となり、この年にヒトラーも加入している。そしていよいよ一九二〇年、改称して〈国家社会主義ドイツ労働者党（ＮＳＤＡＰ）〉、俗称ナチスが成立するんだよ。同年、〈トゥーレ協会〉の機関誌『ミュンヘンの観察者（ミュンヒナー・ベオバハター）』を買い取り、『民族の監視者（フェルキッシャー・ベオバハター）』と改称、のちに日刊政治新聞となり、ナチ・プロパガンダで猛威を揮（ふる）うことになる。一九二一年、ヒトラーはナチスの党首となり、ＳＡ突撃隊を組織する。そして一九二三年にはミュンヘン一揆を起こすが、失敗。ヒトラーはルドルフ・ヘスとともに投獄される。彼が『我が闘争』を口述筆記でまとめたのはこの投獄中のことだ。翌年仮出獄したヒトラーは合法的な戦術を採択し、以後はいっそうプロパガンダに力を注ぐ。一九二五年にはSS親衛隊を組織。そうして一九二九年に起こった世界恐慌による経済危機から何とか脱したいという国民の熱望をうまく捕まえ、一九三〇年の国会総選挙で大躍進を遂げるんだ。さらに一九三三年にはついに政権を獲得。翌一九三四年には親衛隊による突撃隊の粛清が行なわれ、ヒトラーは完全な独裁体制を確立する。政権獲得の年に国連を脱退したナチス・ドイツは一九三五年に再武装宣言、そして一九三九年のポーランド侵攻を皮切りに、あの忌まわしい第二次大戦へとまっしぐらに邁進（まいしん）していくんだよ。……まあ、ざっとこんな具合だけど、さて、今問題にしていたのはヒトラーやナチスに受け継がれたオカルト的側面だったね。

　ナチスのイデオロギーは全く複雑怪奇な代物（しろもの）だけど、基本的には反民主、反個人、反ユダヤ、反社会主義、反キリスト教で、恐らくその根底を支えているのが神秘主義的な人種理論だったことは今までの説明で分かってもらえたんじゃないかな。アーリア人種、なかでもことにゲルマン人種を最も高貴と規定する思想はナチスに先行する様ざまな右翼団体・秘密結社・思想グループなどによって喧伝（けんでん）され、ひろく流布していたことは強調しておきたいね。その思想のバックボーンとして復興したのが断片的に伝えられていた古代ゲルマン神話で、鉤十字（ハーケンクロイツ）、太陽、鷲などもそれらに付随する民族的象徴だったんだ。現にハーケンクロイツはナチス固有のものではなく、〈リスト協会〉〈新聖堂騎士団〉〈ミュンヘン宇宙調和会〉〈トゥーレ協会〉などで既に組織のシンボルとして使用されていたんだよ。また神話とともに伝承され、キリスト教からは悪魔の文字と決めつけられていた〈ルーン文字〉も同じ神秘主義的な団体で用いられるようになり、ナチス親衛隊ではルーン文字教育まで行なわれたんだ。かくしてナチスは異教団体の相貌を帯びることになる。また、複雑なナチスのヒエラルキー構造がフリーメーソンのそれと酷似している点はよく指摘されるところだ。

先程〈トゥーレ協会〉と〈ブリル協会〉の影響といったけど、具体的にはヒトラーの出入りしていた〈政治思想啓発講習会〉を共同主催し、初期のナチスの幹部であったデートリッヒ・エッカルトとゴッドフリート・フェーダーは〈トゥーレ協会〉の重鎮というべき存在だったし、獄中のヒトラーをしばしば訪ねて思想的影響を与えた地政学(ゲオポリティック)の権威カール・ハウスホッファーは〈ブリル協会〉の中心人物だった。また、『我が闘争』に次ぐ聖典とされた『二十世紀の神話』で、アーリア人種の源郷は北方の失われた大陸アトランティスだと主張したナチスの理論的指導者アルフレート・ローゼンベルク、そしてハウスホッファーの強い影響を受け、終始神秘主義に興味を抱き続けていた副総統ルドルフ・ヘスも〈トゥーレ協会〉に名を連ねていたんだよ。加えて党内ではローゼンベルク、ヘスと並んで神秘主義への志向が強かった親衛隊長官ハインリッヒ・ヒムラーは〈祖国の遺産(ドイチエス・アーネンエルベ)〉という名の機関を組織して、オカルティズムの極めて広汎な領域に亘(わた)って研究を進めさせている。とはいえ、それはあくまで科学研究所なんだ。ただし、ここでの科学はナチスの嫌悪した〈ユダヤ的客観主義科学〉ではなく、〈アーリア的精神主義科学〉なんだけどね。そのなかでもとりわけ影響力を持ったのが〈宇宙氷理論(ベルト・アイス・レーレ)〉という、何とも奇矯(ききょう)で気宇(きう)壮大な宇宙論だったんだ」

いったいどこまで続くのか、いったん走りだした尾塚の話は留まるところを知らない。和江はかすかに聞き憶えのある事柄を頼りに、何とか話の筋道を追いかけるのに精いっぱいだったが、果たしてどこまでついていけているのかもよく分からなかった。

「ウィーンの鉱山技師だったハンス・ヘルビガーが唱えたこの説は、一九一三年の『氷河的宇宙起源論』

出版後、たちまち何百万もの信者を獲得し、WEL(ヴェル)という略称まで生んでいる。それによると、宇宙は巨大で高温の金属と、やはり巨大な氷塊との衝突から生じたことになるのさ。結果、撒(ま)き散らされた星間物質は天体の引力に捉えられて螺旋(らせん)軌道を描きながら落下していく。地球にも今までいくつかの衛星が墜落していて、現在の月も何番目かの落下しつつある衛星だというんだ。むろん月の落下は地球上に激しい変動を呼び起こす。そのために氷河期が訪れ、アトランティス大陸が沈み、人類の記憶に残ったのがノアの洪水というわけだ。そしてついには地球自体も太陽のなかへと落ちこんでいくだろう。興味深いのはヒトラーもこの説の信奉者だったことだね。そればかりかヒムラーは太古の月の墜落した痕跡を求めて調査隊を世界各地に派遣し、何とこの説をもとにした天気予報まで行なっているんだよ。ここで参考にしてもらいたいのはアインシュタインの〈特殊相対性理論〉が発表されたのが一九〇五年、〈一般相対性理論〉が発表されたのが一九一六年という時代背景だ。こういった時代に〈宇宙氷理論(ベルト・アイス・レーレ)〉をアーリア科学の精華として昂然(こうぜん)と推奨してるんだからお笑いだね。さらにこの〈祖国の遺産(ドイチエス・アーネンエルベ)〉は第二次大戦中、悪魔的な医学研究に乗り出し、人間の冷凍実験、減圧実験、移植実験、切断実験、伝染病の感染実験、毒物実験と、ありとあらゆる人体実験まで行なっている」

和江は思わず眉をひそめた。尾塚はそこでひと息つき、再び淡々と喋り続けた。

「だけどこうしたいっぽう、ナチスは神秘主義的な団体や出版物を容赦なく取り締まってもいるんだ。それはかつてキリスト教が行なったのと同じで、国民の信仰を一本化し、中央に収斂(しゅうれん)させるために必要なことだった。このいわゆる〈オカルト・パージ〉は思想的影響力の大きかったシュタイナーに対して最も激しいかたちを取ったといえるだろう。またフリーメーソンはユダヤの国際的陰謀団であり、共産主義革命を目論むものとして弾圧された。さらにあらゆる占卜(せんぼく)業が禁止され、心霊術師や民間療法家までが検挙されるんだよ。しかも弾圧の手は白魔術的な団体だけでなく、〈新聖堂騎士団〉や〈トゥーレ協会〉など、血族ともいえる団体にまで及んでいる。こうして直接的、間接的に影響を受けたオカルト団体を切り捨てたナチスは外部では軍事侵略に、そして内部ではユダヤ人の大量殺戮（さつりく）に邁進していく。……さっき名前の出たヒトラーの導師（グル）ともいうべきデートリッヒ・エッカルトは自らをスペインの魔術師ベルナルドの生まれ変わりだと称していたらしいが、一九二三年、彼は死の床でこんな言葉を残したそうだよ。『ヒトラーに続け。彼は踊るよ。だがその楽譜を残したのはこの私だ』とね。

例証が長くなっちまったけど、どうだい。オカルトは決してこの現実から切り離されたところにあるものじゃないし、それは現代でも同じなんだ。それは常に巨大な底流として存在し、歴史の動きを裏から表から操っているんだよ。そのことは日本だって例外ではない。考えてもみれば、大日本帝国はナチス・ドイツと互いに鏡に映しあわせたような存在じゃないか。天皇制国家主義の支柱である皇国史観はゲルマン民族優越主義とどれほど異なったものなのか。〈鬼畜米英〉や〈非国民〉という言葉にこめられた情動はユダヤ迫害に向けられたそれと別種のものだったのか。南京（ナンキン）大虐殺とアウシュビッツ大虐殺とのあいだにいかばかりの差があるのか。七三一部隊が行なった行為と〈祖国の遺産（ドイチエス・アーネンエルベ）〉のそれと、いったい何が違っていたというのか。……ふん。そのあいだには一分の隙もありゃしないんだ。そしてこうした暗黒を呼び戻そうとする動きは途絶えることなく続いていて、あの男もそうした連中の一人――いや、恐らく極めて中枢に近いところに喰いこんでる人間なんだよ。

そう。あるとき、ある場所で、ちょっとしたなりゆきから、僕は一度だけ奴と言葉を交したことがある。そのとき僕は『人間にとっての変革とは何か』という質問をぶつけてみたんだ。こんなふうに要約してしまうといささか気恥ずかしい内容だけどね。すると奴はあの鳥膚が立つような薄笑いを浮かべて答えたものさ。『それは起こるものではなく、与えられるものだ』とね。『お前は与える側にいるとでもいうつもりか』——僕は続けてそう問い詰めたんだが、奴はますます薄笑いを顔いっぱいに浮かべて、こう、首を突き出すようにして訊き返してきた。『どうも驚いたね。ひょっとして君は変革というものを黙っていても一人残らず勝手に感染していく伝染病だとでも思っているのかな』……ふん。正直いって僕はそれに答えられなかったよ。確かにそれは勝手にひろがる伝染病ではなく、程度の問題こそあれ与えられるもので、そしてそれが与えられるものである限り、その内容はいくらでもすげ替えができてしまうんだ。……だけど本当はそうではないはずだ。唯一動かしようのないものがあるはずだ。僕はその解答を捜しまわり、そしてついにここに至ってその糸口らしいものをつかんだのさ」

尾塚はそこで話を中断した。ややあって車がゆっくり停まったのは三日前の新宿大火災の跡だった。

同じ日の旅客機事故は判明しているだけで死者百十九人、爆弾事件も死者十人の被害を出していたが、この火災での死者も現在百十七人を数え、そのうちの大多数が星陵大付属病院から出たことは和江も昨日のニュースで聞いていた。不運はヘリコプターの墜落した丸田化学薬品倉庫が病院と背中あわせに位置していたことで、ことに集中治療室を含む重体患者の多い病棟はほとんど全滅に近い惨状だったという。

今、和江の眼の前に無惨な姿を晒しているのがその病院だった。

車が遠ざかると尾塚は病院の門に駆け寄り、警備員と短く言葉を交してから和江を招き寄せた。張り渡されたビニール・ロープをくぐって見あげると、五階建ての正面の棟も窓ガラスの大半が割れ落ち、そこから黒煙の跡が屋上めがけて流れ出している。庭はあちこちまだ水びたしで、泥濘には何か分からぬ燃え残りが夥しく散乱していた。

和江はかすかに身を震わせた。こんな場所にどうして連れてきたのか。それは車のなかでの奇妙な話と関係があるのか。つくづくと後ろ姿を見つめるそんな和江の視線にも気づかぬ素振りで、尾塚はそそくさと建物のなかに踏みこんでいった。

ロビーは玄関から中央通路に向けて、薄闇が層を押し重ねるように暗くなっていた。尾塚は警備員から借りた懐中電灯をつけ、整然と並んだ無人の椅子や窓口のそばの電話機を照らし出してみせた。

「ここにある人間が入院していたんだ」

尾塚の声は人けのない空間にがらんと反響した。その空気の震えは闇に呑みこまれた通路や階段の先へと駆け去るように消えていく。和江はそのあとを耳で追おうとしたが、余韻があちらに溶けこむ一瞬、確かにかすかな笑い声も通り過ぎたような気がした。

子供の声？　しかし再び耳を欹（そばだ）てたとき、ロビーには百年も前からそうだったような深い静寂がひろがるばかりだった。

尾塚はぐるりと電灯を巡らせ、ずんずんと正面に歩きはじめる。先程のはやはり空耳だったのだろうか。和江はそう訝（いぶか）しみながら結局黙ってあとに従うほかなかった。少し進むと全くの闇に鎖（とざ）され、処どころに灯（とも）る赤いランプだけが不吉な符牒（ふちょう）のように二人を導いている。靴音は通路の端から端まで響き、そのためかむこう側から別の靴音が近づいてくるような気もした。

――いったい誰が入院していたというの。もしかするとその人も焼け死んでしまったの。そしてその人と私と何の関係があるの？

湧きあがる想いのあとから不安が追い駆け、闇のなかでたちまち魑魅魍魎（ちみもうりょう）が躍りはじめた。明かりに映し出される扉は「第一内科診察室」や「第二検査室」などと記され、いくつかは開け放たれて黒ぐろとした室内を垣間見（かいまみ）せている。そういったあたりを過ぎると小広い一角に出、そこから階段が上方の闇へと消えていた。尾塚は病院内の構造を下調べずみなのか、それとも事件前に訪れたことがあるのか、躊(ため)う素振りもなく階段を上(のぼ)りはじめた。

　足場はところどころ水に濡れ、和江の靴の下でピシャピシャと音をたてた。あちこちに振り翳(かざ)される懐中電灯の光の先で、病棟の案内図や「禁煙」「のぼりおりはゆっくりと」といった札が浮かんでは消える。そのうち物陰から何者かがひょいと顔を出さないだろうかという怯えが、馬鹿馬鹿しいと思う片方でひしひしと彼女を縛りつけた。

「こんなところで何をするんですか」

　膨れあがる不安に耐えきれず、和江はやっとそう口を開いたが、先を行く尾塚は振り向きもせず、

「闇を覗きこもうとしてるんだよ」

　そんな謎めかした台詞(せりふ)を返した。

　その途端、彼女の靴に何かがあたり、カラカラと階段を転がり落ちた。円柱形の金属片らしいそれは加速がつくにつれていくつも段をすっとばし、踊り場の床にかちあたってそのまま壁にはね戻されると、再びカラカラと下方に転がり落ちていった。そして音はたちまち小さくなり、再び踊り場ではね返される気配がしたあと、最後にコーンと乾いた響きを残して途切れた。

　和江はその瞬間にもかすかな笑い声を聞いたような気がした。

　肩から腰にかけていっせいに膚が粟立(あわだ)つのが分かった。——私は何の悪夢を見ようとしているのだろう。けれども脇見もせずに上り続ける尾塚の背を眺めていると、そんな危惧を口に出すのは憚(はばか)られた。

　四階で尾塚は通路に出、浮かびあがった「集中治療室・準集中治療室」のパネルの方向に進んだ。

　その階の床はいちめん水びたしで、天井からも水が垂れ落ちているらしく、ピチョーンという音がふた

呼吸ほどの間を置いて続いている。闇の奥には赤いランプとは別に青い蛍光がぼんやり大きく滲んでいて、それがいっそうの不気味さを掻き立てた。

なぜあそこだけ青い照明が灯っているのか。

ピシャピシャと水を撥ねながらどんどん青い光に近づいていくと、それはレントゲン室のドアについている小窓だと分かった。その部屋の前にさしかかったところで尾塚も不審そうに足を止め、体は通路の先に向けたまましばらくじっとドアを睨みつけていたかと思うと、

「変だな」

そうぽつりと呟いた。けれどもすぐに、

「ま、いいか」

思いなおしたように言って、再び前方にライトを振り翳した。

通路の天井は墨を流したように汚れていた。つぶさにその黒い紋様を眺めていくうち、人びとが火気そのものにではなく、煤煙や有毒ガスに巻かれて倒れていったのだろうとまざまざ察せられた。

それらの屍体は和江の歩いている足もとにも折り重なるようにして累々と転がっていたのだろう。もしかするとそれは先程尾塚の話にも出たアウシュビッツのガス室の光景と似ていたのではないだろうか。そしてひょっとすると床を濡らす水のなかには屍体から染み出した体液も混じっているのではないだろうか。そんなことまで考えて和江はムカムカと胸が悪くなった。

水の滴る音はあちこちで聞こえ、そのいくつかに通り過ぎながらライトを振り翳しても音の源を見つけ出すことはできなかった。

尾塚は通路の突きあたりから二つ手前の部屋の前で立ち止まった。そのドアは内側に開け放たれ、部屋

番号を確認できなかった。しかしその脇には『仁科尚史（にしなひさし）』という手書きの名札が残されたままで、尾塚もしばらく吟味するように視線を投げかけていたが、

「ここだよ」

ちらりと和江のほうに眼をくれ、意を決したようにドアをくぐった。

病院の内部はどこもかしこも冷えびえとした冷気に占領されていたが、その部屋ではことさら身に喰いこむようだった。水の滴る音は遠ざかったが、代わりに焦げた樹脂の発する異臭がかすかに鼻腔（びこう）をくすぐる。ゆるゆるとライトが移動し、それにつれて恐龍の首めいた形状の装置、医療器具の散乱した洗浄台、剝（む）き出しのコードやチューブを連結した計器類が映し出され、そしてドス黒く焦げ跡のひろがった床の上に配線を辿っていくと、その先に無惨な残骸となった大きなベッドが現われた。

ベッドの頭の部分には四本の太い針金が立ち、その一本に融けたビニールが黒い根瘤（ねこぶ）のように絡みついている。マットはほぼ完全に炭化し、わずかに燃え残っている部分がそこに仰臥（ぎようが）していた人物の体形を髣髴（ほうふつ）とさせた。

そのぼんやりとした輪郭は和江の眼には異様に矮小（わいしよう）に見えた。

そうだ。このベッドで人が焼け死んだのだ。和江は生々しい人型に眼を吸いつけられたまま、きりきりと押し潰されそうな胸の圧迫を意識していた。そしてその強い圧迫は彼女の頭からあらゆる思考までもしめ出そうとしているかのようだった。

けれどもそれはその場から逃げ出すこともできずにいる和江にとってほとんど唯一の救いだったのかも知れない。彼女は棒のように立ちつくしたまま、物事のまともな認識の仕方さえ忘れてしまっていた。

その種の状態は普段からしばしば彼女の体験するところだった。ひとつの問題が彼女の手に負えないも

のになるとき、彼女はそれを含めたこの世界全体が何かひどく空ぞらしいものに変貌してしまうのを感じる。ひょっとするとその世界全体には自分自身までが含まれているのかも知れず、それら一切のものがどこへともなく切り離されてしまった茫漠とした時間を占めているものは、ただ底知れぬほど巨大な不安だけなのだ。

「分かるだろう。ここで治療を受けていたのは子供だったんだ」

言い据えるような尾塚の声はその部屋全体に虚ろに響いた。和江はその言葉を縁に、必死で自分を取り戻そうとした。

——子供？

「あの声……」

どこか現実とは異なった場所に迷いこんだという感覚を拭い去れないまま、和枝は先程耳にした笑い声を思い出して、痺れるような恐怖に打たれた。

「声？」

鸚鵡返しに言って、尾塚は耳を澄ませる素振りを見せる。しかし今はもちろん笑い声など聞こえるはずもなく、怪訝な表情を浮かべて振り返ると、

「何のことかな。……まあいいや。それより、その子供は実に不思議な存在だったよ。僕は彼をひそかに〈前途有望な怪物〉君と称んでいたんだ」

「怪物……？」

和江は忙しく眼を瞬いた。

「ああ。この言葉はヒトラー支配下のドイツからアメリカに亡命した遺伝学者リチャード・ゴールドシュ

ミットの提唱した概念なんだ。彼は当時の正統的な進化論から見れば異端とされる説を唱えたんだよ。君も学校で習ったことがあるだろうけど、長らくずっと正統とされてきたのは突然変異と自然淘汰という二本柱で進化の機構を説明するネオ・ダーウィニズム——もしくは総合説と呼ばれる学説だ。そしてこの学説は、進化は極めて徐々に進行するという根本理念に貫かれている。つまり、小さな変異が少しずつ積み重なって生物は進化していくというわけだ」

尾塚は再び奇妙な話をはじめた。

彼の頭にはそういった類(たぐ)いの怪しげな知識がいったいどれほど詰めこまれているのだろう。しかしタクシーのなかでもそうだったが、和江には彼の口から語られる不思議な話が決して退屈でも耳障りでもなく、このときもむしろ恐怖を和らげてくれる不思議なメロディのようだった。

「ところがゴールドシュミットの見解によれば、進化はもっと不連続的に、飛躍的に行なわれるんだ。そしてそれはほとんど怪物(モンスター)といっていいほどの突然変異体の出現に由来するというのさ。こうしたたった一回の遺伝的変化で全く別の種までジャンプしてしまうという考え方はネオ・ダーウィニズムの漸進的変化にまっこうから対立するものだった。そして極端な突然変異体はもちろんそのほとんどが生きのびられないにしても、たまたま生存・繁殖に適した能力を具えるものもいるはずで、それがすなわち〈前途有望な怪物〉というわけなんだ。——うん。そんな名称がまさにぴったりなくらい、その子供も通常の人間からかけ離れた存在だったよ。といっても、その怪物性があらわれていたのは外形じゃない。畸形は彼の脳に、ひいては精神のかたちに及んでいた。そう、僕は初めて彼と相対したとき、その全身から立ちのぼる空気に圧倒されて身が竦(すく)んでしまったよ。何といって形容すればいいのか……。そう、部屋ごと青白い炎に包まれてるんだ。そしてそれが少年の内側から発しているのは明らかなんだよ。それも単に凄まじいエネルギー場を呼び起こしているだけじゃなくて、何か全く違った精神のありようが彼の小さな肉体からはみ出して伝わってくるんだ。能力面だけからいっても彼は今まで報告されているどの例よりも桁違いだったね。そう、僕が何の話をしているか分かるだろう？　いわゆる超能力——ＥＳＰ能力ともいい、今ではサイ能力などとも称ばれることが多くなった、通常の科学力を超えた能力さ。そこには例えば感覚器官を通さずに思考を交換する遠隔感応（テレパシー）、距離や障壁にもかかわらず物を認知する透視（クレアボワイヤンス）、未来の出来事をあらかじめ察知する予知（プレコグニション）、力学的手段を用いず物体に影響を及ぼす念力（サイコキネシス）といった能力が含まれていて、本来ＥＳＰというのは前者三つをまとめた超感覚知覚（エクストラ・センサリー・パーセプション）の略称なんだよ。それに対して念力はＰＫというんだ。

　サイ現象は恐らく人類が誕生した頃から既に知られていたけど、その研究を超心理学（パラサイコロジー）として確立したのはアメリカのジョゼフ・バンクス・ラインだといえる。ライン博士の実験に対する態度は科学者の手本といえるくらい公正で厳密なものだった。そして膨大な量の実験結果をもとにサイ能力は疑いもなく実在することを証明したんだ。彼は一九四〇年には〈デューク大学超心理学研究所〉を創設し、その所長におさまっている。……ところで若きライン博士にサイ現象研究の情熱の火種を植えつけたのは、かのシャーロック・ホームズの生みの親、サー・アーサー・コナン・ドイルだったんだ。ドイルが後年心霊術（スピリチュアリズム）への興味にのめりこみ、その研究に没頭したのは有名な話だからね。彼の講演を聴いた若きライン博士の胸には深い感銘とともに一生持続する強烈な情熱が受け継がれたんだよ。まあそれはともかく、彼からはじまった超心理学の実験データを眺めれば、相対的にＥＳＰ能力はその効果が大きくあらわれやすく、ＰＫ能力はあらわれにくいことが容易に察せられる。このことは前者が情報に関わるものであるのに対し、後者が物質に関わるものであることから何となく納得はできるだろう。過去から現在まで偉大なＥＳＰ能力者は多いが、偉大なPK能力者は数少ないんだ。ところがこの少年の場合、ESPはもとよりPK能力のほうでも凄まじいパワーの持ち主だった。君は部屋じゅうのものがすべて空中に浮遊してぐるぐる躍りまわっている光景を想像できるかい。僕は現にそれを見たんだ。しかもこの前途有望な怪物君は眉ひとつ動かさずに楽々とそれをやってのけたんだよ。本気で彼が全能力を発揮すればいったいどれほどのエネルギーが爆発するか見当もつかなかったね。全く、体じゅうの毛がザワザワ音をたてそうな体験だった。

　けれども彼の能力がどれほどのものにせよ、その怪物性の真価である精神のありように較(くら)べれば、そんなものはものの数じゃないんだ。そう、それは全く異質な何かだった。だから僕はどう説明していいのか分からない。……君、あのとき鳥羽の隣にいた年配の男を覚えているだろ。あれは〈開発準備委員会〉という宗教団体の指導者さ。あの団体に奴が喰いこんでいたとは意外だったが、とにかくそこの教義の支柱はまもなく新人類の時代が来ることを前提として、全く新たな価値体系の準備を整えることなんだ。しかし僕が怪物君に会った印象では、そんなこと、ほとんど無理じゃないかって気がする。現人類には新人類の内面世界なんて理解の手がかりすらつかめないと思うね。知覚できない。知覚できても理解できないという例の不可知論がそこには大きく立ちはだかっているんだ。ただ、今になって何となくそうじゃないかと思えるのは、彼には恐らく生の本能(エロス)も死の本能(タナトス)もないってことだ。だからこそ彼は炎に包まれてもまるで頓着(とんちゃく)なく死んでいったんだろう。……そう、彼はここで焼け死んだのさ。ベッドの焦げ残りがその跡だよ。果たして熱くはなかったんだろうか。苦痛は感じなかったんだろうか。いや、僕は少年が先天的な病いに苦しんでいたのを知っている。肉体的苦痛の質は僕らと変わらないはずなんだ。ただ、彼はそれを避けようとしなかった。多分その一点だけを取ってみても僕らと彼が根本的に異質だというのが分かるだろう。つまり〈開発準備委員会〉のやろうとしていることは全くもって虚しいといわざるを得ないのさ。

とはいえ、僕も何とか彼と友好的な関係を持てないものかといろいろ努力してみたよ。ここ数ヵ月――そしてようやく端緒が見えかけたと思った矢先、降って湧いたような今度の事故というわけだ。こうして賢者の石は失われちまったけど、ひょっとしたらそのかけらでも残っていないかと思ってね……」

話のあいだも尾塚は光の輪を巡らせるのを忘れていなかったが、それは最終的に部屋の片隅に据えられたキャビネットを捉えた。むろんそれも黒く焼け焦げ、表面は細かに罅割(ひびわ)れてめくれあがり、爬虫類の膚めいて見えた。

「ところで車のなかで喋ったことの続きだけど、与えられるものでない変革とは何かという解答を僕はこの少年と会ってようやく見つけることができたんだ。それは人と人とのあいだの魂の底からの共振状態――ひらたくいえば高度のテレパシー能力の共有でなければならないってことだった。……いや、頭のなかだけでなら、こんなことはずっと以前から想像してみたことはあるし、ＳＦのなかでも描かれてきたことだ。だけど少年を前にして僕は初めてそんな想いをまざまざと腹の底から実感したのさ。そうとも、それは与えられるものではなく、進化によって爆発的に実現されるものなんだ。ふん。だから新たな価値体系の準備を整えるなんておこがましいことさえ言わなけりゃ、〈関発準備委員会〉の唱える説は大筋で的を射ているんだよ」

言いながら尾塚はキャビネットに近づき、その表面を注意深く調べていた。そして意を決したように力をこめて抽斗(ひきだし)をこじ開けた。

なかに収納されていたのはペンとメモ帳、タオルやハンカチ、赤い縁のメガネ、二冊の文庫本、そして封を切っていないゴム粘土のパックだった。

「ほかのは母親のものだな。だけどこの粘土は何だろう」

「……子供のために買ったんじゃ……」

「彼が粘土細工をして遊ぶとは思えないが」

首を傾げながら手に取り、裏表ひっくり返して観察したが、別に何の変哲もない。試しに親指の爪を立てると、透明のビニール・パックにはくっきりと三日月形の跡が残った。

「まあいいや。これは頂戴しておこう」

そう呟いてジャケットの内ポケットに入れ、もう一度キャビネットからはじめて部屋じゅうを調べまわったが、それ以上の収穫はなさそうだった。尾塚は部屋の中央に立ち、遠いところを仰ぎ見るようにしてそのまま一分近くも押し黙っていた。

「さて——戻るとするか」

ようやく背筋から力を抜き、痘痕面をこちらに向ける。大きく影の貼りついた表情にはかすかな感傷が浮き出ているような気がした。

「ひとつ聞いていいかしら」

その衝動を抑えきれず、今度は和江のほうから声をかけた。

「何だい」

「その子供、笑ったことあるの？　よく笑っていたの？」

突然の妙な質問に、尾塚は片方の眼を眩しそうに窄めた。

「いや、一度も見たことがないね。笑いどころか、はっきりした感情はほとんど顔にあらわさなかった」

「だったらあの子はなぜ私に笑いかけたの」

「え？」

尾塚は和江の顔を覗きこんだ。

その瞬間、彼女の踵から顱頂にかけて、熱い、めまぐるしく回転する何かが駆けあがり、頭蓋のなかで花火のように砕け散った。それはひとつの霊感だった。

「そう。きっとあの子には弥勒がついてたんだわ！」

その言葉は彼女のなかの検証器官を経ず、直接口をついて出た。それは彼女にとって極めて例外的なことだった。

「弥勒？　何のことだい。ね、和ちゃん」

細く鋭い指が和江の肩をつかみ、戸惑いがちに揺さぶりかける。けれどもそれは激しく迸る閃光のなかで、もはや確かな事象とはなり得なかった。**ソウトモ、豹ダ！　オレハ豹ダ！**　そんな雄叫びに混じって高らかな哄笑や、脱ぎ捨てろ、脱ぎ捨てろという囁きが入り乱れ、不思議な曲率を持った闇の上方へと吊りあがっていった。それは防波堤を突き破って突如襲いかかってきた津波だった。

彼女は自分の心臓が三倍にも五倍にも膨れあがるのを感じた。破裂寸前の風船のように心臓壁がひきつれ、そこに這いまわる血管も糸のように引きのばされるのが分かる。体じゅう張り裂けそうな恐怖。けれどもその混乱のために恐怖が起こったのか、恐怖のために混乱が生じたのかは判別できなかった。しかしそのすぐ直後、恐怖の正体は巨大な輪郭を闇の底から浮きあがらせた。

それは黒い大きな山塊のようだった。黒い。途轍もなく黒い。そう思った瞬間、それはそのまま耳を劈く声になった。言葉ではなく、凶暴な情動から絞り出された咆哮だった。

恐怖は水が氷結するのと同じだ。彼女はそう思った。細い細い針のような芯が体のなかを網目をなして走り、枝をのばし、結晶の絡みあいとなって覆いつくしていく。そしてこの恐怖を投げかけた黒い凶暴な情動には指先がふれるだけで致命的だろう。しかもそれはすぐそばに迫っているのだ。そう、ほんの眼と鼻の先まで――。

　ゆっくりと視界が戻った。闇に包まれた病室。そして泣きそうに歪んだ尾塚の顔があった。

「聞いたか……？　今の声」

　咆哮が実際のものだったことがそれで分かった。尾塚のこちらを見据える血走った眼が徐々にドアのほうへと振り向けられる。その先にひろがる底知れぬ闇のどこかに先程の咆哮の主がひそんでいるのだ。

「こんなところにもぐりこんでいるとは思わなかった。……ああ、何てことだ。もう奴のほうもこちらに気づいてるんだろうか」

　ドアに向けられた光の輪が揺れ動いているのは尾塚の手の震えのせいだろう。進むべきか、留まるべきか、斜め下からの淡い光を浴びた彼の表情にはその逡巡（しゅんじゅん）がありありと浮き出ていた。しかしいずれにしてもいつまでもここに留まっているわけにはいかない。

　押し黙ったまま尾塚は足を踏み出した。五秒に一歩ほどののろい歩み。廊下には直方体の闇がどこまでも続き、それに沿って赤いランプが連なっている。――大丈夫だろうか？　今にもそいつは闇に紛れて襲いかかってくるのではないだろうか？　けれども和江は半分夢見心地だった。あまりの恐怖は現実感をも痺れさせてしまうのだろうか。ゆっくりと運ぶ足は地につかず、脳裡を過る（よぎ）のも脈絡を欠いた切れぎれの想念でしかない。例えばそのひとつは先程彼女自身が口にした弥勒に関することで、この世に姿を現わす五十六億七千万年後という数字こそに何か秘密が隠されているのではないかという疑念だった。

　二度目の咆哮は階段に辿り着いたとき起こった。それは今度こそ彼女の意識を現実に引き戻した。闇の先に振り翳した懐中電灯の光はこちらの体の動きをそのまま反映して、踊り場を照らし出したまま凍りつく。恐ろしいことに声は確かに下のほうから聞こえたし、しかも相手との間隔は二十メートルと隔たっていなかった。
二、三度ヒュウヒュウと咽が鳴ったかと思うと、ありったけの叫びが口をついて出た。どうにも抑えることのできない絶叫だった。そうすることで何も考えない状態に自分を追いこむことはできたが、できるなら同時に恐怖を追い払うことはできないかとどれほど彼女は願ったことだろう。しかし全身に網の目を張り巡らせていた恐怖はいよいよ固く根を張るいっぽうで、尾塚のやめろ、落ち着くんだという言葉も到底彼女の自制を呼び戻すには至らなかった。
「もうダメよ！　殺される！　助けて！」

「やめろったら！」

激しく言って尾塚は和江の襟元を鷲摑みにした。そしてまさにその瞬間、尾塚の背後を黒い影が走り抜けるのが見えた。周囲の闇よりももっと深い漆黒。階下からひととびに駆けあがってきた、しなやかさと凶暴さを兼ね備えた生き物。彼女はそれをこの眼で見た。

再び彼女の絶叫が院内に谺した。尾塚もその気配に気づき、ひきつった顔をゆっくり背後に巡らせる。

ほんの五メートルほど先――。

そこに二つ、青い燐のような光が燃えていた。

和江は金縛りにあったように身動きできぬまま間歇的に弱々しい叫びをあげた。足が竦んで逃げるに逃げられないのは尾塚も同じらしい。そして恐ろしい睨みあいがどれほど続いただろう。実際は数秒間に過ぎなかったのかも知れないが、気が遠くなるほど長い時間のように思われた。

そんな切羽詰まった局面であるにもかかわらず、不意に彼女の脳裡に幼い頃の記憶が蘇った。そして彼女にとって幼い記憶といえば、いつもそこを通過せずにおかないインターチェンジのようなポイントがある。それはものごころついたときから繰り返し聞かされている、母親が彼女を叱りつけるときの口癖――「あんた、どこの子だい！」という言葉だ。そしていつしかその言葉は彼女の抱える欠落感をどこまでも弥増す呪文となっていた。

欠落感の由って来るところは必ずしも家庭の経済状態そのものではなく、家をあけがちな父親のせいでもない。それは彼女自身の理解によれば、吸収欲の旺盛な時期にその手段も対象も遠ざけられたままだったせいだ。本来彼女の血肉になるはずだったもの――あらゆる知識、あらゆる品性、あらゆる能力、あらゆる教養――の絶望的な空白を埋めるものは、だから当時の彼女にとってはひとつの夢想以外にあり得なかった。

私は私からすべてを奪ったあの親たちの子供ではない。私はもっと高貴な血を引くものだ。私はその家から事情あって米田家に預けられたのだ。そしていつかあるとき、私を迎える人物が眼の前に現われるに違いない。それはきっと映画やテレビで見たことがあるような、黒い燕尾服に身を包んだ精悍な青年であることだろう。……

周囲の闇よりももっと深い漆黒の影が低い唸り声とともに身を屈めるのが分かった。切れぎれの悲鳴が尾塚の咽から洩れる。二、三秒後には確実に死が来るだろう。

引き絞られたバネが弾けるように黒い塊りは宙を跳んだ。青く燃える双眸。パックリ開かれた口から覗く白い牙。それらが凄まじい勢いで眼の前に迫った。和江は顔を背け、訳の分からぬ言葉を喚きながら両腕を前方に突き出した。

その途端、かつて経験したことのない烈しい衝撃に襲われた。それは外側からではなく、彼女の内部から来たようだった。同時に視界が白熱した閃光に包まれ、両掌は火球にふれたように熱く灼けた。先程も病室で味わった真っ黒い凶暴な情動が耳も割れんばかりに頭蓋のなかで反響しあい、それらの反動なのかどうか、彼女の体はキリキリともんどりうって投げ出された。

——何が起こったの？　これが〈死〉？　私、いったいどうなったの？

一、二分もたったかと思う頃、和江はゆっくり瞼を開けた。左頬の下に床が冷たく横たわり、遠くに転がった懐中電灯の光が水溜まりに映って美しい模様を描いている。そしてほんのすぐそばにだらしなく横にのびた尾塚の姿があった。

それは奇妙な光景だった。

遠くから水の滴る音が聞こえてくる。

和江は何をどう判断していいのか分からなかった。分からないまま腕に力をこめてそっと上体を起こした。そして気を失ったままの尾塚の体のむこうに前肢(まえあし)を揃えて這いつくばった黒豹の姿を見つけたとき、ようやく彼女は夢想でしかなかった〈いつかあるとき〉が訪れたのだと悟りかけていた。

2　黙示の系譜

「どうしたんだ」

後ろから肩を叩かれ、茎田(くきた)はびくっと体を震わせた。振り返ると認知心理学課の倉石恭平(くらいしきょうへい)の顔があった。

「さっきから何回も呼んでたんだぜ。全然気づかなかったのか」

「……女性の声ならこんなことはないんですけど」

「オヤ、そいつはご挨拶だな」

倉石はひょろりと高い体を曲げ、鼻腔の奥で笑いを噛み殺そうとした。

その顔を見るだけで心が軽くなるような人間がいる。茎田にとって、倉石がそんな一人だった。といっても特別彼が愛嬌たっぷりの顔をしているわけではない。むしろ容貌から来る第一印象は淡泊さだろう。三十代半ばにしては膚の脂っけがなく、手入れのされていない髪は亜麻色に近いくらい日本人離れした色の薄さだ。人の好さでも茎田の周囲では随一で、そのうえ知性の点でも同等のランクに位置づけられるだろう。とりわけ茫洋としたとりとめのない状況から問題の核心をつかみ取る能力には抜群のものがある。だから茎田が展望台から眺めおろせる火災跡に心を奪われていたことも倉石にはとうに見抜かれているに違いなかった。

「このところ、いよいよ忙しくなってきたからね。たまには都心の風景を娯しむのもいいだろうさ。俺としては豹出現以来の一連の騒ぎでシンポジウムが延期になってくれるのを願ってたんだが、どうやらその望みもなさそうだし」

「だって、倉石さんには『つじつまあわせの構造』という目玉商品があるじゃないですか。僕なんかが評価するのもおこがましいですが、これは脚光を浴びますよ。心待ちにしていいはずなのに」

けれどもその言葉に倉石が返したのは何とも複雑な表情だった。

「ところがそうでもないんだよ」

その言葉にこめられた苦々しい響きも茎田には全く予想外のものだった。

いや、彼がこうしたネガティブな感情をあらわすこと自体滅多にない。実際、普通なら足が竦んでしまいそうな煩瑣な問題でも、途中で音をあげてしまいそうな苛酷な作業でも、倉石はケロリとした顔で乗りきってしまう類いの人間だ。

「どうしてですか」

「そいつは俺のほうで訊きたいくらいさ。研究発表にストップがかかりそうな動きなんだ」

「何ですって？」

茎田がポカンと口を開くと、倉石の表情はすぐまた和らぎ、再び鼻腔の奥で笑いを押し殺した。数秒のあいだ見せた重苦しい表情が嘘のようだった。

「ストップだなんて冗談じゃない。あの研究は画期的なものですよ。今後への影響も計り知れない。少なくとも僕はそう思ってますよ。〈つじつまあわせ〉こそ個々の精神作用が体系をなすに至る結節点ですからね。いったいどうしてそんな動きが出てるんですか」

「オイオイ、あまり大きな声を出さないでくれよ」

言いながら倉石は小さく首を横に向け、見ろよ、というように背後を顎で示した。つられるようにそちらに眼をやったが、四十六階の外周一帯に造られた展望台は昼さがりという時間帯のために人の数が多く、相手が示したのが何なのかよく分からなかった。

「まあ表向きには還元主義からはずれているとか、実証的でないというのがあるんだろうね」

「そんな。要素還元主義の潮流が行き詰まりにきているのは明らかじゃないですか。ここに来て、何て逆行的な――」

「人はできれば列車の乗り換えをせずにすませたいものだからね。俺たちの想像よりはるかにアカデミズムというのは保守的なものらしいよ。……だがまあ、それはあくまでも表向きで、直接そんな動きを見せているのは主任クラスだが、本当はどうももっと上からの指示らしいんだ」

「上……？」

「なあ、気づかないか。最近研究所にいろいろ見慣れない人間が出入りしてるだろう」

「ええ……まあ」

曖昧に頷いて、茎田は倉石の表情を覗きこんだ。しかしそこに先程の苦々しいものはかけらも見出せなかった。

「でもそれはシンポジウム間近ですから、当然といえば当然でしょう」

「それはそうだが、そんな人間が俺のまわりでウロチョロしているというのもおかしな話じゃないか」

その言葉で再び視線を泳がせると、ふとエレベーターのそばに立っていたグレーの背広姿の男と眼があった。その人物は何気なく顔を俯け、メガネをはずして丁寧にレンズを拭きはじめる。齢(とし)は三十前だろうか。眼つきの鋭い、顎の尖った男だ。

「分かったか」

上目遣いに囁きかけて、倉石は唇の片端をつりあげてみせた。

「どういうことなんです」

「ここじゃ何だからあとにしよう。八時頃には抜けられるか？――よし。じゃあ九時に『カテドラル』で。いいな」

そう約束を取り交して倉石はエレベーターに向かい、茎田も遅れまいとあとを追った。顎の尖った男は素知らぬふりを装っていたが、扉が開くと何人かの客とともに乗りこんできた。

二人は言葉を交さなかった。倉石は四十一階で降り、男も間を置くようにして出ていった。それでようやく身が軽くなる想いがしたが、おさまりの悪い感覚は胸の底に残った。

四十階で降り、正面の通路にはいると、目指すドアから顔を覗かせた悠子が手を振った。

「電話よ！」

相手は佃だった。受話器を取る気配が分かったのか、こちらから何も言わないうちに興奮した声が耳もとでがなりたてた。

「オイ、面白ェことが分かったぜ」

「面白いこと？　しばらく連絡がないと思っていたら、ずっと例の件を追いかけていたのかい。実は僕のほうも伝えなくちゃならないことがあったんだ」

「オッ、何だよそれ。そいつを先に聞いとこうか」

「全く迂闊な話なんだけどね。〈紫苑の会〉という名称。聖書研究会のくせに新約聖書を認めない。そしてキリストを真の救世主と見なしていないふしがある。こうくれば、すぐ思い違いに気づくべきだったんだ。あらわに表明してはいないようだけど、その会はもともとキリスト教じゃなく、ユダヤ教をベースにしているんだよ。だから名称も〈シ、オ、ン、の会〉なんだ。……いやはや、つくづく勉強になったけど、どうやら人間ってやつは最初の思いこみをなかなか訂正できないものらしいね」

そんな台詞に、悠子が向かいの机から顔をあげる。実は名称の当て字に気づいたのは彼女なのだ。茎田が苦笑を差し向けると、悠子も軽くウインクを返した。

「あッ、そうか。そもそも旧約聖書はユダヤ教の聖典だったんだっけな。ハハッ。こいつは全く間が抜けてる。けど、そのシオンってのは何のことだ」

「シオンというのは古代イスラエルの首都エルサレムにソロモン王が神殿を構えた丘の名前で、そこはまた彼らの唯一神ヤハウェがその名を置くと約束した地上唯一の場所なんだ。だからバビロニア捕囚によって離散を余儀なくされ、二千五百年ものあいだ固有の国家も土地も持たなかった彼らにとって、シオンというのはいつか再びそこに帰還・集結したいという悲願のシンボルだったんだよ。その悲願は十九世紀末にシオニズムという政治的イデオロギーへと高まり、そして第二次大戦後の一九四八年五月十四日、ようやくイスラエル国家建設によって実現するわけだけど」

「ナルホドな。そうか、ユダヤ教か。ホントにこいつはとんだ盲点だったぜ。……けど、ユダヤ教はキリスト教や仏教と違って根っからの民族的な宗教じゃなかったっけ。そんなものを日本で普及させようっていうのはいささか妙な気がするんだがな」

「それは確かにごもっとも。ユダヤ教は唯一神ヤハウェがユダヤ民族を選び、祝福し、その未来を約束したという選民思想に貫かれているからね。キリスト教、イスラム教、仏教といった世界宗教よりは民族宗教という点で神道——あるいはその特殊形態だった国家神道に近いかな。まあはっきりユダヤ教というのを表に出していないこともあるし、本来の教義とはいろいろ解釈の違う部分もあるんじゃないかと思うけど」

　言いながら茎田は何か肝腎なことを忘れているのではないかという気がしたが、ふとやってきたその不審はガラスに吐きかけた息のようにたちまち脳裡から消え去った。

「今度は俺の番だな。〈紫苑の会〉に出入りしている人物を調べてるうち、面白いのがひっかかってきたんだ。一人目は半崎忠弘（はんざきただひろ）。何と陸上自衛隊の幕僚長だぜ。おたくは知らんだろうが、極右団体の〈水王会（すいおうかい）〉との繋がりが噂されてる人物だ。さっきの話を考えあわせりゃ、ここでも神国日本とユダヤ教のとりあわせが出てくるわけだが。……それから二人目は唐木田善三郎（からきだぜんざぶろう）。こいつはおたくも知ってるかも知れん。

食糧庁の次官という肩書きでなしに、例の人喰い豹が最初に出現した現場の邸宅の主としてね」

「何だって」

思わず茎田の口をついて出た驚きの声に、再び悠子が顔をあげた。

「ふふん、やっぱりおたくも驚いたな。果たしてこれは偶然なんだろうか。……まあ待て。まだ話は終わっちゃいない。針にひっかかってきた三人目の人物は宇津島征彦——おたくの研究所の超心理学課の主任だ」

今度は声は出さなかった。いや、出せなかったというほうがあたっているだろう。同じ部屋に宇津島征彦の息子の武彦——通称〈尺取り虫〉がいたからだ。声を出す代わりに茎田はそっとそちらに眼をやったが、尺取り虫は薄く尖った鼻をすりつけるようにして分厚い書類に眼を通していた。

「新々宗教の団体を研究対象にしているわけじゃないのか」

「そういう可能性もあるのかな。しかし超心理学課としてでなく、あくまでも宇津島個人としての関係らしいから、こいつはやっぱり妙じゃないか」

電話のむこうで佃はひと息つき、

「それからもうひとつつけ加えておこうか。こんな調子で周辺調査ばかりやってて、教義の内容とかにはほとんどふれてないんだが、一度だけ先生のご指示に従って鏑木本人に質問をぶつけてみたことがあるんだ。『奇蹟というのは実在するのか。それは現代においてどういう意味を持っているのか』とね。奴は宙空を睨みつけるようにしてお答えあそばされたものさ。『奇蹟は実在する。大いなる奇蹟は真の救世主とともに復活する。救世主は手もあげず、武器も取らず、ただその口から炎を吐き出し、悪しき民を悉く焼きつくすだろう』と。……ふん、正直言って、俺はちょいとばかり背筋が冷たくなっちまったぜ」

「口から炎を……？」

「ありゃあ自分でもそう信じてる言葉なんかね。こいつは何とも凄まじい救世主像じゃねえか」

「そうだね。むしろ密教の不動明王に近いかも」

茎田がそう直感を洩らすと、

「そういや最近、『神は不遜の民を滅ぼす』ってな文句によくお眼にかかるだろ。それまでは単なる最後の審判の比喩だとばかり思ってたんだが、あの言葉を聞いて以降、眼にふれるたびに何だか気味悪くてな。……いやまあ、こいつはどうでもいいことだが」

そんな言葉のあとに再び軽い溜息が続いた。

「肝腎の子供たちの足取りはどうなんだ」

茎田は尺取り虫から眼を離さぬまま、わざと声高に訊いてみた。しかし相手は書類に眼を落としたまま、その渾名(あだな)の由来となった、親指と人差し指を尺取り虫のように動かす癖を続けていた。

「そうか、そいつもまだ話してなかったな。残念ながらその点に関しちゃまだこれってものはつかめてない。ただ、ひとつ分かったのは去年の九月、岡山で通り魔殺人をやらかした仁科幸吉(にしなこうきち)――憶えてるだろ――そいつの息子ってのが噂によると極めつきの超能力少年だったたっていうんだよ。そしてその子供にも〈紫苑の会〉はコンタクトを取ろうとしてたらしい。子供はもともと病弱で、父親が事件を起こしてからは東京の病院に入院してたんだが、その病院ってのがどこだと思う？　こないだ大火災のあった星陵大付属病院だったんだぜ。結局そのとき子供も焼け死んじまったらしくて、俺がその線を嗅ぎつけたときにはもう既に手遅れだったたってわけだ。

ただ、それに関して面白い話が聞けた。入院中の子供のところにちょくちょくやってくる連中がいたんだが、それがやっぱりおたくの研究所の超心理学課の人間だったのさ。まあ、超能力少年のところに超心理学課の連中が来るのは死んだ人間のところに坊主が来るくらいあたり前のことだから、こちらは不思議でも何でもないだろうがね。しかしこの線もまだまだつつき甲斐(がい)があるかも知れん。今は〈水王会〉の線を中心に探ってるんだが、とにかく体が三つくらいはほしいところだな」

「……その子供の名前は……？」

「仁科尚史(ひさし)、享年十二歳。――まあそんなわけでいろいろおたくにも訊いておきたいことがあってな。シンポジウムとやらで忙しいんだろうが、近いうちにまた会おうぜ」

「いいよ。僕のほうももっと詳しい話を聞きたいし」

話を終え、受話器をおろすと、それにタイミングをあわせるように悠子が席を立ち、かすかな仕種(しぐさ)で茎田を外に誘った。彼は小さく頷き、少し遅れてドアに向かった。そのときもう一度尺取り虫のほうに眼をやったのは今度は全く何気ない動作だったが、それだけに慌てて眼を逸(そ)らさなければならなかった。正確に尺を取る指の動きはそのまま、相手は顔を書類から少しあげてじっと上目遣いにこちらを見つめていたのだ。

聞いていたのだろうか？　そこから何かを感じ取ったのだろうか？　けれども落ち窪(くぼ)んだ眼窩(がんか)に輝く光の意味を知るにはその一瞬はあまりにも短すぎた。

「何か宇津島さんに関係あることなの？」

ドアを閉じると悠子が囁くように訊いた。いきなり図星を指されて茎田は大きく眼を見張った。

「どうしてそれが？」

「眼の動きよ」

「将来の旦那さんが気の毒になってきたな」

ありのままを語って聞かせると、悠子は右手の親指と中指で額をつまむようにして考えこんでいたが、

「炎を吐き出して悪しき民を焼きつくすというのは、確か旧約聖書外典（アポクリファ）の『エズラ第二書』に登場する救世主（メシア）の描写だわ」

「旧約聖書外典（アポクリファ）というと、旧約聖書に採（と）りあげられなかった文書をまとめたっていうアレだね」

「そう。一般に旧約聖書正典（エピグラファ）には三十九、旧約聖書外典（アポクリファ）には十五の文書が収録されていて、どちらにも採用されなかったものは旧約聖書偽典（プシュードエピグラファ）と称ばれてるわね。『エズラ第二書』はユダヤ文学のなかでも〈黙示文学〉の系譜にある作品で、つまり神からの啓示を録（しる）したものね。例えば正典では『エゼキエル書』や『ダニエル書』がこれにあたるし、偽典では『エノク書』『ヨベル書』『十二族長の遺訓』『モーゼの昇天』『シリア語バルク書』などがこの系譜の作品だわ」

「聖書関係も詳しいんだね。……まあ知識の広さはいつものこととはいえ、それにしても驚かされちゃうな」

茎田が感嘆すると、悠子は照れ臭そうに口を窄め、

「以前古代文字解読に凝っていたとき、神話や伝説に関するものを読み漁った時期があるのよ。当然聖書周辺のものにも眼を通したから――」

そう注釈しておいてあとを続けた。

「黙示文学の特徴は歴史を幻視することね。そしてその歴史は独特の終末論の色合いを帯びている。つまり世界じゅうの国家や民族が滅び、それと同時にユダヤ民族は救済され、清められ、シオンを中心とした千年王国に導かれるというダイナミックなビジョンを背景としているのよ。〈シオンへの帰還〉〈メシアの

渇仰〉と、この〈終末の待望〉は切っても切り離せないユダヤの宗教思想の中心的なテーマね」

「そしてその黙示文学の系譜には新約聖書の『ヨハネ黙示録』も連なっているわけだね」

「ええ。しかも『エズラ第二書』と『ヨハネ黙示録』は、書かれた時期も極めて近いはずだわ。両者とも紀元一世紀末に成立したとされてるから」

「へえ。旧約聖書外典の作品なのに、紀元一世紀末に書かれたって？」

「旧約聖書といえばうんと古いものというイメージがあるけど、ユダヤ教徒たちが現在のかたちの旧約聖書を正典として採用したのは、記録によれば紀元前七五年のことだから。……いずれにせよ、伝統的なユダヤ教では旧約聖書こそが唯一の聖典だから、それ以外の文書は無視するばかりか害あるものとして焼き捨ててるくらいで、これらを外典や偽典として後世に伝えたのはキリスト教徒たちのほうなのよ。だから外典が編纂された時期は新約聖書が成立する時期と重なりあってるわけね」

「そうか、なるほど。……でも、そうすると鏑木の口から『エズラ第二書』のビジョンが出たというのは」

「さっきは伝統的なユダヤ教ということで言ったけど、一部には黙示文学にこめられた思想を継承・発展させた〈ユダヤ神秘主義〉を信奉する派もあって、そこでは積極的に正典以外の書も研究されていたそうだから」

「とすると、〈紫苑の会〉もその流れを汲んでいるのかな」

「いちおうそう考えていいんじゃない」

茎田はユダヤ神秘主義という言葉から、何となく古い銅版画に描かれるような妖しげな魔術師たちのイメージを思い浮かべた。だが、そんなイメージを現在東京の一角を占める団体に押し重ねるのはやはりいかにも困難だった。

「それはそうと悠子さんは知っているのかな。倉石さんの研究発表に圧力がかかっているって話は」

それには悠子もびっくりしたように、

「何ですって。それ本当？　全然聞いたこともないわ。初耳よ」

倉石が悠子と同じ大学の先輩だったことは彼女の口から聞いていた。イギリスで古代文字解読に没頭していた彼女が日本に戻ってすぐこの研究所に腰を落ち着けることができたのは倉石の力添えがあったからだということも。その彼女すら寝耳に水なのは茎田にとっても意外だった。

「僕も詳しいことは知らないんだ。今夜そのあたりの事情をもっと詳しく聞こうと思っているんだけど」

「それで待ちあわせしてるの。あなたも倉石さんとデートしてるようじゃ進歩ないわね」

悠子は冗談めかして言ったが、それは今の話を軽く受け止めているせいではなく、むしろ全くその逆だった。

「周囲の女性のほうで進歩してくれれば状況も変わると思うんだけど」

そう返すと、悠子は体を折り曲げるようにして吹き出した。

「確かにそうね。じゃ、ともかく倉石さんによろしく」

なおも笑いを堪(こら)えながら部屋に戻ろうとしたが、ふと思い出したように振り返って、

「そういえば弟が日本に戻ってきてるらしいのよ。あなたにはもう連絡はあった？」

今度は茎田のほうが寝耳に水だった。

鷹沢完司(かんじ)が日本を離れたのはもうかれこれ五年前のことになる。もともと気が大きく、熱血漢で、突飛な行動も多かった彼だが、しばらく世界じゅうを放浪してみると言いだしたときにはさすがに茎田もびっ

くりした。けれども思いついたことをすぐ行動に移すのも彼の特徴で、そんな話が出た数日あとに茎田は成田から鷹沢の旅立ちを見送ることになったのだった。

以来音信は途絶えたきりだった。佃などはきっと外人部隊にでも入隊して地雷でふっとばされたに違いないなどと軽口を叩いていたが、年月が重なるにつれてそれは笑えない冗談になった。悠子にしても表にこそあらわさないが、当然彼ら以上に心配しているだろう。

その鷹沢が日本に戻ってきているというのだ。それなのに連絡ひとつ寄こさないのはどういうことなのか。

「戻ってきているらしいというのは？」

「姿を見た人がいるのよ。ひと月くらい前ですって。場所は上野の松坂屋(まつざかや)。声をかけたらこっちを振り向いたんだけど、すぐに人ごみに紛れてしまったとか――」

そのとき初めて彼女の表情にかすかな愁いの翳(かげ)が過(よぎ)ったように思えた。

3　平凡な風景

「ねえねえ。豹が一匹だけじゃないって話、もう聞いた？」

ギシギシと揺れる地下鉄のなかでドアの近くに女子高生の三人組が顔を突きあわせていたが、そのうちの一人が不意に声をひそめるように言った。

「どうしてよ」

いちばん体重のありそうな一人に問い返され、最初の眼の細い少女は得意そうに顎をあげた。

「テレビを見てて気がつかない？　豹が出てから十日たつけど、最初のうちは目撃された場所をいちいち全部報せてたじゃない。でも最近はそういうのを全然やらなくなっちゃったでしょ。豹がどういうふうに動きまわってるかがいちばん肝腎なことなのに。これっておかしいと思わない？」

「そういやそうだっけ」

「隠れるのがうまくなったんじゃないの」

茶髪の交じった少女も口を出す。

「そんなんじゃないって。豹を目撃した人、そのあともいっぱいいるんだから」

「じゃ、多すぎてどれが本当のことか分かんないからでしょ」

「そうよそうよ。間違いやイタズラが多くて困ってるってテレビで言ってたじゃん。そういう奴がいっぱいいるからって、豹もいっぱいいるわけじゃないでしょ」

しかし眼の細い少女はますます自信たっぷりに二人を見返して、

「そう思う？　いくらニセの情報が混じってたって、本当に豹が一匹だけなら較べてみれば分かんないはずないでしょ。違うんだな。どうしても一匹に絞れないの。おまけに豹が一匹だけじゃないこと、テレビ局や新聞社ではずいぶん前から分かってたって」

「じゃ、どうしてそのこと報せないのよ」

「バッカね。そんなこと言っちゃったら大騒ぎになっちゃうじゃない」

「でも、本当に目撃した人、そんなにいるの？」

なおも疑わしそうに頭を突き出す肥った彼女に、眼の細い少女はぴしゃりと決めつけた。

「現にあたしの友達のおばさん、豹を見てんのよ。新聞社に報せたら、記者が来て詳しく話を聞いてったって。そのとき、やっぱり近くでも何人か豹を見た人がいるって記者が言ってたのに、結局おばさんの話も何も全然記事にならなかったって」

「そんなに何匹もいて、まだ一匹も捕まえられないの?」

「だから誰かが操ってるに決まってんじゃん」

そこまで問答が進んだとき、茶髪の少女が急に大きく眼を開いて、

「そういえばあたしもヘンな話を聞いた。今まで喰い殺された人間や犬や猫の屍体を調べて、どれくらいの肉がなくなってるか量ってみたら、一匹の豹が食べるはずの肉の量よりずいぶん多かったって」

「やっぱり……?」

「間違いないよ。何匹もいるんだ」

「それじゃ遠い場所で出たからって全然安心できないってことじゃない。あんた、あたしの帰り道、知ってる?」

「あそこ、恐いもんねー。うちのほうがまだマシかな」

その三人の会話は座席の端に体をまるめるようにして座っていた一人の中年男の耳にも届いていた。もちろんその男ばかりでなく、内緒話にしては無遠慮な少女たちの声は周囲に立っている客も含めて最低七、八人の耳にはいっていただろう。

けれども男はまるで素知らぬふうを装いながら、心の底で、ああやっぱりと頷いていた。

彼も耳にしていたのは少女たちの話のうち、肉の量に関する話題だった。それを持ちこんだのは彼の妻だった。調査団の一員からその夫人を通して話が洩れ、妻の参加する婦人会に伝わったものらしく、今、ちょっとした怪談噺(ばなし)のように噂されているという。

北アルプスの旅客機墜落事故がＵＦＯのせいだとか、新宿のヘリコプター墜落もそうだとかいう噂はテレビでもしきりに興味本位に取りあげられていたが、そういった他愛ない話はともかく、誰かが豹を操っているという噂も耳慣れたものになっていて、こちらは充分以上に説得力があった。何ぶんこれだけ警察が人員を繰り出して厳重な非常警戒態勢を取り、加えて民間の自警団も警備の眼を光らせているにもかかわらず、神出鬼没という言葉がぴったりくるほどの自由自在な横行ぶりには、もはや人為的な操作が介入しているという説明しか考えられそうにない。

豹の食べた肉が多すぎるというのはそれだけ取りあげれば確かに妙な話だった。しかしそれを言いだせば最初から何もかも妙なのだ。むしろ豹の背後に巧智に長けた何者かの存在を考えるならば、そんな疑問もたいしたことではなくなってしまう。まして豹の数が一頭だけでないとすれば（こちらに関しては全くの初耳だったが）、まさにすべてがぴったりと符合するではないか。

男はいよいよ熱心に耳を傾けた。もっともっと詳しい情報を知りたい。あと二日で娘の小学校でも新学期がはじまってしまう。それを考えると背中いちめんに冷たいものが這いまわる。何頭もの豹がうろついているような森に娘を通わせることなどできようか。警察も報道機関もあてにできないとすれば、とにかくどんな種類であれ、できる限りの情報を集めておいて、自分なりの見通しを立てておかなければならないのだ。

「……操ってるのって誰だと思う？」

「決まってんじゃん。宇宙人よ」

「えー、ナニ言ってんの。バッカみたい」

「そんなことないって。だって飛行機やヘリコプターが墜ちたのはＵＦＯのせいでしょ。そういう悪いことすんの、眼の大きなタイプの宇宙人だって」

「そういやＢ組の滝川が見たんだってよ」

「ＵＦＯを？」

「そう。埼玉の奥の小川町ってとこに滝川の田舎があって、そこで見たんだって。彼だけじゃないの。家の人とか近所の人とか、二十人くらい見た人がいるって。それも空いっぱいの大編隊だったってさ」

「そんな凄いの？」

「小川町って秩父の近くじゃん。きっとあのあたりにＵＦＯの基地があるんだ」

「あッ、そうか。あんたんとこの田舎も埼玉だったね」

「叔母さんが小川町に住んでるの。叔母さんもＵＦＯ見たかどうか、今度までに聞いとく。あそこ、和紙で有名なとこよ。叔母さんちも紙を作ってるんだけど」

「滝川君の田舎も紙問屋だって聞いたよ」

「あたし、何回も泊まったことあるけど、あそこの人たち、変なこと言うのよ。日本の歴史…………それがユダヤ人に…………でもないくせ…………」

　地下鉄がカーブにさしかかったため、悲鳴のような軋みが少女たちの会話を打ち消した。このときは旧式な銀座線の車両が恨めしくなったが、彼女たちの話題はすぐに他愛もない方向に移っていったので、まあいいかと意識をそちらから引き離した。

　車両はそのまま新橋駅のプラットホームに滑りこんだ。男は立ちあがり、もう一度三人の女子高生を一瞥しておいて、ぞろぞろとホームに流れ出る乗客たちに身を預けた。

　地上に出たあと、彼は先程の会話がずっと頭から離れないでいる自分に気がついた。しかも、どうしても追い払えないでいるのは会話の後半部分だ。なぜそんな取るに足りない話が気になるのか自分でもよく分からない。豹に関することすべてが最初から奇妙だとはいえ、それを操っているのが宇宙人ときた日には歪んだ苦笑でも浮かべてみせるほかないだろう。

とはいえ、彼が確固としたＵＦＯ否定派というわけではない。ＵＦＯ特集のテレビ番組を見るにつけ、同僚や家族とのあいだでそういった話題が出るにつけ、彼の頭に浮かぶ想いはほとんどの目撃例は嘘か錯覚だろうが、ごく一部には事実も混じっているだろうということだった。つまりどちらかといえば彼は肯定派の側に傾いているのだ。けれどもそれはあくまで頭のなかだけのことで、その存在を一直線にこの日常に結びつけてしまうわけにはいかない。むろんそうした人間は彼ばかりではないだろうし、少なくとも常識的な人間ならば誰であってもＵＦＯや宇宙人の占める場所を日常のなかに準備してなどいないだろう。

――いやいや、違うな。蠅のように頭から離れようとしないのは、そうだ、ちらりと耳にはいったあの言葉だ。ユダヤ人がどうのこうの……。あれはいったい何だったんだろう。

ユダヤといえばアウシュビッツ。記録映像で見た悲惨な光景の数々。『アンネの日記』というのもぼんやり憶えている。そのいっぽうで新書判の本や週刊誌の記事などでしばしば眼にする〈ユダヤの陰謀〉という言葉。もっともタイトルや見出しから内容を想像しているだけで、それらの本や記事をちゃんと読んだことはないのだが――。

男はぐるりと周囲を見渡した。うららかな陽射しに包まれたビル街はいつもと変わりなかったし、流れゆく車や雑踏も昨日との違いを見つけられなかった。胸を張って大股に歩いていく若い会社員、せかせかと前屈みに急ぐ中年族、連れ立ってお喋りに夢中なＯＬたち、制服姿も初々しい中学生、高校生……。そんな光景のなかで彼の引きずっている想いはいかにもちぐはぐだった。

男はぶるっと首を振った。一瞬陽射しをまともに受けて眼が眩んだが、手を翳して薄く瞼を開いたとき、男の視界に異様なものがとびこんだ。銀色に輝くレンズ状の物体。それが東の空の一角に何十となく静止して浮かんでいる。周辺の雲と較べてみた感じでも相当な上空にあることは間違いなかった。

ＵＦＯの大編隊――。

それを見つけたのは彼が最初なのかも知れないのだ。慌てて再び周囲に眼を向けたが、やはり街の光景はいつもと何の変わりもなく、そのなかで彼の発見を伝えることはひどく場違いにも思われた。そうだ、誰も日常のなかでＵＦＯのために場所をあけたりしていないのだから。

だから彼はただ空を見あげたままじっと立ちつくしているほかなかった。けれどもすぐ近くで息を呑むような声が続けてあがり、あちこちに飛び火し、次第に大きなどよめきとなり、最終的に大通りいっぱいにひろがっていくのにそれほど時間はかからなかった。

4　地下の迷宮

仕事が一段落ついたのが八時だった。待ちあわせの時刻にはまだ少し早いが、このあたりが切りあげ時だと判断した茎田は主任の日高(ひだか)に了解を取って帰り支度をはじめた。

「オヤ、お珍しい。何か用事でも」

斜め向かいから尺取り虫が声をかけてきた。そしてそれは全く茎田の予測通りだった。

個人のある行動は特有のパターンに支配されており、そうしたパターンの集合こそを人格とする考え方もあるが、そういう意味で、この宇津島武彦は極めて特徴的なパターンの持ち主ということができる。例えば他人に話しかけるときのタイミングだ。具体的にそのパターンを説明するのは難しいが、それが独特なものであることは彼を知る誰もが認めるところだろう。

直感的な理解を論理的に分析することが習い性になってしまっている茎田は、いちおうそのパターンを〝他人の弱みへの指向性〟と捉えていた。人の失敗はどんな小さなものでも見逃さないし、その匂いを嗅ぎつけた場合は必ず追及の手をのばしてくる。それは全く徹底していて、ひょっとすると宇津島のパターンの独特な点は具体的な内容よりも、むしろその首尾一貫ぶりにあるといえるかも知れなかった。

「ちょっと人と待ちあわせで」

「へえ、それはまたお安くないね」

なおも追い討ちをかけるように言うと、それに返したのは悠子だった。

「お相手は上の倉石さんですって」

その笑顔と対照的に、尺取り虫の顔にはひりつくような強張り(こわば)が走った。昼間、茎田の電話のあとに見せた眼の奥の炎が再び青白く揺らめいたかと思うと、

「あの大風呂敷野郎か」

鼻であしらうように呟いたが、それに答える者はなかった。茎田は早々に部屋を出ると、人けのない通路を急いだ。

空には異様に赤い月が浮かんでいた。時間が充分余っているので、ふと茎田は歌舞伎町のほうまで迂回して、焼けた病院を見ていこうかという気になった。最近は新宿の繁華街にまでゴーストタウン化が及び、変わらぬ賑(にぎ)わいを見せているのは一部の区画でしかない。ましてや星陵大学付属病院の周辺ともなると人通りは箒(ほうき)で掃き払ったように途絶えて、豹が山手線内で出たショックがいかに大きいものだったかを物

語っていた。

茎田の胸にじわりと後悔がひろがったが、まさかという想いでそれを打ち消した。どんよりと濁った薄明るい夜空にのびあがった病院はほかの建物と見較べるまでもなく、いかにももの恐ろしい雰囲気を湛えている。まるで巨大な死骸だなとひそかに胸の底で呟いてみて、思いがけず自分のその言葉にかすかな寒けを覚えた。

正門に接した道筋への曲がり角を折れるとき、そんな雰囲気に引かれてつい背後に眼をやった。そのとき彼のすぐ脇を一台のジープが通り過ぎ、その遠ざかるライトのなかに一瞬ひとつの人影が浮かびあがった。

髪の短い、がっしりした体形の男だった。革ジャケットの肩をややまるめるようにしてこちらに向かい、鋭い視線を送ってきているようだ。茎田は先程の膚寒さとはまた違った、体の芯を貫くひやりとしたものを感じた。

——いけないいな。どうも神経過敏が伝染(うつ)ってしまったようだ。

強く首を振って、そのまま正門への道を辿る。むろんそこは鉄柵で固く鎖されていたが、隙間から構内はよく見通せた。側面から見あげても建物が既に機能を失っているのは明らかだったが、正面からの眺めはさらにその印象を深めた。窓ガラスは大半が割れ落ち、そのひとつひとつから黒煙の跡が上方へ流れ出している。そして正面玄関も窓同様にだらしなく口を開け、内部の黒ぐろとした闇をぽっかりと覗かせていた。要するにこの建物は完全に生命機能を失っているのだ。しかも薬品倉庫と背中あわせだったということから、裏手はもっともっと悲惨な様相なのだろう。

死者はこの病院だけでも百人以上。そしてそのなかには佃によれば極めつきの超能力少年も含まれていたという。それはいったいどんな子供だったのだろう。茎田の胸の底で改めてそんな疑問が頭を擡げた。電話のときにはさほどでもなかったのだが、実際に現場の前に立つとやはり違うものだとつくづく思う。いや、それはこの奇妙な切迫感とも確実に結びついているはずだ。何かがじわじわと背後に忍び寄り、いつのまにかすぐそばまで迫って来ているという感覚――。

再び茎田を振り返らせたのは今度はもっと強い衝動だった。鈍い銀色の輝きを返す柵にそって仄暗い歩道がのびている。そしてその先の電柱に身を寄せている黒い影。それは先程の革ジャケットの男に違いなかった。

突然の恐怖はそんなふうに訪れるのだろう。倉石の話を聞いたときも、エレベーターで眼つきの鋭い男を間近に見たときも、監視の眼が光っているなどという話を心底まともに受け取る気にはなれなかった。そういった事柄をこの日常に取りこんでしまうより強迫観念の類いとして片づけようとするのは、心理学という分野に携わっている点を割り引いてなお、ごく自然な判断だったに違いない。少年の話にしても同様で、彼は世にいう〈超能力〉なるものの存在には全く否定的だった。そういうものが存在したほうが楽しいだろうとは人並に思ったりもするのだが――そしてかつては彼も九十九の紛いもののなかにひとつの真実が紛れこんでいるのではないかとぼんやり考えていたのだが――彼なりに世界のからくりへの洞察を深めていくにつれ、どうやらそんなものは存在しそうにないという見解に変わった。偶然と錯覚と意識的・無意識的な詐術がそれらすべてを説明してしまうだろう。一個の人間としては全く残念ですらあったが、いわゆる合理的思考に慣れ親しんできた彼の理性はそう結論を下したのだ。だからこそ、その瞬間茎田の胸中を占めた惑乱は恐怖以外の何物でもなかった。

その恐怖のなかで、今までバラバラの偶然だったものがいっきょに必然へと転倒した。そうだ。あいつが丸田ビルの展望台で見た男の仲間だとすれば、確かに何事かが進行していると考えるほかない。早く戻らなければ。戻って、一刻も早く倉石に会わなければ。焦燥が彼の肩をグイグイと押したが、人影の待ちかまえている方向に引き返すわけにもいかず、さらに道なりに進んで大まわりをするべきかどうか、しばし棒杭のように突っ立ったまま逡巡していると、思いがけないほどすぐ近くでかすかな笑い声があがった。

軽やかな笑い声だった。その声は門の内側から聞こえた。慌てて眼を戻すと、鉄柵から四、五メートルのところにひどく小柄な人物が立っていた。

茎田は頭から冷水を浴びせかけられる想いだった。つい先程まで確かにそこには猫の子一匹いなかった。だからその人影は突然そこに出現したとしか思えなかったのだ。呆気に取られて立ちつくしていると、そんな彼を面白がるかのように人影はなおも肩を揺すりながら笑った。

「誰だ――」

乾いた声で言うと、その人物はようやく笑い声をひそめ、二、三歩こちらに足を踏み出した。闇をかいくぐって相手の顔が淡々しい照明のなかに浮かびあがる。驚いたことにそれは少女だった。しかも見憶えのある顔だ。パイナップルの萼のように逆立った、鮮やかな黄色に染められた髪。眼の横に描かれた緑の紋章。ふわふわした青く煌めくラメ入りの衣装も彼のなかに残った印象そのままだった。あの日――茎田が突然死の現場に出会し、そしてこの東京に人喰い豹が出現した当日――丸田ビルの一階ロビーの人ごみのなかでひととき眼に止まった少女だ。

「君は……」

「おいでよ」

少女は鉄柵に手をかけた。茎田がつられるように手を添えると、ガラガラと門扉が開いて人一人通れる隙間を作った。

「早く!」

急いでそこを通り抜けながらちらりと歩道に眼をやると、電柱の陰の人影が慌てて身を乗り出すのが映った。それでますます追い立てられるように敷地のなかへ足を踏み入れると、背後で少女が門扉を鎖す音が響いた。

「こっち」

そう叫んで少女は軽やかに身を翻(ひるがえ)した。ふわふわした衣装がゆるやかに風にはためき、宙を舞う妖精を思わせる。茎田は懸命にそのあとを追ったが、優雅に身をひねり、地を蹴って正面玄関に向かう少女はまるで逃げ水のようで、差を縮めることができなかった。

車寄せの庇(ひさし)の下に駆けこみ、正門のほうに眼を戻すと、そこには人影がひとつではなく、驚いたことに三つも寄り集まっていた。男たちは鉄柵をガチャガチャと鳴らし、何とかして門を開こうとしている。

――何だっていうんだ。監視者が三人もいたなんて、いくら何でも大袈裟すぎるじゃないか。

もしかすると逃げるべきではなかったのかも知れない。何喰わぬ顔でやり過ごしていればひとときの違和感ですんでいたことが、こうして明確な行動を示したために取り返しのつかない深みへ押しやってしまったのかも知れない。そんな疑念は闇に押し留められた数瞬の時間と重なりあった。正面玄関を取り巻く六枚のガラス戸のうち四枚までが砕け割れ、その破片がまだあたりいちめんに散乱していて、そのむこうには鼻の先も分からぬような漆黒の帳(とばり)が降り立っている。少女はわずかな躊(ため)いもなくその闇のなかへと身を躍らせたが、茎田には手探りでしか先に進めそうもなかった。

「そっか。あんたには無理だったね」

振り向いたらしいそんな声がして、少女の手が茎田の腕にふれた。ひんやりした感触だった。その手に導かれて暗がりの奥に踏みこんだが、最初はおっかなびっくりだったものの、しばらくどこにもぶつかることなく引きまわされるうちに次第に速やかに足を進められるようになった。そんな奇妙な安堵感を与えるほど少女の足取りは的確で淀みなく、彼女がこの深い暗闇のなかで周囲の状況をはっきり見通していることを確信させた。

「階段よ。下りのね」

茎田はいったん足を止め、ゆっくり爪先をさしのばした。少女の言葉通り足場は階段となって地下へと続いている。しばらく降りると踊り場らしい場所に着き、そこを折り返して再び階段を下った。そうして地階の通路に出たあとも闇の迷路をうねうねと引きまわされ、いくつか扉を通り過ぎたかと思うとまたぞろ階段を下るなどして、茎田はどんどん地下深くへ連れこまれていくのを意識していた。

「ねえ、教えてくれないかな。君はいったい――」

「くっちゃべってる暇はないの。今度は狭いよ。濡れてっから気をつけんだね」

ぞんざいな口のきき方だが、そこに棘が含まれていないのは分かった。その声質も見たところ十四、五らしい年齢にふさわしく、まだ柔らかで瑞々しい声帯から発されたものだ。そしてそんな声のお蔭だろうか、ビチャビチャと水溜まりのひろがった狭苦しい空間にもぐりこんだときもさほどの恐怖を覚えずにすんだ。

けれどもその空間が途中でさらに極端に狭まり、ほとんど這うようにしてでしか進めなくなると、もはやそうした余裕さえも奪われた。冷たい水溜まりだけでなく、積もり放題の砂埃や蜘蛛の巣、ニチャニチャ粘つく油汚れの感触が手や膝に貼りついてくる。奥に進むほど天井からの滴りも多く、その音が遠くに近くに折り重なって響くのが何ともいえない感覚を呼び起こした。子供の頃、主人公が底知れない地下の洞窟に迷いこむ物語を読んだことがあって、夜も寝られないくらい恐ろしかったのを憶えているが、今のこの状況はまさしくその導入部と同じではないかと思う。決定的に違う点といえば今の茎田には案内人らしき人物がついていることで、何はともあれそれは心強いことだった。しばらくしてその空間がさらに狭くなり、肩幅がやっとというくらいになって、もしもこの先少女しか通れないような場所に行きあたったらなどと考えると、その有難さはさらに大きく膨れあがった。

　そうするうちに少女はぱたりと匍匐前進をやめたらしく、茎田はお尻らしい物体にしたたか顔を打ちつけた。

「何すんだよ、スケベ！」

「ゴメン、急に君が止まるものだから」

　ヘドモドしながら闇のなかで何度も頭を下げたが、少女のほうはもうゴソゴソと自分の行動に気を取られているふうだ。

「ホラ、見なよ」

　そう言ってすぐに笑いを噛み殺し、

「また無理なこと言っちゃった。……手探りでいいからしっかり確かめなよ。落っこちないようにね」

　その言葉に促されて手をのばすと、ある場所から床が切れ落ちて垂直になっていた。指先を左右にずらしてみて、それが円筒形の穴であることを確かめる。さらに手をのばしてみると、穴のいっぽうに鎹を打ちこんだような梯子が続いていた。

　そうやって手探りしているあいだ、二人の体は狭い空間でギュウギュウ押しあう恰好になった。茎田はなるべく密着すまいと壁いっぱいに体を押しつけたが、そもそも肩幅がやっとの空間ではその労力もたいした役には立たない。左胸に少女の右肩が貼りつき、腕や脚が妙な具合に縺れあい、それで体を捻ってよけようとしたため、かえってにっちもさっちもいかなくなってしまう。そしてそんな状況のなかで、茎田の鼻腔には名も知らない花のような何ともいえない芳香がひろがった。

「もう、何やってんだよ。あんたが先だからね。上から落っこちてこられちゃたまんないでしょ」

「ここを……降りるのかい」

「決まってんじゃん」

茎田は必死に膠着状態から抜け出し、さらに苦労して体の方向を入れ換えると、足から先に恐る恐るはいりこんでいった。底のほうからかすかな饐えた異臭を含んで冷ややかな風が吹きあがってくる。こうしてさらに地下へ地下へと追いこまれているわけだが、いったいこんな地下探険の果てにどんな安息の地が約束されているというのだろう。

降りるに従って異臭は徐々にきつくなり、それが想像させるものは下水道でしかなかった。腐った生ゴミ、ネズミの死骸、洗剤、化学廃水、その他もろもろの無機物・有機物——。しかし下っても下ってもなかなかその穴は終点に達しない。頭上の気配では少女はいとも楽々と降下を続けているようだが、茎田には梯子の幅が狭すぎ、そのため腕に余分な力を強いられて、次第にジンジンと痺れまでひろがっていった。

穴には一定の高さの音が充ちていた。番組が終わったテレビが発するのに似た音だった。穴を下るにつれて音量は増し、耳鳴りのように頭全体を浸して反響する。腕の痺れと胸苦しさから意識を遠ざけるために耳を澄ませると、それはシオン、シオンというふうに聞こえた。

それと呼応するかのように茎田の頭上で少女が何事か唱えはじめた。はじめは短く、囁くように、そして繰り返すうちにどんどん長く、声高になっていく。彼にはそれが「プリク・ポー」と聞こえた。歌という感じはしないし、誰かに合図を送っているふうでもない。けれども茎田はそれが何なのか尋ねようとはしなかった。そうする余裕もなかったし、その言葉が何やらひどく神聖なものに思えたからだ。

「プリク・ポ――」

「プリク・ポ――オオ」

「プリク・ポ――オオオ――――オオオオ」

その声はシオン、シオンという響きと奇妙に同調し、膜のかかりはじめた頭に強烈な谺となった。

はじめのうちこそ、もっと体を鍛えておくんだったななどと気楽なことを考えて気を紛らわせていたが、今や腕の疲労は限界を超えようとしている。一刻も早くその状況から解放されるためにはとにかく速やかに降り続けなければならない。しかしその穴はどこまでのびているか見当もつかないのだ。傍目にはいささか滑稽と映るかも知れないが、これはこれでひとつの極限状況であることに間違いない。いや、いささか滑稽であるだけに、これは最も始末の悪い状況だ。

多量のアドレナリンが血中に送りこまれるのが分かる。全身の体毛がざわざわとそよぎ、心臓が見知らぬ生き物のように暴れ狂う。手首の腱がエボナイトのように硬直し、指のつけ根の関節はのびきったまま動かない。そしてその弛緩は指の第一関節、第二関節まで及び、意志でそれをカバーするためには意識をどこかに追いやらねばならないのだ。

「プリク・ポ――オオオ――――オオオオ――――オオ――――オオ」

まだ柔らかで瑞々しい声。幼さの残る澄み渡った声だ。それがこれほどまでに荘重な響きを持ち得るのは、その呪文が声楽的に完成された形式に則っているからだろう。恐らくそれは儀式のためのものなのだ。けれどもいったい何の儀式なのだろう。病院の地下に穿たれたこんな穴のなかで、何のための儀式が必要なのだろう。そうしてそれがどれほど繰り返されたかも判然としなくなった頃、

「着いたよ」

不意にそう声をかけられて、はっとした途端に足が地面についた。

茎田はすぐに梯子から手を放し、激しく手首を振りまわした。背中や肩を圧迫していた壁面もなくなり、気流も縦でなく横に流れていることを確認して、そこが小広い坑道のような場所だと知れた。

「助かった」

そう言ってほっと溜息をつくと、その言葉を追跡者から免(まぬが)れた意味に取ったらしい少女はひらりと彼のすぐ横にとび降りて、

「まあ、さすがにここまでは追ってこれないよ。分かってる？　あんたを尾(つ)けてたのは一人。あとの二人は最初からここに張りこんでたんだよ。ここんとこ、あたしがこのあたりによく来てたからね」

そんなよく分からないことを言った。

「奴ら、何者なんだ」

「さあね。あたしもよくは知らないよ。でもまあ、あの子のまわりをウロウロしてた連中には違いないさ」

「あの子……？」

「この病院に入院してた仁科尚史っていう子だよ」

茎田はポカンと口を開いた。それはほんの何時間か前、佃から聞いたばかりの名前ではないか。

「その顔。あんたも知ってんの。ひょっとして……あんた、囮(おとり)？」

茎田は慌てて首を横に振った。この真っ暗闇のなかで首を振ってみせたところで、普通なら相手に了解されるはずもなかったが。けれどもどのみち少女はすぐ口調を和らげて、

「まあ囮がわざわざそんな間抜けなシッポを出すはずないもんね。ちょっとナーバスになってんのかな。何しろ連中、あの手この手であたしたちのことを狩り出そうとしてっから」

「君たち……？」

その言葉に茎田は様ざまな問題を絡めようとした。そのいくつかは散りぢりに漂うままだったが、別のいくつかは綿菓子のように中心に巻き取られた。

「超能力――」

闇に向けたその言葉に「そう」と頷く気配がして、

「あたし知ってんだよ。あんた、丸田ビルにある研究所の人だろ。前からあそこにあの子のことを調べに来てた連中がいてね。さっきの奴らもそれと関係あると思うんだけど、あんたは同じところの人間のくせに、何で尾けまわされてるんだろうって思ってさ」

「それはこちらでも聞きたいくらいだよ。ある論文のせいらしいとは思うんだけど……それも本当のことかどうか分からないし。でも、とにかく今はそんなことはあとまわしだ。そう、まだ本当には信じられないんだが……君もその一人だというんだね」

そのことを口にしてしまうとかえって奇妙な興奮が増幅し、体じゅうが揺さぶり立てられるようだった。

「いちおうね」と答える声がして、

「ただ言っとくけど、暗闇でも眼が見えるってだけがあたしの能力じゃないよ」

その言葉が終わらないうちにいきなり茎田の額に掌が押しあてられた。あれだけの運動のあとなのにそ

の掌は最初と変わらない冷ややかさを保っている。そう思った途端、パシッと音をたてるほどの勢いで冷気が頭蓋に転写した。

闇に鎖されていた茎田の視界が青白い光に包まれた。恐らく網膜にではない。大脳の視覚野に直接注入された光だった。なぜならその巨大な光は眼で見た映像のように前面だけに限定されたものではなく、後方も含む全方向に亘っていたからだ。この全く死角のない視野のなかで、彼は厳密に数学的な意味での点になっているのだろう。そして恐らく凄まじい光の奔流もその一点を中心としたものに違いない。ただそれが中心から周囲に向かっているのか、それともその逆なのかは全く判別できなかった。

少女の掌に力が加わった。圧力がではない。もっと別種の冴えざえとしたエネルギーだ。その瞬間、一点だった彼は次元を逸脱し、はるか無限大に拡散していった。もはや彼にはあらゆる視点が可能となっていた。それはつまり空間そのものが彼の視野であり、視座でもあるということだ。

けれども肝腎なのはそうした後追い的な説明ではなく、あくまでその具体的な感触だった。なおかつそれを言葉に置き換えるのは到底不可能というほかない。自分が無限に拡散する感覚など、どう表現し、伝達できるだろう。だがとにかく彼はそれを体験したのだ。世界は原子炉の炉芯のような青白い炎に充たされ、そのとき囚(とら)われた感情が恍惚(こうこつ)なのか恐怖なのかも判然としないまま――。

やがてその光にかすかな濃淡があらわれた。光線を遮蔽する何物かが浮かびあがってきたのだ。光は影を作り、その影を背にして新たな光芒(こうぼう)が閃いた。そしてそれらの動きは徐々に組織立ち、明確なかたちを取り結んでいった。

にもかかわらず、それはなかなか確固とした概念を指し示してはくれなかった。何だろう。単純な形状ではない。単一の物体ですらない。スナップ写真のように、ある時間ある空間から切り抜かれたひとコマの風景だ。木立の影？　西洋の墓地？　海底の岩膚？　しかしその解答は全く不意に訪れた。それはありいちめんに散乱した瓦礫と、そのなかに横たわった子供の姿だった。そしてそれが見て取れたと同時に彼はその子供が誰かも察知した。

「チヒロ！」

妹の名だった。十年も前に死んでしまった彼の妹。死んだ？　いや、殺されたのだ。彼が眼を離した隙に何者かによって森のなかへ連れ去られ、酷たらしく殺された十四も齢の離れた妹――。その妹が今こうして眼の前に、あのときあのままの姿で横たわっている。

「チヒロ！」

けれどもそう叫んだと思った瞬間、少女の掌は茎田の額から離れ、視界は再び完全な闇に戻った。汗がどっと体じゅうから噴き出した。恐ろしく生々しい悪夢から醒めたときのように。しかしそれは夢ではなかった。かといってそれが少女によって与えられた何物かであるという以外、茎田には解釈のしようもなかったし、それがなぜあのような記憶に繋がらなければならないかについては全く理解の圏外というほかなかった。

「どう？　ちょっと得難い感覚でしょ」

愉快そうな、そして微塵も邪気の感じられない口調で少女は闇のむこうから声をかけた。

あの青白い光、全方向の視角、点から無限への拡散、そしてそれらの名伏し難い感覚に関しては少女がもたらしたものに間違いない。しかしそのあとの忌まわしい情景までは恐らく彼女も与り知らぬことなのだろう。

茎田はそう判断することにした。あれは彼女の〈能力〉に攪拌されて無意識の底から勝手に舞いあがった沈澱物なのだ。

「そう……認めざるを得ないようだ」

彼は答えて、その滓を払うように首を振った。

「狩り出されていると言ったね」

「うん。連中があたしたちのまわりをうろつきはじめてから仲間が次々いなくなってるんだ。死んだのもいるし、行方不明になったのもいるよ。どっちにしろ消されてるには違いないってわけさ。言っただろ。ここに入院してた子もそうだって」

「でも、その子は火事で死んだんだろう」

「だからさ、あの火事を起こしたのも連中なんだよ。決まってんじゃない」

少女はきっぱり言いきったが、茎田はそれには素直に同意するわけにいかなかった。たった一人の子供を殺すためにヘリコプターを撃墜させ、百人以上もの人びとを巻きぞえにするなど、いかに何でも荒唐無稽というほかない。

「どうかな。旅客機の事故に関しては世間ではＵＦＯの仕業だとか噂されているようだけど、何でも怪しい団体のせいにするというのもそういうのに近いんじゃないかな」

皮肉交じりに言ったが、少女が激しい口調で返した言葉は茎田が予想もしなかったものだった。

「あの乗客のなかにはあたしたちの仲間が五人もいたんだ！」

再びしばしの沈黙がおりた。奇妙な不安がじわじわと背中を這いあがっていく。そのあいだに背後にまわったらしい少女に腰の上あたりを押されて、茎田はゆっくり歩を踏み出した。

「まだ名前教えてなかったね。あたし、ミューってんだ。あんたは？」

「茎田諒次とというんだけど」

「そうか。じゃ、リョージでいいね」

「……僕も奴らに消されるのかい」

右手に続く壁伝いに歩きながら、茎田はふと脳裡に浮かんだそんな疑問を口にしてみた。

「とりあえずあんたはあたしたちとは違うんだから、あまり過激なことはしてこないと思うけど」

「しかし、うちの超心理学課の連中がそんなことをしてるなんて、やっぱりどうしても信じられないな」

「だから連中はあんたの研究所の人間じゃないんだよ。関係はあるにしても、それとは別の団体さ」

「そう聞くといささかほっとするね。だけどそうなると奴らの正体は……？」

「それはあたしたちにもよく分かんないって。あたしたちが連中の存在に気づいたのさえまだ半年くらい前だからね。ひとつ分かってきたのは、どうやら連中は自分たちのことを〈メゾン〉とか称んでるらしいことだけど」

「メゾン……？　まさかマンションのことじゃないだろうね。素粒子物理でいう中間子のことかな」

「さあね」

ミューと名乗った少女は気がなさそうに返して、

「とにかくこれまでは攻撃されっぱなしだったけど、ここまで来ちゃもう黙って指を咥えてるわけにはいかないだろ。これからは反撃あるのみさ。……ま、そういうわけで、できればあたしたちのために協力してほしいんだけどな」

「協力だって？」

「それほど大袈裟なことをやってくれっていうんじゃないよ。例えばあんたの研究所のなかで起こってることを教えてくれるとか――」

「まあ、それくらいのことならいくらでも」

「よかった。声かけた甲斐があったよ」

そんなやりとりを続けながら歩を進めるうち、次第に水の流れる音が周囲に谺しはじめた。恐らく二人の辿る傍らに大きな濠がのびているのだろう。けれども縦穴を下っていったときの異臭はかえって遠のいたことからすると、それは下水道ではないのかも知れない。

「もうひとつ訊いていいかな。さっきの呪文のようなものは何なの」

その疑問に即答は返ってこなかった。そうした沈黙が少しでも続くと、相手の気配は底知れない闇のむこうに溶けこんでしまって、たちまち一人置き去りにされたような何ともいえない不安が這いのぼってくる。けれどもミューと名乗った少女はひと呼吸ほどの間を置いただけで、

「神聖な言葉さ」

幼さの残る声でそう言った。

5　張り込みとウイルス

けたたましいクラクションが交錯する。

前方の一点から分かれ出ては、たちまち両脇を飛ぶように駆け抜けていく街灯、ヘッドライト、イリュミネーション。

そして何よりもこの風だ。ヒュウヒュウと耳もとで金切り声をあげ、分厚い革ジャンをはためかせ、車

体から体ごと引き剝(は)がそうとする。

　それらは彼の血を沸騰させ、得も言われぬ法悦境へと引きずりこむ。心は体とともに前のめりになり、腹の底から間歇的に野獣の叫びが湧きあがる。そんなとき、彼は世界を手中にするのだ。これまで徹底的に彼を排斥し、そっぽを向き、のけ者にしてきた世界が今や彼のために心地よい歌をうたい、紙吹雪を吹き散らしているではないか。

　その法悦を引き立たせるための荒々しいスパイスが闘争だ。それはほかのチームとのあいだにも起こるが、いちばんのターゲットは警察になる。もちろんまっとうな衝突となれば勝ち目はないが、少なくともパトカーや白バイとの追っ駆けっこは頭脳と技量こそがものをいうスリリングなゲームだった。

　そのときもそうだった。さんざん集団で走りまわったあと、やっとのことで現われたパトカーは囮役を買って出た彼のバイクを最後の最後まで追い駆けてきた。そうやって新米の連中をすんなり逃がしておいて、最終的にあっさりパトカーを振り切って遁走(とんそう)するというのが彼——品戸透(しなどとおる)の腕の見せどころであり、ステータスでもあった。

「へへッ。いいぞいいぞ!」

　こみあげるぞくぞくする感覚がそんな言葉となって口をついて出る。夜の街に谺するサイレン。猛獣の咆哮を思わせる排気音。ことさら車体をねじ伏せてターンすると、内臓がシートまで押しさげられるようなGがかかる。クラクションを鳴らし立てて先行する車を掻き分けるのはバッファローの群を追い立てるカウボーイの心境だ。

　頃合を見てめいっぱいアクセルをかける。それまでのスピードをなお大幅に超えて加速するマシンは彼以上に解放の悦(よろこ)びに打ち震えているかのようだ。それにつれて世界は針のように収束し、彼めがけて恐ろしい勢いで押し寄せる。かくして世界は彼と直結し、彼によって制覇されるのだ。流れ過ぎる。何もかもが流れ過ぎていく。街路樹。ガードレール。分離帯に張り巡らされた金網。歩道橋。道路標識。店内の明るさを見せつけるようなコンビニエンス・ストア。そして長いトンネルにはいると、オレンジ色のライトが数珠繋ぎに頭上を駆け過ぎていった。

ふと、走りの前に彼らの溜まり場になっている店で聞いたUFOの噂を思い出す。その日の朝っぱらに銀座の上空にUFOの集団が現われたという話だ。レディースの一人があたしもこの眼で見たとムキになって言い立てていたが、あれは本当のことだったのだろうか。

けれどもそんな疑問も流れ過ぎる様ざまなもののひとつに過ぎなかった。トンネルを抜けると星を振り撒いたような夜景がひろがり、彼はいっさんにゆるやかな坂を滑り降りていった。

そうしてすべてが終わり、ややスピードをゆるめてウィニング・ランにかかるときほど心の充足を感じる時間はない。ぎりぎりに圧縮されていた興奮がゆるやかに解放され、夜の闇のなかへと溶け去っていく。それは彼にとって何物にも代え難いひとときだった。

けれどもその充ち足りた気分も彼の住居に近づくにつれて薄められ、色褪せし、古びたメッキのように剝がれ落ちてしまう。あとに残るのは渋柿を齧ったときのようないつまでも尾を引くイガイガした感覚だった。

常にどんよりと濁っている空気。どこかしら垢抜けない佇まいの街並。周囲がどんどんそうした印象に染め変えられていくのを感じながら、彼はどうして地区地区によってこうも街の雰囲気が違うのかと不思議になる。とりわけそれを象徴するかのようなセメント工場の鉄塔が見えてくると、彼はますます鬱々とした気分に引き戻されてしまうのだ。

台無しだ――！　彼は口のなかに溜まっていた粘つく唾液を路肩に向けて吐き出した。いつもこんなふうに彼の輝かしい勝利はどろどろとした滓の底に埋没してしまう。冷えきった革ジャンが膚にきりきりと喰いこむようだった。

近づくと鉄塔は恐ろしく高くのびあがって彼を威圧する。まるで途轍もなく巨大な魔物に睨まれているようで、幼い頃から彼はそのそばを通るのが苦手だった。記憶にもない幼少時には恐いと言って泣きだしたこともあったらしく、かつて母親にその話を持ち出されるのが彼は何よりも厭だった。そんな忌まわしい想いを振り払おうとして見あげるうち、これまで彼がぼんやり鉄塔と見なしていたそれは全体が何かの装置らしいことにそのとき初めて気がついた。

ものごころついてから十年以上も近くに住んでいて、今初めてこんなことに気づくなんて何と迂闊な話だろう。彼は窄めた口を右左に歪めた。けれどもとにかくそう気づいてしまうと、いったい何のための装置かというのが改めて気にかかった。セメントを製造する過程に必要なのだろうか。それとも貯蔵するためのものなのだろうか。どちらにしてもなぜあんな巨大な装置が必要なのかは分からない。多分、それは一生そうなのだろう。誰かが何気なくその解答を彼の前で口にしない限り。

自分から誰か他人にその疑問を持ちかけることがないのは分かっていた。疑問自体の内容が彼にとってそうする種類のものではなかったのだ。そうだ、そんなことなど決してあり得ない。そんな気恥ずかしいことをどうして口になど出せるだろう。世のなかには何の躇いもなくそうできる者もいるし、どちらかといえばそういう人間のほうが多いことも分かっていたが、所詮彼はそういうずるずるべったりな人種ではないのだから。

その結果ひとつの知り得ない事柄が生じてしまうわけだが、それはそんなものだと割り切っていいだろう。どのみち世のなかには知り得ることより知り得ないことのほうが圧倒的に多いのだから。

彼は再び唾を吐き、大通りからふた叉に分かれた道にはいった。そして三つ目の角をさらに細い横道に折れようとした直前、突然彼のアンテナに警戒信号がひっかかった。

彼はすぐにそちらに眼をやった。角の十メートルほど先に黒い車が停まっていて、気配はそこから来たような気がした。覆面パトカーか?――咄嗟に頭に浮かんだのはそのことだった。思わずハンドルを握る手に力がこもったが、ここでヘタに逃げ出すのはうまくないと思いなおし、そのまま横道に折れて様子を見ることにした。

改装中のビル。栗色の壁のマンション。よくある鉄筋モルタルのアパート。ベタベタと広告の貼られたブロック塀。町内会の掲示板。飲物の自動販売機。低いブロック塀とその上の植えこみ。そうした見慣れた風景を追っていくうち、その道の途中にもやはり同じような黒っぽい車が駐車していた。

いちばん近くの街灯は車のむこうにあったが、眼を透かしてよく見ると、その車は無人ではなく、運転席とその横に二つの人影がおさまっていた。むろん顔のあたりは暗がりに呑まれていたが、その四つの眼がまっすぐこちらに向けられていることは痛いほどビンビンと感じ取れた。

やっぱり警察だ。冷汗がじわりと腋の下に滲むのを意識しながら、同時に彼はおかしいなと思った。いったいどうやって連中は俺の家を捜しあてたのだろう。今回初めてナンバープレートから割り出したにしてはあまりにも手まわしがよすぎるし、前回の走りのときに身元をつかんだのなら、何も今この時まで網を張る時期を遅らせる必要はないはずだ。

そこで彼は訳が分からなくなった。もしかすると気のせいだろうか。さっきの車もこの車も彼とは全く無関係なのだろうか。けれどもこの種の嗅覚に関しては彼はかなり鋭いほうだと自任している。それだから追っ駆けっこをするつもりのない平時にネズミ捕りにひっかかったことなど一度もない。ともあれどのみち住所が割れているなら、この場を凌（しの）いでもずっと逃げ通すわけにはいかないし、たかが暴走行為などにたいした刑罰が科せられるわけでもないだろう。そう考えて、彼はどうにでもなれと腹を括（くく）ることにした。

やはり何喰わぬ素振りでそのまま道を辿り、車の横をすり抜けようとした。そのときそれまで闇に紛れていた運転席の男の顔に、一瞬こちらのヘッドライトがかすめて通った。

瞬間、彼はぞっとした。もともと冷えきった体がさらに極低温に凍結したようだった。

肉の薄い、やけにつるりとした顔の男だった。そのくせ鼻は高く、薄い唇が無表情に閉じられている。そして眼の大きさに較べて異様に小さな瞳が精密な自動カメラのようにこちらの姿を捉えていた。

眼だけでない。男全体がひどく非人間的な印象だった。彼も今までいろんな人間を見てきて、そのなかには見るからに冷徹な者や凶暴さ剝き出しの者も大勢いたが、この男が纏っている底冷えするような空気はそうした連中のものとも明らかに異質だ。およそ体内に温かい血が流れているとは思えない。そう、まるで映画のターミネーターのような——。そんな想いが激しい戦慄（せんりつ）とともに横切ったのは車とすれ違ったあとだった。

男の視線がなおも背中に突き刺さるのを感じながら彼はそのまま二十メートルほど走り、仕方なく自宅の前で停まった。周囲の家々と似たりよったりのごくありふれた建て売り住宅。正確な年数は聞いたこともないが、築四十年というところだろうか。見あげるといつものように二階の窓にだけ明かりがついている。庭はあるにはあるが猫の額という形容そのままで、そこにバイクを押し入れたが、外の監視者たちが動きを開始する気配はなかった。

小さく首をひねりながら彼は裏口から家にはいった。以前は遅い帰宅に煩く小言を並べていた両親は二、三度猛烈な勢いで暴れてみせた結果、とうに何も口を出さなくなっている。しんとしたなかにギシギシ床板を踏む音だけが響き、そのまま自室のある二階にあがると、隣の弟の部屋からカタカタという音が響いていた。

「まだ起きてんのか？」

わざとぞんざいな口調でドアを開けると、窓際の机に置かれたパソコンの前にパジャマ姿の融（ゆずる）が座っていた。こちらに背を向けたまま熱心にキーボードを叩いている。

「聞こえてねえのかよ」

もう一度言うと、相手はやっと手を止め、不思議そうな顔でこちらを振り返る。まだ中学三年。彼に似ず端整で、まだあどけなさの残る顔立ちだ。頭もよく、ずっとトップに近い成績をあげていたのだが、去年あたりから内向的な性格がひどくなり、学校にもほとんど行かなくなって、最近は朝から晩までパソコンばかりいじっている。親や教師に対しては思うさま傍若無人に振舞っている彼も、もともとどういうわけかこの弟だけは苦手で、特に登校拒否がはじまって以降はどういうふうに向きあっていいのか分からないでいた。

「そんなにずーっとパソコンばっかりいじってて楽しいか？」

二秒ほど間を置いて「うん」という答が返ってくる。見るとディスプレイにはローマ字と数字がびっしりと並んで、それだけで頭が痛くなってしまいそうだ。

「あの親どもからどうしてお前みたいなのが生まれてきたんだろうな」

それにも二秒ほど間を置いて、今度はコクンと小さく首を傾げる。まるでその言葉をうまく理解できないといったふうだ。ぼんやり見まわすと机の上にも周囲にもプリントアウトされた紙の束、メモ用紙、ファイルの類いが積み置かれ、本棚からも彼には理解不可能なパソコン関係らしい本や雑誌が溢れている。試しにしゃがみこんで一冊を開いてみたが、電気機器の回路図のようなものが大きく描かれ、その下にびっしり数式が並んでいるのを見て、すぐにパタンと表紙を閉じた。

「何か——」

「え？」と、彼は反射的に顔をあげた。弟が自分から言葉をかけてくるのは滅多にないことだ。少なくとも登校拒否のはじまった頃からは一度もない。それだけに彼は虚を衝かれた想いで次の言葉を待った。

「おかしいんだ」

融はそうあとを続けた。夕方にぶらりと本屋や電器店に行くほか、ほとんど外出することもないせいで、普段から青白い顔がことさら色を失っているような気がした。

「おかしいって、何が？」

「パソコンの調子がね。いつのまにかデータの一部分が壊れてるんだ。ほんのちょっとした虫喰いだけど。修復ソフトをかけてもダメなんだよ」

さほど表情を動かさないが、かすかに悲しげな翳が眼もとに浮かぶ。

「俺のせいじゃないぜ。俺はさわったこともないんだからよ」

冗談めかして彼は言ったが、弟は本棚の上の天井に近いところに眼をやって、

「病気かも知れない」

ぽつりとそう呟いた。

「病気？　誰が——

「パソコンだよ」

「パソコンが病気？　そりゃいったい何のこった」

彼はめいっぱい眉をひそめてみせたが、相手は齢に似つかわしくない深ぶかとした溜息をついて、

「知らない？　パソコンもウイルスに感染するんだよ。それも、これまで出まわってるタイプのウイルスじゃないんだ。いろいろ取り寄せて試してみたんだけど、どんなワクチンも効かないんだもの。こんなの、どこから来たのかなあ」

そういえばコンピュータがウイルスというものでダメになるというのは彼も何かで聞いたことがある。それが弟のこのパソコンにもはいりこんだということだろうか。ただウイルスというのが具体的にどういうものか分かっていない彼にはひとまずそう了解してみたものの、不思議な想いでパソコンを眺めるほかなかった。

「ボク、訊いてみたんだよ。いろいろ症状を言って、新種のウイルスが出まわってるような情報はあるのかって。でも、みんなそんな話は聞いたこともないっていうんだ。もしかして誰も気づかないうちに未発見のウイルスがひろがってるんじゃないかってことになって、みんな急いで自分のパソコンを調べたみたいだけど、同じような症状が出てるケースもないっていうんだよ。ボク、それで訳が分かんなくなっちゃって。やっぱり全然別の理由かなと思ったけど、調べれば調べるほどデータの壊れ方が普通じゃないんだ。気味が悪いよ。いったいこのウイルスはどこから来たの」

彼は戸惑うばかりだった。そもそも彼のほうから弟に言葉をかけるのも滅多にないことで、今回そうしたのはほんの気まぐれに過ぎないのだ。そんな何気ないきっかけから、今まで一度もそんなところを見たことがないくらい弟があれこれ喋りだしたので、彼はすっかり面喰らっていた。

「ちょっと待て。そのみんなって誰のことなんだ」

「ネットのみんなだよ。せっかく……面白いゲームの途中だったのに」

「ゲーム？　何のことだ。俺にはさっぱり分かんねえ」

彼は片手でクシャクシャと頭を掻きまわしながら、もう片方の手をどうすりゃいいんだとばかりひろげてみせた。

「でもまあ、要するに修理に出しゃいいんだろ」

「もしもウイルスにかかってるなら、今まで使ってたファイルもソフトもみんな処分しなくちゃ意味ないんだ。どこにウイルスがはいりこんでるか分かんないんだもの。そんなのやだよ。せっかく一生懸命育ててきたのに——」

それまで淡々と喋っていた弟は急に悲しそうな表情を浮かべた。弟は本当に心の底から悲嘆に暮れているのだ。それがひしひしと感じ取れて、彼もついついしんみりした気分になる。きっと大事に大事にチューンナップしてきたバイクをあるときいっぺんにオシャカにしてしまうようなものだろう。精いっぱいそんな想像を巡らせてみたが、多分あたらずとも遠からずに違いない。

「そうか。とにかく俺にはどうしようもねえからな」

答はなかった。力なく首を垂れ、自分の足もとの少し先にぼんやり視線を落としている。パソコンがたてているかすかな唸りのほかはひっそりと物音ひとつ聞こえてこない。彼はその静寂でさっきの監視者たちのことを思い出した。依然連中からは何のアクションもない。それはやはり彼の直感が見当違いだったということだろうか。

彼は立ちあがり、壁伝いに窓際へまわりこんだ。ゆるゆると顔を近づけ、クリーム色のカーテンに手をやってわずかに隙間を開けてみる。すぐ下の道は住宅地にしては街灯が少ないために深い闇が横たわっているが、それでもいちおうの状況は充分見て取れた。先程の黒っぽい車はまだ道の先に停まっている。角度のせいであの気味悪い眼をした男の姿が見えないのが救いだった。

もしも彼の直感が狂っていたとしても、こんなまだ膚寒い季節の夜中にエンジンもかけず、すべての明かりを消したまま駐車しているというのは妙だ。奴らは確かにごく普通の一般人ではない。だいいちあんな眼をした男が堅気の人間のはずはないだろう。奴らはやはり張り込みを続けているのだ。

そのくせいっこうにアクションを起こさないでいるのは襲撃（？）の相手が彼ではないか、それとも目的がもっと別のところにあるかだろう。単に目当てが別人ということなら何の問題もないが、そうでない場合、奴らはどんな狙いを腹に抱えているのだろうか。

「いったい何なんだ」

彼は忌々しく呟いた。その言葉に、融が怪訝そうに振り返る。

「どうしたの」

「おかしな奴らが張り込んでやがるんだ」

けれども弟は「ふうん」と興味なさそうに返し、再びゆるゆると首を垂れた。

そのとき不意にパソコンからピーッと甲高い音があがって、彼はギョッと振り返った。なぜかその音が悲劇を告げる訃報のように思えたのだ。

彼の言葉に関心を示さなかった弟がその音にはぴくりと顔をあげた。

「通信だ。何だろう」

弟はそう呟いてキーボードに手をのばした。それまでディスプレイをびっしり埋めつくしていたローマ字や数字が簡単な操作によって一瞬に消え去り、次いで短い英文がパッパッと現われたり消えたりしたあと、〈首狩り人より　緊急生放送〉というメッセージが浮かびあがった。

「首狩り人だと……?」

彼は思わず眉をひそめたが、弟はディスプレイから眼を離しもせず、「通信仲間だよ」と、こともなげに返した。そしてさらにひとつのキーを叩くと、画面に現われたのは十行ほどの文章で、なおかつその下に新たな文章がどんどんつけ加わっているところだった。

時は今。

場所は新宿歌舞伎町裏の星陵大学付属病院地下。

登場人物はリョージ(28歳　男)とミュー(14歳　女)。

もちろん星陵大学付属病院といえば、ヘリコプターの墜落事故を引き金として起こった新宿大火災によって多くの焼死者が出たところである。

リョージは新宿副都心にある日本総合心理学研究所の所員。その日、彼は同じ研究所に勤めるキョーへイから、何者かの監視を受けていることを打ち明けられ、勤務後にスナックで落ちあう約束をした。

仕事を切りあげたリョージは待ちあわせの時間までまだ間があるので、火災に遭った病院に立ち寄ってみることにした。ところがその病院の正門近くまできたところで、彼はキョーへイについていた監視の眼が自分にも貼りついていることを察知する。

狼狽(うろた)えているリョージの前にミューが現われ、門のなかに彼を誘いこむ。正体不明の監視者たちの出現に恐怖を感じていた彼はすんなりその誘いに乗る。ミューはそのまま建物内に彼を連れこむと、照明ひとつない真っ暗闇のなかをどんどん先導し、とある地下室を経由して、穴倉のような狭い地下道にもぐりこむ。

病院の地下になぜそんなものがあるのかと戸惑うリョージ。やがて二人はもっと狭い縦穴を下り、そこでミューは「プリク・ポー」という呪文のような言葉を唱える。ますます狐につままれるリョージ。

二人はやや広い場所に出る。ミューはさっきの監視者たちは超能力少年を狩り出そうとしている連中で、この病院に入院していて焼け死んだ子供と接触しようとしていたことを明かす。しかもその連中はリョージの勤める研究所の超心理学課との繋がりがあるらしいことも。

自分の能力を示すためにミューはリョージの額に手をあてる。途端にリョージは激しいイリュージョンに囚われる。「どう?」と訊かれ、リョージは納得せざるを得ない。……

読み進めながら、これはいったい何だろうと彼は考えていた。小説かドラマの粗筋のようなものなのだろうか。怪訝な想いで横目で見ると、弟はやや茫洋とした表情ながら、じっと喰い入るように画面を見つめている。

連中の名称はメゾンというらしい。ミューは彼らがヘリコプターを墜落させて大火災を起こし、入院していた子供を殺したのだと主張する。それればかりかつい先日の旅客機の墜落事故も彼らの仕業で、その乗客のなかには彼女の仲間が何人もいたというのだ。

驚くリョージに、ミューはそこで初めて自分の名前を告げ、彼もそれに応える。「僕も彼らに消されるんだろうか」と尋ねるリョージ。

「とりあえずあんたはあたしたちとは違うんだから、あまり過激なことはしてこないと思うけど」

真っ暗ななかを辿りながら二人はそんなやりとりを続ける。

「とにかくこれまでは攻撃されっぱなしだったけど、ここまで来ちゃもう黙って指を咥えてるわけにはいかないだろ。これからは反撃あるのみさ。……ま、そういうわけで、できればあたしたちのために協力してほしいんだけどな」

「協力だって？」

「それほど大袈裟なことをやってくれっていうんじゃないよ。例えばあんたの研究所のなかで起こってることを教えてくれるとか――」

「まあ、それくらいのことならいくらでも」

「よかった。声かけた甲斐があったよ」

通路の右側には煉瓦壁、左側には錆びた欄干が続く。欄干のむこうから水の流れる音が次第に大きくなるのを聞きながら、リョージは「さっきの呪文のようなものは何なの」と尋ねる。

「神聖な言葉さ」

「神聖な言葉？」

「ああ、そうさ。ポーに還れってね」

「ポー……？」

「そうだよ。すべての根源。あらゆるものがそこから生まれ出てきた、宇宙のはじまりにあった渾沌の海さ」

「そんな話、聞いたことがないけど」

暗闇のなかで首をひねっていたリョージはふと思い出したように、

「そうだ、連中ははじめから僕を監視していたんじゃないんだ。同じ研究所にいる人から、最近ずっと何者かに監視されているという話を昼間に聞かされて、それでもっと詳しい話を聞くためにその人と待ちあわせをしたんだけど、その前にちょっと火事跡を見ようと寄り道したら、いきなりこんなことになってしまったんだよ」

「へえ。でも、どうしてその人についてた監視の眼があんたに?」

「その話を聞かされたのはビルの上の展望室だったんだけど、そのときも人ごみに交じって監視者がいたんだ」

「そうか。そのときの様子からあんたのこともチェックしておいたほうがいいと踏んだんだね。で、その人はどうして監視なんかされてたの」

「その人の研究発表に上からストップをかけるような動きがあったらしいんだ。これは僕の想像だけど、もしかすると監視までつけられるようになったのもすべてその研究内容からきてるんじゃないかな」

「その研究って、どんなこと?」

「論文のタイトルは『つじつまあわせの構造』というんだけどね」

「つじつまあわせ?」

「そう。〈与えられた二つ以上の命題のあいだに円滑な関係を取り持たせること〉とでも表現すればいいかな。人はものごとを捉え、理解し、体系化するとき、絶えずこのつじつまあわせを行なっているね。彼の研究はこの働きをいくつかのパターンに分類し、それぞれ詳しく分析したものなんだ。そしてそのベースになっているのは彼独特の〈命題のトポロジー的連環モデル〉というもので——」

「トポロジー的レンカン……だって？」

「そう、連なった環だよ。従来のモデルではAという命題とBという命題が関連づけられる場合、あいだにどういう脈絡が挿まれるにせよ、結局は線によって結びつけられていたんだけど、彼が提唱したのは命題というものが輪ゴムのような閉じたリングになっていて、AとBとの関連は直接的にしろ間接的にしろ、両者がリングの連なりによってチェーンのように結びつけられることで表現されるんだ」

「あんまり訳の分かんないこと言わないでよ、もう。こっちはそんなに頭よくないんだから」

「そんなに難しいことじゃないんだよ。とにかくたったそれだけの変換なんだけど、これはなかなか画期的な捉え方なんだ。いちばんの利点は、従来のモデルでは命題と命題の関連が連続的なものとして表現されるほかなかったけど、このモデルでは関連そのもののうちに非連続性が織りこまれていることだね。また、こうした基本的な考え方をさらに拡張して、単位となる命題のリングそれ自体が連続的な線によってできているのではなく、実は小さなリングの連なりによってできていて、そこにあらわれるひとつひとつの小さなリングもまた同様という無限の階層構造を持っていると考えると、トポロジー空間では本来大きさというものは問題にならないから、どれほど階層の異なったリングであろうが全く対等の存在で、従って両者が合同であることを指し示すチェーンで結ばれることさえあるわけだけど、これは〈論理〉というものをはじめとして、還元をつきつめていくとまたもとに戻ってきてしまうようなトートロジー的構造を持つ体系を極めてよく表現しているんじゃないかな」……

「なあなあ、こりゃいったい何なんだ」

彼はたまらず口を挿んだ。弟はその文面を理解しているのかどうなのか（さすがに完全に理解しているとは思えなかったが）、熱心に眼で追い続けている。しばらくしてぽつりと「ボクにもよく分かんないよ」と答えたが、その表情は依然茫洋として、さして不審でもなさそうだった。

「いったいこの首狩り人っていうのはどんな奴なんだ」

「どんな人かはボクもよく知らない。通信で知りあっただけだもの。人が知らないいろんなことをよく知ってて、おかしなメッセージをよく送ってくるんだ。今度のウイルスのことも相談したらいろいろアドバイスしてくれて」

「おまえもけっこうつきあいが広いんだな。けど、いきなりこんなものを送りつけてくるんだから、やっぱりちょっとアブねえ奴なんじゃねえか？」

そんなやりとりのあいだにもどんどん文章は継ぎ足されていく。弟はすぐに黙読に戻り、彼も半分興味を失ったまま眼だけぼんやりとそれを追い続けた。

ミューはしばらく黙っていたが、

「学者には変わった人間が多いっていうけど、本当だね」

皮肉めいた言い方でなく呟く。

「そうかな」

「そうだよ」

リョージは首を傾げながら、

「とにかくそういった事情で、僕にまで監視の眼を差し向けるくらいだから、今頃彼がどうなっているのか心配なんだ」

「なるほどね。待ちあわせはどこで？」

「東口近くのスナックだけど」

「ここからじゃ携帯も使えないからね。まあこういうことになっちゃったからには、気の毒だけどそっちはすっぽかして最後までこっちにつきあってもらうしかないよ」

「……どうやらそのようだね」

少し間を置いたあと、リョージは仕方ないと肩を竦めた。二人は再び水の音だけが響くなかを黙々と辿っていたが、やがてミューがぽつりと口を開く。

「それはそうと、あんた、どうしてあの子のことを知ってたの」

「焼け死んだ子供のこと？」

「そう。やっぱり超心理学課の人から聞いたわけ？」

「それが違うんだ。僕の友達が取材記者をやっていてね、ある事件の絡みから超能力少年のことを調べているうちにその子のことがひっかかってきたらしい。彼の言葉では極めつきの能力の持ち主だったそうだけど」

「まあね」

ミューは沈んだ口調で返して、

「あの子は本当に凄かったよ。よっぽどおなかに力をこめてないと近づいただけで嵐に巻きこまれそうになっちゃうんだ。ううん、体がじゃないよ、心がね。あんなの初めてだったなあ」

「誰でもそうなっちゃうのかい」

ミューは相手には見えないのもかまわず、ゆっくり大きく首を横に振る。

「多分そうじゃないんじゃないかな。でなきゃ医者や看護婦さんも近づけなくなっちゃうじゃない。でも、あたしたちならみんな感じるのかどうかもよく分かんないけどね」

「君とその子とは前からの知りあい？」

「いや、そうじゃないよ。あたしがあの子のことを知ったのはあの子が入院したあとのことなんだ。それまであの子は岡山にいたんだから」

「ああ、そのことは聞いたな。確かその子の父親というのは……岡山で通りがかりの母親から赤ん坊をひったくって、陸橋から投げ落として殺した事件の犯人だったそうだね」

「そこまで知ってんの」

ミューは素直に感心した口振りで言って、

「まあ取材記者なんだから当然か」

「それで……とにかく君はその子に会ったんだね」

しかしミューはあっさりそれを否定する。

「じかに会ったわけじゃないよ。あの子がいたのは集中治療室みたいなとこで、とても簡単に会えるような状況じゃなかったもんね。あたしはただその部屋の前まで行っただけさ。ちょっと偵察のつもりでね。ただそれだけなのに嵐に巻きこまれそうになっちゃったんだ。だけどあれがあの子のせいだったのは間違いないよ」

「じゃあ君はその子の顔も見ていないわけか」

「そうだよ。詳しいことは超心理学課の人から聞き出したら。あたしよりよっぽどいろんなことを知ってるはずだから」

「連中はどうして君たちを狩り出そうとしてるんだい」

「さあね。それはこっちが聞きたいくらいさ。あたしたちを危険だと思ってっからじゃない」

「それにしても、わざわざあんな大惨事を引き起こしてまでその子を抹殺しようとしたというのはやっぱり納得できないな。いくら凄い能力の持ち主だからといって、子供一人処分するのにそんな馬鹿げた手間をかけるなんてことが本当にあるとは」

　するとミューはうんざりしたようにカリカリと頭を掻きながら、

「分かっちゃないなあ。まあいきなりこんなことを言ったって、信じろっていうほうが無理かも知んないけど。でも、とにかくそれが奴らのやり方なんだ。自分たちのことを人に知られないためには手段なんて選ばない。たまたま起こったとしか思えないような大事故を起こして、大勢の犠牲者のなかに消したい人間を紛れこませるのがいちばん正体を悟られにくい方法だってことになれば、どんなことをしてでも実行しちゃうんだ。ああ、確かにあれがいちばんいい方法だったよ。だって現にあんたはそんなことあるはずないって思ってるもんね。奴らの狙いはそこなんだ。新宿大火災や旅客機墜落事故だけじゃない。最近起こってるいろんなことがそうさ。天王寺(てんのうじ)トンネルの玉突き衝突。名古屋の大型クレーン転倒事故。手口はずっと一貫してる」

　忌々しげにそう言い立てる。……


　新たにつけ加えられた二つの事件についてもおおよそのことなら彼も知っていた。一方は修学旅行のバスに大型トレーラーが追突したのを引き金に起こり、小学生を含めて二十五人もの死者を出した事故。もう片方は倒れたクレーンが幼稚園の建物を押し潰し、園児十一人の命を奪った事故だ。ここ何ヵ月かのあいだに起こったそれらの出来事をこっそり陰から引き起こしている連中がいるというのだ。展開中のストーリーにそんな設定が持ちこまれているのをようやくはっきり認識して、彼はますます不審の念に駆られた。

こうなるとこの文章は何なのかという疑問がますます深まっていく。単に実際の出来事を取りこんでいるだけなのか。それともまさかこのストーリー自体が本当に起こっていることだとでもいうのだろうか？――口をついて出そうになるそんな疑問を呑みこみながら、彼は増殖する文面に次第に強く惹きこまれていった。

「なるほどね」

リョージは上の空の様子で頷いて十秒以上黙っていたが、

「でも……いくら巻き添えを出してもかまわないというやり方はいささか常軌を逸してるね。はじめから無差別殺人を目的としているのでない限り、どんなに冷徹な人間でも、目的遂行のためにまるで無関係な第三者を多数巻き添えにするなんてことはなかなかおいそれと踏ん切れないものだよ。もしもそれをやってのけたとすれば、そこにはある種の狂信的情熱が介在しているんじゃないかな」

「狂信的情熱……？」

「うん。大義や使命感と言い換えてもいい。テロ行為というのはそういうものだと思うよ。あまりに急進的に世界革命や民族自立を目指したり、宗教的な原理主義に凝り固まったりするところからそれは生じる。昔から人間を最も非人間的にさせるものは宗教戦争と相場が決まっているからね。だから君の言う通り一連の事件が本当に連中の仕業なら、単に君たちを危険視しているというだけじゃなくてもっと広がりのある思想的なものに裏打ちされているんじゃないかな」

「思想的なもの？　何なの、それ」

「そこから先は僕にも見当がつかないけど」

「ふうん」

ミューはしばらく下唇を突き出していたが、不意にキュッと笑みを浮かべて、

「あんたの言うこと、あたしにはちょっと分かりにくいけどさ、でもまあ、意外に使えそうだから安心したよ」

「使えそうって……僕のことかい？　それはどうも」

そんなことを言い交しながら依然として墨で塗り潰したような闇の底を進むうちに、水音の調子が微妙に変化しているのに気づく。反響らしいものが折り重なった具合からは、通路の先にかなり広い空間があるのだろうと予測できる。

「こっちだよ」

ミューはあるところで直角に方向を変え、再び細い通路にはいる。両側に煉瓦壁が続き、人一人がやっと通れるくらいの間隔しかない。それまで鼻の奥につきまとっていた腐敗臭は遠のき、代わって湿っぽい黴臭さが周囲を包む。

「これは真っ先に訊いておくべきだったかも知れないけど、ここはやっぱり下水道なのかな。僕はこういうことには疎いんだけど、東京の地下にもこんな大規模な下水道がひろがっていたのかと思ってね」

「そんなこと、気になる？　ただ、そこにあるから使ってるだけさ」

リョージは「ふうん」と返したが、腑に落ちない表情はそのまま打ち消されずに残っている。しかしそ

れもやがて聞こえてきたかすかな声に、もっと困惑に近い色合いに塗り替えられていく。

高い声。それも一人のものではない。コーラスのように調和を保ちながら全体としてひとつに押し重なっている。それが次第に大きくなるにつれ、声の主は何人もの少年少女だと見当がつく。さらにどんどん歩いていくうちにその声が唱和している言葉も「プリク・ポー」だと分かった。

「プリク・ポー――オオ」

「プリク・ポー――オオオ――オオオオ」

「プリク・ポー――オオオ――オオオオオ――オオ――オオ」

まだ柔らかで瑞々しい声。だがその唱和に荘厳ささえ感じられるのはかえって声質の幼さのせいなのかも知れなかった。

「あれは……君の仲間かい」

「そうだよ」

細い通路はゆるいジグザグを描いて続き、とある角を過ぎたところで前方にぼんやりとひろがる赤みのかかった光が見えた。

唱和が少しずつ鮮明になる。それにつれて光も。はじめのうちは曖昧な輪郭しか見せなかったが、やがて縦長の方形に落ち着くと、そのままどんどんのびひろがっていく。それはぽっかり開いた戸口のような場所のむこうにかなり広い空間があることを予感させた。

光はそれほど強くないらしい。だがそれまで完全な真っ暗闇に慣らされていたために、リョージには眼を細めなければならないほど眩しかった。そのまま戸口らしい場所に近づき、洩れる光が自分の体にも降りかかるところまで来ると、知らず知らずぶるっと体がわなないた。

思わず歩調をゆるめたため、先導していたミューとの間隔が自然に開き、彼女の姿は一人光の中央に浮かびあがった。逆光のなかで薄羽のような衣装が青く透け、しなやかな体形をくっきりと浮かびあがらせている。

「何やってんの。おいでよ」

「あ、ああ」

戸口の先には思った以上に広い空間があった。広さ自体は七メートル四方ほどだろうか。しかし壁は複雑に出っぱったり入り組んだりして、床もあちこちに段差がついている。赤みのかかった光がどこから発しているのか分からないまま、波に反射しているかのようにゆらゆらと揺らめいていた。

降りそそぐ声のシャワーはリョージが戸口を通り過ぎた途端、申しあわせたようにぴたりとやんだ。思わず息を呑んで見渡すと、そこには十歳から十七歳くらいまでの少年少女がいた。数えてみると十二人。ある者は膝を抱えて床に座り、ある者は腕組みして壁に寄りかかり、またある者は大きな木箱に腰かけてぶらぶらと足を遊ばせていた。

ミューと同様、派手な恰好をした者もいれば、ごくあたり前の服装の者もいる。また、利口そうな顔立ちの者もいれば、いかにも間の抜けた顔つきの者もいた。要するに齢が若いという以外にほとんどこれといった共通点は見あたらない。だがミューがあたしたちという言葉で表わした通り、彼ら全員が超能力者というわけなのだろう。

「そいつは？」と、もっさりした顔の少年が声をかけた。

「連中につけ狙われてたから連れてきたの。大丈夫、信用できるよ」

ミューが答えると、神経質そうな顔をした少女が、

「でもその男、無能力者じゃん」

その言葉は彼らのあいだで独特の響きを持っているらしく、何人かがいっせいにぴくりと肩を揺すった。その視線はまるで鋭い千枚通しのようにきりきりとリョージに突き刺さってくる。そもそも彼らは一般人に対して芳しくない感情を抱いているのだろう。じっとその視線を受け止めているとかすかに気が遠くなるほどだった。

「そう。だけど連中の敵ってことはあたしたちの味方ってことじゃない。それにこの人、例の研究所で働いてんだよ。課は違うみたいだけどね。だからこの先、連中のことを知るにも有利だよ」

「それにしたってここまで連れてくるこたァないだろ。無能力者は無能力者なんだ。そんな人間にあっさり秘密をバラすなんてよ」

顔じゅうニキビだらけの少年が口を挿んだのをきっかけに、

「そうよそうよ。危険すぎる」

「俺たちまで危ねえ橋を渡らそうってのか」

「勝手なまねはしないでもらいたいな」

などと、ほかの者も口ぐちに文句をつけはじめた。そんな彼らの眼は揺らめく赤い光を切れぎれに映して、ますます不穏な空気を煽り立てている。リョージは思わず後ずさりしかけたが、そのときミューがいきなり凄まじい勢いで地面を蹴りつけ、

「なあにケチなこと言ってんだ！　てめえら、仮にもエリートとか呼ばれてんだろ。これくらいでガタついててどうすんだよ！」

その一喝に、文句をつけていた面々はたちどころにシュンと押し黙ってしまった。ただ一人、隅っこの

ほうで煙草を吸っていた少女が口に手をあて、ク……ク……と妙な笑い声をあげる。しばらくそんなぎこちない空気が支配していたが、やがて壁に凭れて立っていた少年がぽんと反動をつけるようにして壁から背中を離した。

一見してハーフと分かる、絵に描いたように整った顔立ちの少年だった。口もとに癖のある笑みが浮かんでいる。ミューがその表情に眼を止めると、少年は演奏直前の指揮者のように胸の前で両手をひろげてみせた。

「臆病になってるわけじゃないけど、やっぱり僕も危険だと思うね。なぜならこれは意見ではなく、僕の予感だからさ」

今度はミューが口ごもる番だった。それによってほかの者も再び尻馬に乗るかと思えたが、案に相違して彼らはじっと押し黙ったまま、救世主の復活を待つ信者のような不可思議な眼差しで二人の顔を見較べている。恐らくこの少年も何か特別な存在なのだ。リョージはひしひしとそんな了解を強いられた。

「予感……？　確かだろうね」

ミューに代わって尋ねかけたのはリョージだった。けれどもそれによって周囲の者が睨むような視線を彼に向けた瞬間、まるでブラインドを引きおろしたようにその場の空気が音をたてて一変した。それは先程の視線の圧力とも比較にならない、殺気に近い感触だった。

何がどう変わったというのではない。ただ、本来は滑らかであるべき空気が（あるいは空間それ自体が）細かくズタズタに寸断され、棘々しくチリ毛立ったのがまざまざと実感できた。けれどもそれが実際に物理的なものなのか、それとも純粋に精神的なものなのかはどうしてもはっきり言いあてられなかった。

「あなたにひと言忠告しておきましょう。彼らの前では不用意に心理を逆撫でするような言葉を口にしないほうがいいですよ。僕たちの力の前では人の命は蠟燭の炎のようなものですから」

ハーフの少年は癖のある笑みを浮かべたまま言った。

一瞬にして体じゅうを占領した戦慄はまだ彼の背中に貼りついて残っている。そしてその恐怖は投げかけられた言葉の解析を急がせていた。――心理を逆撫でする？　だがそれはいったいどんな心理だというのだろう。「確かか」という言葉がいけなかったというのはうすうす分かる。だが少年一人に向けたつもりのそれだけの言葉がこれほどまでに彼ら全員の怒りを買わなければならないというのはいささか得心し難かった。

リョージは恐る恐る周囲の顔を見まわし、その答が得られそうもない状況を確かめておいて、「じゃあ」と新たな展開を求めることにした。

「今の僕には何がどうなっているかを君たちに尋ねる権利はあるのかな」

「権利という言葉は不適切ですね。何でも訊いて戴いて結構ですよ」

リョージはほっと肩をおろし、乾いた唇を舌で舐めて、

「といってもいったい何から訊いていいのか。……そう、君たちが超能力少年の集まりだというのは分かるけど、さっきエリートという言葉が出たからにはここにいるのはほんのひと握りで、全体ではもっと大勢いるんだね」

「ええ、いちおうそう言っていいでしょう。それほどはっきりした集まりではないですから、全体で何人という言い方もできませんが。さっきのエリートという言葉が適当かどうかは別にして、ここにいるメンバーは比較的能力が高いのも確かでしょう」

少年の言葉に周囲の者はありありと戸惑いの表情をあらわした。危険な予感がすると言っておきながら

そこまで気軽に手のうちを明かしていいのかという顔だ。けれども少年は手で大丈夫だという仕種を見せて、

「危険といったのはこの人がスパイだったり、何かのときに邪魔になったりするという意味じゃない。それどころか当面は僕たちのためにもおおいに役立ってくれると思うよ。その点でミューの判断は正しかったはずだ。そういうことで、リョージさん、ですね。こちらも自己紹介しておきましょう。僕はいちおうこのグループを纏めている海老原夏樹です」……

「何だと！」

彼は思わず大声をあげた。その勢いに融も虚を衝かれたように顔をあげ、「どうしたの」と眼を瞬かせた。

「この名前を知ってるんだ。この海老原夏樹って名前を！」

考えればぴったり符合する。奴も齢は十六くらい。そしてこの気取った喋り方。とりわけ一見してハーフと分かる顔立ちというのがそうだ。

それは彼の加入しているチーム〈瑛璃闇〉に半年ほど前から出入りするようになった人物だった。とはいっても正式なメンバーとして名を連ねたわけではなく、事実、走りに参加したことは一度もない。年齢からして高校生なのだろうが、学校名はおろか、どこに住んでいるかさえ誰も知らず、ひょっとすると海老原夏樹という名前すら怪しいものだと彼は踏んでいた。そんな特異なスタンスを保ちながらも、今やチームには欠かすことのできない地位を占めている。そして何より彼にとっては眼の上の瘤のような存在だった。

半年前まで彼は自他ともに認めるチームのナンバー2で、メンバー全員から寄せられる彼への信頼は絶大なものだった。ところが彼らの溜まり場になっているスナックにぶらりと現われて以降、夏樹はそんな彼を押しのけ、たちまち副官同様の地位におさまってしまったのだ。

とはいえ、客観的に見るなら押しのけるという言葉は的を射ていないだろう。夏樹はかくべつそのための工作をしたわけではない。ただリーダーに気に入られ、メンバーたちの信望も得て、ごく自然にそうなっただけなのだから。つまり夏樹はその不思議な人間的魅力で彼らを惹きつけたに過ぎないのだ。そしてその魅力を裏打ちしているのが人並はずれた参謀としての才能だった。実際、様ざまな問題に関して彼が与える忠告や助言は一度たりとてはずれることがなかった。

それでもただ新顔がもてはやされているというだけのことなら彼もさほど気にせずにすんだに違いない。どうしても捨て置けないのは夏樹がチームの雰囲気そのものをがらりと変えてしまったことだった。とりわけ彼の気に障る(さわ)のは何かにつけてはじまる〈講義〉だ。それは本来彼らのような集団には徹頭徹尾場違いなはずのものだった。

「この世の中はすべて秩序と混乱で成り立ってるんだ。例えば繁る木の葉のパターンは乱雑だけど、ちょっと注意すれば、その乱雑さのなかに一定の秩序があることが分かる。逆に鉱物の結晶は秩序の見本みたいなものだけど、そのなかには必ず乱れが紛れこんでいる。完全な秩序なんてあり得ないし、完全な混乱も同じだね。秩序と混乱はいつでも寄り添って存在してるんだ。

僕らのまわりを見てみると、親や学校の教師を含めて、上のほうで管理しようとする連中は何より秩序を好んでるね。そして彼らにとっての混乱とは、秩序と全く相容(あいい)れない、ただ秩序を破るだけのものという意味しかない。でも彼らが混乱をそういうものとしか見ていない以上、彼らの夢見る秩序は決して実現されることなんてない。なぜなら人間が新しい活力を得るのは秩序からじゃなく、混乱からだからね。混乱を排除した社会は脆いし、活気がないし、不安定なんだよ。

水や空気の流れでいうと、秩序を象徴するのは平行に整然と流れる層流で、混乱を象徴するのはあちこち渦を巻いて流れる乱流ってことになるね。もちろん流れの力そのものは層流のほうが大きいよ。単純な話、整然と吹く風のほうが渦巻く風よりも紙飛行機を遠くまでとばすことができる。だけどそのことをあて嵌めると、厳しく管理された社会はいったんある方向に動きだすとブレーキが利かなくなってしまう。戦争に突入していった頃の日本がそうだし、秩序の番人である警察にしたって、いったん暴走族の取り締まりに本腰を入れれば、どんな無茶なことだってやるだろう。

そんな不自然な状態に反発して、混乱を起こそうとする人間は必ず現われる。それは本当に自然なことなんだ。そう、君たちもそんな栄光ある種族だね。ただ、混乱を目指そうとする者たちは往々にしてその集団のなかで厳しい規律を作ってしまうんだ。これは全く皮肉なことだよ。もちろん混乱だけを求めるのもまた不自然なんだけど、少なくとも外部の秩序に反発しながら内部にはより厳しい秩序を求めてしまうというのは話が違うんじゃないかな」

そんなお喋りを耳にしているだけで彼は虫酸が走りそうになる。けれどもメンバーの大半——特にレディースの連中はそうでないらしく、飢えた飼い犬のように行儀よく輪になって、夏樹の講義を今か今かと心待ちにしているのだ。

それは全く信じられない事態だった。ふと気がつくと、いつのまにかまわりの人間がこぞっておかしな宗教に入信していたようなものだ。反感以前に思わず自分を見失ってしまいそうな感覚に囚われる。そしてそれがますます彼の苛立ちを掻き立てるのだ。

夏樹が同席していないあるとき、そんな彼の想いを感じ取ったのか、リーダーが「何か言いたいことがありそうだな」と声をかけてきた。そのとき口もとに浮かんでいた笑みがどういう種類のものか彼は百も承知していたが、せっかくのこの機会にブレーキをかけてしまうのは暴走行為に命を賭ける者としてのプライドが許さなかった。

「ああ、あるよ。大ありだね」

そのとき周囲の返した反応はどよめきでなく、いっせいに息をひそめる気配だった。

「ホウ。言ってみろ」

「俺は気に喰わねえんだ。どうしてみんな揃いも揃ってあんなガキの言うことを有難がってんだよ」

呆気に取られたような周囲の視線が彼とリーダーとのあいだを忙しく往復し、結局彼に向けて固定された。

「男のくせにジェラシーってのはみっともねえぜ。勘違いすんなよ。別に夏樹はお前に取って代わったわけじゃねえ」

彼はたまらずハハッと笑った。

「ジェラシー？　そっちこそ勘違いしねえでほしいな。あんな奴の口車に乗せられて、みんなどうかしちまったんじゃねえかって言ってんだよ」

「どうかしてるのはお前のほうだぜ。〈瑛璃闇〉はうまくいってるじゃねえか。夏樹は使える男だ。先を見る眼も持ってる。適材は適所に置くのが最善の戦略ってもんだろ」

「そいつも奴の口真似かよ」

たちまち相手の笑みが引いた。額にゆっくり青筋が浮き出てくる。普段から凄みのある三白眼(さんぱくがん)に深く瞼が被さり、その視線だけで膝がガクガク震えそうになるくらいだ。しかし彼はめいっぱい腹に力をこめ、そのままブレーキをかけずに走り抜けようとした。

「俺には奴がこのチームの救世主だとはどうしても思えねえ。きっとみんな騙されてんだぜ。そうとも、奴は何か謀(たくら)んでやがんだよ！」

前々から考えていたことではない。土壇場で閃いた言葉だった。けれどもその言葉は馬鹿馬鹿しいという感情を招いただけらしく、結果として相手の雷管は暴発せずにすんだ。そのあともしばらくやりとりが続き、「ま、頭を冷やして事態を眺めてみるんだな」そんな言葉で問題はいちおう先送りされたが、いったん口をついて出たその言葉はずっと彼の脳裡から離れずに残った。

そんな海老原夏樹の名前がこんなところに超能力少年のリーダーという役柄を振りあてられて登場している。もちろん両者が無関係だなどということはあり得ない。それどころか現実の夏樹のつかみどころのなさはここに描かれている現実離れした人物像とぴったり鋳型のように嚙みあっているような気さえする。とすればやはりこの物語は現実そのままを描いたものなのだろうか？

そんなふうに想いを巡らせていたのはほんの十数秒ほどのものだっただろう。けれどもそのあいだも文章の増殖はこちらの都合を斟酌(しんしゃく)することなく続き、かなりの行数がそのまま流れ過ぎてしまっていたので、彼は慌てて読み取り作業に戻った。

「僕たちの目的は連中から仲間を守ることです。そのためにはバラバラのままでいる仲間を集めたり、まだ眼醒めていない仲間を導いてやったりしなければなりません。連中の目的がただひたすら抹殺することにあるかどうかははっきりしないにせよ、その手で着実に仲間の命が奪われつつあるのは確かですからね。

その手口は全く巧妙で、ここぞというときには手段を選ばない」

「新宿大火災や旅客機墜落もそうだというんだね」

リョージがその言葉を口にすると、再び周囲はいっせいにぴくりと反応した。しかし今度のその表情にはどこかしら嘲りに近いものが混じりこんでいるような気もした。

「ええ。もっと数多くの出来事も——。確証はないですが、今度の人喰い豹の出現もやっぱり連中の仕業ではないかと疑っています」

それにはリョージもかすかに皮肉な笑みを返して、

「あれくらい奇怪で不自然な出来事なら僕もいっそ秘密組織の仕業にしておきたいと思うけどね。……それで、君にも連中がどういう組織か見当がつかないのかい」

「残念ながら明らかになっていることはわずかですね。あなたの研究所の超心理学課との繋がりについてはもう彼女から聞かされているでしょう。連中は我々の能力から身を守る何らかの方法を心得ているらしくて、そういう技術や知識もあそこで開発されたものに違いないですからね。こうなると両者の関係が具体的にどんなものなのか、どうしてもつきとめたいと思うのは自然でしょう。今のところ、それこそが連中の正体に迫る唯一のとば口なんです。その部分であなたの協力を得られるなら、こんなに心強いことはありません」

「僕みたいな人間に何ができるかは疑問だけど。あと、名称は分かってるんだっけね。確か自分たちのあいだではメゾンと呼びあっているとか」

するとと少年は眉間に寄せた眉をつりあげ、みるみるおかしそうにその表情を崩した。そしてミューのほうに一瞥をくれると、

「君も相変わらず大雑把だなあ。これくらいはきちんと憶えておいてくれてもよさそうなものなのに。いいですか。メゾンじゃありませんよ。僕らが聞いた名称は

そこまで文章が流れ過ぎたときだった。先程よりももっと甲高い、金属を引っ掻くような耳障りな音がピーッと鳴った。今度は何かと気を引きしめると、それまで映し出されていた文章がいっぺんに消えて、『発病　激症型　死亡率百パーセント　治療法なし』という大きな文字のメッセージがパッパッパッと明滅した。そしてそれが五秒ほど続くと、今度はすべてがふっつりと消え去った。

「あ……」

ポカンと開けた融の口からそんな声が洩れた。彼はその一瞬、弟の体から魂が抜け出てしまったのではないかと思った。あまりに唐突に襲いかかった驚愕は人の眼にそんな印象を与えるのだろうか。

「どうしたんだ？」

彼が問いかけても融はしばらく口を開けたまま凍りついていて、本当に魂の抜け殻になってしまったようだった。

「オイ、しっかりしろ。どうしたってんだ！」

慌てて近づき、肩を揺さぶると、融は「ああ」と初めて息を継いだように言って、急に大きく頭を抱えこんだ。

「……みんな消えちゃった。とうとうウイルスが眼醒めたんだ」

絞り出すような声だった。

「眼醒めた？　前からウイルスが動きだしてたわけじゃねえのか」

「今までは感染だけして発病していない潜伏期間の段階だったんだ。ボクが見つけたのはその徴候だったんだよ。ほんのちょっとした虫喰いだって言ったでしょ。潜伏期間が過ぎていったん発病しちゃうと、あっというまに取りついてる相手を殺しちゃうんだ！」

「殺す？　今の一瞬で？　あれで何もかもパーなのか」

融はいったん頭にやった手で顔を覆い、

「そうだよ。……ああ、畜生。発病があと一日でも遅れてたら、もうちょっと何とかできたかも知れないのに！」

そのまま机の角に額を押しあてて、両手でガシガシと頭を掻き毟った。

彼はふと、弟がこれに似た苦悶のあらわし方を一度だけ見せたことを思い出した。何年か前、飼っていた犬が突然交通事故で死んだときがそうだ。泣いたり喚いたりはしなかったが、血が噴き出すのもかまわず額を壁に何度も何度も打ちつけて、見ていて背筋が寒くなるほどだった。

「その徴候ってのにはいつ気がついたんだ」

「……昨日」

その声はほとんど呻きに近い。

「昨日気がついて、さっき発病したのか。何だか出来すぎてるんじゃねえか」

少しでも気を逸らせようとする言葉だったが、思いのほか融はそれに敏感に反応した。わなないていた肩がぴたりと止まり、恐る恐るといったふうに顔をあげると、

「出来すぎてるって？」

「だってそうだろ。ずっと前にはいりこんでたにしちゃ、やっと気づいた次の日に発病なんてよ」

融はその言葉を繰り返し吟味するように間を置いて、

「もしかすると……感染したのはつい最近だったかも……？」

そんな自問を口にすると、それまでの苦渋に充ちた表情のなかにもっと硬直した怯えのようなものが混じりこんだ。

「さあ、そこまでは俺には分かんねえけどよ」

そう返しておいて、彼は再びそっと窓際にすり寄った。指で隙間を作ると、闇に沈んだ道の先に依然黒っぽい車が見て取れる。ただ先程と違うのはそのむこうから何人もの人影が急ぎ足に近づき、車からも今まさに二人の男が姿を現わしたことだった。

「とうとう動きだしたってか」

その呟きに、融は「何なの」と不安そうな声をあげる。

「もしかしたら奴らの仕業かな。……そうか。ひょっとしたらさっきのアレに出てきた〈連中〉っていうのは――」

突然浮かんだ根拠も何もない思いつきだった。その言葉に融も慌てて窓際に寄り、カーテンの隙間から外を覗きこむ。総勢六人ほどの男たちの影は既に家のすぐそばまで迫っていた。その様を眼のあたりにして、

「何なの、あの人たち」

弟は声を震わせて訊いた。

「さあな。とにかくずっとこっちを見張ってやがったんだ」

「見張ってた？　ずっとボクのことを……？」

「お前を……だと？」

彼は驚いて振り返った。そうだ。確かにそう言われればそうかも知れない。奴らが監視している対象はてっきり自分だと思いこんでいたのだが、もしかすると狙いは弟だったかも知れないのだ。

だとしたら、いったいなぜ？　最前のあの思いつきがあたっていたとしても、どうして弟が――？

けれどもその疑問を検討している暇はなかった。すぐに家のチャイムが鳴らされ、二人とも凍りついたように身動きできないでいると、ドアを叩く音とともに「品戸さん、品戸さん」という胴間声が響きはじめたからだった。

6　毒の夜

月は異様なほど赤かった。その光は霞のように掃きのばされた雲に映り、ぼーっと朧ろに中天に浮かんでいる。そしてそのせいかどうかは分からないが、団地の敷地内にさしかかった彼は連なる木立を包みこむ闇がいつもより深みを増しているような気がした。

右足の靴底がギュッ、ギュッとかすかに軋む。普段は気にもしないままやり過ごしているのだが、こうして夜中にこの場所にさしかかるときにだけ決まってその音が意識にひっかかってくるのが不思議だった。そしてそれに歩調をあわせるように、いつも自分がクタクタに疲れ果てていることにも気づくのだが、そんな状況で聞く靴底の軋みはあたかも彼自身がそのまま投影されているようで、やり場のない苛立ちを掻き立てるのが常だった。

彼――赤司博之は立ち並ぶ建物をぐるりと眺めまわした。世田谷区経堂の石仏公園近くのこの都営団地には六階建て、戸数九十の棟が七つある。築三十年とあって老朽化が甚だしく、表面には亀裂と修復の跡が縦横無尽に走りまわっているのだが、それだけならまだしも、建物内部もしょっちゅう雨漏りがしたり排水管が詰まったりとトラブルが絶えない状態だった。そしてこの陰気で見窄らしいコンクリートの塊りのなかにそれぞれ三百人近い人間が住み、泣いたり笑ったり怒ったりしながら生活していて、そんななかに彼自身も交じっているのだと考えると、おかしさや虚しさ以前に奇妙な非現実感が立ち浮かんでくる。けれどもその夜に限ってそんな感慨に囚われたのはやはり異様なほど赤い月のせいなのかも知れなかった。

　そうして自分の棟に近づいたとき、中央の玄関口からひとつの黒い影が滑り出ていくのが眼にはいった。背後を振り返りながらやや急ぎ足にその場を離れていく様子から、真っ先に何かから逃げ出そうとしている印象を受ける。職業柄、一瞬その人物を呼び止めたい衝動に駆られたが、悪い癖だという意識がすぐにそれを打ち消し、赤司は黙って黒い人影が闇のなかに溶けこんでいくのを見送った。

　人影が出ていったあとの門をくぐり、がらんと薄暗い通路にはいると、その奥からおかしな音が聞こえてきた。ギーッ、ガチャガチャ、ギーッという音が五秒ほどの小休止をあいだに挟んで何度も何度も繰り返しているのだ。

　何だろうとは思いながら、彼はひとまず棟全体の郵便受けのある区画に足を向けた。九十のそれがタイルのように整然と並んでいるなかから赤司の札のついた蓋を開けると、二通の封筒と五枚の広告ビラがはいっていた。封筒のひとつは保険会社、もうひとつはクレジット会社からのものだ。

　どうせいつもの案内状の類いだ。これらも多分、企業間でやりとりされている個人情報をもとにして送られてきたのだろう。今や人びとのプライバシーは本人にも気づかれないうちに収入や生活態度、趣味の内容まで調査され、闇のデータ・バンクに登録され、高額で売買さえされているのだが、彼のような職業の人間までがそうされているというのは皮肉といえば皮肉だった。

封筒やビラを確かめているあいだにもギーッ、ガチャガチャ、ギーッというおかしな音は続いている。ビラをまるめてゴミ箱に放りこみ、赤司は音の方向に眼をやった。通路は玄関の内側の小広い空間からはじまり、郵便受けのある場所とは逆向きの方向に折れ曲がっていて、どうやら音はそちらから聞こえてくるようだ。そう意識して、ようやく彼は音の正体がエレベーターのドアであることに思いあたった。方向や距離感もそのことを裏づけているが、低く鈍い金属音自体、確かに普段から耳慣れたものだ。ただそれが何度も反復しているためにまず違和感のほうが先に立ったのだろう。

そうだ、ドアが閉じたり開いたりを繰り返しているだけなのだ。でも、どうして？　故障だろうか。そう考えて、初めて彼は背筋に冷たいものが走るのを感じた。

通路の先はどっぷりと闇に呑みこまれ、依然その音は静寂を際立たせるように反響している。いつからそうやって開閉を繰り返しているのだろう。誰も気づいていないのだろうか。訝りながら赤司はゆっくりそちらに歩きだしたが、それとともに不吉な予感めいたものが彼の胸を浸していった。

エレベーターがあるのは通路の少し先の、玄関口からは死角になった場所だ。努めて何気なくそこに近づき、大きな柱の陰からひょいと覗きこむと、案の定ドアがひとりでに動いているのが見えた。エレベーターから洩れる蒼褪めた光が闇に覆われた通路の床に落ちて、ドアの開閉とともに大きくなったり小さくなったりしている。その様を実際に眼のあたりにして、彼の心臓はますます強く絞めつけられた。

けれどもその原因はすぐに分かった。よくよく見ると、敷居の部分に褐色のガラス壜が挟まっている。そのためにドアが閉じきらず、何度でも繰り返し開いてしまうのだ。それを確かめて、彼はほっと胸から余分な空気を吐き出した。

　エレベーターに足を踏み入れながら眺めたところ、それは彼が子供の頃、学校の保健室などでよく眼にした消毒薬の壜に似ていた。なかは空っぽらしく、蓋も見あたらない。足で軽く外に蹴り出してやると、今度こそドアはすんなり閉じたので、そのまま赤司は三階のボタンを押そうとした。けれども彼の指はその手前でぴくりと止まった。縦に六つ並んだすべてのボタンが既に赤く灯っていたからだった。

　子供がよくやる悪戯だ。あとから乗りこんだ者は一階ごとに箱が止まり、いったんドアが開ききってまた閉じるのをいちいち苛々と待たなければならない。彼は三階だからたいした被害でもないが、六階の住人ならかなり頭に来るだろう。ただ、今が夜中の十二時過ぎであることを考えれば、子供がやったこととも思えない。となると、きっとさっきのあいつだ。そう彼は直感した。

　三階に着いてエレベーターを降り、赤司は三一二号室に向かう。青いペンキの剝げかけた見慣れた鉄の扉を開け、疲労そのもののような重い靴を脱ぎ、黒い玉暖簾（たまのれん）をくぐると、妻の紹子（しょうこ）が奥から眠そうな顔で現われた。

「今日は割と早かったんですね」

「いい加減、体が持たんからな」

　鞄を妻に預け、くたびれた上着を脱ぎながらリビングにはいる。

「どうだ。噂はエスカレートしてるか」

　抜き取ったネクタイを手にして簞笥（たんす）の戸を開こうとしていた彼女はその言葉にこっくりと頷いて、

「ええ。豹は何匹もいるって、もう凄い騒ぎ。山崎（やまざき）さんなんか、『御主人、警察の人だから本当のことを知ってるんでしょう』だなんてしつこく訊いてきたりして。そんなことないわよって言うんだけど、あれは全然納得していない顔ね。本当のことを報せるとパニックになるから、それで口止めされてるんだって思いこんでるみたい」

「困ったもんだな」

「このままだとみんなどんどん警察不信になっていくんじゃないかしら。一階の大槻さんなんか、何でこういうときに自衛隊を出さないのかって言ってるし。そしたら今日はテレビで草壁史郎も同じこと言ってたって」

「あのイカレた評論家か」

　苦虫を嚙み潰したように言いながら赤司は丹前に着替えて座卓の前に腰をおろした。

　テレビや週刊誌を舞台に捜査当局への不満を煽る言説が様ざまに投げ交されていることはもちろん彼もうんざりするほど承知していた。警察もよくやっているという声などほとんど皆無といっていい。そして普段からやや常識はずれな考え方を唱えている者に限って、そうした主張を声高でヒステリックにがなり立てている。まして常日頃尻馬に乗ることしか知らない連中に関しては言わずもがなの状況だった。

「もっと変な噂もひろがってるみたい。豹を操ったり、飛行機やヘリコプターを墜落させたり、子供を誘拐したりしてるのは宇宙人じゃないかって」

　ビールをつぎながらの言葉に、赤司は馬鹿なと返したが、なおも彼女は興味津々な表情を浮かべて、

「今日、銀座のほうでＵＦＯの大群が見えたって話、知ってます？」

「ああ、知ってるよ。だが、あれは雲のイタズラだそうだ」

「諏訪湖や埼玉の小川町というところでもやっぱりＵＦＯの大群が出たそうじゃないですか」

「変な噂と言っておきながら、お前、それにだいぶ毒されてるんじゃないか」

赤司はそう言ってビールを呷(あお)った。

「銀座のも雲のせいじゃないって言ってる人もいるみたいですけど」

「都合のいいことを言う人間はいくらでもいる」

「でも、見た人が大勢いるのは確かなんでしょう。みんな雲のイタズラなのかしら」

「そんなことまで俺には分からん」

不機嫌な顔でコップの底を座卓に叩きつけるのをクスクス笑って受け流していた妻は、不意に身を屈めて咳(せき)こんだ。軽い咳ではない。咽の荒れを感じさせる、いかにも質(たち)の悪そうな咳だった。

「風邪か？」

「どうもそうみたい。朝からちょっと熱っぽくて」

「頭痛は」

「ほんのちょっと」

「じゃ、今日は早く寝るんだな」

「そうさせてもらうわ。じゃ、早く食事をすませて下さいな」

「分かってる」

赤司はコップを座卓の端に押しやり、箸を取った。

「そういえば今日、自治会の集まりで大変だったらしいわよ」

「今日は火曜日じゃないか」

「だから緊急の集まりなの。自警団をどう強化していくかについて。でも、上の階の人たちが非協力的だって下の階の人たちが怒り出しちゃって、凄い言い争いになったらしいの。私は頭が痛いから参加しなかったんだけど、本当に惜しいことしたわ。あとで青木さんの奥さんがカッカしながらやってきて、なりゆきを詳しく教えてくれたんだけど。最近同じようなことで流血事件まで起こったりしてるでしょう。そのうちこの団地でも起こるかも知れないわよ」

「脅かすなよ」

「とにかく最近、世の中全体がおかしくなってきてるみたいね。爆弾犯人も硫酸魔もまだ全然分かってないんでしょう」

「爆弾犯人のほうはもう容疑者の特定が終わっているらしい。今日動きがあったそうだから、そろそろ逮捕されたんじゃないかな」

「あら、そうなの。どんな男？」

「十七歳の少年だ。暴走族の一員らしい。詳しいことは明日分かるだろう」

「ようやくひとつ面目を果たしたというところね」

「硫酸魔もそのうち捕まるさ。ああいうタイプの犯人はいずれ必ず尻尾（しっぽ）を出すからな」

「やっぱり若い人かしらね」

さあと返して、赤司は茶漬けを掻きこんだ。

「私、今の若い人たちの気持ち、さっぱり分からないわ。おかしな色に髪を染めたり、あちこちピアスや入れ墨したりして、ああいうのが本当に恰好いいと思ってるのかしら。それに今の若い人たちって、ちょっとしたことですぐにカッとなっちゃうでしょう。行列の割りこみを注意されただけで相手に重傷を負わせたり、子供の声が喧（やかまし）いからって公園で遊んでるところにエアガンを撃ちこんだり。勉強勉強でストレスが溜まってるというのは分かるような気がするけど、ホームレスの人を襲って殺したりしないと鬱憤が晴らせないっていうの」

「俺もよくそう思うよ。若い奴らを取り調べしてると、我々とは全然違う感情を持った宇宙人か何かを相手にしてるような気にさせられるからな」

「奈緒子もう中三ですものね。気をつけないと。本当に難しい年頃だから――」

「まだ起きてるのか」

「でしょうね」

「おかしな様子はないんだろうな」

その言葉に妻は少し眉を曇らせた。

「またちょっと口数が少なくなってきたみたい。食事がすんだらすぐ自分の部屋に閉じこもっちゃって。あの年頃では自然なことだっていう人もいるけど」

「子供に個室を与えるのは善し悪しだな」

「今さらそんなこと言っても。気になって時どき様子を見ようとするんですけど、ノックをしないと凄く怒るのよ」

「何やってるんだ」

「いちおう真面目に勉強はしてるようだけど、このあいだちょっと覗いてみたら、こんなふうに机の上で手を組んで、そのまま身動きもしないでじーっとしてるのよ。本やノートも置いてないのに。あれは何だったのかしら。あとで訊くこともできなかったけど、何だか恐いような気がして」

「勉強前の精神集中かな」

「そんなことならいいんですけど。あの子もだんだん理解できない人間になっていくんじゃないかって、時どき凄く不安になることがあるわ」

「まあ、それだけなら心配ないだろうがな。……オヤ」

「何かしら」

二人が首を巡らせたのはサイレンの音が二つ重なって近づいてきたからだった。夜の静寂を破って次第に接近してきたそれはやがて団地のそばまで来て止まったようだ。

「救急車だな」

「誰か急病かしら」

「仕事から戻って早々、流血沙汰なんぞご免だからな。まあこんな夜中にそんなこともないだろう。誰かが豹に襲われたというなら分かるが」

「……あれはどうして捕まらないんですか」

「それは俺も不思議なくらいだよ。みんな首をひねってる。あれだけ自由自在に動きまわってるのに、どうして我々の網にかからないのか。宇宙人の仕業というのはともかく、豹を操っている人間がいるというのは本当かも知れんな。――いや、こんなこと、迂闊に人に喋っちゃいかんぞ」

「分かってますわよ」

「それならいいんだ。茶をくれ」

「はいはい」

食器を片づけ、茶を淹れた妻は再びキッチンに戻り、洗い物をしながら彼に喋りかける。

「ねえ、何だか外が騒がしいわよ。本当にただの急病人かしら」

「何かあればパトカーも来るだろう」

「そうね。……ええと、頭痛薬はどこだったかしら」

赤司は湯呑みを傾けながらテレビのほうに眼を戻した。ニュース番組で銀座のＵＦＯ騒ぎのことがふれられていたので、それが彼の注意を惹いたのだ。解説によればＵＦＯの集団が目撃されたのは数キロ四方のかなり広範囲な区域で、午前九時過ぎの数分間というごく短いあいだのことだったらしい。目撃者がいちばん多かったのが銀座界隈で、その人たちの話によると、それはいつのまにか東の空に出現し、見ているうちに煙のように掻き消えてしまったという。ビデオにおさめられたその光景を見ると、なるほど空飛ぶ円盤という言葉にぴったりのレンズ状の物体が燻んだ春空に何十となく浮かんで銀色に輝いていた。

「……さて、問題の時刻にそれらしい飛行物体はどのレーダー網にもかかっておらず、また映像を分析した専門家や気象学者の見解から、この人騒がせなＵＦＯの正体はレンズ雲の集団発生という異常現象――つまり雲のイタズラと見られております……」

まああたり前のことだなと、彼は口には出さず頷いた。ほかにどんな理由が考えられるというのか。けれども何かといえば超常現象だ、心霊だ、宇宙人だなどと喚きたてる連中はこれを機会にますます勢いに乗るだろう。そもそも世間を騒がせている一連の事件の裏に宇宙人がいるなどという馬鹿げた話をすんなり鵜呑みにしてしまう人間がいること自体信じられないが、そういえば年代が下がるほどＵＦＯや超能力の存在を信じる者の割合が多くなるという統計からも、今の若者がどんどんまともな判断力を失ってきているといえるのではないだろうか。

ぼんやりそんなことを考えているとき、不意に電話が鳴った。受話器を取ると、耳にあてる間も与えず、息せききった男の声がとび出してきた。

「赤司さん？　赤司さんですよね？」

闇に用いる力学

登場人物一覧

研究者、医者たち

◉丸田グループ（※丸田大学まで）

◉丸田総研

殿村宗晃　調査室殿村班のトップ

◉笠部畜産技術研究所

湯川伍一　所員

◉総合学術振興会　丸田グループの一機関

◉恒河大学　総合学術振興会の傘下

伊丹壬勇　心理学専攻の学生

蓼科美香　城光医大病院の御堂博士の元で働いていた

村野マハル　社会学部助教授

◉日本総合心理学研究所　恒河大学の付属施設

クヌット生化学研究所所長

ブランクーシ　ルーマニアの心理学者

橋爪唯之　サイコセラピスト

超能力少年たち

仁科尚史

ミュー　黄色髪の少女

海老原夏樹　超能力少年たちのリーダー

品戸融

タウ

ダグ

アクツ

マンタ

カイナ

タカト

ルーク

フナ

シエナ

ヒロト

カズ

紫苑の会

鏑木琢馬　代表

宗教法人連絡調整評議会

荒垣要蔵　第二室長

三途の大河の会

左合真知子　代表

若島三五郎　賛助会員

ジャーナリストたち

週刊ひふみ編集部

速水遼子　編集長

佃啓一

花井輝明

黒木　副編集長

高橋

早瀬友美　ネットの情報収集屋。バーチャル・オペレーター

鷹沢完司　悠子の弟

宇津島征彦　超心理学科主任
　武彦の父
倉石恭平　認知心理学科
伴藤　超心理学科

◉丸田大学

黒祖父奈須夜　数学科の院生
筒井聡　黒祖父那須夜と同じアパートの住人

城光医大病院

外村達郎
巻枝庄司　疫学第一研究所所属
御堂　疫学第二研究所所属

東亜薬科大学

市川博紀　教授
利根川　教授
谷村明菜　学生
新野清実　看護婦
ヘニング・ベーアゼン　コペンハーゲンの

ミト
ジミー
首狩り人　生首ファイルを送信してくる。正体不明
品戸透　不良少年グループ瑛璃闇に所属。融の兄
仁科幸吉　尚史の父
氏家さつき　ミュータイプの支援者

宗教人たち

生命の園

相馬劫明　会長
米田和江　出版局勤務
尾塚正秋　出版局に出入りしている

開発準備委員会

巫部詠典　主幹

土岐田惟胤　警視庁公安課長
赤司紹子　博之の妻
赤司奈緒子　博之の娘

政治家官僚

唐木田善三郎　食糧庁次官
三田村　農水省食品流通局局長
阿久津晋平　科学技術庁長官
向坂　Q班
菊池有朋　文部大臣
鉦村毅俊　公安調査庁部長

自衛隊

半崎忠弘　陸上自衛隊幕僚長
青沼宗之　陸上自衛隊二等陸尉
剛田宗治　陸上自衛隊幕僚副長

その他

一般用医薬品セルフメディケーション普及調査に関する情報センター
小野田　室長
田辺美里

カイル　ゲームソフト会社
殿村為具　宗晃の息子

日本懐疑主義連盟
矢部
世良
大隈

橋本邦明　介護サービス関係の公益法人の職員
橋本多津子　橋本の叔母
本庄航斗　橋本の協力者
弦巻　橋本の協力者
奥平　橋本の同級生
ナオミ・オベルト
鳥羽皇基　蛇の眼の男。
矢狩芳夫　元工員。投書マニア
奥田　矢狩の弟分
稲垣文平　テレビ・プロデューサー

下沖嘉郎　討論番組の司会者
和久井天弥　文化経済学者
三沢耕太　討論番組のフロア・ディレクター
伊丹英孝　政治学者
杉内洋介　科学ライター
清水幸四郎　評論家、医者
辻堂栄　右翼団体構成員

直属の部下の声だった。

「そうだ、どうした」

「水道の水を飲まないで下さい。いいですか、水を飲んじゃいけません！」

「……どういうことだ」

「そちらの団地の給水タンクに毒物を投げこんだ奴がいるんです。犯行を伝える電話がありました。いや、実際に被害も出ているようなんです。僕、たまたまそれが赤司さんの団地だと気づいたのでこうして電話をかけてるんですが――」

その言葉が終わらないうちに赤司の背後で何かが倒れる音がした。受話器を耳に押しあてたまま振り返ると、皿だか茶碗だかが床に落ち、激しく砕け割れる音が重なった。

救急車のサイレンはまだ聞こえている。

赤司は慌てて受話器を投げ出し、キッチンへとびこんだ。テーブルと冷蔵庫のあいだの狭い隙間に身を捻るようにして倒れ伏し、苦悶の呻き声をあげている妻の姿があった。

「紹子！」

抱き起こそうとした彼の腕を妻の手が意外なほど強い力で握りしめた。俯せたまま背中が激しく波打ち、もういっぽうの手で咽のあたりを掻き毟る。けれどもすぐにその手から力が抜け、ぽとりと床に落ちたかと思うと、弱々しい痙攣(けいれん)が走り抜けた。赤司は慌てて肩を起こし、土色に変色した顔を覗きこんだが、その眼はもうどこにも焦点をあわせていなかった。

一瞬のうちにすべてがフラッシュ・バックとなって駆け過ぎた。団地の玄関から滑り出ていった黒い人影。六つ全部が押されていたボタン。そのドアに挟まっていた褐色の薬品壜。――あいつだ。あいつに違いない。何てことだ。ほんのもう少し頭痛薬を服むのを遅らせていれば！

弱々しい痙攣はまだ時折り続いていたが、もうその咽からは呻き声ひとつ洩れてこない。開いた口のなかに白っぽい泡が溜まり、ゆっくり顎へと這い落ちていく。赤司は弾かれたように電話のところへ取って返し、家内がやられたとだけ伝えておいて、そのまま外にとび出していった。

すぐ右手にある非常階段を駆け降り、一階の通路に出ると、そこにはもう人だかりができていた。そのなかを白衣の男たちが忙しく往復している。

「三一二号室にも来てくれ。俺の家内もやられたんだ！」

赤司が叫ぶと、救急隊員の一人が振り返り、やけに硬直した表情で頷いた。

そのとき人びとのどよめきがどっと大きくなった。激しい罵声が通路の奥のほうから聞こえてくる。赤司は咄嗟にそちらへ足を向けた。人ごみを押しのけるようにしてどよめきの中心を覗きこむと、二人の中年男が床を転げまわってとっ組みあいの格闘をしていた。

ワイシャツ姿の痩せた男とパジャマ姿の肥った男だ。形勢はたちまち優劣がつき、肥った男が馬乗りになって痩せた男の顔を殴りつけている。

「畜生！　お前なんか人間じゃない。殺してやる。殺してやる！」

顔をクシャクシャにして泣き叫んでいるのは肥った男のほうだった。

「やめろ！」

赤司は肥った男にとびかかり、両腕を羽交絞めにして引き離した。

「こいつがやったんだ。放せ。放してくれ！」

なおも暴れ狂う男の腕を絞めあげながら見おろすと、痩せた男はもうぐったりと動かず、眼も白く裏返っていた。そればかりか、後頭部からどろりと血が流れ出している。慌てて駆け寄った救急隊員が脈を取ったが、すぐに顔じゅう困惑でいっぱいにして仲間を見あげた。

その表情は既に事態が彼らの対処能力を超えてしまっていることを示していた。そんななりゆきを前にして、肥った男はようやくヘナヘナと床にへたりこんだ。

「……こいつがやったんだ……」

そう呟きながら男は前のめりに身を屈め、地面に頭をすりつけた恰好で嗚咽を洩らしはじめた。そんな男を見おろしながら赤司は木偶(でく)の坊のように突っ立つばかりだった。しばらくしてガウン姿の頬骨の張った女がよろけ出ると、ヒーッと狂ったような声をあげて倒れた男に取り縋(すが)った。

背後では二つの担架が運び出されようとしていた。そのあとのほうが彼の妻だった。

「紹子！」

赤司はその場から逃げ出すように担架のあとを追った。そんな彼の耳にひそひそと囁きあっている主婦たちの声がはいった。

「あの二人、自警団のことで凄い言い争いしてたのよ」

「そうそう。どうなるか憶えてろって――」

何もかも悪い冗談だ。やめろ。もうやめてくれ。赤司は懸命にそう念じながら身を突き破りそうな激情を堪(こら)えていた。きりきりと奥歯を噛みしめていないと彼も狂ったような声をあげてしまいそうだった。

彼の妻は病院に到着する前に息を引き取っていた。不貞腐れたような死に顔だった。

空には異様に赤い月がかかっていた。

7　捻れた悲願

鷹沢悠子の机の電話が鳴ったのは十時前のことだった。受話器を取るとしばらくジャリジャリした耳障りなノイズが続いたが、やがてそれがおさまって聞こえてきたのは倉石恭平の声だった。

「あ、鷹沢君？　茎田君はもうそこを出てるんだろうね」

その問いに悠子は思わず眉をひそめた。

「まだ会ってないの。彼が出たのはもう二時間近く前よ。待ち合わせ場所はどこ？」

「東口近くのスナックだよ。よっぽどチンタラ歩いたって二十分もかからない距離だからね」

「彼、その店はよく知ってるの？」

「何度かいっしょに来てるから、ずっと迷ってるとも思えないんだ。突然記憶を失ったか、見当識（オリエンテーション）に変調を来したのでない限り……」

半ば冗談めかした言葉だったのだろうが、声の響きからは硬さが拭いきれないままだ。そしてその硬さ故に彼女の胸にはかすかな不安が這い伝わった。

「まさか途中で何かあったなんてことは」

「現にここに来てない以上、何かがあったのは確かだよ。問題はその〈何か〉がつまらないことか、重大なことかだけど」

「何か心あたりは？」

まだ五人ほど所員が残っていたので彼女は端的な指摘は避けたが、倉石のほうで敏感にそれを察したらしく、「僕の研究発表に圧力がかかってること、彼に聞いたんだね」と声を落とした。

「ええ、びっくりしたわ」

「じゃ、僕のまわりに妙な男がウロウロしてることも？」

「――それは初耳。妙な男って、どんな」

「最近研究所に見慣れない連中が出入りしてるだろ。気づいてたかい。そんな連中の一人だよ。ただ、連中が僕より先に茎田君に手を出すとは考えにくいけどね」

「見慣れない人たちがよく出入りしてるのは気づいてたけど、あれってほとんど超心理学課のお客さんじゃないの」

そう口に出して、悠子はそっと隣の尺取り虫の机を盗み見た。彼もまだ仕事の途中だが、今は五分ほど前に席をはずしたままだ。

「うん。僕もそのことは見当がついてたよ。その多くが宗教団体の人間であることもね」

「宗教団体？」

「たまたま顔を知ってたんだ。紫苑の会を主宰している鏑木琢馬という男だよ。奴は一度きりしか見てないけど、いっしょにいた幹部らしい連中はその後もよく見かけるからね」

「紫苑の……」

不意討ちの驚きに悠子は茫然と呟いた。そしてその会にまつわる疑惑を思いあわせると、彼女の不安はますます黒く押しひろがった。

「それに超心理学課に出入りしてる宗教団体はどうやら紫苑の会だけじゃなさそうだし」

「……そういえば私、半崎忠弘（はんざきただひろ）という自衛隊の幹部を見かけたことがある」

「ハハァ。奴は確か水王会と繋がりがあったはずだね。僕も水王会の連中は見かけたことがあるよ」

「スイオウカイ？　それは聞いたことがないわ」

「まあ右翼団体のひとつといっていいね。ただ水王会の場合は一般に政治結社の側面だけが知られているけど、実はもともと宗教団体でもあるんだ。基本はもちろん神道系だけど、内実はまるっきり異色だよ。というのは、中心にあるのが日猶同祖論的な民族思想だからね」

「ニチユドウソロン？」

それもまた彼女には初めて聞く言葉だった。

「そう。端的にいって、日本人とユダヤ人を同系の民族とする説だよ」

「ユダヤですって。それもまたびっくり。紫苑の会もユダヤ教の団体なんでしょう。いったいどういうことなの」

すると倉石は「へえ」と感歎の声をあげて、

「紫苑の会のことは詳しいようだね。それなら話は早い。実際、これは全く奇妙な符合だよ。日猶同祖論に関する詳しい説明は後日にまわすとして、とにかくこのユダヤという共通項はとても単なる偶然とは思えないね」

「で、あなたをつけまわしているのもその手の団体なの」

その問いには倉石は一瞬言葉を選んで、

「いや、それははっきりしないと言っておこう。どちらかというと、これらのもうひとつ裏側にある組織という気がするんだけどね」

そしてそこまでひそひそ話をするように声を落としていた倉石は急にいつもの快活な口調に戻って、

「だけどこんなことを喋ってると、何だか自分でもおかしな被害妄想に囚われてるんじゃないかと思えてくるよ。陰謀が自分のまわりに張り巡らされていると思いこむのは最も典型的な妄想のパターンだからね。しかもこの種の妄想はどんどん自己増殖していく。いったん嵌まりこんだら抜け出せない、まあ蟻地獄みたいなものかな。……とにかくもう少しだけ待ってみることにするよ」

そうしめ括って電話を切った。

最後の台詞は彼女の気を軽くさせるためのものだったに違いない。けれども悠子は既にその疑いが倉石だけのものでないことを自覚していた。

もしも彼の研究発表を阻止しようとする圧力が現実に存在するなら、それは彼の論文のなかのマインド・コントロールに関する部分が招き寄せたに違いない。それが茎田から話を聞いたときからの彼女の確信だった。というのも、そうした動きの前兆のようなものを彼女は（特にアメリカの学界の動向から）敏感に嗅ぎ取っていたからだった。

そんな敏感さのベースになっていたのは時代に対する独自の認識だった。現代は情報の時代であり、その指導的役割を果たしているのがコンピュータ技術の発展であることはいうまでもないが、今、その巨大な潮流の中軸はコンピュータからバイオ・テクノロジーへと移りつつある。そして彼女の予想によれば次に来るのはサイコ・テクノロジー――もっと露骨な言い方ではマインド・コントロールの技術の全面展開となるはずなのだ。

いや、もしかすると既にその機は充分に熟しているのかも知れない。だとすればそうした研究が当人も気づかないうちに注目され、あらゆる角度から値踏みされ、その用途まで決定されていたなどという事態も現実に起こり得ないとはいえないだろう。だからこそ彼女はその種の問題に対しては極めて慎重な態度を取り続けていたのだ。

けれども倉石はそうではなかった。彼の論文の草稿を読ませてもらったとき、そこにマインド・コントロールの基礎論ともなり得る内容が含まれていることに気づいて、彼女は確かにかすかな危惧さえ抱いたのを憶えている。けれども倉石の楽天的な性格をよく知っている彼女は忠告めいた言葉を口にする気にはなれなかった。

はたからはそうは見えないようだが、実のところ、彼女は自分でも呆れるくらいの慎重派だった。そしてそれは人並はずれた臆病さ、小心さから来ていることも分かっている。だから忠告が杞憂に終わる公算が大きい場合、彼女はそれを口に出さずにすませてしまう。何よりも彼女は他人にその慎重さを指摘されることを好まなかったから——。

そうなのだ。人にそう見られるのを恐れるが故に、彼女はまさしく慎重この上なく、そうでないふうを装っているのだ。だから彼女が多くの面で積極派だと見られているのはそうした部分の裏返しにほかならない。恐らく茎田や倉石でさえそのあたりの事情には気づいていないだろう。つまり現在のところ、彼女のその偽装は成功しているということだ。

「なかなか賑やかな話題のようですね」

突然背後から声をかけられて悠子はギョッと肩を竦めた。いつのまに戻ってきていたのか、尺取り虫がすぐ後ろで聞き耳を立てていたのだ。

「相手はあの大風呂敷野郎でしょう。紫苑の会や水王会はいいとして、日猶同祖論なんて言葉までとび出してくるとはね」

「あら、ご存知なの。私、初めて聞いた言葉だから、詳しく教えて戴けるかしら」

そう言って軽く首を傾げると、尺取り虫は一瞬メガネの奥で大きく眼を見開き、薄く窄めた唇の両端をつりあげて独特の笑みを浮かべてみせた。

「それはもう喜んで」

自分の椅子をグイと引き寄せて座り、さらに彼女の顔を覗きこむように接近すると、

「日猶同祖論というのはおざなりな説明をすると、読んで字の如く日本民族とユダヤ民族の祖先は同じだとする説のことですが、それだけのことならいくらでもある日本民族起源論のなかの変わり種でしかないですね。ただそれがほかのものと一線を画するのは、アカデミズムからは全くの妄想と烙印(らくいん)を捺(お)され、歯牙にもかけられない存在でありながら、明治以降、決して少数とはいえない人びとの熱い支持によって連綿とした命脈を保っていることですよ。もちろん今現在も表舞台にこそ顔を覗かせはしないものの、この説は確実に一部の人びとの魂を捉え続けているんです」

ハハアと頷いた悠子が「つまり、例えば地球平面説みたいなものかしら」と訊き返すと、尺取り虫はしたりとばかりに膝を打って、

「さすが、一を聞いて十を知るというのはあなたのことだ！　そこまで呑みこんでいらっしゃるなら、あとは輪郭だけ説明すれば事足りますね。そう、日本民族がどんなふうにして成立したかという問題は人びとの興味とロマンを掻き立ててやまないテーマでありながら、いかんせん曖昧かつ数も乏しい証拠をもとにしなければならないだけに、どうしてもピンからキリまで数限りない説が登場することになってしまうんです。あなたもご存知だろう騎馬民族渡来説などはそうした異説のなかの上等な類いといえますが、キリのほうともなると、日本民族の祖と見なす対象として、ユダヤ以外の有名な説だけでもバビロニア、ギリシャ、ヒッタイト、シュメールなど、何でもありかと思わせるくらい百花繚乱の賑やかさで、なかでも

日本民族の祖をユダヤ民族に結びつける日猶同祖論はある種の人びとを魅了する力が強いらしく、一貫して最も人気が高いのですよ。

ではこの日猶同祖論自体の起源はどこにあるかということになりますが、これに関してはどうもはっきりしない。一説には江戸末期に二度来日したかの有名なシーボルトが初めて日本人とユダヤ人の徒ならぬ類似点に気づいたとありますが、どうやらこれは眉唾だとしても、当時日本を訪れた外国人がこの説の先鞭をつけたというのはまんざらあり得ないことではなさそうなんです。例えば明治八年、マクレオドなる人物が出した『日本古代史の縮図』というパンフレットがあるんですが、これに日本とユダヤの風俗の共通性が取りあげられて、早くも同祖論的な見解が述べられてますからね。ですが、ともあれ最初のまとまった論文となると、明治四十一年に佐伯好郎が発表した『太秦（禹豆麻佐）を論ず』ということになるでしょうね。実は佐伯は〈景教博士〉と称ばれるくらい、中国における景教――すなわち唐代に伝えられたキリスト教ネストリウス派――の研究の世界的権威で、のちに帝国学士院の終身会員にもなっているほどの全くアカデミックな人物なんですが。

この論文の内容というのが実に面白いので、ここで少々紹介させて戴けますか。まずここで取りあげられている太秦というのは京都の撮影所があるあの太秦のことなんですよ。そこには国宝第一号の弥勒菩薩半跏思惟像で有名な広隆寺、別名太秦寺がありますが、これは蘇我氏の向原寺、紀氏の紀寺、巨勢氏の巨勢寺などと同じく秦氏の氏寺で、聖徳太子の頃、秦河勝によって建立されたものです。秦氏というのは帰化人系の豪族で、秦の始皇帝の子孫と称し、弓月君を祖と伝え、紡織の技術にすぐれ、当時、京都盆地に多く定住していたのですが、同じ頃の帰化人系の豪族には王仁を祖とする西文氏、阿知使主を祖とする東漢氏などがあり、その後も続々と帰化する者が相次いで、平安初期の『新撰姓氏録』によれば畿内の帰化人氏属の数は三百余り——何と氏族全体の三割を占める状況にあったんですね。
さて、広隆寺には奥の院として桂宮院があり、その院内には大辟神社という一角が設けられている。また、寺内には伊佐良井と称ばれる古い井戸がある。そして佐伯はこれらの名称に注目して、大辟の由来はダビデの漢訳である〈大闢〉、伊佐良井の由来は〈イスラエル〉ではないかと直感し、そこから秦氏の祖先はユダヤ人であるという見解を導き出していくんですよ」

悠子が口を挿むと、尺取り虫は喜色満面といった態で再び膝を叩いた。

「……そういえば〈太秦〉という言葉自体、唐代ではイスラエルを指す言葉じゃなかったかしら」

「さすが、何でもよくご存知だ。話を続けさせて戴きますが、この大辟神社というのは兵庫県赤穂市の坂越にもあり、嬰児の秦河勝が甕のなかに入れられて流され、その地に着いて秦氏族の長となったという縁起が残されているそうですが、のちに佐伯は別の一文で、これとモーゼの伝承との類似性を取りあげ、流された河に勝ったから河勝と名乗ったというエピソードも、流された河から救い出されたので〈救出〉を意味するモーゼという名が与えられたという伝承に瓜二つだと驚いてみせるんですよ。

話はややそれるようですが、その後、木村鷹太郎のギリシャ説、石川三四郎のヒッタイト説、三島敦雄のシュメール説などが次々に登場するなかで、小谷部全一郎が『成吉思汗ハ源義経也』を出版し、大評判を取るんです。この〈ジンギスカン＝源義経〉説というのはご存知ですよね？　この説は彼の全くの独創ではなく、巷の伝説を下敷きにしたものなのですが、なにしろ小谷部はアメリカに留学し、ハワード大学やエール大学で哲学、神学を修め、キリスト教牧師となって帰国したほどのインテリだったので、そうした肩書きの効果は大きかったのですよ。そして小谷部は昭和四年、日猶同祖論の方面でも『日本及日本国民之起源』という大著をものするのです。

彼が着目したのはノアの方舟が七月十七日にアララテ山に漂着したという点でした。アララテ山はアルメニアのタガーマにあり、その古都はハラというそうなんですが、彼はこの〈タガーマのハラ〉こそ日本神話の〈高天原（たかまがはら）〉だと看破するのです。また、ノアがシオンの丘に神殿を造って〈シオン祭り〉をしたのも七月十七日であり、これが同じ日に行なわれる我国の〈祇園（ぎおん）祭り〉に継承されたというんです。さらに天照大神の弟・須佐之男（すさのお）はヘブライ族の一派であるスサの王だったとし、また英訳聖書に〈ゼポン〉と表記された一派が日本に渡って神国を打ち建てたのであり、ユダヤ人はゼの発音ができないから〈ニッポン〉と発音していたはずだと主張している。また、それ以前に日本に渡って、クズ、エビス、クモなどと称ばれる先住民族となった部族もいたとし、クズといえば『蘆屋道満大内鑑（あしやどうまんおおうちかがみ）』に登場する白狐が化けた女が、

恋しくば尋ね来て見よ和泉なる
信太（しのだ）の森のうらみ葛（くず）の葉

という有名な歌にこめた想いこそ、底辺に落とされた先住民族の怨恨にほかならないというんですよ。

とにかく戦前の昭和は日猶同祖論が爛漫（らんまん）に咲きこぼれた時代といえるでしょうね。小谷部全一郎のほかにも『神州天子国』や『太古日本のピラミッド』を書いた酒井勝軍（さかいかつとき）、『聖書より見たる日本』や『日本人とユダヤ人』を書いた中田重治（なかだしげはる）、『神国日本に再顕せるイエス・キリスト』を書いた山根菊子（やまねきくこ）などがおのおのボルテージをあげている。そしてこの頃、熊野（くまの）の徐福（じょふく）伝説や平戸（ひらど）の王直（おうちょく）伝説といった英雄渡来伝説の日猶同祖論版ともいうべき戸来（へらい）のキリスト伝説、宝達山（ほうだつやま）のモーゼ伝説が創作され、また剣山（つるぎさん）のソロモン秘法伝説や葦嶽山（あしたけやま）のピラミッド伝説なども作り出されているんです。

鷹沢さんも青森県の戸来村にキリストの墓があるという話を耳にしたことがあるでしょう。この伝説は

昭和十年に突然起こったものなのですが、その仕掛人は茨城県の磯原で〈天津教〉を開祖した竹内巨麿なる人物なんです。この人物の愉快なところは自分が宮司として祀る神社を〈皇祖皇太神宮〉と名づけて、伊勢神宮や出雲大社より古い正統の中心神宮であり、竹内家は記紀に登場する伝説的人物の武内宿禰からはじまって、代々その神官を務めてきた家系だと唱えたことですね。そしてそんな主張に裏づけを与えようとするところからはじまったのでしょうが、彼は竹内家に代々伝えられてきたと称する古文書の類いを続々と偽作しはじめるんですよ。こうして内容的にもどんどんエスカレートしつつ作成された膨大な量の偽古文書群は、のちに〈竹内文献〉などと称ばれることになるんですが」

「ああ、竹内文献というのは知ってるわ。超古代の日本に高度な文明が存在したと主張する、いくつかある偽史大系のうちの有名なひとつね」

その言葉に尺取り虫はもう感極まったように唸って、

「そうです、そうです！　この竹内文献こそがそれ以降の日猶同祖論の系譜に多大な影響をもたらすんですよ。とはいえ、先程ふれた通り、彼の偽作文書の内容は最初のうちこそごくおとなしいものだったのですが、ある時点から急速に常軌を逸した方向に突き進んでいくという過程を辿るんです。そのきっかけとなったのが昭和三、四年頃の、既に名前をあげた酒井勝軍との出会いでした。このとき竹内は初めて日猶同祖論というものに遭遇するんですよ。以後、酒井のインターナショナルなスケールの妄想に感応するように、竹内の描き出す妄想の規模も留まることなく拡大していく。酒井は酒井で竹内文献の熱烈な信奉者となり、独特のテンションの高い文章を駆使して宣伝活動に邁進する。いわば両者の妄想が互いに相手を増幅させあうという無敵の蜜月関係が成立するんです。

ところで仰言る通り、竹内文献以外にも捏造された歴史を展開する偽書偽典の類いはいくつか知られていますが、先行するものとしては明治十年に吉良義風が公開した『上記』や大正十年に三輪義熙が紹介した〈宮下文献〉があり、ほかにも〈九鬼文献〉〈物部文献〉『秀真伝』『三笠文』『東日流外三郡誌』などが有名なところですね。そんななかで竹内文献の特徴といえば、とにもかくにもその誇大妄想ぶりといえるでしょう。内容自体はいささか子供騙しながら、そのスケールは群を抜いているといっていい。

そもそも竹内文献と称されるものの大半は、武内宿禰の孫である平群真鳥が約二千年前に日本古来の文字によって書かれてあった文書を訳したものとされているんですが、その内容を大雑把に紹介すると、まず我国は数億年もの歴史を有し、その間、極めて高度の文明が栄えていた。そして神武天皇以前にも数多くの天皇が存在し、日本のみならず世界万国を統治しており、〈天の浮艘〉に乗って巡幸していたというんです。もう少し詳しくいうと、竹内文献での皇統譜は〈元無極躰主王大御神〉なる元始神ではじまり、その神を第一代とする〈天神七代〉のあと、〈上古二十五代〉、そして〈鵜草葺不合朝七十三代〉が続き、その七十三代目が〈神倭朝第一代〉、すなわち神武天皇となるのです。記紀では神武天皇の父が鵜草葺不合命となっているのですが、これが竹内文献のなかでは七十二代もの人物にそっくり置き換わっているわけですよ。さらにまた、当時の世界各国には〈黄人〉〈白人〉〈黒人〉〈赤人〉〈青人〉の五種の人種が住んでいたとされ、そうした記述のなかに登場する人物の名をいくつかピックアップしてみると、インドでは〈天竺万山黒人民王〉、ヨーロッパでは〈ヨイロバアダムイブヒ赤人女祖氏〉、オーストラリアでは〈オストリオセアラント赤人民王〉、アフリカでは〈アフリエジプト赤人民王〉、アメリカでは〈サンフランシスコサンドサン民王〉といった具合です。さらにはムーやアトランティスを下敷きにしたとしか思えない〈ミヨイ国〉〈タミアラ国〉などという国名も登場し、天変地異によってこの二つの国が海に沈んだことまで書かれている。まあそんなわけで、やたら手をひろげるだけひろげているものの、全体としては極めてチャチな内容というほかないんです。

　もちろん偽典の名誉のために言っておきますが、良質のほうにはなかなか馬鹿にできないものもあるんですよ。特に『上記』は幾多の偽典のなかでも古典名作というべきで、バックボーンとなる造詣もなかなか端倪すべからざるものだし、それ以降の偽典に踏襲される基本的な枠組みや道具立てもすべて出揃っているといっていい。例えば先程あげた〈鵜草葺不合朝〉というのも『上記』がオリジナルで、このアイデアは宮下文献などにも受け嗣がれてますね。ただし宮下文献の場合は宮下家の所在地やそこに録された伝説の舞台が富士山を中心にしているため、富士にひっかけて〈宇家潤不二合須朝〉となっている点に妙味が感じられますが」

　熱心に語るうち、尺取り虫の頬は次第にうっすらと赤みを帯びはじめた。輪郭を語れば事足りると前置きしておきながら延々といつ終わるとも知れない説明に、悠子はしかし尽きせぬ興味を惹かれて耳を傾けていた。

「ところで先程、竹内文献の原本は日本古来の文字で書かれてあったとされると言いましたが、中国から漢字が輸入される以前に我国にも独自の文字が存在していたという説は鎌倉時代あたりからぽつぽつと見えはじめ、江戸時代にはかなり盛んになり、なおかつこれがその実物だというものまで登場して激しい論議を巻き起こしているんです。この説は日猶同祖論同様、現在のアカデミズムからはほとんど顧みられないでいるものの、明治以降も一部の人びとによって支持され、今もなお脈々と息づいているんですよ。ともあれ、漢字渡来以前に我国に存在したとされるこの文字は〈神字〉とか〈神代文字〉などと称ばれているのですが、この神代文字実在論を体系的に主張して後世に最も影響を与えたのが江戸後期の国学者・平田篤胤ですね。彼は全国各地に伝わるそうした文字を異様な熱心さで蒐集・検討し、『神字日文伝』のなかで〈日文〉と称ばれる文字だけが真正の神代文字であると結論づけているんです。

また、既にあげた『上記』という偽典は一冊の完結した文書でありながら量的にも長大で、内容も竹内文献などよりはるかに手のこんだものなのですが、これは全文が〈豊国文字〉と称ばれる神代文字で書かれているんです。同様にほかの偽典も神代文字と密接に結びついていて、九鬼文献は〈春日文字〉、『秀真伝』と『三笠文』は〈秀真文字〉で記されているといった具合です。しかし竹内文献の場合はこれまた妄想の規模をそのままあらわすかの如く、何と百種以上の文字を伝えているんですよ。

ちなみにいえば、平田篤胤が本物の太鼓判を捺したことで最も有名になった神代文字である〈日文〉は、対馬の卜部・阿比留家所蔵であったところから〈阿比留文字〉とも称ばれ、楷書体と行書体の二種類あり、行書体のものを特に〈阿比留草文字〉といったりするのですが、この〈阿比留草文字〉は明治初期の神仏分離によって梵字が使用できなくなった各神社に眼をつけられ、神璽や護符などに広く利用されたんです。ナチスが古代ゲルマンの魂として復活させた〈ルーン文字〉ほどの流布ではないにしろ、平田国学が明治以降の国家神道の支柱となったことを考えあわせると両者に共通するものは明らかでしょう。そもそもこうした偽史が超古代の日本に高度の文明が存在したことを示すことで我が民族の優秀さや由緒の正しさを証立てしたいという欲求に裏打ちされたものであることはほとんど明らかですが、こちらの神代文字も、漢字輸入以前の日本民族が文字も持たないような未開民族だったはずはないという想いが招き寄せた幻想であるという点で、全くワンセットの存在なんですよ。

ともあれ話を日猶同祖論のほうに戻しましょうか。この思想を竹内巨麿に植えつけた酒井勝軍という人物ですが、彼自身もまた竹内に輪をかけたような異色の人物なんですよ。ごく若い頃にキリスト教に入信し、欧米を遊学してシカゴ音楽大学などで学んだあと、牧師となって帰国しているところは先程の小谷部と同じですね。その後彼は東京唱歌学校を設立し、また〈讃美奨励会〉を創立して団長となるのですが、この団体はのちに〈日本讃美団〉、さらに〈国教宣明団〉と改称されました。そしていよいよ大正十三年には『猶太の世界征略運動』『猶太民族の大陰謀』『世界の正体と猶太人』という、いわゆる〈反ユダヤ三部作〉といわれる著作を出版するのですが、こう言えば既にお気づきのように、彼は近年流行しているユダヤ陰謀論の先鞭をつけた人物でもあるんです。とはいえ、それらの内容は必ずしも反ユダヤ一色ではなく、むしろユダヤ礼賛の心情や日猶同祖論の主張が綯（な）い交ざった複雑怪奇なものでした。そうした大きな振幅を往きつ戻りつしながら、結局はどんどん親ユダヤ的傾向を強め、昭和三年には『橄欖山（かんらんざん）上疑問の錦旗（きんき）』『神州天子国』を著わして日猶同祖論のボルテージをあげていくんです。

この頃、酒井は日本のどこかにモーゼの十戒を録した石が存在するはずだという奇妙な観念に取り憑かれたらしい。そして例の竹内巨麿とのエポックメーキングな出会いの際、『お前さんのお宮にこれこれこういうものが必ずあるはずだから是非調べてくれんかね』と持ちかけるんです。すると驚いたことに竹内は実際にそれを捜し出してしまうんですよ。それはありきたりな石塊（いしくれ）に神代文字が刻まれたもので、読み下すと、

日本神（ヒノムトカミ）拝礼（ハイレ）セヨ
祖国（オムヤ）日嗣神（ヒツキカミ）拝礼（ハイレ）セヨ
日（ヒ）ノ神（カミ）ニ背（ソム）クナヨ背（ソム）クト潰（ツブ）レ死（シ）スヨ

などと続く文章になるのですが、この発見に狂喜した酒井の鑑定によると、これは何と〈モーゼの裏十戒〉なんだそうです。以後、竹内は酒井の要請によって〈モーゼの表十戒石〉〈オニックス石〉〈モーゼ形見石〉などのほか、モーゼが日本に来たことが録された古文書などを次々と見つけ出してくるんですよ。

こうして竹内文献は自分の蔵から打出の小槌で打ち出されてくるように次から次へと〝発見〟されるというかたちで量を増し、かつ内容もエスカレートしていくわけですが、こうした彼らの作品のうちで、とりわけ代表作といえるのがかのキリスト伝説ということになるでしょう。

　この伝説が青森県の一寒村である戸来村に持ちこまれる経緯はなかなか複雑で謎の部分も多いのですが、まず昭和九年に鳥谷幡山という日本画家が村を訪れ、ある巨石を指して『これはピラミッドなり』と宣言したのがそもそもの発端だったようです。次いで酒井勝軍が訪れてこの件を調査し、鳥谷の説を支持する。つまり、この村に最初に持ちこまれたのはキリストではなく、ピラミッド伝説だったわけですね。これより前、酒井は日本にもピラミッドがあるはずだという想いに取り憑かれ、『太古日本のピラミッド』という本を出して、広島県の葦嶽山を日本の代表的なピラミッドだと断定していました。そして鳥谷というのは以前から酒井や竹内と交遊があり、この葦嶽山調査も酒井と同行している人物なんですよ。というわけで、これは全くの出来レースというほかない。もっとも日猶同祖論者の酒井がピラミッドという概念に憑かれるというのはいささか筋違いな話ですが、そもそもこうした類いの異説は常識的な論理の筋道を踏み越えたところに成立するものですし、実際、ユダヤ説もギリシャ説もエジプト説も同じ胴体から出た八岐大蛇の首のようなもので、その底辺にある〈日本を異質なものに結びつけようとする情動〉に較べれば、〈結びつける対象を何にするかという問題〉はあくまで二次的なものなのです。

　さて、明けて昭和十年の春、こちらは全く酒井らの思惑とは別のところから、戸来村でも唄われる東北民謡〈ナニャドヤラ〉はヘブライ語であるという説が川守田英二という牧師によって提唱されたのです。こうした援軍も整って、いよいよその年の夏、竹内巨麿は鳥谷を含む一行を引き連れて戸来村を訪れ、とある丘の二つの土饅頭を指して、これはキリストの墓であると宣告するのですよ。さらにその年の秋には神代文字で書かれた〈キリストの遺言書〉や〈キリストの御身骨像〉が例によって都合よく発見され、古文書による証拠も固まるのです。ちなみにその遺言書には、

汝（なんじ）ガ弟イスキリ汝ガイスキリストノ身代ニ立テユダヤ国カルバリノ国ニ死ス

とあって、〈汝〉というのが一人称の言葉として使われているのが異様ですが、まあ要するに、ゴルゴタの丘で死んだのはキリストではなく、その身代わりになった弟だというのです。こうしてキリスト伝説の骨格が形作られ、あとはこの説にとびついた山根菊子の『光りは東方より』や仲木貞一（なかぎていいち）のドキュメント映画によって広く世間に知れ渡っていくのですが、そのあたりの事情はもう深くふれる必要もないでしょう。つまり、結局のところ、戸来村のキリスト伝説は日猶同祖論やそれを包含する偽史の系譜が産み落とした歪んだ真珠なんですよ」

「……なるほどね」

悠子はそこで相槌を打ったが、話はまだ終わっていないらしく、赤い舌で唇を湿して、尺取り虫は再び語りはじめた。

「さて、興味深いのは、こうした人びとのほとんどに共通しているのが非常に強烈な皇祖信仰、神州日本という信仰を抱いている点ですね。とにかく彼らには我国の歴史がなるべく古く、かつ誇り高いものであってほしいという悲願ともいえる願望があるんですよ。ただ、そうした民族主義的・国粋主義的な衝動が由緒正しかるべき日本民族の起源を遠い他国の異民族に求める方向にあらわれること自体、なかなか面白い現象というべきですが、ましてや日猶同祖論の場合、海外では一般的に下賤な民族と決めつけられていたユダヤ民族をその対象としている点に何ともいえない屈折したダイナミズムを感じずにはいられませんね。

さて、少なくとも明治以降、自国が誇り高きものであってほしいという願望は西洋諸国との比較を前提にしたものといっていいでしょう。当時、あらゆる分野で西洋先進国の文化水準に追いつこうとするのは否応もない国家的課題であったわけで、このことは高度の教育を受けた者であればあるだけ強く認識せざるを得なかったはずですね。ここで小谷部や酒井が海外留学の経験者だったことを思い出して下さい。いや、彼らだけでなく、偽史の系譜を彩る人物の多くが海外に渡った経歴の持ち主なんですよ。彼らは世界における日本民族の位置がまるで取るに足りないものであり、そればかりか一介の疎外されるべき有色人種でしかないことを骨身にしみて自覚しなければならなかったのです。いや、もはや彼らは日本が神州である確固たる証なくして自らの誇りを保ち得ないところまで追いこまれてしまったのでしょう。しかもその証は西欧の側からも了解可能なものでなければならない。すなわち日本民族・日本文化を世界的規模で普遍化し、なおかつ優越性を持たせるかたちで特殊化する必要があったのです。

もともとそんな証などどこにも存在しないのですが、要請が絶対的なものである以上、存在しなければ自分の手で作り出すまでですね。その場合、日本民族の起源を辺境の島国で自己完結させるのではなく、既に承認済みの世界的な古代文明に結びつけようとするのは当然のなりゆきではないでしょうか。そしてそんな希求が先鋭化していくとき、そこに貴種流離譚を組みあげようとする作用が加わるのも日本人的な嗜好からはごく自然なことだといえるでしょう。ええ、高貴な血を受け継いだ者がいったんは底辺に堕とされ、まわりから卑しめられているが、いずれその素姓が明らかになり、輝かしい復権を果たすという例のストーリーですよ。もともとユダヤはそういった宿命を背負わされた民族ですし、たとえ現在のユダヤが実際に賤しい民族だとしても、少なくとも古代のそれが旧約聖書に描かれる通りの神聖かつ壮大な歴史を持つ民族でありさえすれば彼らの要求は果たされるのですからね。まして日猶同祖論者の多くがキリスト教との浅からぬ関係を持っていたために、彼らが普遍的でもあり特殊な存在でもあるユダヤ民族に眼を向けることになったのはこれまたごく当然のなりゆきだったのですよ」

自分の言葉に強く頷いて、ようやく尺取り虫の説明はひと区切りついたようだった。

気がつくと、いつのまにかほかの所員も二人ばかり、悠子の後ろで興味深そうに耳を傾けていた。そして区切りがついたと見て取るや、この分室で最も若い一人が口を挿んだ。

「宇津島さん、詳しいですねえ。僕も戸来村のキリストの墓の話は聞いたことがあるけど、てっきりもっと古くから村に伝わっていた伝説とばかり思ってました。あれが昭和十年頃に外部から持ちこまれたもので、しかもその背後にそんなヘンテコな世界が控えていたなんて、全く思いもよらなかったですね。いやあ、さすがというか――」

しかし尺取り虫はその言葉に挑むような眼を向けて、

「さすがって、何がさすがなんだね」

「いや、つまり、さすがにオカルティックな方面も詳しいと……」

相手の詰問するような口調の意味が呑みこめず、ドギマギしながら答える若い所員に、彼はなおも苦虫を嚙み潰したような顔で、

「フン。俺がそのあたりに詳しいのは親父が超心理学課の主任だからだと、こう言いたいわけだな」

「いや、別にそういうことでは……」

「では何だというのかね。しかも俺も親父同様、オカルティックな現象を信じる種類の人間だというわけだ」

指をつきつけてそう決めつけると、

「まあ、そう思われても仕方ないさ。現に俺も大学にはいる頃までは人並に肯定派のほうに傾いていたからな。しかし俺の興味はもっぱら厳密さというところに向かっていたし、大学以降はモノを見る眼も確かになってきたというべきか、きっぱりそういう考え方を捨て去るに至った。むしろ俺が本格的にオカルトと取り組みはじめたのはその頃からさ。つまり俺にとってオカルトの知識はすべてオカルト否定のための道具にしか過ぎないんだ。……そして鷹沢さん、これだけはご忠告申しあげておきますがね」

尺取り虫はそう言って彼女のほうに鉾先（ほこさき）を向け、

「あの倉石という男も先程話に出た酒井勝軍や竹内巨麿に毛の生えたようなものですよ。ちょいと装いを新たにしたオカルティストに過ぎない。ほかの者が地道な調査を続けているときに、奴はいきなり地震はナマズのせいだ、蜃気楼（しんきろう）はハマグリのせいだと宣託を下すんです。むろんその説明はもう少し手がこんでいるでしょうがね。しかしいずれ『上記』と竹内文献ほどの違いでしかありません。そして俺はこうも踏んでいる。酒井や竹内がキリスト伝説を作りあげたように、奴の誇大妄想も必ずやこの現実との関わりを持ちはじめるに違いないとですね」

そう冷ややかに言い据えた。

「……ご忠告承っておきます」

悠子が返すと、尺取り虫はひりひりと目尻をひきつらせた笑みを浮かべ、

「それがよろしいでしょう。それにもうひとつ、これは格別意味のないことですが、まあご参考までに申しあげておきますと、奴の出身地は青森県三戸（さんのへ）郡倉石村というところで、これは戸来村――現在は新郷（しんごう）村（むら）になってますが――その隣村なのですよ。どうです。面白いと思いませんか」

顔を突き出しながら切れ長の眼をますます細めてみせる。その酷薄な表情をぼんやりと眺めつつ、悠子

は「妄想が現実との関わりを持ちはじめる」という言葉を反芻していた。そしてその批判は相手が意図してのものかどうかに関わりなく、彼女自身に向けられたものでもあるのだろう。先程から彼女の背中に貼りついていたかすかな怯えはまさしく妄想と現実とに差し渡された天秤の腕にほかならない。もっともその腕がどちらにどれだけ傾こうが、何の目安にもならないことは分かっているにしても——。

悠子は眼の前で笑みを湛えている男をまるでメフィストフェレスのようだと思った。そういえば黒澤映画に『生きる』というのがあったが、その主人公につきまとうメフィスト的な人物を演じていた異相の俳優にこの男はひどく似ているではないか。

8　中断

あの能力解放の日以来、矢狩には煉獄（れんごく）の日々が続いていた。毎日何時間にも亘って苦痛この上ない脳髄の嵐が吹き荒れるのだ。それは継ぎ目なくぶっ通しで続くときもあれば、いったんおさまったかと思うと再びぶり返すという按配（あんばい）で何度も繰り返すときもあった。

その苦痛を何と表現すればいいのだろう。自分と自分でないものとを隔てる壁を素通りするように、獣の爪がさんざん彼の神経系を引き裂き、切り刻む感覚を——。そのあいだ、彼は全く自分自身を保つことすらできないのだ。ただ彼が憶えているのはのたうちまわりながら激しく体を震わせ続けていることだけで、嵐が過ぎ去ったあとは全身汗まみれのうえ、涙と涎（よだれ）と鼻水でぐしょぐしょになっているのに気づくばかりだった。

たったひとつ彼に縋りつくものがあるとすれば、それはこの苦痛の繰り返しの先に至福の時が待っているという期待しかない。それなしにはこの吹き荒れる嵐を耐え抜くことなど到底不可能だった。あの蛇の眼をした男も言った通り、これはひとときの陣痛であって、受信域を自在にコントロールできるようになる日までの避けては通れぬ通過儀礼に過ぎないのだと。

けれどもその認識は三日もたたぬうちにそっくりドス黒い猜疑に取って代わった。それは苦痛の度合いが日を重ねても全く軽くならなかったからであり、コントロールのコツをつかむどころか、それを心がけるだけの余裕すら持てなかったからであり、そして仮にその日が確かに来るとしても、一ヵ月も二ヵ月も先の話だとすれば、それまで彼の精神と肉体が持ち堪えられるとは到底思えないからだ。とすれば現在彼が対峙しているのは素晴らしい能力を手中にできるなどという希望に充ちた話ではなく、ぎりぎりの死活問題にほかならない。事実、矢狩の体は食事もろくに咽を通らぬ日々が続くうち、眼に見えて憔悴の坂を転げ落ちていった。

最初が有頂天だっただけにその感情の失墜は深刻だった。そして猜疑は焦燥を導き、焦燥はさらなる恐怖を招き、恐怖は烈しい怒りとなって噴きあがった。

——そうだ。俺は何も命を賭けてまでそんな能力が欲しかったわけじゃねえ。頼みもしねえのに俺をこんな崖っぷちに追いやったあの蛇男！　もしもどこかで見つけたら首根っこを押さえて絞めあげてやる。

矢狩は繰り返し念じながらチューハイのグラスを傾けていた。自分自身、アルコールに強くないことは（とりわけ少しでも度を過ごすとひどい頭痛となってはね返ってくることは）重々承知の上だったが、発作時の苦痛をそれで逃れることができるかも知れないと思うと、矢も楯もたまらず夜の街のとあるスナックにとびこんだのだ。むろんアルコールでそれを抑えられるという保証は何もなかったが、とりあえず彼にはほかに採るべき手段も思いあたらなかった。

広い店で、しかもその割に客の数が少ないのが救いだった。やはり野放しのままの人喰い豹が影響しているのだろう。当初はかえって飲み屋街だけは賑わうという現象も見られたのだが、事態が長引くにつれ、次第にそうした地区からも人の足は遠ざかっていった。そして店内は景気づけのためか、やたら大きな音量でブラック・ミュージック系の曲が鳴り響いていた。

――人をオモチャにしやがって。ふざけんじゃねえ！

もしかするとそれは呟きとなって彼の口から洩れていたかも知れない。グラスを口につけるたびに息が詰まり、液体を咽に流しこむたびにムカムカする熱い感覚が立ちのぼる。そしてそれは眼球の裏で増幅され、頭のなかでグルグルと渦を巻いた。その渦はもはやほろ酔いの快い感覚とは程遠く、彼の思考の根もとに近い部分を巻きこんだまま、どんよりした滓の底へ引きずりこもうとしていた。

止まり木に腰かけた彼の眼の前で、短く刈り揃えたキザなチョビ髭のバーテンが簡単なつまみを用意している。矢狩がそちらをぼんやり眺めていると、バーテンもチラチラと彼のほうに眼を配った。それはいかにも胡散臭いものを見る眼つきで（少なくとも彼にはそう思われた）、視線があうとすぐに顔を背けてしまうのだが、またしばらくするとゆるゆる眼を戻すといった具合だった。

「何か言いたいことあんのかよ」

低く抑えた声で水を向けると、バーテンは細い眉をつりあげ、初めてじっと彼の上に視線を据えた。

「言ってみろよ。何が言いてえんだ」

「……ご冗談を。お客さん」

その顔にはやや困惑したような薄笑いが貼りついていた。――そうか？　困惑したような？

いや違う。嘲るような、だ。薄くて細い、作りもののような眼で。奴が嘲っているのは現在置かれている俺の立場、俺の境遇、俺の引きずってきた人生そのものだ。饐えた異臭を放つドブ泥、赤錆の吹き出したトタン屋根、灼けたビスから噴きあがる蒸気、淀んだまま流れない真っ黒な川——そういったものをひっくるめた俺のすべてを。

「気に喰わねえな。てめえは何様だってんだ。チンケな飲み屋のバーテンじゃねえか。そんなバーテンふぜいに何で俺がそんな眼で見られなきゃいけねえんだよ」

そんな言葉を投げつけると、相手の眉間にかすかな縦皺が寄せられた。

「……それはごもっともですが、お客さん、私は別にそんな眼をした憶えはありませんがね」

「憶えがねえ？　ふざけんじゃねえぜ。てめえなんかに馬鹿にされてたまるかよ。俺はてめえらとは違うんだ。そうとも、俺は——豹なんだからよ」

相手はますます困惑の笑みをひろげて、

「お客さん、酔ってますね。何だか顔色もよくないようですよ。そろそろ切りあげてお帰りになっちゃどうですか」

「余計なお世話だ！」

怒鳴りながら睨みつけたが、そのときバーテンの視線はふと矢狩の眼を離れ、背後の空間に向けられた。

「お客さんのお連れさんですか。あまりいじめないように仰言って戴けませんか」

呼びかけた方向に彼もつられて振り向くと、いつのまにかすぐ後ろに男が立っていた。驚いて見あげるとそれはあの蛇男——キリストの村で遭った正体不明の男だった。

「てめえ！」

しかし男はすぐ人差し指を口にあててみせ、そして今度はバーテンに向かって、僕が引き受けましたの

でどうぞお仕事に戻って下さいと促した。そうして呆気に取られている矢狩の隣に腰をおろすと、

「窶れたね」

異様に瞳の小さい、見る者を凍りつかせずにおかない眼を向けた。

「どうして俺の居場所が分かったんだ」

咽にひっかかりそうになる言葉を押し出したが、男は薄い唇を三日月形につりあげ、声もなく笑っただけだった。全体に彫りが深く、部分部分の造作の大きなその貌を見つめながら、やはりこの男には何割か外人の血が混じっているに違いないと思った。

「……そうだ。そんなこたァどうでもいい。俺はいつあの力をコントロールできるんだ。お前はすぐにもと言ったが、あれからちっともうまくいかねえぞ」

男は長い脚を組み、上体をこちらに向け、カウンターに片肘ついた手の甲に顎を乗せた恰好でしばらくまじまじと彼の頭のてっぺんから爪先までを観察していたが、

「なるほど、今の君は全くの無能力者と同じだ。少しでもコツをつかんだあとならこうじゃないはずだからね」

「だからそいつはいつつかめんだよ。このままだと俺はその前にくたばっちまわあ。早くコントロールできるようになる方法はねえのかよ」

「はて、それは無理な話だね。あれは自分でつかむほかにない。自転車やスケートと同じさ。だからそれにどれくらい時間がかかるかも全く人それぞれなんだよ。ほとんど何の抵抗もなく開発される人間もいれば、君のようにひどく手古摺る人間もいる。子供は比較的それが早いとはいえるが、個別にその期間を予測することはできないね」

「けど俺はもう我慢できねえんだ！　そうよ、もう一秒たりとも我慢できねえ。本当に気が狂いそうになるんだよ。……それでもとにかく、くたばる前にはそいつをつかめるようになるんだろうな。え？　コントロールできないまま死んだり狂ったりしちまうことはねえんだろうな」

男は小さな瞳をまっすぐ彼に据え、再びしばらく押し黙っていたが、不意にその蜜蠟（みつろう）のようにのっぺりした膚にわらわらと朧（おぼ）ろな翳（かげ）りが立ちのぼったかと思うと、

「ありていに言ってしまうと、そういう人間もまいるのは確かだね」

呟くように宣言した。

「冗談じゃねえ！」

矢狩は自分の顔がどれほど醜く歪んだかも意識になかった。ただ頭のなかで渦巻くものが勢いを増し、突きあげた血流が耳の奥でズキズキと音をたてるのだけはかろうじて分かった。

「冗談じゃねえ、冗談じゃねえ。命を賭けてまでそんなもの欲しかねえ！」

そう叫んでいきなり相手の胸倉をつかみ、

「てめえが俺をこんなにしやがったんじゃねえか。それであとは知らんぷりはねえだろ。畜生、どうにかしろよ。何でもいいから責任を取れってんだ！」

喚き立てる勢いで思いきり相手の顔を殴りつけた。しかしそのとき既に男の体は前方になく、拳が虚しく何もない空間をすり抜けて、そのまま彼は勢いよく椅子から転げ落ちた。

酔っていたために受け身も取れず、したたかに頭と肩を打ちつけたのに続いて、倒れてきた椅子の角が頬骨のあたりにぶつかった。火花が散るその激痛に身を縮め、言葉もなく呻いたまま、彼は世界がグルグルとうねりながら回転するのを感じた。

「大丈夫。ちょっと酔って倒れただけですから」

　バーテンに言い訳しているらしい男の声がはるか頭上の雲の彼方から聞こえた。そうして男の手で助け起こされ、両手で顔を押さえたまま頭をあげると、思いもよらずぽろぽろと涙がこぼれた。

　――厭だ。俺はあの時間に耐えられない。俺のすべてが裸になってしまう時間。声という声が錐のように尖り立ち、世界は飴のようにぐったりと粘ついて、そのなかで俺は死にかけた虫ケラよりも惨めな存在だ。神経をじかに切り刻まれ、鑢をかけられて、身も心もボロボロに擦り切れてしまう……。

　矢狩はもとの椅子に座らされたあとも嗚咽を噛み殺す力もなく泣き続けた。そんな彼に男は顔を近づけ、

「本当は――」と囁きかけた。

「開発を中断することならできるんだがね」

「え……？　何て言った」

「だから発芽しかかっている能力を摘み取ることはできるんだ。しかしその代わりに、もう能力を手にすることは永遠にあきらめなければならない……」

　矢狩は涙にくれた眼をあげた。

「かまわねえ。やってくれ。もうこれ以上耐えられねえ。あんな時間を過ごすのはまっぴらだ」

「本当にいいのかい。あとで後悔しても遅いよ。のちのち逆恨みされるのも面白くないからね」

　その表情には依然薄墨を刷毛で掃いたような微笑がひろがっている。けれども矢狩にはもうそんなことなどどうでもよかった。多分あの苦痛は麻薬の禁断症状にも匹敵するものだろう。そして禁断症状を免れるためならば麻薬患者はどんな大事なものでも手放すに違いない。

「頼むよ、やってくれ。後悔なんかしねえ。一生恩に着る」

矢狩は再び男の胸倉をつかんだが、今度のその手の力はひどく弱々しかった。

「それほど言うならすべてをご破算にしてあげよう。顔をあげたまえ」

その言葉に従ってくしゃくしゃになった顔を向けると、男は腕を突き出し、彼の額にぴたりと掌をあてた。

その途端、暴風が来た。

太い棒杭がメリメリと頭のなかに喰いこんだ。凄まじい激痛が弾け、それはすぐに何万何億という声に分極する。怒鳴り声。囁き。泣き声。笑い声。感情のない声。助けを求める声。歌。呪文。睦み言。賞賛の声。宣戦布告。どこまでも続く数字の羅列。ダレカオレヲココカラヒキズリアゲテクレ……。

「じっとしているんだ。いいね」

男の声が頭蓋にわんわんと反響する。浮かびあがってはたちまち吹きとばされていく想い。数珠繋ぎにこぼれ落ちていく彼の自我。激しい震盪が全身を包み、脂汗が玉のように噴き出して流れ落ちていく。

不意に掌に力が加わった。圧力が、ではない。もっと別の種類の冴えざえとしたエネルギーが加わったのだ。その瞬間彼は巨大な腕で鷲摑みにされ、はるか上空へ引きずりあげられた。そしてそのとき、彼は上空ほど声の密度が希薄であることを知ったのだった。それによって彼の苦痛はいっきょに百分の一ほどに軽くなった。

苦痛が軽減するときの悦びは何物にも代え難いものだ。ことにその苦痛が大きければ大きいほど。従ってそのとき彼が味わった至福もうっとりと気が遠くなるほどのものだった。

ややあって再び掌に力が加わった。彼はさらに果てしない上空へ引きあげられ、声は一片も残らず追い払われた。それはまさに劇的な変化だった。

「完了だ」

男はそう呟いて掌を離した。

「さて、これで君と私は相対する側に立ったわけだ」

「……相対する……？」

法悦に重なってじくじくと全身を浸していく水銀のような疲労感の底から、矢狩はやっとそう訊き返した。男はなおも外国人の血が混じっているとしか思えない貌（それはイタリア系かギリシャ系だと思われたが）に酷薄な微笑を浮かべたまま、椅子から腰をあげたかと思うと、ゆるゆると二、三歩後ずさった。

「そう。そして君への興味は私のなかから失われた。全く惜しいね。**君は豹だったのに——**」

矢狩は無意識に腕を差しのばした。しかし男は身を翻すようにして背中を向け、蒼惶と店から出ていった。

「待て。——待ってくれ」

萎えきった全身の筋肉に鞭打ち、矢狩は慌ててそのあとを追った。しかし店のドアからとび出したとき、既に男の姿は通りのどこにも見つからなかった。人影のない夜の街は死んだように静かで、見あげると宙天に異様なほど赤い月がかかっていた。

9　陰謀と学説

「あれくらい奇怪で不自然な出来事なら僕もいっそ秘密組織の仕業にしておきたいと思うけどね。……それで、君にも連中がどういう組織か見当がつかないのかい」

周囲の嘲りの感情を感じながら茎田がそう水を向けると、

「残念ながら明らかになっていることはわずかですね。あなたの研究所の超心理学課との繋がりについてはもう彼女から聞かされているでしょう。連中は我々の能力から身を守る何らかの方法を心得ているらしくて、そういう技術や知識もあそこで開発されたものに違いないですからね。こうなると両者の関係が具体的にどんなものなのか、どうしてもつきとめたいと思うのは自然でしょう。今のところ、それこそが連中の正体に迫る唯一のとば口なんです。その部分であなたの協力を得られるなら、こんなに心強いことはありません」

海老原は独特の不思議な微笑を湛えながら嘯いた。

「僕みたいな人間に何ができるかは疑問だけど。あと、名称は分かってるんだっけね。確か自分たちのあいだではメゾンと呼びあっているとか」

すると海老原は眉間に寄せた眉をつりあげ、みるみるおかしそうにその表情を崩した。そしてミューのほうに一瞥をくれると、

「君も相変わらず大雑把だなあ。これくらいはきちんと憶えておいてくれてもよさそうなものなのに。いいですか、メゾンじゃありませんよ。僕らが聞いた名称は〈メーソン〉です」

その言葉に茎田は思わず口を窄めた。

「メーソン？　それはひょっとして、あの〈フリーメーソン〉のメーソン？」

相手はなおも微笑を含んだまま黙って首を縦に振った。どこに照明があるのか判然としない穴倉のなかで、その笑みは茎田の背筋に薄く貼りついた恐怖を倍加させた。

「そんな馬鹿な。あのフリーメーソンが現代の日本で超能力者狩りをはじめたって？」

「――そんな馬鹿な、ですか。でもそれが事実なんです。フリーメーソンは今も厳然と生き残っているだけでなく、世界各国にひろく浸透し、政界や財界、学芸方面の重要人物を多数擁して、それによって世界の動きを裏側から操っているんですよ。先程連中の正体がはっきりしないと言ったのはフリーメーソン自体が正体のはっきりしない組織だということなんです」

そして海老原はゆっくり周囲を見渡して、

「ミューには関心のない話だったらしいけど、いい機会だからここで詳しく解説しておきましょう。フリーメーソンというのは〈自由な石工〉という意味で、一七一七年、ロンドンのウェストミンスターに四つの支部（ロッジ）が結成されてはじまった石工や建築家たちの同業組合が発端とされてますね。もっともその源流は中世以降に活躍した、主に教会建築に携わった建築家集団に求められるようですし、さらにははるか古代のバベルの塔を建設した者たちが創始したという伝説もありますが、さすがにこれは権威づけのために創作された話でしょう。ともあれイギリスでの結成当時はごくあたり前の実践的組織に過ぎなかったとはいえ、もともと建築、ことに教会建築というのはひとつの宇宙論を地上に再構築する技術であるだけに、思弁的・形而上学的な側面ははじめからあったと考えるべきかも知れません。そのうえ〈薔薇十字団〉の人びとが多数流れこんだことによって、様ざまな秘教的儀式や神秘主義的思想が導入され、次第に秘密結社化していくことになったんです。

薔薇十字団というのは十七世紀の三十年戦争の直前に世界の普遍的改革を標榜して登場した秘密結社で、その基本にはエジプト経由のグノーシス思想とユダヤ経由のカバラ思想があり、それらの深遠な智恵を得て神理に至ろうとする復古主義と、できそこないのこの世を建てなおそうとする進歩主義の両面を持っていました。ドイツに現われ、またたくまに全ヨーロッパにひろがったこの薔薇十字運動は、のちに華やかに展開する秘密結社の系譜に決定的な影響を与えるんですよ。もちろんこうした動きは保守的な施政者にとっては見逃すことのできない危険思想にほかならないので、各地で様ざまな激しい弾圧が続き、とうとう薔薇十字団は十七世紀末にはほとんどその姿を消してしまうんです。けれどもその残党はひそかに地下で生きのび、新たな活動の場を求めてフリーメーソンへと流れこんだわけですよ。その結果、フリーメーソンは薔薇十字団の改革思想を継承しつつ、十八世紀に普及した啓蒙主義の流れに乗り、自由・平等・博愛の理想世界建設を目指す結社として全ヨーロッパにひろがっていったんです。

十八世紀後半にはアメリカ合衆国独立・フランス革命という二つの大きな事件が起こりますが、この両者にフリーメーソンが深く関わっているのは歴史的な事実です。アメリカ独立のために戦い、初代大統領となったジョージ・ワシントンはフリーメーソンのグランド・マスターだったし、独立宣言を起草し、三代大統領となったトマス・ジェファーソンもフリーメーソンでした。また革命直前のフランスは六百二十九ものフリーメーソンのロッジがあり、積極的に革命への動きを推し進めていたのですが、革命に強い影響を与えたディドロ、ボルテール、モンテスキューなどの百科全書派の思想家もそのメンバーだったし、一般市民の代表的な指導者だったミラボーやラファイエットもそうでした。かくしてアメリカの独立宣言や合衆国憲法、そしてフランス革命における人権宣言などにはフリーメーソンの思想が極めて色濃く投影しているんです。

こうして世界各地に拡大したフリーメーソンはその後次第に歴史の表層から退いていくのですが、それは決して自然消滅の道を辿っていったということではありません。とりわけ現在最大のフリーメーソン組織を抱えるアメリカではそれぞれ独立した憲章を掲げる五十以上のグランド・ロッジがあり、この下に郡レベル、さらにその下に地域レベルの単位に分かれていて、人口数千の町には必ずといっていいほどフリーメーソンのロッジがあるくらい広く浸透・定着しているんです。具体的な数字をあげても、フリーメーソンのメンバーの数は全世界で約六百万人、その三分の二の四百万人をアメリカが占めているといわれてますね。もっとも現在一般に知られているフリーメーソンの実情は形骸化した儀式を伴う社交クラブのようなもので、加入者の大半が期待しているものは人脈的な利益やフリーメーソン系の学校・病院などの施設の利用に過ぎないというのも事実でしょう。けれどもそれはあくまで表面にあらわれた事柄でしかない。その奥にどんな闇がひろがっているか、そしてそこで何が行なわれているかは誰にも窺い知ることはできないんです。

ただ、世界の動きを丹念に検討していくことでその一端を垣間見ることはできますね。政治的・経済的な動向はもちろんですが、決してそれだけではないですよ。例えば最近農業に従事している人びとのあいだにひろがりつつある動きや、先日まとめられた医療データに関する法案、ここのところテレビゲームの世界で流行しているシステムなどにもその影がひしひしと感じられるんです。——だけどまあ、それについて今ふれるのはやめておきましょう。とにかくフリーメーソンに関しては数限りない風説が流されていて、その代表的なものは『フリーメーソンはユダヤ資本による国際的陰謀組織だ』というものですね。そこからひろがって『ロシアの共産主義革命はフリーメーソンの手によって行なわれた』とか『第一次・第二次の世界大戦もフリーメーソンが起こした』などというものもありますが、それらのすべてが信用できるものではないにせよ、少なくともフリーメーソンがＣＩＡやバチカンや多国籍企業などと緊密な関係を持ち、世界を裏側から操ろうとしているのは確かなことなんです」

「またしてもユダヤか……」

茎田はぽつりと呟いた。一瞬海老原に怪訝な表情が浮かび、それは周囲の者に波のように伝播（でんぱ）した。

「そういういかがわしい風説は僕もいくつか知っているよ。そもそも〈フリーメーソン＝ユダヤ資本〉〈フリーメーソン＝共産主義〉というのはかつて乱立した有象無象の反共・反ユダヤ・反自由主義団体とともにナチスが声高に叫び続けた攻撃文句だったし、日本では大正の中頃に海外の反ユダヤ主義が直輸入されて、当初からこうした噂が取り沙汰されているからね」

茎田がそう言うと、ようやくほかの者も口を挿んで、

「へえ、意外と詳しいじゃん」

「いい加減なこと言ってんじゃないの」

茎田は急いでそれにつけ足し、

「別にいい加減なことじゃないよ。ロシア革命への武力干渉としてシベリア出兵が開始されたのが大正七年。そして『ユダヤ人が世界征服を目論んでいる』というユダヤ禍論（かろん）とともに〈フリーメーソン＝ユダヤ〉説が伝わったのがどうやらこのとき、反革命ロシア人を通してらしいんだ」

「全くよくご存知ですね」

海老原はチェックのズボンのポケットに手をつっこんだまま肩を竦め、

「ちなみにそのとき通訳として従軍し、日本に戻ってユダヤ禍論をふれまわった人物に酒井勝軍というのがいて、次第に親ユダヤの方向に傾きつつ、日本人とユダヤ人の起源が同一だとする日猶同祖論なるものを捏（こ）ねあげていくんですが」

そんな補足に茎田は曖昧な生返事をして、とりあえず自分の言葉を続けた。

「ともかく、〈フリーメーソン＝ユダヤ〉説の起源は今世紀初頭に帝政ロシアで出版された、悪名高い『シオンの議定書』という偽書なんだ」

積み重ねた飲料ケースに腰かけていたミューが我慢ができなくなったように口を尖らせ、

「学者なんか連れてくると話が長くなるってことを忘れてたよ。ナッキーだけで充分うんざりなのにさ。で、何なの。そのシオンの何とかってのは」

けっこう興味なくもなさそうに促した。

「それを理解するためにはまずユダヤ民族の迫害の歴史をざっと振り返っておいたほうがいいだろうね」

茎田はそう前置きして、

「かつてユダヤ民族は古代イスラエルに王国を建設し、そこに定住していたんだけど、紀元前六世紀のはじめにバビロニアに攻め潰され、多くの人びとが捕虜としてバビロンに連行されてしまうんだ。これをバビロニア捕囚というんだけど、こうして自分たちの国を失ってしまったことがそもそも彼らの苦難のはじまりだった。それ以降、イスラエルという土地は様ざまな他国家・他民族の支配下に置かれることになる。捕囚民の一部はもとの地に帰還したが、多くのユダヤ人は外国に留まり、離散民（ディアスポラ）とならざるを得なかった。しかし彼らは故国イスラエルへの想いを捨てることなく、かえって民族的・宗教的な結束を強めていくんだよ。


さて、ユダヤ教から派生したキリスト教が四世紀にローマ帝国の国教となったことで、ユダヤ人迫害の歴史はいよいよ本格的な幕あけを迎えるんだ。もともとローマ人は排他的で反抗的なユダヤ人を嫌っていたし、キリスト教徒にとってはキリストを十字架にかけたユダヤ人は赦（ゆる）されざる民だったからね。ここにおいてユダヤ教は邪教の烙印を捺され、彼らの聖地も〈イスラエルの真の相続者〉を自任するキリスト教に横取りされてしまう。それ以降、異教徒であるユダヤ人への軽蔑と嫌悪はキリスト教圏では普遍的なものになり、特にそれはローマ教会の力が最盛期を迎えようとする十一世紀あたりでひとつのピークに達するんだよ。

　ところで古代イスラエルの主都であったエルサレムはユダヤ教、キリスト教のみならず、七世紀に誕生したイスラム教からも聖地とされた。そして十一世紀にはエルサレムはイスラム教圏のセルジュク＝トルコの支配下にあったんだが、彼らはキリスト教徒に対して寛容で、その巡礼に城門を鎖すことはしなかった。けれどもキリスト教側はどうだったかというと、『トルコ人の手から我々の聖地を奪回せよ』という教皇ウルバヌス二世の説教に応じて、一〇九六年、西ヨーロッパの人びとは大規模な討伐隊である十字軍を結成し、エルサレムへ送りこんで異教徒たちの大量虐殺・財産強奪を敢行するんだよ」

「ロクなもんじゃねえな」

　一人の少年が呟いた。

「全くね。しかも彼らはイスラム教徒だけでなく、ユダヤ人への憎悪も暴走させるんだ。十字軍はヨーロッパを発つにあたっていくつものユダヤ人町を襲い、何万もの人びとを血祭りにあげた。また、エルサレムにおいてもユダヤ人が虐殺の対象とされたことに変わりはない。十字軍遠征はそれ以後二百年間、何度も繰り返されるんだけど、出陣の際にユダヤ人町を襲うのは一種の景気づけの行事みたいになってしまって、それだけで果たしてどれほどのユダヤ人が殺戮されたか想像もつかないくらいだ。……こうして定着したユダヤ人差別は彼らをすべての職業組合からしめ出すことになり、残っていたのは教会がキリスト教徒に対して禁じていた金融業だけだった。結局、西欧社会全体が彼らに金融業という賤業を押しつけただけなんだけど、その結果生まれたのが悪徳高利貸しというユダヤ人のイメージなんだよ。

　一二一五年にはキリスト教徒にユダヤの血が混じるのを防ぐため、ユダヤ人は特別なしるしを身につけなければならないとローマの会議で決められた。これによって〈恥辱のバッジ〉の制度がはじまり、場所によってはピエロのようなとんがり帽子を被せられたりしたんだよ。十三世紀末から十五世紀にかけては各国からのユダヤ人一斉追放が行なわれ、多数の流民が生まれることになる。イギリスでは一二九〇年、フランスでは一三九四年、ユダヤ人に寛容だったスペインさえもが一四九二年、彼らを国内から追放してしまうんだ。ドイツでは諸侯が割拠していたために一斉追放こそなかったものの、絶えず地方的な追放と虐殺があった。しかも一二三三年に成立した〈異端審問所〉の制度はユダヤ人にとっても恐怖の的の存在だったね。この強大な権限を持つ機関はカタリ派やヴァルドー派などのキリスト教内部の異端、ユダヤ教やイスラム教などの異教を抹殺するためのもので、実際に異端や異教を信仰する者ばかりでなく、膨大な数の冤罪者を拷問によって捏造・処刑し、何世紀にも亘って猛威を揮った。また、十四世紀半ばに大流行したペストの際には、ユダヤ人が水源に毒を投げこんだという流言蜚語が流れ、中央ヨーロッパで大虐殺が行なわれた。さらに十四世紀にはじまり、十六世紀後半から十七世紀前半にピークに達し、十八世紀にはいってようやくおさまった魔女狩りも、当然のことながら多数のユダヤ人を巻きこんで荒れ狂ったんだ。

ルネッサンスと宗教改革は近世ヨーロッパの夜明けを告げたといわれているけど、少なくともユダヤ人にとってはそんな気楽なものではなかった。一五一七年、ローマ教会の免罪符販売に弾劾の声をあげ、宗教改革の口火を切ったマルチン・ルターはなかなか問題の多い人物で、改革初期こそユダヤ人迫害に批判的な立場を取っていたけれど、彼らが自分の宗派にも決して改宗しないことを知った晩年のルターはすっかり過激な反ユダヤ主義者になってしまうんだ。また、ローマ教皇パウルス四世は一五五五年、ユダヤ人を隔離する地区〈ゲットー〉の制度を確立し、以後、この制度は西ヨーロッパ各国で十九世紀初頭まで続けられることになる。その例外がオランダとイギリスで、これらの国ではユダヤ人は商人として成功をおさめ、どんどん資本を蓄えていくんだ。

とにかくこのゲットーはユダヤ人問題では避けて通れない存在だよ。それがどんなものか説明すると、周囲は高い塀で封鎖され、二つ以上の門を作ることは禁止され、その門は外側から鍵をかけて鎖されていたというから、まあ収容所以外の何物でもないね。ゲットーからの外出は日曜日とキリスト教の祝祭日には許されず、それ以外の日でも外出時には許可証を携帯し、恥辱のバッジを身につけ、とんがり帽子を被っていなければならなかった。また、ゲットーの敷地拡大は許可されなかったために、人口増加につれてその内部はスラム化し、家屋倒壊や火災、疫病流行などによってたびたび多数の犠牲者が出ることになったんだ。ただ、彼らの教育水準は一般ヨーロッパ人よりはるかに高く、その閉鎖状況が独自の文化を守ることにもなったんだけどね。とはいえ、こうした非人間的な制度の強制は矮小で脆弱な体格、狡猾で不安定な精神というユダヤ人の典型的なイメージを作りあげてしまったんだよ」

そこまで言って茎田は海老原にかすかな笑みを向けると、

「さっき君の話に出た十八世紀に普及した啓蒙主義はユダヤ人にも多大な影響を及ぼしている。民衆を無知や因習的偏見から解放しようとするこの思想は、ユダヤ人差別をなくすために、ユダヤ人に一般的なヨーロッパ文化を教育しようとする運動に繫がっていったんだよ。これは差別する側の意識変革を図るというより、差別される側の意識を矯正して同化させるという考え方で、問題を含むものではあったけれども、とにかくこうしたユダヤ人解放への動きは画期的なものだったね。フランス革命後、その精神を受け継いだナポレオンの軍隊はイタリアやドイツでゲットーの壁を打ち壊してユダヤ人を解放し、十九世紀初頭にユダヤ人代表機関に政教分離を宣言させたんだ。こうしてユダヤ人は一般ヨーロッパ市民と肩を組んで封建制打倒の闘いをはじめ、数々の市民革命を経過して、フランスで一八四七年、イギリスで一八五八年、イタリアで一八七〇年、ドイツで一八七一年、スイスで一八七四年と、次々にユダヤ人差別の法令が廃止されることになる。かくして西ヨーロッパのユダヤ人解放闘争はここに最終的勝利を得た——ように思われた。

しかしこの頃の市民革命は自由主義的革命であると同時に民族主義的革命でもあったんだ。一民族が一国家を形成すべきだとするこの民族主義の動きのなかから、ユダヤ人をヨーロッパ社会に組み入れるのを断固拒否する人びとが現われる。その先鞭をつけたのが一八一五年以降のドイツ国家主義なんだ。ユダヤ人の同化はドイツを崩壊させるというアッピールが大々的になされ、一八一九年にはバイエルンを中心として暴動が起こり、『ヘップ、ヘップ』と叫ぶ暴徒にユダヤ人町が襲撃される事件が起こっている。この『ヘップ』というのはヤギを追い立てるかけ声だそうだ。こうした流れは歪んだ人種理論という全く新しい武器を手にして、ナチスによるユダヤ人大量虐殺へとまっしぐらに雪崩(なだれ)落ちていくんだ。

この歪んだ人種理論は一八七五年にドイツ人ジャーナリスト、ヴィルヘルム・マルによって〈反セム人種主義(アンチ・セミティズム)〉と命名された。これは当時まだ耳新しかった〈言語による人種区分〉の用語を根拠もないまま生物学的人種を指す名称として流用し、〈アーリア人種〉を最も高貴、〈セム人種〉を最も劣等な人種と規定する思想なんだ。もちろんユダヤ人はセム人種のなかに含まれていて、彼らは誇り高きアーリア人の血と文明を堕落させ、崩壊させる害毒でしかないとされる。ユダヤ人の問題点を彼らの信仰する宗教とする伝統的な考え方と異なり、彼らの血そのものが問題だとする宿命論的なこの思想は反ユダヤ主義の決定版といい得るものだった。

一八七〇年代後半から明確な政治運動となった反セム人種主義は一八八〇年代にその上に立つ諸政党まで生み出し、またこの思想を宣伝する数多くの出版物のなかから一八八六年フランスのエドワール・ドリュモンの『ユダヤ化したフランス』や、一八九八年ドイツのヒューストン・スチュワート・チェンバレンの『十九世紀の基礎』などのベストセラーが出るんだ。こうして今や巨大な潮流になった反ユダヤ主義は一八九四年フランスにおいて、ドレフュス事件という当時の世論をまっぷたつに分けた冤罪事件を引き起こすんだよ。それはフランス軍の機密を売りつける内容の一通の手紙が発見されたことからはじまり、ユダヤ人士官アルフレッド・ドレフュスがスパイとして逮捕され、軍法会議で終身禁固の判決が下されたんだけど、その後、決め手となった証拠品の数々がすべて故意に偽造されたものだということが発覚して、社会的な大問題になった事件なんだ。あらゆる人が有罪派と無罪派に分かれて論争しあった当時の状況はプルーストの『失われた時を求めて』にも描かれている。そしてこの陰謀を弾劾し、無罪を勝ち取ろうとする人種擁護の強力な動きの発端となったのはエミール・ゾラが新聞に発表した『私は告発する』という文章だったんだ。こうして盛りあがった自由主義運動のために、反セム人種主義の活動はフランスでは次第に下火になった。

　それに反してドイツや近代化の遅れた東ヨーロッパ諸国、特に混乱の時代を乗りきるためにユダヤ人を生贄とする腹づもりを固めた帝政ロシアにおいて、反セム人種主義は吹き荒れる嵐となっていた。そして一八八一年から八四年にかけて、ロシア南部で暴徒による組織的なユダヤ人襲撃が起こるんだ。この組織的襲撃を〈ポグロム〉といい、こうした悲惨な状況のもとで、ロシアのユダヤ人のあいだから、故国イスラエルへ帰還し、自分たちの独立国家を再建しようとする政治運動〈シオニズム〉が生まれるんだよ。シオンというのは古代イスラエルの主都エルサレムに、ソロモン王が神殿を構えた丘の名だ。そこはまた、彼らが唯一崇める神ヤハウェがその名を置くと約束した地上唯一の場所なんだ。だからもともとバビロニア捕囚以降世界各地に離散を余儀なくされた彼らにとって、シオン憧憬は切り離せないものだったんだけど、これが政治的イデオロギーにまで高められたのはユダヤ民族の歴史のなかでも画期的な動きだったといえるだろうね。

さて、こうしたシオニズムの活動に加わった一人にウィーンで活躍していたユダヤ人ジャーナリストのテオドール・ヘルツェルがいた。彼は最初、ユダヤ民族の自立に興味を持ってはいなかったんだけど、パリでドレフュス事件の取材をしたことをきっかけにしてこの活動に参加し、ユダヤ人に広く影響を与えた『ユダヤ国家』という著書を発表するなどして、その指導的立場に立つことになるんだ。そして一八九七年八月、彼はスイスのバーゼルに二百四人の代表者を集め、〈第一回シオニスト会議〉を開くんだよ。この会議で、イスラエルにユダヤ民族国家を再建するために世界シオニスト機構を設定するという〈バーゼル計画〉が採択される。こうしてシオニズムは国際的ユダヤ民族主義運動に成長し、あのナチス・ドイツによるユダヤ人大量虐殺の時代を経て、第二次大戦後の一九四八年、ようやくイスラエル国家独立によって結実するんだけど――」

そこで茎田はいったん間を置いた。途中からあからさまにじりじりしていたミューはここぞとばかりに首を突き出して、

「ひょっとして、これでようやく前置きが終わったってわけ？」

「そうだよ」

申し訳なさそうに返す茎田に、ミューは逆立った髪をガシガシと掻きまわし、

「こんな状況でそれだけお喋りできるなんて、あんた、ナッキー以上だよ！」

呆れたように吐き捨てた。

「いや、本題はすぐ終わるよ。さて、問題の『シオンの議定書』というのはこの〈第一回シオニスト会

議〉の議事録という体裁を取っているんだ。それによれば、その会議で議論された内容はユダヤ人が世界を転覆し、諸民族を征服するための遠大な陰謀計画だったということになっている。しかもその計画内容もなかなか巧妙にデッチあげられていて、その柱をざっとあげつらうと、

物質主義を推し進めることによって大衆に信仰心を失わせる。

自由主義・個人主義の風潮を煽ることによって大衆に愛国心を失わせ、国家の弱体化を図る。

3S政策、すなわちスクリーン・セックス・スポーツの振興によって享楽主義の風潮を煽り、大衆を愚民化する。

貧富の差を拡大し、階級闘争を助長して、共産革命への呼び水にする。

これらの計画遂行のために表ではジャーナリズムを利用し、裏ではフリーメーソンを利用する。


といった具合なんだ。多分君たちにはピンとこないかも知れないけど、こうした基本的な条項を取りあげる限り、全く気味が悪いほど現代でもそのまま通用しそうな内容になっているね。読み手に何がしかハッと思いあたるものを投げかけるという点で、この偽書は実に心憎いほど巧妙に作られているんだよ。

さて、この『シオンの議定書』は一九〇五年、ロシアの哲学者セルゲイ・ニールスの『小事中の大事と、近き政治的可能性としての反キリスト』という著書の第三版に添えて公表されたものなんだけど、ニールスによれば、この議事録はフリーメーソンの有力人物からある婦人が盗み出したものを、ニールスの知人が写し取って伝わったということになっている。しかし実際のところその原型となる文書はモーリス・ジョリーというフランス人の『マキャベリとモンテスキューの地獄での対話』を種本としてドレフュス事件

で騒然たるさなかのパリで作成され、これを入手した帝政ロシアの秘密警察オフラナを通じて本国に持ちこまれたものらしい。そして一九〇三年には既に『軍旗』という雑誌を主催するP・A・クルシュワンによって発表・掲載されているんだ。それに手を加えたものがニールスの『議定書』というわけさ。もっとものちにこの本は発禁処分になってしまうので、そのままですんでいれば影響は最小限に喰い止められたかも知れないね。けれどもロシア革命で亡命した二人の武官の手によって『議定書』はドイツ国内に持ちこまれてしまう。ドイツではロシア革命以後、反ユダヤ運動がますます過激になっていくんだけど、そこにはこうした白系ロシア人の影響が強く働いている。つまり、革命はユダヤ人の陰謀によるものだと彼らがふれまわることによってね。

さて、ベルリンに持ちこまれた『議定書』は一九二〇年、〈厚顔なユダヤ人に反対する会〉のルードヴィヒ・ミュラー・フォン・ハウゼンによって『シオンの賢者の秘密』というタイトルで出版され、爆発的なベストセラーとなるんだ。以後、この本は各国で翻訳され、一九二〇年代、三〇年代を通じて聖書に次ぐベストセラーといわれるくらい広く人びとに読まれることになる。こうしていったん浸透・定着した〈ユダヤ＝国際資本＝国際陰謀団＝共産主義＝フリーメーソン〉というイメージは、一九三四年にバーゼルで開かれた反ユダヤ主義に対する裁判で、『議定書』が全くの偽作であることが明らかにされたなどというくらいでは決して打ち消すことはできなかったんだよ。ましてヒトラーがナチスの党首となるのが一九二一年、そのナチスが政権を獲得するのが一九三三年という時系列を考えれば、この『シオンの議定書』がユダヤ迫害に及ぼした影響がいかに甚大だったか想像がつこうというものだね。……ということで話が長くなってしまったけど、『フリーメーソンはユダヤ資本による国際陰謀団』という幻想のルーツはこの一冊の捏造された文書だったんだ」

語り終えた茎田はゆっくりと赤茶けた空間を見渡した。むろんそれは周囲の少年少女の反応を確かめるためだったが、彼らのあいだに漂う空気はどうも好ましいものとはいえなかった。大半の者が聞いていたのかそうでないのか、表面的にはいかにも興味なさそうな素振りだったし、なかには二、三人で顔を寄せてクスクス笑いあっている者もいる。

このちぐはぐな雰囲気。歯車がそれぞれバラバラに空まわりしているような——。ミューはと見ると、こちらはこちらでいつのまにか取り出した大きなレモンを齧りながら酸っぱそうに顔を顰めているところだった。

「それで終わりかい。ご苦労さん。余計なことを振って後悔したよ。でもまあ、そこそこには面白かったけど」

「それはどうも」

茎田はほっとした気分で返し、最後に海老原へ眼を戻した。少年は話の途中から首を垂れ、ずっと足もとを見つめているふうだったが、茎田の眼を待ちかまえていたようにあげた顔には依然として癖のある笑みが浮かんでいた。

茎田はこんな場に置かれながらどうしてこうも饒舌になっているのか、我ながら怪訝な想いに囚われていた。多分、それはこの状況を拒否したいという衝動のせいだろう。はっきり表明していたわけではないにしても、これまでガチガチの合理主義の立場に身を委ねてきたところに、いきなり超能力などというものの存在を認めさせせられてしまったこの状況をだ。

あるいはそれ以上にフリーメーソン云々という話題が彼の神経を逆撫でしたのかも知れない。問題はそれが陰謀機関として規定されていたことだ。彼はこれまでの経験から、その種の陰謀史観がオカルト全般と極めて親和性が高いことを承知していた。いや、それ自体が既に充分過ぎるほどオカルトなのだ。そして今、彼は改めて自分がどれほどその種の陰謀史観を忌まわしく思っていたかに気づき、いささか驚きの念を禁じ得ないほどだった。

いずれにせよ、これまで全く認めていなかった事柄をそうそう簡単に受け入れることができるだろうか。人はそれぞれのやり方で世界というものを理解している。それを土台にして初めて人は自分と世界との関係を取り結ぶことができるのだ。そして少なくとも彼にとってオカルトの否定は世界認識の要(かなめ)の部分となっていた。だからそこを突き崩されることは彼にとって世界との関係の取り方を見失ってしまうことなのだ。

改変の必要は認めたくない。最低限、できるなら保留しておきたい。――そんな未練が思いのほか彼を饒舌にさせているのだろう。努めて平静を装ってはいるものの、彼の内面に吹き荒れているのはそうしたぎりぎりの苦闘だった。

「さすがに文化心理学の専門家――というところですか。お説の通り、メーソンがユダヤと結びつけられたのは『シオンの議定書』からと言っていいでしょう。……しかし冷静に振り返ってみると、その点を明らかにしてみても、それによってメーソン自体が潔白になったわけではありませんよ。少なくとも我々を抹殺しようとしている連中がその名を称しているのは間違いない事実ですからね」

海老原と名乗る少年はそう言ってポケットから手を出し、茎田に向けて親指をピンと弾いてみせた。その手から何か小さなものがとんできたので、茎田は慌てて受け止めた。

「それが連中のシンボルマークです」

指を開くと、銅製らしい環に青い七宝(しっぽう)を嵌めこんだ小さなバッジが現われた。青い地に白と赤で図柄が描かれ、よく見るとそれは天秤とコンパスらしかった。

「連中はこれを襟の下などにつけていて、必要があれば互いに見せあって確認するんですよ」

しかしそこまで喋って、海老原は急に右手を自分の額に押しあてた。

「ああ、そうか、論文！――それがあなたに監視の眼が向けられた理由なんですね」

その瞬間、努めて意識から遠ざけていた怯えが胸の底に蘇った。それは精神の安定を根底から揺さぶる怯えだった。

そうだ。意識的な思考ばかりでなく、無意識的なものまで読み取られている。――これはあってはならないことだ。勝手に思考を読み取られるのは人前で素裸を晒すことと同じなのだから。人の思考がブラックボックスに封じこめられていることは安定した精神生活のための欠くべからざる大前提なのだ。

そして茎田はつくづく思いあたった。確かに重大な秘密を抱える人間や組織にとって、こうした能力を持つ者は何よりも厄介な存在に違いない。なおかつそう納得することは少年の描き出そうとする構図の大きな補強材料にほかならないことに気づいて、彼は慄然とせざるを得なかった。

「……訊問の必要もないわけか。君たちにとって僕の頭はガラス張りってことだね」

茎田は声を落として言ったが、すかさず海老原は手を振って、

「いいえ、決してガラス張りなんてことはありません。むしろ、ごく小さな節穴のようなものですよ。そしてその穴がどの部分にあくかは分からない。……それにしたって気分のよくないものでしょうけど、少なくとも何もかも見透かされているわけではありませんから、その点は安心してもらっていいですよ。僕たちのテレパシー能力には一人一人でかなりの差があるし、質的にも大きな違いがありますが、ガラス張り同様に思考を読み取る能力を持つ人間なんて僕は一度も出会ったことはないですね。いや、もしかする

と連中に殺された仁科尚史君ならそれくらいの能力を持っていたかも知れませんが」

その言葉に重ねて周囲のクスクス笑いが大きくなった。気に障る笑いだった。依然背中に貼りついている不安とともに茎田のなかにムズ痒い苛立ちがひろがっていった。

「ということは、ついさっき、その穴が僕のなかの論文に関する部分に重なりあったわけだね。まあ、少しはそれで胸を撫でおろすことにするけど、そもそも僕がこんな立場に追いこまれた原因が本当にその論文にあるのかどうかもよく分からないんだよ」

「どんな内容の論文ですか」

「僕もまだ完成論文を読んだわけじゃないんだ。それまでの断片的な小論や本人から聞いた構想から、おおよその全体像を推測することはできるけど……」

「それでかまいませんが、説明して戴けますか」

するとそれまでレモンを齧っていたミューが「手短にね」と横から注文をつけた。

「そうするよ。……彼が研究していたのは人間の精神における情報処理の様式の問題なんだ。つまり、我々は取りこんだ情報をそっくりそのまま意識しているわけではなく、それを取捨選択したり、歪めたり、抑制を加えたり、様ざまに組み立てなおしたりしていて、むしろそういった複雑極まりない情報処理の総体こそが精神と呼ばれるものにほかならないわけだけれど、そういった情報処理がどのような原理に従って行なわれるかという問題は、だから心理学にとっては全く基本的な問題なんだ」

そうして言葉を繋ぎながら、茎田は自分の心づもりを裏切って、再び話が長くなりそうな予感に囚われていた。

「彼の見出した原理を端的に表現すれば、情報はより好ましいかたちに変えられるということになる。何にとって好ましいかというと、結局のところ〈情報処理にとって〉というほかにないいんだけどね。〈情報処理のために好ましく情報処理される〉というのは一種の循環論法だけど、まさしく情報処理の秘密はそこにあるんだ。つまりその様式は極めて自己目的になっているんだよ。

例えば我々は一メートル先にいる人間も三メートル先にいる人間もさほど違った大きさには意識していないけど、これは〈大きさの恒常性〉といわれる現象で、対象物までの距離が大きくなるほどその対象物の見た眼の像を拡大して意識するような情報処理が我々の意識下のレベルで行なわれているために起こる。そしてこの視覚における大きさの恒常性は〈形の恒常性〉〈色の恒常性〉などとともに、モノの同一性――すなわち同じモノは異なる位置に置こうが、その向きをずらせようが、周囲の明るさを変えようが、やはり同じモノであること――を認識するための極めて有効な機能なんだよ。

さて、例えば〈丸く鋏(はさみ)を入れた切符〉のような形があるとき、我々はその形そのものとしてではなく、〈一部が半円形に欠損した長方形〉として意識するけれども、そんなふうにひとつの形からわざわざ長方形と半円という複数の要素を抽出する方向に情報処理が行なわれるのは、円や長方形がそれだけ極めて特権的な形だからだね。こうした規則的な形は不規則な形よりも〈直観的定義〉のための情報量が少なくてすむ。そしてそうしたほうが直観的定義のための総情報量が少なくてすむ限り、〈最少情報量の原則〉に従って、要素の複数化はごく自然なものとして遂行されるんだ。また、同じような不規則な線の集まりであっても、多くの任意のものに較べて〈あ〉という文字のほうがそのような形として認識しやすいのは、やはり既に記憶に固定されている文字のほうが直観的定義の情報量が少なくてすむからだね。図形だけでなく、あらゆる情報は本来直観的定義のために多くの情報量を必要とするものでも、それに特定の意味づけを行なうことが可能ならば必要情報量を大幅に削減することができるんだ。

意味づけとは、すなわち対象となる情報に別の情報を結びつけることにほかならない。そして後者は既に同一性・普遍性を充分に備えた情報でなければならないね。こうした情報の結びつけによって、新たな情報は同一性・普遍性を確保し、同時にもとの情報の同一性・普遍性も以前よりさらに強化されていくんだよ。こうして同一性・普遍性を確立した情報は直観的定義のための情報量が少なくてすむし、新たな処理に際しても小さな労力しか要しないため、系全体にとっても余計なストレスがかからずにすむ。だから新たな情報を次々無理なく既成の〈情報ネットワーク〉のなかに組み入れることができさえすれば、系全体のほうでもそれ自身の同一性・普遍性を強化するために、どんどん新たな情報を取りこもうとするだろう。かくして人間は次々に情報を処理し続け、またそうしなければ自分自身の安定を保つことさえできないんだ。そしてこうした情報の同一化・普遍化の機能を僕の友人はその自己目的性を強調して〈つじつまあわせ〉と表現しているんだよ。

さて、情報の同一性をより強固にするためには大雑把にいって二つの方向が考えられる。そのひとつはできるだけ多くの他の情報と結びつけること。もうひとつはできるだけ同一性の高い情報と結びつけることだね。前者では、その情報は何度も繰り返しつじつまあわせに動員されなければならない。問題になるのはその回数だ。従ってこれは〈量の原則〉ということができる。従ってこれは〈質の原則〉といえるだろう。それに対して後者では、どういう対象とつじつまあわせされるかが問題になる。従ってこれは〈質の原則〉といえるだろう。もちろん実際の局面では両方の要素が絡まりあっているのは間違いないにしても、とりわけ〈質の原則〉が重要となるのは、同一性の高い情報ほど他の情報を招き寄せる力が大きいために、ほかの部分に較べてますます同一化が進行し、それによっていわば〈連鎖密度の格差拡大〉ともいうべき構造が導き出されてくるからなんだ。ここで、宇宙に漂う塵(ちり)のなかに密度の高い部分ができると重力の作用でそこにどんどん塵が集まり、やがて星にまで成長していくというモデルがすぐに思い浮かぶけど、僕の友人はあえてそれよりも、平らな地面に降った雨がわずかな凹凸を見つけて流れを作り、そうして生じた水流が地面を削りながら周囲の流れを集めて、次第に大きな川へ成長していくというモデルを採っているね。

ともあれ、そういった具合に情報ネットワークの密な部分と粗な部分とのあいだに力の場が生じ、これがつじつまあわせの具体的な流れを決定する大きな要因となるんだ。だからそうした意味あいを強調して、同一性の高い情報はそうでない情報に較べて、より〈規範的〉だと表現することができる。例えば〈形〉という範疇(はんちゅう)で最も規範的なのは〈直線〉や〈円〉で、これはほとんどすべての人間にとって共通したことだろうけど、これが〈人生にとって価値あるもの〉なんて括りになると、何が規範的かは人によってまちまちになるね」

そこで半分ほどレモンを齧っていたミューが、

「あたしにとって価値あるのは自分だけだけどね」

うんざりした顔で口を挿んだ。もちろんそこには一刻も早く茎田の話を打ち切らせたいという想いが露骨にこめられていたが、それに反して海老原のほうは、

「それがあなたの友人の基本的な考え方なんですね」

愉快でたまらないといった笑みを浮かべて促した。

「ああ、そうだよ。そして彼女にはちょっと説明したけど、そうした情報の結びつきは彼独特の〈命題のトポロジー的連環モデル〉によって説明されるんだ」

「面白いですね。本当に面白い。いいえ、かまいませんよ。時間はたっぷりあるんです。もう少し説明して戴けますか」

「ああ、いいけど」

茎田は素早く唇を湿して、

「さて、当然のことながら、こうした規範的な部分どうしも強い力で結びつこうとする。そしてそれらは互いに自分自身を強く拘束しあい、複雑な連環をなして、全体として情報ネットワークを支える骨組みとなる。こうしてネットワークの系全体、すなわち精神の同一性が確立されていくんだよ。ここでもう一度強調しておくと、同一化を推し進めるためには絶えざるつじつまあわせが必要なんだけど、いっぽうそのつじつまあわせを支配するのは同一化の進んだ情報群だという点が重要で、このどこが頭でどこが尻尾だか分からないというところがまさに人間の情報処理系の自己目的的な構造の基本的枠組みなんだ。そしてこうした回路のもとに、母親との緊密な接触のなかからどう対処すればより快適な状況を得られるかを赤ん坊が学び取るように――、あるいは執拗に関連づけされて示されるうちに物事と言葉との秩序立った体系が体得されるように――、そして〈ごっこ〉の繰り返しのなかで子供が自分の社会的役割を実験的に確認していくように――、情報処理系の同一性はつじつまあわせの反復によって検証され、補強され、整備されたものになっていくんだよ。

ところが同時につじつまあわせの絶えざる遂行によって、系の同一性は常に破綻の危機に晒されてもいるんだ。それはつじつまがあわない、つまり矛盾というかたちであらわれる。既に組みあがったネットワークに組み入れようとすると矛盾を生じてしまう情報の出現は系自身の同一性の正当性を揺るがし、円滑な機能を混乱に陥れ、系全体に多大な歪曲を及ぼすだろう。そしてこうした情報を僕の友人は〈矛盾情報〉と名づけるんだ。例えば他人に『お前は馬鹿だ』と決めつけられるとき、自分を好ましいものと価値づけることで安定を保っている情報ネットワークには、その情報はそのままのかたちでは取りこむことのできない大きな矛盾として示されることになる。では、どうやってこの矛盾情報は克服されるのか――？

その問いにひと言で答えるなら、なるべく最小限の範囲でという条件つきでネットワークの組み替えを行ない、矛盾を矛盾でなくしてしまうというのが一般的な方法だ。そしてこれは単純な結びつけに較べてより高次なつじつまあわせといえるだろう。このことは矛盾情報に対して高次なつじつまあわせが働き、その結果として系の自己同一性が守られるというより、むしろ自己同一性そのものが能動的に矛盾情報を克服しようとする結果が高次なつじつまあわせとなってあらわれる、と解釈したほうがいいかも知れないね。

さっきあげた例に即していえば、『お前は馬鹿だ』と決めつけられたとき、『こんなことを言うあいつのほうが馬鹿だ』という具合にその情報を否定したり、『これは俺を発憤させるための言葉なんだ』と情報の意味をすり替えたり、『そう、俺は馬鹿なんだよ』と表明してみせることで、相手の言葉を受け入れる度量の広さを持った自分に価値を見出したりするのはみんなこの矛盾情報の克服のための手段なんだ。まあざっとこんな具合に、つじつまあわせは情報ネットワークの最小限の組み替えによって矛盾を押さえこむという原則のもとに行なわれるんだよ。

とはいっても、同一性の破綻が限定された小領域に留まるなら部分的な修復で克服できるだろうけど、それがかなり広範囲に及ぶ場合、事態はそれだけ深刻なものになる。そしてついには情報ネットワークの大幅な編みなおしが必要となる事態も起こり得るだろう。そうした場合、もとのネットワークが完全に解消されることもあるだろうし、それがそっくり生き残って、新たに編みなおされたネットワークと一種の共存を続けるというケースも考えられる。つまり、その内部では〈無矛盾性の原則〉を保ったネットワークがひとつの単位となり、そうした多数のチャンネルを適宜に切り換える体制が組みあがるんだ。これによって、多様なかたちを取ってあらわれる矛盾に効率よく対応することができる。そしてこれも高次なつじつまあわせの一様式といえるだろう。というわけで、人はそうやっていろんな情報ネットワークを使い分けて生きているんだ」

「なるほど」と海老原は頷いて、

「人格（パーソナリティ）の語源である〈仮面（ペルソナ）〉が指し示しているものがまさにそういう事情なんですね」

「……そう。全くその通りだよ」

茎田は今さらのように戸惑い、舌を巻いた。

――そして確信した。

本来こうした説明をすんなり理解できるはずのない者たちを前にして、かまわず専門的な内容を喋り続ける彼のなかには、はじめからひとつの予感めいたものが頭を擡（もた）げていた。それはこの海老原という少年が茎田の言葉を理解し、分かりやすく嚙み砕いて、ほかの者にも伝えているというイメージだった。そんな妄想に近い想定が今ここにきてはっきりと確信のかたちを取ったのだ。

そうでなければ彼らの素振りにたちまち強い拒否反応があらわれてしかるべきだろう。しかし表面的には興味なさそうな顔をしているものの、退屈による苛立ちといった様子は微塵もない。結局、この少年が通訳のような役割を果たしていると考えればまさしくつじつまがあうのだ。

「話を続けるけど、ここで考えなければならないのは、我々が取りこんでいるあらゆる情報が、程度の差こそあれ、すべて矛盾情報としての性格を持っているということだよ。この問題を詳しく考察している余裕はないけど、情報が本来的に持つ矛盾性の大きな要因はつじつまあわせの有用な道具である〈言葉〉と〈意味内容〉との関係の曖昧性にあるといっておこうかな。そしてつきつめていうなら、それはまさに

『外界から取りこまれた情報はその当人の情報処理系に処理可能なかたちにしか処理されない』という点に還元されなければならないんだ。

まあともあれ、我々は果てしない矛盾情報の海に投げ出された存在だという前提に立ってみると、我々の自己同一性が決して静的なものではあり得ないことがはっきりするよね。いや、むしろ自己同一性の強度は矛盾情報をつじつまあわせすることによってのみ立ちあらわれてくるのであって、そうなると両者は単純な対立関係にあるのではなく、極めてダイナミックな、相互依存的な関係にあることが分かるだろう。……だけどもちろんつじつまあわせは常に十全になされるのではなく、恐らく多くの矛盾情報は単に矛盾性を軽減されるに留まるだろうし、あるいは全くつじつまあわせに失敗して、無視も飼い慣らしもできないままに取りこまざるを得ないケースも少なくないはずなんだ。

ひとつの例をあげるなら、こうした矛盾情報のうち、我々にとって最も究極的なものは〈死〉という観念といえるだろうね。なぜかといえば、それが〈自己同一性〉の無化を意味する情報だからであり、しかもそれは全く不可避に訪れるものであるにもかかわらず、決して体験できないものだからなんだ。そう、ほかのことなら現実にせよ空想にせよ疑似体験も可能だろうけど、体験の終結としての死は、そもそもがどうやったって自分のものとして体験できるはずがない。そのためにこの情報をつじつまあわせしようとすると、体験という部分にぽっかり空虚な穴があいてしまう。……本来埋めつくされねばならない部分にあいた穴はその系全体を不安定なものにしてしまう。そしてそこには穴を塞ごうとする大きな力の場ができあがる。かくして死という矛盾情報は極めて稠密（ちゅうみつ）なつじつまあわせを要求するんだよ。

そう、死は高度な同一化を求める。そしてそのためには死と結びつく情報群も高度に同一化された、つまり規範的なものであることが必要だ。もっとも死そのものが稠密なつじつまあわせの結果、すぐれて規範的な情報となるために、それに結びついた情報群も自動的に高度な同一化が推し進められるという側面もあるんだけどね。だから両者は相互依存的に強化され、そうして高度に規範的となった情報群はその稠密なネットワークを周辺へと押しひろげ、系全体の骨組みのなかでもひときわ中心的な、いわば大黒柱のような存在に成長するだろう。そしてこの死を克服する装置であり、同時に自己同一性の中心的な基盤でもあるような情報群を僕の友人は〈原器〉と名づけている。俗な言葉でいえば、それはその人間にとっての生きがいというものに大きく重なりあうはずなんだ。

さっきも少しふれたけど、もちろん原器としてどういうものが採用されるかは人によってまちまちだ。例えばそれは特定の思想や慣習であったり、家族や仕事であったり、富や社会的地位であったり、国家や神であったり、さらには単なるモノであったりする。まあ多くはそれらの複合だろうけどね。そしてこれらの原器はその人間のつじつまあわせの様式を左右し、自己同一性のあり方を規定するんだ。いや、むしろそうしたものに縛られ、支配されることによって、人間ははじめて自己同一性を保持できるといったほうがいいだろう……」

語りながら茎田は、ふとその内容を自分自身に押し重ねていた。

――僕にとっての原器とは何だったんだろう。

そうだ。今になってははっきり分かったような気がする。それは科学信仰だ。世界は徹頭徹尾整合性に支配され、非合理のはいりこむ余地など全くないとする、潔癖ともいえる科学信仰。そこではまた、超能力などの存在も割りこむ余地はないはずだった。

この眼で見たことがないから信じられないなどという次元の問題ではない。それなりに様ざまなデータを考えあわせ、整合性に抵触しないような存在場所を検討しまわったあげく、超能力を含むすべての超常現象は意識的ないし無意識的な詐術によって百パーセント説明されるだろうというのが唯一どうにも動かすことのできない最終結論だった。だからこそこの今、否応なく彼が投げこまれ、眼の前につきつけられている状況は全くもって最悪の矛盾情報にほかならないのだ。

だがその危機を克服するためのどんな回路が発動しているにせよ、普段はどちらかといえば口数の少ないほうなのにこれほど飽くことなく喋り続けているのは我ながらいささか呆気に取られるほどだ。そういえばずっと小さい頃、家で飼っていたシェパードが死んだときも、熱に浮かされたように何やら喋り続けて家族の首を傾げさせたことがあったっけ。そうだ。そして妹が死んだときも――。

「結局、人間というのは抑圧や拘束なくして生きていけない動物なんだよ」

連想を截るようにして茎田は心持ちその言葉を強調した。

「なるほど、よく分かります。……でも今まで説明されたことはやっぱり前提となる考え方に過ぎないんでしょう。その論文では特にどういう問題が取りあげられているのか、おおよそでもご存知のことはないですか」

「あくまでつじつまあわせのパターン分類が論文の主要テーマだと聞いているけど、いろいろ考えあわせるに、マインド・コントロールの問題も展開されているに違いないね」

茎田が答えると、途端に海老原の眉がぴくりと動いた。その気配は一瞬その場にたむろする者たちにもかすかに伝播したような気がしたが、それが確かなことだったのかどうかはっきり見定めることはできなかった。

「マインド・コントロール……？」

海老原はゆっくり鸚鵡返しに呟いた。

「そう。僕の友人の言葉でいえば、つじつまあわせを特定の方向に誘導する技術だね。これは教育と重なりあう概念だけど、マインド・コントロールという場合、対象となる人間の思考や行動を想いのままに操るという意味あいが強くなる。つまり、そこでは最大限の効果をあげることのみが追求されるんだ。僕の友人は普段から自説を延長させたかたちでよくこの問題を口にしているからね。だから論文でも当然取りあげられているはずなんだよ」

「具体的な方法も、ですか？」

その問いに茎田は大きく首を横に振って、

「いや、具体的というより、普遍的な方式だと思うね。彼がよく言っているのはこういうことだ。つじつまあわせの方向を支配し、不特定な方向に揺れ動くのを防いでいるのは規範的な情報群であり、その中心的なものが原器である以上、マインド・コントロールを行なう場合、いったんこの原器を突き崩してしまうのが最も効果的な手段だとね。いったん原器が突き崩されると、情報ネットワークは新たな原器を構築しようとするから、そこに意図する情報を組みこませる作業が容易になる。つまり、ここで必要になるのは対象となる人間の原器を突き崩すための機能と、新たな原器のかたちを指し示す機能のセットなんだ。そして彼は前者のために使用される手段や道具を〈原器損壊装置〉、後者のそれを〈命題美化装置〉と名づけるんだよ。いわばそれぞれ鞭と飴ってところかな。あとはそれぞれにどれほど強力な力を持たせるかの問題だけど、それは対象となる人間や集団の性格とのかねあいになってくる。例えば先程の話に引き寄せるなら、かつての多くの人びとにとって『シオンの議定書』はこの上なく強力な損壊装置だったし、また美化装置でもあったんだよ。

もっともこうした考え方にとって、マインド・コントロールという素材はあくまで足がかりのひとつに過ぎないんだ。というのは損壊装置や美化装置という概念は必ずしも作意的なものに限定されないからだ。例えば関東大震災直後に起こった不幸な朝鮮人狩りでは『朝鮮人が井戸に毒薬を投げこんでいる』とか『朝鮮人がダイナマイトを抱えて襲ってくる』とかいった流言蜚語だけでなく、震災そのものが強烈な損壊装置として働いたわけだからね。だから僕の友人の意図はあくまで様ざまな心理現象や社会現象を読み解くためにそうした概念が有効だというところにあると考えてもらっていい。……とはいっても、もしもこの論文が君たちのいう連中のアンテナにかかったとすれば、やはりマインド・コントロールに関する部分がそうだったとしか考えられないんだ」

「なーるホドね！」

レモンの齧りカスを吐き捨ててミューは大きく顎を突き出した。

「連中、そのマインド・コントロールを大がかりに使おうとしてるんだ。だからその論文を独り占めにしておきたいってわけだよ」

「断定はできないけれど……まあそんなところかな」

「そうでなくってほかに何が考えられるっての。決まってるさ。虎の巻は秘密にしておくから値打ちが出るんだ」

勢いこんでミューは決めつけた。それを受け流すように海老原は軽く首を傾げて、

「マインド・コントロールに関する論及はそれだけなんですか。いえ、その論文に取りあげられているかどうかはともかく、あなたの友人が普段考え喋っているようなことでもいいんですが」

その口振りからはそれだけではないはずだという認識がありありと窺われて、茎田はその鋭さにいささか鼻白む想いだった。

「そうだね。彼はよく〈隠蔽効果〉というのを口にしていたな。それはこういうことだよ。マインド・コントロールというのは人を意のままに操ることだと言ったけど、いっぽう多くの人びとにとって、他人の意のままに操られているという意識はそれ自身が自己同一性を危うくする矛盾情報であるために、人は他人から与えられる情報についてはそういう事態に陥らないよう〈批判〉という濾過（ろか）装置を働かせようとするね。だからその〈他人から与えられる〉という部分を消し去ってやれば、情報の植えつけはいっそう容易になるだろう。そのための手段はいろいろ考えられるけど、例えば誘導的なやりとりによって相手に考えさせ、相手自身にこちらの目指す結論を出させることで、〈与えられる〉という意識をなくさせるというのもひとつのやり方だね。また、原器の共有が自他の区別を希薄にさせるという効果を利用して、相手にそういう認識を抱かせるというのも有効な方法じゃないかな。いや、さらにこの方法論をつきつめていくと、〈他人から与えられる〉という部分をまるごと消し去ってしまうのが理想となるね。例えば〈後（こう）催眠〉などでそもそも情報を与えられた記憶が抜け落ちた状態を作ってやれば――」

「ねえ、ナッキー。もういいだろ」

いよいよ苛立ちをあらわにしてミューが手を振り、

「とにかく連中がそいつを使おうとしてるのは間違いないんだ。問題はそいつを使って何をどうしようとしてるかだよ」

すると髪を赤く染めた一人の少女が突然いきり立った声をあげた。

「そんなの決まってんじゃん。みんなを煽動してあたいたちを狩り出そうっていう腹さ！」

それに続けてそうだそうだというどよめきが起こり、周囲の空気は再び棘々しく毳立（けばだ）った。その感触は茎田の膚ではなく、胸の内側に直接伝わり、彼らの力はちょっとしたことですぐ吹き荒れる嵐のようなものだと改めて実感させられた。

そのどよめきを制したのは海老原の言葉だった。

「僕たちを殲滅(せんめつ)することが連中の目的のすべてではないだろうけど、少なくともその一部であることは確かだからね。そのために大衆を動かそうとしているとすれば、状況はますます険しいものにならざるを得ないな」

「でも」と茎田は首を振った。

「連中はなぜそうまでして君たちを抹殺しなければならないんだ」

その問いに海老原はまっすぐ顔をあげた。少年の瞳は揺らめく赤い光を切れぎれに映して、その底に烈しい炎を宿しているかのようだった。

「それは僕たちが新人類であり、彼らが旧人類だからですよ」

「旧人類……？」

「そう。生態学では『生存のために利用する資源が同一の種は共存できない』という法則が立てられているようですが、これに従うなら両者にはどちらかが滅びる道しかないんです」

いささかショッキングな言明だった。その枠組みからすれば茎田自身は旧人類に区分けされるのだという意識を差し引いても、それは充分衝撃的だった。

「でも……それは古臭い闘争史観じゃないか。少なくとも新人類を自任する君たちがそんな古臭い観念に縛られているなんて」

「いえ、誤解して戴いては困ります。僕たちにはあえて闘争を仕掛ける意思はないですよ。彼らがこうした選択を採らない限り、僕たちは共存を続けながらゆっくり時代が入れ替わっていくのを待ち続けていいんです。仕掛けたのは彼らだ。しかも残念ながら僕たちの力はまだ弱い」

けれどもそこまで語ったとき、少年の眼は突然大きく見開かれた。そして一転して硬い口調で、

「……あなたの友人……倉石というのですか……たった今、その人の身に何か重大な異変が起こったようです」

「倉石さんに？」

茎田ははっと胸を衝かれた。そうだ、待ちあわせの時刻はとっくのとうに過ぎている。そして彼の身に連中の手がのびたことを考えれば、倉石の身に降りかかろうとしている事態がもっと切迫したものであるのは当然なのだ。

「何が――」

「それは分かりません」

「ひょっとして生命の危険ということも？」

しかし海老原はそれに答えなかった。そしてその沈黙はますます茎田の不安を掻き立てた。

チラと腕時計に眼をやると、もう十一時をまわっている。九時から二時間以上も倉石はあのバーで待ち続けていたのだろうか。いや、そんなことはあり得ない。少し待って茎田が来なければ研究所に確認の電話を入れてみるだろう。そしてずいぶん前にそこを出たことを報されれば、相手の身に何かが起こったのではないかと疑うはずだ。そうやって自分にも危機が迫っていることを察知するだろう彼がいつまでもその場に留まっているとは思えない。

そうだ。倉石はその店から出るだろう。もしも彼の身に何事か起こったというなら、それはそのあとの出来事なのだ。

「もう消されちまったんじゃないのか」

面皰だらけの少年が露悪的に決めつけた。するとそれに重ねて神経質そうな少女が、

「消されるんならまだいいよ。その男、連中の手先にされちゃうかも知れない。恐いのはそれよ!」

唾をとばして言い放った。

「たまんねえな」

「冗談じゃないよ。連中の好きにさせてたまるもんか」

「ああ、こんなときにあの子さえ生きてくれてたら……」

ほかの者も口ぐちに勝手なことを言い立てたが、しばらくその様子を苦々しく見据えていたミューが、

「あんたたち、いいのかい。もう時間は過ぎてるよ」

冷ややかな声でそう告げた。

途端にその場の空気に大きな変化が起こった。ざわめきがいっせいにやみ、それまで寝そべっていた者や壁に凭れかかっていた者は慌ててはね起きるようにして姿勢を正した。まっすぐあげた彼らの顔を見ると、驚いたことにあらゆる表情らしい表情が拭い去られている。ある者は立ったまま、ある者は腰かけたまま、そしてある者は胡坐をかいたまま、彼らは穴倉の宙空の一点に視線を向けていた。

それまでの毳立った雰囲気はゆるやかに崩れそれに取って代わってもっと粘りけのある空気が周囲を包む。どんよりと重い、水銀のような空気だった。

不意に一人の少女が素晴らしく冴え渡った声を張りあげた。それはあの「プリク・ポー」という呪文だった。

最初は短く、次第に長く。そして何度か繰り返されたのち、何人かの声がコーラスのように押し重なっ

た。

「プリク・ポ――」

「プリク・ポ――オオ」

「プリク・ポ――オオオ――――オオオオ」

続けて残り全員もその合唱に加わった。ある者は高く、ある者は低く、それらの声は赤い光の揺らめく空間にわんわんとうねるように谺する。そんななかで茎田は呆気に取られて立ちつくした。

それははじめ三部の輪唱のように思われたが、やがてパートはひとつひとつ数を増し、そのテンポも複雑になった。そうして全員が各自のパターンに分かれてしまうと、そこに立ちあらわれたのは世にも不思議な声の饗宴（きょうえん）だった。

「プリク・ポ――オオオ――――オオオオオ――――オオ――――オオ」

けれどもそのテンポはおのおのでたらめなものではなく、かえって厳密な規則性に縛られているのは明らかだった。そしてそれを成立させているのは一糸も乱れぬ研（と）ぎ澄まされた統率力だ。ただ、その規則性がどのようなものなのかはあまりに複雑すぎて、音楽の素人である茎田には到底捉えることはできなかった。

ちょっと聞くと仏教の声明（しょうみょう）に近いが、やはりそれとも根本的に異なっている。繰り返し押し寄せる大波と小波。それらが入り混じり、重なりあい、ひとときも留まることなく変幻自在にパターンを変えていく。そのなかに身を浸していると、恐怖とは違った名状し難い戦慄がいくらでも背筋を這いあがっていった。

果たしてこの神業的な間の取り方、リズムの刻み方は通常の人間になし得るものなのだろうか。そうだ、彼らがバラバラの個人でいる限り、それは全く不可能に思える。しかし今、彼らは強くひとつに結びついているのだろう。ここにあるのは十二人の少年少女の集まりではない。それらが完全に融合しあい、新たに作り出された分割不可能な有機体なのだ。

「プリク・ポ——オオオ——オオオオオ——オオ——オオ」

茎田はかすかによろめいた。そのとき、この荘厳な声楽に加わっていなかったミューが彼の肘をひっぱった。

「出よっか」

「……ああ……」

気の抜けた曖昧な返事をして茎田は少女のあとに従った。もと来た穴とは別の出口を抜けると、再び墨を流したような闇がどっぷりと彼を呑みこんだ。

荘厳な反響は次第に遠ざかり、それに替わってシオン、シオンというかすかな唸りが耳の奥を占めていく。そして声が全く聞こえなくなったあとは半ばフワフワと夢心地で、どこをどんなふうに辿ったかという自覚もすべて闇のなかに置き去りにされているようだった。ただ澄み渡ったミューの声が、

「……この地下道はね、もともとは江戸時代に造られたものなんだってさ。何かあったとき将軍様が逃げ出すために。嘘か本当か知らないけどね。だから昔はもっとあちこちひろがってたんだろうけど、今は一部しか残ってないって。それを戦争中に軍部が見つけて、秘密の防空壕みたく手直ししたらしいよ。だけどそれがまた忘れられてたのを、最近になってあたしたちが捜しあてたんだ。外に通じる場所が五ヵ所くらいあって、そのひとつがたまたまあの病院の地下の下水道と繫がってたってわけ……」

そんなことを説明してくれていたのだけはぼんやり記憶している。

第三章　回転

1　再会

自室のベッドのなかで茎田は泥のような眠りから醒めた。

ベランダからかすかに風のそよぎが聞こえる。

両手をさしあげ、思いきり伸びをしようとして、彼は全身に絡みついた痛みに顔を顰めた。それとともに昨夜の記憶がまざまざと蘇ってくる。この生々しく残っている鈍痛さえなければ夢のなかの出来事だと信じてしまいそうな体験だった。

起きあがる気力が湧かないまま、茎田はその記憶をゆっくり反芻した。

超能力を持つ少年たち。彼らをこの世から抹殺しようとしている団体——フリーメーソン。その監視から彼を引き離したミューという少女。リーダー的な存在と覚しい海老原という少年。そして問題となった倉石の論文……。

——そうだ、倉石さんはどうなったのか。

昨夜ここに戻ってから自宅のほうに電話を入れてみたのは憶えている。何度かけても虚しく呼び出し音が鳴るばかりで、留守番電話の案内すらない。そうするうちに激しい睡魔に襲われ、着替えもしないままベッドで眠りこんでしまったようだ。

彼は懸命に体を起こした。ベッドの脇のキャビネットから白い電話を引き寄せ、リダイヤルのボタンを押す。けれどもやはり応答はなく、鳴り続ける呼び出し音が彼の不安を掻き立てた。枕元の白い置き時計を見ると、まだ八時半。家を出る時間ではないはずだった。恐らく昨夜から自宅に戻っていないのだろう。茎田はいったん受話器をおろし、今度は鷹沢悠子の番号を押した。

悠子はすぐに電話に出た。昨夜研究所のほうに倉石から電話があったかどうか尋ねると、予想通りあったという答が返ってきた。

「どうしたの。あんなに早く出ていながら。待ちあわせの店を間違えたの？」

「それが……どうもおかしなことになっちゃってね」

茎田はそう前置きして、昨夜の出来事をできるだけ詳しく説明した。最初はみえみえの弁明だと思ったらしく、いかにも気のない相槌が返ってきていたが、かまわず事細かく喋り続けるうちに彼女の反応には次第に戸惑いがあらわれていった。

「ちょっと待って。それ、本当に本当なの」

「実際に見聞きしたという確信の度合いでいえば百パーセント事実だよ。まあすんなり信じてもらうわけにはいかないかも知れないけど。でも、いちおう話だけはひと通り聞いてほしいんだ」

「……分かったわ」

そして茎田は話を続け、三十分ほどかかってリアルタイムの現在まで辿りついた。

「どう思う？」

そう促したが返事はない。何を考えているのだろう。こんなとき僕にもテレパシーの能力があれば便利なのに。ふと浮かんだそんな想いが我ながらおかしくて、湧きあがる苦笑を持て余していると、ようやく長い溜息をつく気配がして、

「気になることがあるの」

そんな沈んだ声が返ってきた。

「今まで気のせいだと思ってた。でも、あなたの話を聞いて疑わしくなってきたわ。……そう、私も誰かに見張られてるみたいなの。何となくおかしいなと思ったのが十日くらい前かしら。通勤途中で同じ男を何度も見かけるのよ。ちょっと気味が悪かったけど、そんなはずはないって自分に言い聞かせて……」

「ますます妙な具合だね」

茎田はぐりぐりと眉間をつまんで揉(も)みほぐしながら、

「それも彼らのいうフリーメーソンの連中かな」

「分からない。だってあなたの話のように倉石さんの論文が問題の核だとしても、そんなに前から私を監視する必要はないはずでしょう。あなたの場合は倉石さんとそれっぽい話をしているところを見られたからでしょうけど、私には思いあたることなんて全然ないもの。……それともあなたや私を含めて、倉石さんに近い人物すべてにずっと前から監視がついてたの？」

「その可能性はあるかも知れないな」

「ちょっと待って。何だか眩暈(めまい)がしそう」

悠子は二秒ほど間を置いて、

「でも、とにかく論文の発表に圧力がかかったということは、向こうの力がうちの上層部か、もっと上のどこかを動かすことができるということよね。あなたの話からすると、少なくとも超心理学課はかなり自由に動かせるみたいだし。……だけどあなたの話のなかで、すべての裏にフリーメーソンがいるというところだけはやっぱりすんなりとは受け入れられないわ」

それは茎田も認めざるを得なかった。およそ常識ある人間にとってこれほど胡散臭い話もない。

「まあその部分は彼らの話でしかないから、とりあえず保留しておいていいよ。とにかく倉石さんが家に戻っていないのは事実のようだから、彼の身に何があったのか早く確かめたいんだ」

「そうね。ただ、さしあたって彼が今日研究所に出てくるかどうか待ってみて、もしも来ないようだったら改めて対策を考えるということでどう?」

その提案を了解し、茎田は電話を切った。そのまま洗面所に向かい、冷たい水で顔を洗う。ようやく人心地ついてリビングに戻り、シェイバーを顎にあてながらテレビのスイッチを入れた。

映し出されたのは朝のワイドショーだった。癖のない笑みを振り撒くしか取り柄がなさそうな中年の男性司会者が元アイドル歌手の女性キャスターを相手に鹿爪らしい表情を作ってやりとりしていた。

話題は上野公園に爆弾を仕掛けた犯人が逮捕されたというニュースだった。

佃が遭遇したというあれだ。茎田はシェイバーを顎から離し、リモコンで音量を少しあげた。

「……容疑者の少年は工業高校に通っていたのですが、一年ほど前から休みがちになり、暴走族のメンバーにも加わっていて、たびたび補導されたこともあったようです。以前から機械いじりが好きだったそうで、中学のときに小さな爆弾を作り、同級生二人を負傷させる事件も起こしているということですね」

「どうしてそんなことをしたんでしょう。恐いですねえ」

「最近の若い人たちのなかにはいじめや校内暴力だけでなく、ペット殺しやホームレス狩りに向かう人もいて、いったいどうしてしまったんだと思わせられることもしばしばですが、これもそうした一環といえるでしょうか。しかし人喰い豹はなかなか捕まえられず、このところ非難の矢面に立たされていた警察ですが、これでいくらか名誉挽回というところでしょうか」

「そうですね。先程もお伝えした毒薬投げこみ事件や、以前から続いている硫酸魔などの事件も早く解決して戴きたいと思います」

「ハイ。それでは次に『東京にＵＦＯの大群襲来』という話題です。その前にちょっとコマーシャルを」

〈毒薬投げこみ事件〉という言葉が気になって、茎田はほかのチャンネルをまわした。同じようなワイドショー番組で、脂ぎった顔の見慣れたレポーターがちょうどその話題を喋っていた。

「……えーっと、昨夜半のことなんですが、世田谷区経堂の都営団地第三号棟の屋上の給水タンクに何者かが有機系毒物を投げこみ、その水を飲んだ人びとが次々に倒れるという事件がありました。現在亡くなった方が二名、重体の方が一名、比較的症状の軽かった方が四名いらっしゃいます。しかもですねえ、そのほかに犯人に間違えられて住人から暴行を受け、その結果命を落とした方もいらっしゃるというんですよ」

「全く許し難い凶悪な犯罪ですね。何か手がかりのようなものは残されているんでしょうか」

正義漢ぶりが売り物の角張った顔のキャスターが尋ねると、

「それはまだはっきりしていないんですが、夜中の○時過ぎに不審な人物が団地から出ていくのが目撃されているそうです。えー、それとですね、午前○時三十分頃に犯人らしき人物から警察に電話の通告があったんですよ。これがそのテープです。お聞き下さい」

やや間があって、厚い布を通したような籠もった男の声が流された。

「……一度しか言わねえからよく聞けよ。さっき、団地の給水タンクに毒を流しこんでやった。もう何人か死んでるかも知れないぜ。これからもあっちこっちでやってやるからせいぜい気をつけるんだな。そう、水道の貯水池のなかに投げこむのも面白いかな。いったいどれくらいの人数が死ぬか、ちょっと試してみたいしよ。……何人死ぬと思う？　賭けてみねえか……」

そんな言葉のあとにシ、シ、シ、という奇妙な声が洩れ、ガチャリと電話の切れる音がした。それは恐らく笑い声だったのだろう。キャスターは露骨に顔を顰め、きりきりと眦をつりあげた。

「これはまあ何と言えばいいんでしょう。人殺しを面白がっているんですね。吐き気がしてきます」

「全くその通りです」

レポーターも深刻この上ない顔で頷き、

「硫酸魔といい、爆弾魔といい、このところ、こういった無差別的な犯罪がふえておりますが、いったい世の中どうなってしまったんだろうという気にさせられますね」

「そういえば爆弾魔の容疑者が逮捕されたそうですが」

「ええ。これが何と十七歳の少年なんですね。暴走族の一員で、中学のときに爆弾を作って空地で爆発させ、遊び仲間に怪我を負わせたこともあったそうです」

「今の日本は物質的には充たされてますが、人の心は荒廃していくばかりで、特に若い人たちにはその影響がストレートに出てしまうのでしょうか。全く悲しむべきことですね……」

それからしばらくは爆弾事件当時のＶＴＲが流され、それに重ねて二人のやりとりが続いた。

茎田はチャンネルをもとに戻した。画面には都会の空が大きく映し出されている。画面の右下には銀座コア、左下には三越のビル。そしてやや白っぽく霞んだ空に何十というレンズ状の物体が整然と隊列を組み、銀色に輝いていた。

ＵＦＯの大群襲来と言っていたのがこれか。確かに見たところは空飛ぶ円盤の大編隊だ。茎田は思わず大きく体を乗り出し、まじまじと眼を凝らした。

「……これが実は雲のイタズラだとはちょっと信じられないくらいですねえ。そういえば人喰い豹の出現をはじめ、最近続いている一連のおかしな出来事は実はみんな宇宙人の仕業だという噂が流行っているらしいですが、このＵＦＯの大群を見た人たちのあいだでも、やっぱり噂通りだということで、ちょっとしたパニックも起こったということですが」

「その話、私も聞いたことがありますよ。実はアメリカのＮＡＳＡが宇宙人の手先になってて、あちこちの大都市を混乱させて地球侵略をやりやすくしてるんだって」

妙にはしゃいだ感じで女性キャスターが言うと、

「へえ、そうなの。……まあこれだけおかしな事件ばかり続くと、若い人たちなどはそんなふうに考えたくなるのかも知れないね」

「あら。でも、噂してるのは若い人だけじゃないですよ」

「ああそうですか。それは失礼」

そうした他愛もない会話のあとは、もう恒例のようになっている豹に関する情報だった。

もっとも豹それ自体についての新しいニュースはなかった。豹は数日前から夜の闇に溶けこんでしまったかの如く、所在を捉えることもできない代わりに、ふっつりと動きを止めてしまっているのだ。それがかえって不気味さを掻き立てているのか、あちこちで自警団を組織しようとする動きはますます勢いを得、それにつれていざこざや小ぜりあいの数も増し、そのためについには死傷者まで出てきているのが現状だった。

何かが動きだしているのではないだろうか。茎田は漠然とそう思った。例えばさっきの噂を取ってみても、宇宙人とフリーメーソンの違いこそあれ、自分の身に起こった出来事とほとんど同型の内容ではないか。そしてまだしも後者のほうがわずかなりとも現実性があると、いったい誰が言いきれるだろう。

考えれば考えるほど彼のなかで混乱が押しひろがっていく。信じてもいないものを無理にでも信じなければならない故に、何をもって信じるに足るといえるかが根底からあやふやになってしまったような、どうにも身の置きどころのない状況だった。

あんな体験さえしなければこれほどのジレンマに囚(とら)われることもなかったのに。苦々しい想いを打ち消すようにスイッチを切り、茎田は残りの髭を剃(そ)りにかかった。

自室を出たのが九時五十分。いつもより少し早い時間だった。ドアに鍵をかけながらそれとなく周囲を見まわしたが、通路に人の姿はない。すぐ先のエレベーターに乗りこみ、一階のボタンを押すと、なぜかほっと肩の力が抜けた。

途中で二人の男が乗りこんできた。これから出勤の会社員だろう。心なしか二人ともピリピリと神経が張りつめているふうだった。

そういえばここ何日か、彼の眼にふれる人たちの表情や素振りにはこの二人と同じような緊張が見て取れた。そして恐らく今の彼も同様だろう。どことなく落ち着かない心情。居心地の悪さ。かすかな不安と苛立(いらだ)ち。何かに急(せ)き立てられているような気分。――そうしたものが最近の一連の出来事に由来するのは言うまでもないが、とりわけ人びととの不安を掻き立てている中心はやはり人喰い豹の徘徊に違いなかった。

考えてみれば、これこそがまさに〈信じてもいないことを無理にでも信じなければならない〉種類の出来事だ。全くそれは起こるはずのない事件なのだ。ほんの二週間前まではこんなことが東京で起こるかも知れない可能性を誰もが笑いとばしていたに違いない。いや、そういう想いは今なお人びとの心の奥にあって、その滑稽さ故に彼らは何を信じていいかという部分が根底からあやふやになり、そのなかで自分をどう位置づけていいか量りかねているのだろう。

そしてさらに水道水に毒物を投げこむという犯罪の発生は、いつ自分に災厄が襲いかかるかという不安をますます深刻なところに追いこむに違いない。恐らくこの二人にあらわれている緊張も今朝のニュースによる影響が大きいはずだ。

こうして人びとは同一性を損壊させられつつある。信じられないものを信じなければならない以上、もはやそこでは何でもありなのだ。そして彼らは充分に甘そうな餡であればたいがいのものに喰いついてしまうのではないだろうか。

そうなのだ。この状況はまさにマインド・コントロールのための最適環境にほかならない。もしもこれらの出来事を操っているのが本当に陰謀組織の類（たぐ）いだとすれば、彼らの最終的な目的がどこにあるかはともかく、その目論見（もくろみ）は着々と効果をあげているといえるだろう。

茎田はエレベーターを降り、ひとまず郵便受けに向かった。蓋の隙間から覗きこむと、葉書らしい白いものがはいっている。けれども蓋の鍵を開けてみたところ、それは葉書ではなく、一枚の薄っぺらなメモ用紙だった。

『出入口付近に誰もいないときを見計らって外に出、何気なく通りを右側に進め。俺が車のドアを開けたら乗りこめ。このメモはまるめてポケットに入れろ。――佃』

にわかに鼓動が高鳴るのが分かった。筆跡は本人のものに間違いない。茎田は指示通りにその紙を握り潰し、ポケットに入れた。そしてしばらくその場に佇み、エレベーターで乗りあわせた二人が玄関から出ていくのを待って、自分でももどかしいほどゆっくりした歩調で歩きだした。

外は風が強かった。

鼓動はおさまるどころか、どんどん胸苦しさを増していく。敷石を五メートルばかり辿ると通りが横にのび、彼はそこを右に折れた。いつもとは逆の方向だった。

見慣れた新興住宅地の風景。けれども眼に映るひとつひとつのものがいつもと異なる存在意義を主張しているようだった。十五メートルほど先にダーク・ブルーのセダンが停まっていて、ほかにそれらしい車はない。けれどもこちらに後部を向け、反射光の具合もあって、人が乗っているかどうかははっきりしなかった。佃のものとは車種が違うが、あれがそうなのだろうか？　茎田は心のなかで首を傾げつつ、それでも努めて何気ない素振りで近づいていった。

やがてハンチングのような帽子を被った頭が運転席のシートに深ぶかと凭れかかっているのが見えた。ひょっとしてこれは罠ではないのだろうか。そんな想いがひやりと心臓を撫でる。けれどもバックミラーに映った男の顔を見て、そんな疑念は一瞬にしてふっとんだ。サングラスをかけてはいるが、その顔は間違いなく佃だった。

佃は前を向いたまま右手を後部にまわし、茎田が充分近づいたところでタイミングよくドアを開けた。急いでそこに身を滑りこませると、佃はすぐにエンジンをかけ、走りだした車はあっというまに次の角を折れた。

「おはようさん」

佃はわずかに顔を横向けて言った。

「どうしたっていうんだ」

「いやナニ。ちょっと連れて行きたいところがあってね。それで参上仕(つかまつ)ったんだが、どうもおかしな気配があってな」

「おかしな気配？」

「そう。向こうっ方に男が二人、それに加えて通りの反対側に車が一台、それとなくおたくのマンションに注意を払っている様子なんだな。俺も商売柄、張り込みはよくやってるからピンと来たね。ひょっとしてターゲットはおたくかも知れん。それでちょいとあんな小細工を思いついたのさ」

「じゃ、電話でも入れてくれればよかったのに」

「もしかして盗聴でもされてちゃかなわんと思ってね」

茎田は思わず眼を見張った。

「盗聴？　まさか――」

「いやいや」と佃は大きく首をのけぞらせて、

「今日び、盗聴なんざ誰でもやれるくらい簡単なんだぜ。やり方もピンからキリまでいろいろある。まアこいつは俺の取りこし苦労かも知れんが、用心にこしたことはないからな」

「でも、どうしてそこまでして僕を監視していると？」

なおも複雑に角を曲がり続け、あとを追う車がないのを確かめながら佃は、

「俺がいろいろ嗅ぎまわってるのを向こうさんが気づいたってことだろうな。そんなヘマはしてねえと思ってたんだが、おたくを監視しているのが本当ならそう考えるしかねえ。多分、あちこち動きまわってる

俺はつかまりにくいんで、たびたび連絡を取りあってるらしいおたくに貼りつくほうがいいと踏んだのさ」

ふてぶてしい口調でそう言った。

「つまり、本当の狙いは君だっていうんだね」

「もちろんそうだ」

佃はすかさず答えたが、すぐに怪訝(けげん)そうに首をひねって、

「今の言い方はちょいと気になるな。実はそうじゃないとでも？」

「……分からない。でも、その可能性はあるんだ。というのは昨日のことだけど、ちょっとおかしな目に遭ってね」

茎田は悠子に語った体験談を少し整理して繰り返した。その間、車は大通りを避けながら西へ西へと走り続けた。

「そいつはまた素敵もない！」

話を聞き終わると佃は指笛でも鳴らしそうな勢いで叫んだ。

「超能力者対フリーメーソンか。何とも面妖な取りあわせだな。けど、そのほうが面白いじゃねえか」

「……すんなり信じるのか」

「ああ、俺にはかくべつ科学信仰の持ちあわせはねえからな。しかし、面白いな。おたくが狙われてるとすればフリーメーソン、俺が狙われてるとすれば防衛庁の秘密組織か――」

「秘密組織？」

「そう。〈情報戦略研究班〉というのがいちおうの正式名称らしいが、通常〈マルシン〉といわれてて、

その実態はほとんど分かってない。昨日も言った通り、紫苑の会を調べるうちに右翼団体の水王会がひっかかってきたんだが、いざこの水王会のことを調べようとすると様ざまな妨害がはいってくるんだな。しかもその妨害はどうやら水王会自体ではなく、外部から来ているらしい。こいつは面白いってんでさらに探っていくと、その先に見え隠れするのがマルシンだったってわけさ」

それだけ調べるのも並大抵でなかったはずだが、佃の口を通して聞くと、さほどのこととも思えないのが不思議だった。

「さて、それではなぜマルシンが水王会の調査を妨害するかという問題になるが、詳しく調べてみると、どうやら調査の妨害だけじゃない、マルシンは水王会自体の抑えこみにもかかってるんだ。しかもその動きはつい最近はじまったらしい。……結局、どうやらからくりはこういうことだ。水王会が世間に知られてはまずい行動に出ようとしたので、それを察知した政府は会の動きを封じこめようとした。ところが水王会は大物政治家や官僚とも繋がりが深いので、なかなかそれもひと筋縄にはいかない。そこで秘密組織であるマルシンにこの問題を担当させ、会の抑えこみと事実のモミ消しにあたらせたってわけだ」

「世間に知られてはまずいことというと？」

するとは佃はハハッと笑って、

「そう次々に解答を求められても困っちまうな。そこまではまだだ。いや、うすうす見当はつけてるんだが、まあそれはもう少し調査を進めてからにしとこう」

「そうか。……それにしても神隠し事件からはじまって、とんでもないところに迷いこんでいるんだね」

「全く、俺もそう思うぜ。ところでさっきの台詞には続きがあるんだよ。おたくはフリーメーソン、俺はマルシン、そして完司は企業に狙われてるってな」

「何だって⁉」

茎田は前のシートにとびついて叫んだ。

「完司って、鷹沢のことか。奴の居所が分かったのか」

「ああ。この車の行き先がそこだ」

「企業に狙われているというのは？」

「奴さん、パンドラの匣を覗いちまったんだよ。怒りにふれた相手は神ではなかったがな。ともあれ、そのお蔭であちこち追いまわされるハメになっちまった。はじめは俺たちに迷惑がかかるといけないなんてガラにもなく殊勝なことを考えてたらしいが、このままじゃいよいよジリ貧だってとこまで来て、ようやく奴さんも腹を括ったのさ。どうせ覗いちまったもんなら、いっそ景気よく開け放しちまったほうがいい。つまりここらで大々的に反撃に移ろうってわけだ」

「その企業というのは？」

「笠部精肉だ」

佃は感情を押し殺したように呟いた。

その名は茎田も知っていた。日本で最大規模の養豚施設を有していることも何かで小耳に挟んだことがある。だが海外で気儘に暮らしていたはずの鷹沢完司がなぜそんな精肉会社などに追われるはめになったというのだろう。

「パンドラの匣っていうのは……？」

「詳しいことは本人から聞けばいいが、俺から簡単に説明しておくと、そもそもの発端はデンマークである生化学研究所の研究員から聞いた話だったそうだ。その研究所には世界各国から畸形の動物が集められていたんだが、何年か前にある日本人がその研究所から怪しげなものを買い取り、ひそかに日本に持ち帰ったというんだな。そのときは妙な話として聞き流したんだが、それからしばらくあとになって、たまたま完司はその日本人が帰国直後に変死していたことを知ったんだ。それで俄然興味を覚えた完司はすぐさま日本に舞い戻って、怪しげな買い物というのが何だったのか、今はどこにあるのかをつきとめようとしたのさ」

「その行き先が笠部精肉だったのか」

「そう。変死した日本人てのがそこの社員だったんだ。特に完司は土浦（つちうら）工場――といっても敷地のほとんどは養豚場だがね――そこに狙いを絞って内部に単身忍びこんだっていうから、イヤハヤ、奴も相当の向こう見ずだぜ」

そう言って佃は苦笑を洩らし、

「ともかくその甲斐（かい）あって完司は買い物の正体をつきとめたんだ。奴の言葉ではそいつはまさしく化物だったそうだぜ」

その言葉に茎田はぶるっと肩を震わせた。

西へ西へと走り続けていた車は古い倉庫が建ち並ぶ一角にさしかかった。チラと眼に映った住所表示から、そこが練馬区らしいとかろうじて分かる。そして車はすぐに細い路地にはいり、裏手からひとつの倉庫にはいって駐（と）まった。

車を出た佃は染みだらけの小さなドアを開き、茎田を足元も覚つかない暗がりのなかへと連れこんだ。肩を押されるようにしてせっかちに奥へ誘導され、「気をつけろよ」という声に眼を凝らすと、山のように積まれた段ボール箱の陰に地下へ続く階段がある。そこを促されるままにゆっくり降りていくと、二畳ほどの狭い空間にドアが二つあった。

佃は片方のドアをノックし、「俺だ」と胴間声（どうまごえ）で呼びかけた。ややあってガチャリとノブがまわり、開いたドアのむこうに男の姿が浮かびあがった。

「鷹沢！」

「やあ、茎田君。久しぶりだね」

ユーモアをこめた気取った声。けれども光を背にしていたためか、その笑みはひどく淡々しく映った。その顔も窶（やつ）れが目立ち、逃亡生活の苛酷さを物語っている。茎田はしばし目頭が熱くなるのを禁じ得なかった。それでもほんのわずか表情を崩すだけですんだのだが、それはここ十年以上、決して人に見せたことのない表情であるのは確かだった。

しかし腰を落ち着けて話をはじめると、鷹沢はそれほど弱りも打ちのめされもしていないのを実感できた。以前からそうだったが、海外へとび出してからますます逞（たくま）しさに磨きがかかったようだ。

「へえ、お前も追われてるとはねえ。……しかしフリーメーソンが超能力者狩りをやっているというのは初耳だな」

茎田から先に昨夜の経緯を説明すると、鷹沢は痩（こ）けた頬を手でさすりながら言った。

「な、面白い取りあわせだろ。いかにも胡散臭くてな」

佃が厚い唇の片端をつりあげながら同意を求めたが、

「まあね。けど、フリーメーソンのほうは胡散臭いってだけではすませられないかも知れないよ。少なくともあれはバリバリの実在の組織だし、かつて大きな事件を起こしているのも事実だからね」

「大きな事件？」

「ああ。聞いたことがないかな。八一年だったかと思うけど、イタリアで起こったP2事件というのがイタリア国内に留まらず、ヨーロッパじゅうを揺るがしたんだ。イタリア・メーソンの一支部にP2というのがあって、そこの支部長だったリチオ・ジェッリという金融業者が汚職疑惑で逮捕されたんだが、そのときの家宅捜査でP2のメンバー九百六十三人の名簿と、有力会員による様ざまな不正や、クーデター計画を含む国家的陰謀などの資料が押収されたんだよ。そしてこれが世紀のスキャンダルとなったんだ。何しろその名簿には現職の大臣三人を筆頭として、政界人が数十人、軍の将官と財界人がそれぞれ百数十人、その他、高級官僚、司法幹部、警察幹部、著名なジャーナリストといった錚々たる顔ぶれがぎっしりと押し並んでいたんだからね。また、ジェッリの豪邸にはイタリアのサラガット大統領のほか、エジプトのサダト大統領、スペインのカルロス王といった面々もよく招かれていたそうだよ」

「へええ、大層な人物だったんだな」

「ああ。しかもジェッリは強硬な反共思想の持ち主で、CIAとも関係を持っていたことが明らかにされている。それにもうひとつ大物ぶりをつけ加えておくと、フリーメーソンは一七三八年に時の教皇クレメンス七世によって破門され、以来ずっとその状況が続いていたんだが、一九七三年にその法令を取り消させ、ローマ教会とメーソンとの和解を成立させたのもジェッリといっていいんだよ」

するとf佃は「何となく状況がつかめてきたぜ」と頷き、

「そんな人物が巨悪の元締めだと分かっちまうとその影響も大きいよな。さぞ周囲は慌てたことだろうよ。てことは陰謀組織としてのフリーメーソンというのもあながち根も葉もない話じゃないってことか」

そう言って殺風景な部屋にぐるりと視線を巡らせた。

「まァそれはそれとして、完司、おたくの見たものを教えてやれよ。変死した湯川って男の買い物を

「──」

「そうだね。ともかくこれを見てもらうのが手っとり早いかな」

鷹沢は言いながらくたびれた背広の内ポケットから数枚の写真を取り出した。

手に取って眺めると、それはどれも豚を映したものだった。金属製の檻が横に並び、そのひとつひとつに豚がおさまっている。まるまると肥った巨大な豚だ。しかしとりたてて化物というほどのこともない。

そう結論を下しかけたとき、不意に茎田の頬に強張りが走った。それまでゆるゆると漂っていた視線がピンで止められたように一点で凍りつく。

「これは……」

その言葉も口のなかで曖昧に漂った。

──そうか、分かった。確かに化物だ。こんなものが何年も前からひそかに大量飼育され、食肉となって市場に出まわっていたなんて。……だとすると、こいつはひょっとして僕の口にもはいってきているのだろうか？

茎田は大きく生唾を呑みこみながら写真から眼を離せないでいた。

そこに映っている豚にはどれも肢が六本あるのだ。

そう、まるで昆虫のように──。

恐らく、正確には前肢が四本あるというべきなのだろう。だが湧きあがる生理的な感情はそんな判断を繰り返し追い払った。とりわけそんな感情に拍車をかけているのは眼を細めて笑っているとしか思えない豚の表情だ。茎田は古くなった蛍光灯の痙攣するような光を浴びながら胸の底がしんと冷えきっていくのを意識していた。

「……企業は最大の経済効率を追求する。豚の品種改良も例外ではない。そしてそれは形態学的にはなるべく豚を大きく、胴長にしていく歴史だったんだ。ことに今世紀初頭からの近代品種改良において、豚の肋骨は三本ないし四本ふやされた。ところがそのあたりで豚の胴を長くしていく作戦は行き詰まってしまったんだ。なぜならそれ以上胴を長くすると豚が自分の体重を支えきれなくなってしまうからだよ。それで今の養豚業は生殖力の向上などの新たな活路を見出そうとしている。

ところでデンマークの研究所に送られてきた六本肢の豚を見たとき、湯川という男はピンと来たんだと思うよ。こいつをうまく飼いふやすことができれば胴長作戦によってなお飛躍的に経済効率をあげることができるのではないかとね。いや、もしかするとこいつは世界の養豚事情を一変させてしまうくらいの画期的な素材かも知れない。——そう考えたに違いないんだ。それで多分、奴はその豚の受精卵か何かを極秘裡に買い取り、日本まで持ち帰ってきたんだよ」

佃はそんな鷹沢の言葉に頷き、

「けど、こいつはおいそれと世間に受け容れられねえだろうな」

写真に向けて大きな顎を突き出した。

「そうだね。肋骨の数がふえた程度じゃなくて、これははっきり畸形だからね。畸形魚と同様、もとの姿を知ってしまうと口にするのに拒否反応を示す人間は多いはずだよ。だからこそ笠部精肉はすべてを秘密裡のまま進めていったんだ。少なくとも今は公表の時期ではない。充分期間を置いてこいつの流通を既成事実化し、なし崩しに認めさせてしまおうと考えたんじゃないかな」

「それまで国民は何も知らずにこの肉を喰わされ続けるわけか。どうも俺ァぞっとしねえな」

そう言って佃は体格に似合わず可愛らしい唇を歪めてみせる。鷹沢は写真を見つめたままの茎田に顔を

近づけると、

「ともかく、これだけ大がかりな隠し事は官庁の協力態勢なくして成立しないだろう。そしてもちろん笠部の後ろに丸田財閥がついていることも忘れてはいけない」

「……丸田……」

ジグソー・パズルの断片が茎田の頭のなかで寄り集まり、一瞬ひとつの形に組みあがりそうになったが、次の瞬間、それらは再び散りぢりに離れていった。

「そう、君の研究所も丸田の下にあるんだったね。三井やトヨタと違って、丸田グループは傘下の企業に丸田という名称を乗せたがらない傾向があるから、丸田が手をのばしている業種の幅広さはあまり一般には認識されていないようだ。しかし例えば問題の笠部精肉土浦工場に出入りしている主だった業者は〈大東警備保障〉〈矢敷食品〉〈丸田陸運〉〈ハマナ有機処理〉といったあたりだけど、これもみんな丸田グループの企業なんだよ」

そこまで鷹沢が語ったときだった。がらんとした薄暗い部屋のなかで、突然思いがけない方向から人の声が響いたのだ。

「なーるホドね」

澄みきった少女の声だった。見ると埃を被った机やロッカーが乱雑に寄せ集められた陰に十四、五らしい一人の少女がひょっこりと佇んでいた。

「誰だ⁉」

噛みつくように叫ぶが早いか、佃は少女めがけてまっしぐらに突進した。むろん手荒なまねをするつもりはなく、単に相手を取り押さえようとしただけだろう。しかし少女がやや体を傾けながら右脚を軸にしてゆるやかに回転すると、佃の巨体はそのままの勢いでガラクタの山につっこんだ。

止める暇もない出来事だった。椅子や木箱やパイプ類がガラガラと崩れ落ち、佃の体はその下に埋もれた。その様を困惑気味に眺めていた少女は首だけこちらに向けて「あたしのせいじゃないよ」と呟いた。

「ミュー！」

茎田はようやく少女の名を口にした。誰よりも驚愕の表情を浮かべていた鷹沢はその言葉にさらに大きく眼を見張った。

「どうしてここに――？」

けれどもミューはそれに答えず、決まり悪そうに口から舌を覗かせているばかりだ。鷹沢はすぐに興味津々の顔になって、

「そうか、さすがの佃も噂の超能力少女にかかってはカタなしというわけだ」

その言葉が終わらないうちにガラクタの山から二つ三つ椅子がはねとばされ、下から佃がむっくりと巨体を起こした。そしてはちきれそうなジャケットから埃を叩き落とし、

「そういうことは早く言ってもらわねえとな。お蔭でひでえ目に遭っちまった。もっとも俺のほうも悪いことをしたが」

そんなことを言いながらもう片方の手をそっと突き出した。

その手には光沢のある薄い布の切れ端が握られていた。ミューの衣裳と同じ青い生地だ。

「あッ！」

ミューは狼狽え、慌てて胸を押さえた。その反応で茎田もようやく見当がついた。体を躱された瞬間、佃は相手の襟をつかんで引きちぎっていたのだろう。とすればもしもその生地が簡単に破れるようなもの

でなかった場合、果たして状況はどう転んでいたのだろうか。

しばらく油断なく相手を見据えていたミューは口を尖らせたままひょいと肩を竦め、

「野蛮人にはかなわないね」

毒づきながら破れた部分を蝶結びにして補修した。

「……答えてくれないかな。どうしてここに？」

再び茎田が促すと、それまでの様子とは打って変わって愛くるしい眼をキョロリと動かし、

「あんたに教えといてやろうと思ってさ。倉石って人、ケガで入院してるよ。意識不明の重体だってさ。建築中のビルのそばで倒れた鉄材の下敷きになったっていうけど、事故かどうかは怪しいもんだね」

「倉石さんが――？」

茎田は自分の顔が硬直するのを感じた。すかさず佃が横から、

「けどあんた、どうやって俺たちがここに来たのを知ったんだ。だいいちどうやってこの部屋にはいりこんだんだよ」

そう問い質すと、ミューは自分でも不思議だというように首を傾げて、

「どうしてか知らないけど、リョージの居場所は追っ駆けやすいんだ。ナメクジの這った跡がはっきり見えるようなもんだよ」

「ナメクジたァ畏れ入ったな。けど、あんたの今の登場の仕方はここに先まわりしてたとしか思えねえぜ」

「だからそこがリョージとほかの人間が違うとこなんだよ。追っ駆けるのが速すぎてどんどん先へ追い越しちゃうんだ。そうなりゃあらかじめここにもぐりこむのなんて簡単だからね。何せ、あたしは壁抜けの

ミューって言われてんだから」

佃はヘヘッと肩を揺すって、

「さすが超能力者だな。ほかにもいろいろできるってわけだろ。相手の心を読んだり、手を使わずモノを動かしたり――」

「まあね。だけどモノをどうにかするってのはテレパシーなんかより全然難しいんだよ。だから強い念力を持ってる者はスペシャリストなんて称ばれてて、とにかく数が少ないんだ。その点、あの子は念力以外にも凄い力を持ってたみたいで、極めつきのスペシャリストだったんだけどね」

「仁科尚史のことだな」

佃がそう言ったとき、突然頭上から低い音が響いた。茎田の耳には遠雷のように聞こえたが、ミューはその音にさっと緊張を走らせた。

「思ったより早かったね」

「何だ。フリーメーソンの連中か？」

「違う。豹だよ。これがもうひとつ忠告しようと思ってたことさ。豹がこの近くにいるから危ないってね」

「何だとォ？」

佃は慌ててドアに駆け寄った。次々に突拍子もないことを並べ立てられ、普段ならまず疑ってかかりそうなものだが、いきなり不可思議な登場シーンを見せつけられたこともあり、とりあえず相手の能力は信用することにしたのだろう。そうした点では佃は茎田などよりはるかに高い順応性の持ち主だ。

そのまま佃は急いでロックをかけた。しかしそのドアはペラペラのベニヤ製で、見るからにヤワそうな代物だった。

「そういやここ何日か豹の犠牲者は出てなかったな。てことは豹の奴、かなり腹をすかしてるってことか？」

けれども鷹沢は疑わしそうに、

「本当に今のは豹なのか。俺には雷の音のように聞こえたが」

しかし佃は背中をドアに貼りつけたまま首を振り、

「違うな。……こっちに降りてきてる」

押し殺した声で呟いた。

その言葉で初めて凍りつくような恐怖がのしかかってきた。すぐに鷹沢が佃に倣ってドア脇に貼りつき、茎田も恐る恐る近づいてそっと板に耳を押しあてた。

確かに階段の軋む音がキシッ、キシッとゆっくりしたテンポで近づいてくる。それがふと止まったかと思うと、再び荒々しい咆哮が轟いた。

「冗談じゃねえ。こんなとこで豹の餌になってたまるかよ」

「だけどこのドアじゃ――」

「あのロッカーだ！」

佃の言葉を察知して、二人もすぐさまそれを行動に移そうとした。けれどもそのとき階段の軋みが急にテンポを変え、次の瞬間、激しい衝撃が薄っぺらなドアを直撃した。その一撃でドアは大きく弛み、メリメリと亀裂が走り抜けた。

神経が灼き切れてしまいそうな恐怖だった。亀裂の具合から、ドアが衝撃に耐えられるのはせいぜい数た。

回でしかないのは明らかだ。そしてドアが破られてしまったあとの惨劇がまざまざと脳裡に押しひろがった。

慌ててロッカーにしがみつき、必死にドアのほうへずり動かそうとしたが、その重さは体毛の一本一本が悲鳴をあげるほど絶望的だった。

「ダメだ！」

「ええい、俺に任せろ！」

佃は二人を押しのけ、両肩に渾身の力をこめた。見るまにその頬がひきつり、紅潮し、ムクムクと別の生き物のように膨れあがった。そしてひと声、オーッという気合いとともにロッカーはゆっくり移動をはじめた。

そのとき既に二、三度攻撃を受けていたドアは一部が裂けて素通しになり、そこからチラチラ豹の姿が見え隠れした。かと思うと太い真っ黒な前肢が突き出し、鋭い爪でさらに亀裂を押しひろげようとする。たちまちバリバリと板がめくれ、細かな木片がとび散り、ムッとする腥い息まで流れこんできた。

佃は一歩、二歩と足を進め、そのたびにロッカーはギシギシと悲鳴をあげた。額の筋肉までが浮き出し、丸太のような腕もぶるぶる震えている。そのまま足取りに加速をつけ、再びウオーッと吼えるような気合いをこめると、佃は恐ろしい勢いで突進をはじめた。

ドア板が大きく砕け散るのと、そこにロッカーが押しつけられるのが同時だった。ガシャンと激しい音がして両者の隙間がぴったりと塞がれる。間一髪で豹の侵入を喰い止めた佃はくるりとロッカーに背中を貼りつけ、激しく肩で息をついた。

けれども安堵したのも束の間、豹は新たな楯にも激しい体当たりを喰らわせてきた。その衝撃に佃の体は大きく弾かれ、二、三歩前によろめいた。見るとロッカーは十センチ以上も位置がずれている。慌てた三人は血眼になって押し戻そうとしたが、二度目の衝撃でその隙間はさらにひろがった。

　もちろんそのたびに懸命に押し戻すのだが、結果として隙間はひろがっていくばかりだ。これにはもう抗しようがない。茎田の咽はカラカラに干あがり、全身の血が沸騰していくようだ。

「もうダメか」

「チキショウ。あんた超能力者だろ。何とかなんねえのかよ！」

　佃がミューに向かってがなり立てる。見ると、彼女はもとの場所に突っ立ったまま自分の左手首をしきりに撫でまわしていた。こんなときにいったい何をしているのだろう。そう思った次の瞬間、パチッと音がして少女の手首からベルトのような腕環がはずれた。

　二秒ほど遅れて、何度目かの衝撃が体を貫いた。大きくロッカーが傾き、そのままこちらに倒れかかる。三人は咄嗟にその場から逃げ出した。激しい音が部屋じゅうに轟き、生きた心地もなく振り返ると、倒れたロッカーの上には既に凶暴な黒い獣の姿があった。

　青白く燃えあがる眼。開いた口には鋭い牙が剝き出しになっている。そしてその口もとを震わせ、豹は太い唸り声をあげた。尻餅をついたまま身動きできないでいる茎田の耳にそれは鬨の声のように響いた。

　誰一人言葉を発さなかった。いや、ほとんど息もできないでいたに違いない。そんな凍りついた沈黙のなかで豹はゆっくり身を屈めた。今まさにとびかかろうとする体勢だ。しかも視線はまっすぐ茎田に向けられているではないか。

　数秒後には確実に死が来る。茎田はそう思った。覚悟も何もできないまま、彼の頭を占めたのは避けようのない死そのものだった。

そのとき茎田の前にミューがとび出した。

豹が大きく口を開け、身を屈めた体勢からすべての運動エネルギーを解放させようとした。同時にミューは豹に向けて両掌を揃えて突き出した。

途端に強烈な感覚が茎田を襲った。眼の前の空間がぐにゃりと歪み、横滑りするように捻(ねじ)れて、部分部分がわなわなと身悶(みもだ)えしはじめる。そして視界の右側から夥(おびただ)しい量の星屑が現われたかと思うと、一瞬にしてすべてを真っ赤に覆いつくした。ロープでぐるぐるに縛りあげられ、超高速で振りまわされるような感覚。それに続けて手足がバラバラに引きちぎられ、頭蓋骨に刺しこまれた素焼きの棒で脳味噌もジャリジャリと擂(す)り潰されるようだった。

そんな悍(おぞ)ましい感覚がどれほど続いただろう。脂汗(あぶらあせ)ばかりかリンパ液までが噴き出しそうな苦痛が不意に遠のいて、茎田はゆっくり眼を開いた。いったい何が起こったのだろう。僕はもう死んでしまったのか。――しかし平常に戻った視界に映ったのは揃えた前肢の上に顎を乗せ、床に這いつくばった豹の姿だった。

豹は何かを眩(まぶ)しがってでもいるかのように細く開いた眼を瞬(しばた)いていた。そしてミューはそんな豹に向けて突き出していた両掌をゆっくりおろそうとしているところだった。

「君が豹を……?」

生きた心地もなくそう言いかけたとき、ドアのむこうの暗がりに白い人影が現われた。

それは女だった。手に長い棒を持ち、巫女(みこ)のような純白の衣裳を纏っている。顔も白く塗られ、唇にさした紅(べに)は異様に赤かった。そしてその紅は口の端から頬骨に向かってつりあがり、見る者をぞっとさせずにおかない狂気の笑みを描き出していた。

「……誰だ」

鷹沢がやっとのようにそう呟いた。実際、それが精いっぱいだっただろう。豹のときとは別種の恐怖で、三人とも金縛りにあったように身動きできないでいた。

女はきりきりと眉根を寄せた。それは紅の描く笑みとあいまって夜叉(やしゃ)の形相を肖(かたど)った。そうだ、こいつは豹などより恐ろしい奴かも知れない。繰り返し背筋を這いのぼる戦慄の激しさ故に茎田はそう確信していた。

ひとわたりその場の状況を眺めまわし、視線を最後にミューに据えると、女は張りのある声を発した。声の大きさ自体はさほどでもないのに、びりびりと背筋まで貫くようだった。

「そなたか。わらわの豹を押さえつけたのは」

「あんたの――豹だって」

睨(にら)み返すミューの額から汗が次々に滴り落ちている。相手の言葉でいうなら、豹を押さえつけるのにかなりの精神エネルギーを消費したのだろう。だとすればさっきの悍ましい感覚はそのエネルギーの返りしぶきを浴びたせいに違いない。

「そうじゃ。ただし四日前からな。故にこれはもう人喰い豹ではない」

「バカ言ってら。現にあたしたちを襲ったじゃないか！」

すると女は描き出された笑みをさらに大きく押しひろげて、

「しかしわらわがそう仕向けたわけでもない。むろんのこと、これがそなたたちを襲おうとしたなら、そうする理由があった上でのことじゃ」

「理由だって？」

そのとき、呆けたように二人のやりとりを眺めていた佃が突然ハッとした顔で指を突きつけた。

「そうか、思い出した。てめえ、爆弾事件のあったとき、上野公園にいただろ。ホレ、蛇みてえにヌルッとした男と開発準備委員会の巫部詠典が喋っていた、同じあのベンチに座ってたじゃねえか。あんときゃえらく陰気そうな雰囲気だったからすっかり見違えちまったぜ」

白塗りのせいでよくは分からなかったが、女は一瞬ぴくりと頬を強張らせたようだった。確かに佃からそんな話を聞いた憶えがある。それによると、はじめ男二人は女の存在をまるで気にしていないようだったが、そのあと女の知り合いらしい別の男がやって来て、その男と蛇のような男とのあいだに奇妙な睨みあいが生じたという。その出会いはいかにも偶然の出来事に見えたという話だが、その要となった女がこうして豹とともに登場したとなると、結局はすべてが必然の糸で結ばれていたのだろうか。

けれども女は佃の言葉を否定も肯定もしなかった。そしていきなりカッカッと咽で笑うと、手にした棒を激しく床に突きあてた。よく見るとその棒の両端には金属の箍が嵌まり、ことに上端にはいくつもの鐶が並んでいて、山伏などがよく持っている錫杖というやつらしい。その鐶がシャリーンと澄んだ音をたてると、それまで這いつくばっていた豹がむっくりと身を起こした。

またこちらに襲いかかってくるのかと思ったが、豹はそのまま二、三歩後ずさり、くるりと方向を変えて女の足もとにつき従った。

「いかにもそなたの見たのはわらわの前身——そして今のわらわとは無縁な女じゃ。わらわはチラノチギラノヒメ。弥勒はわらわとともにある。憶えておくがよい」

そう言い据えて、女は再びシャリーンと錫杖を鳴らした。ミューはその音に対抗するようにきりりと唇を噛んだが、女は冷ややかな笑みを返したままゆっくりこちらに背中を向けた。

「焼け死なねばいずれまた会うこともあろうの」

そんな言葉を残して、女は豹を従えつつ、厳かな足取りでドアの外へと消えていった。

白い衣裳が闇のなかに溶けこんだあとも鐶の音はしばらく断続的に続いていたが、やがてそれも次第に遠のき、完全に静寂が復活した。そしてその気配を念入りに確かめておいて、佃はようやく大きな溜息をついた。

「ふええ。この佃啓一、生まれて初めて肝を冷やしたぜ」

「あの女が豹を操っているのか」

鷹沢はまだ半信半疑の面持ちだ。

「こう次々おかしなことが続いた日にゃ、ただでさえ悪い俺の頭はどうにかなっちまいそうだぜ。それはそうとチラノチギラノヒメとか名乗ったか。あの女もお嬢ちゃんのお仲間みたいだな」

そう水を向けられたミューは、

「能力者なのは確かみたいだけど、知らないよ、あんな女。とにかくお仲間なんて言葉は使ってほしくないね。あたしは一匹狼なんだから」

つっぱねるように言いながら左手首に腕環を嵌めなおしている。

「それは?」

「あたしのパワー・リスト」

恐らく封印のようなものなのだろう。普段はあまり大きな力が解放されないようにあれが安全装置の役割を果たしているに違いない。それとも彼女の表現通り、普段から強い負荷をかけておくことで能力を鍛える効果もあるのだろうか。

「まあ結構。とにかくお嬢ちゃんは使えそうだ。それになかなかの別嬪さんでもあるしな。ひとつ、これからもよろしく頼むぜ」

佃はニヤニヤと笑いながら立ちあがり、ポンと気安くミューの尻を叩いた。けれども相手は何すんだよといわんばかりの顔で振り向き、

「こっちは願いさげだよ！」

そうきっぱり言い放った。

佃はますます気に入ったという顔で威勢よくズボンの埃を払っていたが、不意に眉をひそめて天井を見あげた。

「何だ、ありゃ」

その疑問が何を指し示しているのかすぐに分かった。低く、かすかに聞こえる音だ。一瞬、豹がまだ上にいるのかと思ったが、どうやらそういった種類の音でもなさそうだ。

「風の音か？」と鷹沢。

「確かに風は強かったが……今までは聞こえてなかったぞ」

佃は首をひねりひねり呟いたが、そのあいだにも次第に音は大きくなる。

「ヤな予感がするな」

再び佃が呟いたとき、茎田はハッと思いあたった。

「あの女、妙なことを言ったな。焼け死ななければまたいずれ会うこともあるだろうって」

「——そいつだ！」

四人は慌ててドアに向かった。真っ暗な通路に出、階段を駆けあがると音はいよいよ大きくなり、ゴウ

ゴウという轟きとともに何かが激しく罅ぜ割れた。

階段を上りきると、既に火は倉庫じゅうにひろがろうとしていた。真っ赤な炎が立ち塞がり、何よりも凄まじい熱気が彼らを怯ませた。特に天井の一角が激しく燃え、夥しい量の火の粉を降り落としている。それでも音の具合から火の元は別の建物だろうと見当がついた。

佃がそばにあったスチール製の棚を蹴倒し、炎の押し寄せる床に通り道を作った。間を置かず、茎田たちも顔を庇いながらその通り道につっこんだが、たちまちその両腕が灼けつきそうになる。

「ナッキーの奴、火事のことまでは言わなかったぞ!」

後について走りながらミューが吐き捨てるようにそう叫んだ。

四人が車に駆け寄ろうとしたとき、多量の火の粉が降り落ちていた場所から新たな炎が噴きあがった。その勢いに押し戻され、茎田の体がミューとぶつかりあう。眩しい光と濃い影とが交錯し、周囲をすっぽり包んで踊り狂う様は激しさを増すいっぽうの轟きと相俟ってもの恐ろしいばかりだった。

鷹沢がエンジンをかけているうちに佃は戸口に駆け寄ってシャッターを押しあげた。外では黒煙が強風に煽られ、のたうつ大蛇のように渦を巻いている。

「どけ!」

バック・チェンジした車の助手席に佃がとび乗ると、鷹沢は勢いよくアクセルを踏みこんだ。シャッターをくぐり、視界を遮る黒煙をつっきって路上に出ると、風上の方向に燃え盛る紅蓮の炎が見えた。火元はそちらに隣接している倉庫らしい。

「この風だ。アッという間だったんだろうな」

言いながら鷹沢は素早く風下にハンドルを切った。

幅八メートルほどのその道路はもう人だかりで塞がりかかっていた。遠くから消防車のサイレンも聞こえている。鷹沢は何度もクラクションを鳴らして道をあけさせようとしたが、人垣はどんどん膨れあがるいっぽうだった。

「コンチクショウ」

たまらず鷹沢が罵ったとき、突然耳を劈く音が響いた。後部右側のウィンドウが砕け割れ、車内にバッととび散ったのだ。そちら側に座っていた茎田は一瞬心臓が潰れそうになった。

「何だ！」

見ると工員ふうの男が何か叫びながら鉄棒のようなものを振りあげていた。これ以上にないほど口を歪めた、凄まじい憎しみの表情だった。そしてそれが眼に映った次の瞬間、二撃目が罅のはいったまま残っていたガラスを粉ごなに砕き割った。

「わ……わ……」

同様に眼を血走らせた男たちが何人かこちらに駆け寄ってくるのが見えた。それらの手にはやはり長い棒状のものが握られている。何が何だか分からなかったが、とにかくぐずぐずしてはいられない。鷹沢はめいっぱいクラクションを鳴らし、人垣に無理矢理突破口を開こうとした。

そのとき三度目の攻撃がリア・ウィンドウを打ち破り、ミューがガラス片の雨を浴びながら悲鳴をあげた。

「何だってんだ！」

群衆はわざとのろのろ動いているような気がした。鷹沢は威嚇のために二、三人を軽く撥ねとばし、それで人垣が割れたところをスピードをゆるめずつっきった。

さらなる追撃が後尾に加えられたが、それが最後のあがきだった。エンジンが大きな唸りをあげると、みるみる人ごみは後方に遠のいていった。

「クソったれめ！　いったい何だってんだよ」

ようやくほっと胸を撫でおろしたところで、再び憤然と毒づいたのは佃だった。振り返ると炎はいくつもの建物を包みこみ、切れぎれに空高く舞いあがって、いよいよその勢力を増しつつあった。黒煙は巨人のように肩を聳やかし、白く濁った空を覆いつくそうとしている。この激しい強風のなかでは火の手を喰い止めるのは至難の業だろう。恐らく鎮火までにあと何軒か犠牲になるに違いなかった。

「僕たちを放火犯とでも思ったのかな」

茎田が首をひねると、

「それにしてもあの血相の変え方は異常だったぜ」

不貞腐れたように佃が返した。

「で、やっぱりあれは偶然の出火じゃない？」

「俺に訊かねえでくれよ。俺には何も分からねえんだからな！」

けれどもミューまでがむっつりと口を鎖している状況ではどのみちその問いへの即答は得られそうもない。

「何かが動きだしてしまったということだろうな」

鷹沢が前方を見据えたまま呟いた。

「動きだしたら止まらない。洪水みたいなものだ。きっと俺たちも訳が分からないまま、最後の最後までこの洪水を乗りきらなければならないんだろう」

「そんな無内容な言葉でも、とにかく何らかの説明が与えられれば、わずかなりとも気休めになるのが不思議だね」

茎田は背後を眺めながら、特別皮肉のつもりもなくそう言った。もうかなり遠ざかったとはいえ、黒煙はのたうつ大蛇のように空にのびひろがっている。そしてその不吉さに充ちた光景はあたかも彼らの往く末を暗示しているかに思われた。

2　連鎖する種子

その後も人びとの注目を集める報道には事欠かない状況が続いた。

豹は依然として捕獲されないままだし、そこから派生した住宅地のゴーストタウン化、盗難事件の頻発、自警団を巡るいざこざなども日を重ねるに従って深刻さを増している。

爆弾魔は逮捕されたものの、硫酸魔は相変わらず自在に出没していたし、新たに出現した毒の投げこみ魔は東京をさらなる不安に叩きこんだ。また新宿の大火災に続いて練馬区でも原因不明の火災が発生し、同時にその場で周辺住民による暴動も起こって、五人の死者まで出たという。

やや目立たぬとはいえ、全国的に児童の蒸発が続いているという事実も人びとの関心を集めていた。それにもまして彼らを落ち着かない気分に追いこんだのは突然死が恐ろしい増加を示しているという報道だった。

さらに各地の餌づけザルに畸形が多発しているという報道に端を発して、輸入小麦の催奇形性を問題視する声が急速な盛りあがりを見せていた。またそのことは、今年も前年のような米の不作が続くようなことがあればアメリカ米の大量輸入もやむなしとする与党の動きに反発する勢力にとって絶好の追い風となりつつあった。

そんな状況のなかで「週刊ひふみ」が『告発！　闇の豚・豚の闇』と銘打って発表した、六本肢の豚がひそかに大量飼育され、その肉が市場に出まわっているという独占スクープは当初の予想をはるかに超えた反響を呼び起こした。翌日から各テレビ局のワイドショーではこぞってこの話題を取りあげ、「ひふみ」誌に掲載されたやや不鮮明な問題の写真を繰り返し流し続けた。そしてものの三日もたったときには全国でその映像を眼にしたことのない者はいないほどになっていた。

笠部精肉側はただちに記者会見を行ない、近日中に公開する予定だったと釈明した上で、肉の品質については何ら通常の豚と変わりなく、問題点は全くないという態度で押し通した。また、笠部側に与する論者のなかにはこの告発そのものを障害者に対する差別や偏見を助長するものだと反論し、それに対してそもそもこの計画を極秘裡に進めようとした笠部サイドこそ差別的価値観の持ち主だという応酬があったりもしたが、もちろん社会学的にはそういった問題の切り取り方はあるにせよ、結局はいささか見当違いの議論といわざるを得なかっただろう。いずれにせよ消費者の反応は極めて敏感で、ある調査結果によれば、首都圏の豚肉およびその加工品の売り上げはそれまでの五分の一以下にダウンしたと報告された。

その間、笠部同様、「ひふみ」編集部も様ざまなメディアからの取材や問い合わせに忙殺された。もちろん「ひふみ」は肝腎な点については秘密主義を通したが、このスクープはまだまだ連載で続き、以降はこの豚の出自にからむ企業犯罪の暴露が中心になることだけは明かした。結果、そのことがテレビ番組などで大きく取り沙汰され、豚問題の動向にますます世間の関心が集められることとなった。

かくして小麦や豚肉のみならず、水道水さえ安心して口にできない状況に置かれた人びとは、そもそもいつまでたっても豹を捕獲できないでいる警察への不信と相俟って、政府への突きあげの声を煽り立てていった。その最大の焦点は、現に豚肉が市場に出まわっている以上、笠部が豚に関する事実を監督省庁にも秘密にしていたとは考えにくく、そこに何らかの結託なり取り引きなりがあったのではないかという疑惑だった。

翌週の「ひふみ」の『告発！　闇の豚・豚の闇』第二弾はそんな状況にさらにセンセーショナルな話題を投げこんだ。その記事によれば、六本肢の豚の受精卵はそもそもデンマークの生化学研究所から日本へ極秘裡に持ちこまれたものだが、その運搬に携わった笠部の研究所員の湯川伍一（ごいち）という人物はその直後に千葉県の印旛沼（いんばぬま）で変死体となっており、そこに企業ぐるみの謀殺の疑惑がつきまとっているというのだ。

もちろんこれは直接笠部に対してもそうだが、政府への突きあげの声をにわかに加速させることになった。それはその謀殺に政府も幾許（いくばく）か荷担しているのではないかという疑念が働いたからであり、実際「ひふみ」の記事もそうしたニュアンスを多分に匂わせていた。

各種メディアはいっせいにその変死事件にとびつき、取材合戦を繰りひろげた。それまで全く野に埋もれていた湯川伍一という変死者の名はたちまち全国に知れ渡ることになり、その人物の経歴、事件の外観、失踪までの細かな行動などが呆れるほど詳しく調査・報道された。

その報道は全体として「ひふみ」の投げかけた疑惑をさらに補強する方向に流れていった。ここにおいて国会でも農林水産省・厚生省の官僚への疑惑追及がなされたが、その結果は予想された通り、そのような事実はいっさいないと確信しているという答弁の繰り返しでしかなかった。また、やや遅れて調査委員会が設立され、笠部精肉の社長、土浦工場の工場長等が喚問されたが、そこで新たに明らかになったのは社内で六本肢の豚が〈6号〉というコードネームで称ばれていたことくらいで、彼らはとにかく安全性には何の問題もないこと、また〈6号〉によって我国の養豚の生産効率が飛躍的にのびるであろう点を強調した。ただ、予想された情緒的な反応を考慮し、発表の時期を見あわせるべきだと判断したというのだが、そこに各省庁がどこまで関与していたのかという質問にはぬらりくらりした歯切れの悪い回答しか返ってこず、ましてや謀殺の疑惑に関しては頑としてそんな事実はないと押し通した。

「白ばっくれやがって、あん畜生めら」

　編集部の応接室にはいるなり、テレビから流れてくるニュースに気づき、佃は憤然とした面持ちでそう喚(わめ)いた。応接室で編集長の速水遼子(はやみりょうこ)と話をしていた鷹沢完司はギラギラした眼を細めて苦笑し、

「茎田は？」

「倉石恭平(きょうへい)氏の見舞いだよ」

「そうか。まだ意識は……」

「昨日聞いた時点では見こみは立ってないらしい」

　そう答えて佃は鷹沢の隣に腰をおろす。百二十キロはありそうな巨漢の佃が座ると、ソファはギシギシと悲鳴をあげた。

「水王会のほうは？」と、今度は遼子が尋ねると、佃は下唇を口のなかに巻きこむようにして、

「それがなかなかシッポを出さないんですよ」

　鷹沢や茎田に対するときとは明らかに違う、神妙な口調でそう言った。

「〈マルシン〉のしめつけで相当動揺を来してるんだが、それだけにかえって秘密管制が徹底してましてね。けど、ちょいと面白いことを見つけましたよ。ここ一年ほどの幹部連中の動きを洗ってみて、ひっかかりを感じた点が二つばかりあったんです。その一つは彼らの多くが毎月十五日に所在不明になってるこ

と。そしてもう一つは去年の八月、ゴルフコンペの賞品という名目で彼らに特注のパソコンが配布されてることですね。会の上層部だけでなく、それぞれ深い繋がりを持つ外部の人間も含まれてるんですが、調べてみると、両者の人員は見事なくらいピッタリ一致するんですよ」

「それは面白いわね」

速水編集長の同意を得て、佃は俄然気をよくしたらしく、

「でしょう。こいつは何かあるはずなんだ。俺の勘がはずれたことはないですからね」と息巻いた。

「で、その先は？」

「だからそこでちょいと行き詰まってるんですよ」

「分かったわ」

遼子はゆるく後ろに流したショートヘアを掻きあげ、深ぶかと背凭れに寄りかかった。

「何にしても、パソコンっていうのはずいぶん奇妙な取りあわせね。連中がそれほどコンピュータに詳しいとは思えないし。多分、ごく単純な使い方しかできないでしょう。となるとやっぱり用途は通信じゃないかしら」

「ナルホド。通信ね」

「でも、そのやりとりを公開しているはずはないから、通信内容まで探るとなると難しいでしょうね。よほど優秀なハッカーか、あなたの言ってたミューって子たちに頼みでもしない限り」

そう言って遼子は深みのある笑みを浮かべてみせた。ほんの一時期だが宝塚の劇団員だった経歴を持つ遼子は相手の眼を瞬きもせずじっと見据える癖があり、とりわけ佃はその視線に弱い。

「こっちから連絡が取れればいいんですがね。それとも東京の地下に残ってるという抜け穴を捜してみま

すか」

「それはそれで面白い記事になるわね」

なおも注がれる視線を気にするように佃はクシュンと鼻を鳴らして、

「しかし……残念ですね」

「何が？」

「今度の〈6号〉事件とあわせて公表すると記事の信憑性を疑われかねないんで、超能力者の組織のことやらフリーメーソンのことやらを活字にできなかったことですよ」

けれども遼子は再び笑みを浮かべ、悠然とメンソールの煙草に火をつけた。そして背凭れに片肘をつき、その手に顎を軽く乗せると、深く吸いこんだ煙を窄めた口から糸のように吐き出してみせた。

「ご心配召されるな」

芝居がかった抑揚でひと呼吸置き、

「物事にはそれぞれ最善の時期というものがある――」

女性にしてはやや太い、張りのある声で嘯いた。

――やっぱり男役だったに違いねえ。

細長く吹きつけられた煙を浴びながら佃はそんなことを確信していた。

「で、お前の持ってるそれは？」

鷹沢に顎で示されて、

「そうそう、すっかり忘れてたぜ。おたくへのお手紙だ。〈6号〉の事実をつきとめ、それにまつわる謀殺疑惑を明るみに引きずり出し、笠部につけ狙われることになった某T氏は今やちょっとした国民的ヒーローだからな。そのT氏の身柄を預かっているウチには、こうして激励の手紙が山ほど集まってくるってわけだ」

佃は手にしていた郵便物の束をテーブルに放り出した。

「有難いといえば有難いことだがね」

鷹沢は輪ゴムをはずして束をほどくと、それらひとつひとつに眼を通していった。

そんなとき、突然茶髪の若い男が応接室にとびこんできた。

「あ、編集長！」

そう叫んだ細い肩が大きく息をついている。

「何だ、騒々しいな」

佃が代わりに答えると、男は二、三度苦しそうに瞬きして、

「スクープ、スクープ！　新型突然死に感染症の疑いあり！」

「何だと！」

嚙みつくような勢いで佃がはね起き、再びソファがギギッと悲鳴をあげた。

高度成長期あたりから〈ポックリ病〉という名称でぽつぽつと話題にのぼり、近年は〈過労死〉という名称とともに一般化した突然死がこのところとみに発生件数がふえているという話題はあちこちのメディアで取りあげられていた。それまでの典型的な突然死とは症状が異なっているということから、ある雑誌が名づけた新型突然死という名称も徐々にひろまろうとしている。そしてたまたまその雑誌が取りあげていたなかには、新宿駅地下で茎田が遭遇したエロヒム聖協会のメンバーの症例も交じっていた。

「ニュースソースは？」と、遼子。

「城光医大の疫学研究班——」

「確かなネタなんでしょうね」

「花井さんによれば、相当カタいそうですよ」

「感染症って、細菌なのか、ウイルスなのか？」

　と今度は佃が尋ねる。

「そこまではっきりしていないそうです。とにかく詳しいことは花井さんに聞いて下さいよ。ただ研究班の調査によると、全国で先々週と先週の二週間のあいだに少なくとも二十人近くが新型の突然死で死亡してるとか」

「二週間で二十人近く？」

「そうです。ここ最近尻あがりにふえてるんだそうで」

「厚生省レベルではその数字は把握してるの？」

　遼子にあくまで冷静に尋ねられ、若い男はつんのめるように大きく頷くと、

「異常事態という認識はあるでしょうね。花井さんの調べでは、どうも極秘の調査チームが動きだしているらしいです」

「ふうん」

　両手の指を反らすように組み、その上に咥え煙草のまま顎を乗せて、遼子は考え深げな表情を見せた。

「国のやることたァいつでも同じだ。とりあえず知られたくない事実を世間の眼から遠ざけておいて、あとになって始末に四苦八苦するんだよ！」

　全身を憤懣の塊りにして喚く佃に、

「まあそれでも何とかなるような国民を相手にしてるからな」

鷹沢もそんな皮肉な言葉を投げた。

「とにかく、高橋ちゃん。全面的に花井ちゃんに協力してやって。できればその厚生省サイドの調査チームのことも――」

「了解！」

高橋と称ばれた若い男は威勢よく答えてとび出していった。

「これでまたひとつ、世間を騒がせる材料が加わったね」と、鷹沢。

「冗談じゃなく、危ないかも知れないわね。このあいだの練馬の火事のときに起こった暴動だって、ほんのちょっとした前兆に過ぎないような」

「危うく俺たちも焼け死ぬところだったな。出火原因が不明ってだけならまだしも、何で暴動が起こったかもはっきりしてねえんだろ。五人も死者が出てるってのに、いくら何でもそいつは変だぜ。……ま、ひとつひとつ見ればどうってことねえ出来事なのかも知れねえが、全体を眺めるとどうしても噂やミューってお嬢ちゃんの言ってた通り、やっぱり裏ですべてを操ってる奴がいるような気がしてならねえんだよな」

苛立つように言って、佃は拳を片方の掌にバシッと叩きつけた。

そのとき、葉書に眼を通していた鷹沢が「どうやら激励の声ばかりじゃないようだね」と呟いた。つられるように二人が覗きこむと、その葉書の裏面には乱暴な文字で、『ヒーロー気取りの目立ちたがり野郎！　そんなに名前が売りたいか』などといった口汚い文句が書き殴られていた。

続けて鷹沢が取りあげた葉書には赤鉛筆で『冷静な客観的判断を欠いた貴兄のような人間が祭りあげら

れてしまう風潮を憂える』とある。

「こっちのはもっと物騒だよ」

そう言って一通の便箋を突き出すと、あけた封の内側の部分にカミソリの刃が糊(のり)づけされていた。鈍く青黒い輝きを一瞥(いちべつ)するだけで、それを仕込んだ人物の陰湿で凶悪な意思のかたちをまざまざと見せつけられるようだ。

「どれも差し出し人の名前はないわね」

「こいつら、どうせ笠部の連中だぜ！」

佃は眦(まなじり)をつりあげて喚いたが、

「そうとばかりは言えないわよ。まるで関係のない一般大衆のなかにも決まってこういう見当違いの非難を寄せてくる人間がいるから」

「そうだとしたら、全く何を考えてやがんだか」

「だけど僕でさえこうなんだから、殺人事件か何かで限りなくクロに見える容疑者なんか、きっと凄いんだろうな」

鷹沢は言いながら注意深くカミソリを剝(は)がし取り、矯(た)めつ眇(すが)めつ裏表を眺めまわした。

「そうね。特にひどいのは犯罪者の親もとに送りつけられる非難の嵐。今度の爆弾事件には私も取材に加わったりしてるけど、逮捕された少年のご両親は本当に気の毒だったわ。手紙はまだいいとして、いちばん神経が参ってしまうのはひっきりなしにかかってくる厭がらせの電話ね。そのうえ家に石を投げこんでいくタチの悪いのまでいるっていうんだから」

「そういうのを聞くと、俺ァ同じ日本人としてアッタマきちまうんだよな！」

佃はほとんど身震いせんばかりの勢いだったが、

「同じ日本人として、ねえ。そういえばご両親のもとに送られてきた手紙にも同じような言葉があったわ。『親の育て方が悪いからあんな子供ができるんだ。同じ日本人として許せない。お前たちも死んで償いをしろ』ですって」

そんな言い方をされては振りあげた拳のやり場もなく、しばらく口をもごもごさせるほかなかった。

「ごめんなさい。これ、別に皮肉じゃないのよ。それよりパッと見て気がついたんだけど、爆弾魔容疑者の少年の家族に送られてきたその手紙と、鷹沢さんに送られてきたこの最初の葉書——どうやら同じ人物が書いたものみたい」

「えッ!?」

二人は声を揃えて訊き返した。

「よく憶えてるわ。左肩がちょっとあがったこの特徴的な字体。まず間違いないと思う。同一人物よ」

佃はヒュウと唇を鳴らした。

「こいつは驚きだな。しかし考えりゃ、一人でいろんなとこにこのテの投書を送りつけてる奴も多いだろうから、それほど不思議はないってことか。きっとこれだけが人生の唯一の娯しみだったりするんだろうな。ああヤだヤだ。胸クソ悪い」

そして問題の葉書を手に取り、

「そっちの手紙の方にもどうせ差し出し人の名前は書いてなかったんでしょう。いったいどこのどいつなんだろうな」

憎々しげに指で弾いてみせた。むろんその言葉は回答を期待してのものではなかっただろう。けれども

遼子は事もなげに、

「誰が書いたかは分かってるわ」

そう答えて二人を呆気に取らせた。

「え、それじゃその手紙は匿名じゃなかったんですか」

「そうじゃないの。そもそも私が両方を突きあわせないでも同じものだと言いきれるのは、以前からこの筆跡に見憶えがあったからなのよ。佃クンには喋ったことがあったわね。私のところにしつこく手紙を送ってくる人のこと。この左肩のあがった特徴的な筆跡、その人のものなのよ。確か矢狩芳夫(やかりよしお)という名前だったわ」

佃は合点したように腕組みをして、

「そうか。確かにその名前も聞きましたよ。それから一、二回、ほかの雑誌の投書欄でもその名前を見かけたことがある。けっこうな投書マニアだなと思ってたんですが、そうか、そいつがこの葉書を――」

「そういうこと」

遼子はかすかに唇の両端をつりあげ、

「私宛ての手紙に関していえば、長々といろんなことを書いてくるんだけど、そうやって書けば書くほど結局何が言いたいのかよく分からなくなってしまうタイプね。凄くストレートな部分と、もってまわった言い方の部分もアンバランスだし。まあ相当屈折した人間なのは確かじゃないかしら。あんまりひっきりなしに送りつけてくるものだから、手紙は編集部宛てにしてくれと返事したんだけど、最近やっぱり私宛てに手紙を送りつけてきて、それがまた奇妙な内容だったわ」

「というと?」

「さっきの話じゃないけど、突然死は超能力者のグループが起こしてるっていうのよ。しかも突然死した人間は何らかのかたちでいろんな宗教に関係してて、そのことに深い意味があるに違いないっていうの。それだけならまだしも、本人もその陰謀に巻きこまれそうになったとか、キリストの墓がどうしたとか、あまりにもとりとめのない話ばかりで」

「へええ。要するにちょいと頭がイカレてんだ」

「そうね。ところどころ『俺は豹だ』なんて言葉も交じってるし、さすがにこれは普通じゃないと思ったわ」

佃はめいっぱい口を捻じ曲げて笑い、

「豹だって？　ナスターシャ・キンスキーでもあるまいし。まさか俺たちのご対面したあの豹がそうだってんじゃねえだろうな。まあそこまでイカレたのはどうしようもないとして、できれば投書マニアという人種の生態やメンタリティも詳しく記事にしてみたいもんだぜ」

言いながら皺くちゃの煙草を取り出し、よれよれになった最後の一本を抜いて、ケースをクシャッと握り潰した。そしてそのまま振り向きもせず肩ごしに放り捨てると、ケースはくるくると回転しながら見事な軌跡を描いて屑籠のなかに落ちた。

「相変わらず得意ね、それ」

遼子が大きく眼を見開いてみせると、佃は初めて自分の動作に気づいたように背後を振り返った。

そのとき、今度は額の薄くなった男が応接室にとびこんできた。

「お話し中ですか」

「いいえ、いいわよ。何？」

「小麦の催奇形性に関する取材から、ちょっと凄い話が転がりこんできたんですよ」

男はやや蒼褪めた顔で空咳をして、

「結論から言うと、ここ数年、猿ばかりでなく人間も奇形児の発生率が爆発的に増加してるっていうんです。それが何と、ごく最近では十人に一人の割合にまでなっているとか」

「何ですって」

遼子の声にあわせて、佃と鷹沢も顔を見あわせた。

「十人に一人だと？　それじゃ、そこいらじゅう奇形児だらけになっちまうじゃねえか。嘘っぱちだろ。だいいちそんなに続々産まれてるなら、何で今まで問題にならなかったんだよ。どんなに事実を隠そうとしたって、十人に一人の割合じゃいくら何でも発覚しちまうだろ」

けれどもそんなふうに言い立てながら、佃はその種の理屈に自分自身飽き飽きしていたのではないかという想いから、ひどく居心地悪い気分に襲われていた。男はこちらのそんな事情にまるで気づかぬように、硬い表情で額に掌をあて、そのまま頭のてっぺんまで撫であげた。

「それはもちろん、そういった赤ん坊がみんな生き残って産まれてくれば発覚しないですむはずがないですよ。だけどそのほとんどは初期のうちに人工流産や堕胎で処理されてしまってるっていうんです。今は妊娠中に羊水検査やCTスキャンで胎児の異常をつきとめることができますからね。たとえそれを逃れて産まれてきても、自発的に産声をあげる能力がなければその場でただちに死産ということで片づけられてしまう。その結果、今まで通り表面的には何の異変も残らないっていうんです」

「すべての産科の医者が口裏をあわせてるっていうのか」

「医師会から極秘裡に通達が出されてるそうなんです。それにもともと産科の医者たちにはそうした赤ん坊を個人の判断で闇に葬ってきた暗黙の伝統がありますからね」

「むしろその通達でお墨つきを貰ったようなものだってわけか。……しかし十人に一人とは……」

「本当だとしたら恐るべき数字ね」

遼子もかすかに眉をひそめていたが、

「とにかく大至急裏づけを集めて」

「分かりました！」

男はきりりと唇を結び、何事か思い定めた様子で部屋を出た。その足音が遠ざかるのを確かめておいて、佃は背をまるめるように首を突き出し、そっと低い声であとの二人に囁きかけた。

「冗談じゃねえよな。あいつンとこも今カミさんが妊娠中なんだぜ」

二人は直接それに答えず、表情だけで暗然とした気分を返した。世間を押し包む黒い影のような存在がいつのまにかこの部屋にも忍びこんでいて、彼らの会話にじっと耳を澄ませているような——全員がふとそんなイメージに囚われたせいかも知れなかった。

もうゲームははじまっているのだ。いや、それはずっと前にはじまり、知らず知らずひそかに進められていたのだろう。破滅のカードは着々と集まってきている。そしてこれが手札全部を占めたとき、もはやどんな切り札も救済の効力を失ってしまうに違いない。

佃はそんなことを考えた。そう、今ならまだ間にあうだろう。切り札の効力は失われていないはずだ。だが悪いことに、どのカードが切り札なのか誰にも分かっていないのだ。いや、そればかりかこのゲームでは誰が対戦すべき相手なのかも知らされていない。

そうだ。これは対戦相手も分からないゲームだ。けれどもいったんはじまってしまったからには、テーブルに着いたすべての者は否応なくカードをめくり続けなければならないのだ。

3　致死の領域

茎田は白く清潔な病室のなかでずっと押し潰されそうな気分に囚われていた。

聞こえるのは昏々と眠り続ける倉石のかすかな呼吸音。サイドボードに置かれた時計の秒針が刻む音。そしてどこか遠くから四階の窓にまで伝わってくる子供たちの喚声だけだ。

ベッドの下に茶地に白抜きで『相沢病院』と印刷されたありふれたタイプのスリッパがやや爪先のほうを窄めるようにして置かれている。その片方の土踏まずの部分に罅がはいり、わずかに白い詰めものが覗いているのが妙に気障りだった。そこからやや視線をずらすと、蛇紋岩を模したと覚しいビニールタイルのひと枡に不気味な男の顔と見える染みが貼りついていて、それもひどく暗示的だった。

けれどもそれらの視覚に絡まる心情はあくまで断片的なものに過ぎず、その奥でもっと大きくうねっていたのはやはりあの不可思議な夜から引きずっている情動だった。あれからほぼ二週間もの日々が過ぎ去り、表面的には一種平安ともいえる状況に戻っているものの、精神的な余震はむしろ振幅を増すいっぽうで、今や地盤は液状化の一歩手前といっていいだろう。あたかも鞭打ちの後遺症がはっきりあらわれてきたかのようで、最初の衝撃がいかに凄まじいものだったかを改めて思い知らされる気分だった。

その情動をひとことで言い表わすなら、かつて経験したことのないほどの惑乱となるだろうか。全くその通り、彼は戸惑い、混乱し、自分を制御しかねていた。彼自身が予想していた以上に世界への足場の組み替えは途轍もない難事業なのだ。過去の足場が崩壊してしまったことは眼も眩むほど自覚しているはずなのに、それに代わる新たな足場を懸命に模索すればするほど、いつしか未練がましく失われた幻影に縋りつこうとしてしまっている。――そんなことの果てしない繰り返しだった。

とどのつまり、茎田は世界との絆を見失っていた。すべてのものに対してどう基準を取っていいのか分からない。彼は見事なくらいに判断停止の状態にいた。

そんななかでいくつかの事実だけが剝き出しのまま彼の眼の前に投げ出されている。とりわけ倉石が変わり果てた姿となって眼の前に横たわっているこの状況は、ともすれば何もかも夢か幻だったのではないかという方向に流されそうになる彼の認識を堅く打ちこんだ棒杭のように現実の地平へ繋ぎ止めていた。

それでも生命に別状はないという保証さえ与えられたなら、彼の置かれた引き裂かれた状況も大幅に軽減されただろう。しかし現状はそうではなかった。ひとまず大きな山は越したとはいえ、未だ予断を許さない状態が続いている。もしもこの先、最悪の結末を迎えるようなことにでもなれば、彼はそれこそ完全に座礁してしまうだろう。

警察に問いあわせて倉石の運びこまれた病院をつきとめ、慌てて駆けつけたときのことがレコードの針とびのように際限なく脳裡に蘇ってくる。看護婦から聞いた話によれば、倉石は建設中のビルのそばで崩れ落ちた鉄骨に押し倒されたらしく、それはまさしくミューが報せてくれた通りだった。事故があったのは問題の夜の十一時過ぎ。場所は小田急線の経堂駅から徒歩で五分ほどの裏道ということだが、倉石の住まいは西武新宿線の上井草にあり、経堂などに縁りがあるとはこれまで全く聞いていなかったので、どうしてそんな場所にいたのかが真っ先に不審に思われた。そして倉石の家族や親しい人間が次々に駆けつけ、その誰もが経堂という場所に心あたりがないと口を揃えるのを眺めるうちに、不審はいっそう大きく膨れあがっていった。

いや、その不審が指し示すものはそもそもはじめから明らかだった。これは偶然の事故などではない。倉石は何者かの手によって口封じされたのだ。状況から見て、恐らく相手は生命まで奪おうとしたのだろう。幸いその目論見は現在のところ達成されてはいないが、ともあれ相手がそこまでの行為に出たこと自体が問題なのだ。

相手が何者かについても少なくとも茎田のなかにはイメージが固定されている。倉石の論文に眼をつけ、彼の周囲を監視させ、あの日は茎田まで尾けまわさせた勢力だ。それをミューたちのようにただちにフリーメーソンと同定するのは未だに躊われるところだが、ともあれ茎田のなかで〈彼ら〉という括りは極めて鮮明で、当面はそれで充分に事足りた。

とはいえ、もちろんそれをそのレベルに留めておくわけにはいかない。正体は解明されなければならない。けれども注意は怠らないようにしているのだが、あれから倉石や彼自身の周辺から監視の眼らしい気配はふっつりと途切れ、まるでひとまず重体に追いこんだことで充分と考えているふうでもある。もちろん彼の所属する日本総合心理学研究所——とりわけ超心理学課と深い繋がりがあるというところから相手の正体を掘り返すことも可能だろうが、彼自身そういった調査能力に長けているとは到底思えなかったし、何より所内こそ最もアンテナが張り巡らされた場所であり、その種の行動を取ればたちまち相手に察知されてしまうだろうという予想から、かえって手も足も出せない状態が続いていた。

そうなると彼らとの接点はミューたちに求めるほかないが、彼女もあれ以来ふっつりと姿を消したままで、結局こちらも勝手気儘な出現を気長に待ち続けるほかない状況だった。

遠くからパタ、パタとスリッパの音が近づいてくる。五分ほど前に買い物に出た倉石の母親だろうか。

今度のことで、茎田は初めて倉石の母親と顔をあわせた。白髪交じりの小柄な老婦人だが、若い頃のそれなりの華やかさを留めた顔立ちはやはりどこかに倉石の面影を感じさせる。自分たちより先に病院に駆けつけていた茎田に彼女はいかにも申し訳なさそうに何度も頭を下げた。

詳しく事情を説明するとどうしても超能力者云々のことまで語らざるを得ないので、警察には星陵大付属病院の地下でのことはもとより、それ以外の経緯も通りいっぺんのことしか喋っていない。だから警察は場所の不審さは残るにしても、さして事件性があるとは判断していないだろう。従って家族も単なる事故という認識しかなく、頻繁に病室を訪ねるたびに感謝の言葉を返されては、かえって後ろ暗さに似た気分がつのるばかりだった。

パタ、パタという小刻みな歩調はそんなあいだにもどんどん近づいてくる。そして恐らくあと数メートルというところまで来たとき、ふと茎田は凄まじい恐怖に抱き竦められた。

そうだ。ちょうどこちらの緊張も解けて、今がいちばん無防備になっている頃合だ。刺客というのはこういうタイミングを突いてくるのではないだろうか。まるで目立たない扮装に身を包み、全く証拠を残さないような武器を手にして——。どうして本当のことを警察に伝えなかったのだろう。僕は馬鹿だ。何という大馬鹿者だ。軽く組んでいた両腕を思わずほどき、ストゥールの腰板の縁を握りしめたが、体は硬く凍りついたままで、到底反撃の体勢を取る余地もなかった。

できればそのまま通り過ぎてほしいと思ったが、足音は部屋の前あたりでぴたりと止まり、ほとんど間を置かずにノブに手をかけるのが分かった。けれどもそれが押し開けられるのに数瞬の逡巡があり、それ故に足音の主が母親でも看護婦でもないことは確信できた。

慎重な動きでドアが開けられ、三十度ほど開いたところでゆるゆると止まった。今にもそこから銃口が向けられるのではないか。暗殺用の消音器をつけた銃口が。茎田は全身が硬直し、どっと冷や汗が噴き出すのを感じたが、その想像にどこまで蓋然性を求めればいいかやっぱり判断の基準が見つからなかったので、彼はただ木偶人形のようにドアの隙間を眺めているほかなかった。

ドアの陰からそっと小さなものが現われた。けれどもそれは拳銃ではなく、その形状を真似た人の手だった。人差し指を銃身のようにのばし、それをまっすぐこちらに向けている。茎田は予想外の出来事にぽかんと口を半開きにあけた。

それに続いて体が現われた。しなやかな腕。細い肩。そしてひょこんと覗いた首にはパイナップルの萼めいた髪が黄色く尖り立っている。指の銃口をぴったり茎田に向けたまま、相手はニヤニヤと愉快そうな笑みを湛えていた。

「ミュー!」

「いけないなあ、ボンヤリしてちゃ。あたしが敵なら一発でズドンだよ」

少女はそう言って病室に身を滑りこませ、軽やかにこちらに近づいた。

ベッドの上は半分が酸素テントに蔽われていた。半透明のカバーのためになかの様子ははっきりしないが、そこに横たわる人物の周囲に何本ものコードが這いまわり、そのいくつかが鼻に挿しこまれているのはぼんやりと見て取れる。そしてそのぼんやりとしか見えない人物の寝姿こそがその病室の空気を支配し、鉛のように重いものにしていた。

「これが倉石って人?　どんな具合?」

「ほかの部分もけっこうひどいんだけど、とにかく問題は頭だよ。なにしろ脳挫傷だからね。手術自体はうまくいったみたいだけど、まだ生命の危機を完全に脱したわけではないらしいんだ」

動揺を悟られまいと、肩をそっとおろしながら言うと、

「奴らもひどいことするよね。息の根止めそこなったってのは意外だけど」

さすがにミューもかすかに眉をひそめてみせる。

「やっぱり連中の仕業だというんだね」

「ほかに何が考えられるっての」

彼女はそのままベッドのそばにまわりこんだ。どうするつもりかと見ていると、しなやかな手を突き出して酸素テントの一部をめくろうとする。

「何をするんだ」

「いいから」

小声ながらきつい口調だった。半透明の蔽いが大きく寄せられると、変わり果てた姿の倉石が現われ、茎田は痛ましさに胸を衝かれた。もっとも、顔のほとんどを包帯で覆われ、鼻にコードを挿しこまれたりしているせいで、それが本当に倉石なのかどうかも判然としない。それどころか静かに聞き耳をたてていないと生きているか死んでいるかも見分けがつかないほどで、いずれにせよ人間というのが危うい壊れものに過ぎないことをひしひしと認識させられた。

ミューはそんな倉石に向けてゆっくり片手を翳(かざ)した。いったん手を握ったり開いたりしたあと、再び顔の上あたりで指をのばす。そうしてしばらくいちばんいい場所と角度を探っているふうだったが、どうやらそれに成功したらしく、ある一点でぴたりと止まって動かなくなった。

その表情はあの日、豹に向きあったときと同じくらい真剣だった。眉間にひとすじ寄せられた縦皺。きつく結ばれた柔らかそうな唇。目尻の脇に描かれた緑色の紋章がそんな表情に不思議な魅力を添えている。やがて額にふつふつと汗が浮き出し、そのうちのひとつがゆるゆると滑り落ちて、細い眉のあたりで止まった。

空気の重さが先程までとは異なる種類にすり替わり、じりじりと圧力を増していく。茎田はそのなりゆきに圧倒され、もはや言葉を挿むこともできなかった。いったい何を読み取ろうとしているのだろう。それともこれは癒しの儀式なのだろうか。そう考えると再び激しい惑乱が蘇り、くらくらと現実との絆を失ってしまいそうになる。そんなとき、不意にドアの開く音がしたかと思うと、

「何をしてるんですか！」

女の驚きの声が浴びせかけられた。

「あ。いえ、これは——」

茎田はドアの前で棒立ちしている看護婦に慌てて言い訳しようとした。だが、その試みははじめから頓挫を余儀なくされていた。それはそうだろう。彼自身にも何をどう言い訳すればいいか分からなかったのだから。

「とにかく離れなさい！」

いかにも古株然とした風貌で、体格も堂々としているのだが、そんな彼女がつかつかと歩み寄ってくると、それだけで圧倒されて身が竦んでしまう。それでなくとも先程からベッドを中心に空気の重さが増しているせいか、彼の体は深海に沈められたように動きが取りにくかった。

「すみません。もうちょっと待って下さい」

茎田は懸命に看護婦の前に立ち塞がったが、

「やめないと人を呼びますよ！」

そうまで言われては阻止し続けるわけにもいかない。茎田は切羽詰まって振り返ったが、こちらのやり

とりが耳にはいっているのかどうか、ミューは依然真剣そのものの表情で倉石への手翳しを続けている。血の気の失せた額はもうびっしりと玉の汗で、苦痛を堪えるように窄めた長い睫毛も、細かな光を宿してふるふると震えていた。

重さだけではない。空気の色までが違ってきている。まるでゆるやかに渦巻く水飴のようだ。その様子に看護婦も徒ならない気配を感じたのだろう、一瞬怯んだように足を止めたが、すぐにそんな逡巡を振り払い、急いでミューの肩を鷲摑みにした。

瞬間、茎田の頭をパシッとスパークのようなものが貫いた。

高圧電流で作動している装置のなかにいきなり乱暴に金火箸を刺しこんだ感覚だった。そのショックでガクンと首がのけぞり、体も棒のように硬直する。そしてその余韻がたちまちどこへともなく消え去ると、それまで粘り気を増すいっぽうだった空気はきれいにもとの状態に戻っていた。

看護婦も大きく見開いた眼を忙しなく瞬いている。恐らく同じショックを味わったのだろう。慌てて覗きこむと、ミューは先程までの緊張からいっきょに解き放たれたのか、眼も口も半開きにして項垂れ、立っているのがやっとというふうだった。

「大丈夫か？」

呼びかけると、ミューは雨に打たれた野良犬のように一瞬ブルッと激しく肩を震わせた。そして今まで倉石の額に翳していた手を自分の首の後ろにやり、そのあたりに何か貼りついていないかどうか探るような奇妙な仕種をした。

羽虫でも追い払っているのだろうか。それらしいものが蜚んでいるふうには見えないが。けれどもミューはすぐにそんな仕種をやめ、額に貼りついた髪を掻きあげるように汗を拭いながら、

「平気よ、ヘーキ」

ひどく掠(かす)れた声でそう返した。

ともあれこの状況をどう取り繕(つくろ)うべきか、それが次の課題だった。けれどもミューはそんな状況などまるで知らぬげにくるりとドア側に向きなおったかと思うと、上体からよろめくように足を踏み出した。どうするつもりかと見ていたが、彼女はそのままふらつく足取りで歩き、開け放たれたドアから廊下へと出ていく。茎田は急いでそのあとを追いながら、「すみません。あとはお任せします」と看護婦に投げかけた。

「ちょっと、あなたたち!」

看護婦は呆気に取られた声をあげたが、追い駆けてくる様子はなかった。ドアから出ると、買い物から戻ってきた倉石の母親が今すれ違ったばかりのミューを不思議そうに見送っているのに出会(でくわ)したが、茎田は頭を下げただけでその横をすり抜けた。

「どうなったんだ」

まっすぐ廊下を歩いていくミューに追いつき、そっと肩に手をかける。その顔は未だ生乾きの蠟のように蒼褪めていた。

「さっきのはいったい――」

「別に」

ミューの言葉は素気(そっけ)なかった。

「別にってことはないだろう。ヒーリングなのかい、リーディングなのかい」

「癒しなんて力はあたしにはないよ」

「じゃ、読み取りだったんだね」

「何でもいいじゃない。結局うまくいかなかったんだから」

そう返す言葉にも力がない。廊下には薬の紙袋を手にした長髪の男、若い看護婦と談笑している婦人、そして点滴を下げた器具を押しながら歩いている老人など、患者の姿がいくつもあった。それなりの活気がないわけではないが、そこに漂う空気はやはりどこか冷えびえと強張り、決してありきたりの日常に回帰し得ない部分を感じてしまう。ミューはそんななかを泳ぐように辿り、階段の先でエレベーターに乗りこんだ。

「どこへ？」

我ながら芸のない質問だと思う。本当はもっと尋ねるべきこと、尋ねなければならないことが山ほどあるのに、いざ本人を眼の前にしてしまうとどうしてもそこから逸れていってしまう。だいいちそんなことを訊いたところでどうにかなるわけでもないだろうに。――けれどもそんな茎田の想いを裏切って、ミューは意外な言葉を寄こした。

「ちょっとつきあってくれる？」

「……だから、どこへ？」

「あたしはイエスかノーか訊いてんの！」

エレベーターのドアは一階で開き、ミューはそのまま玄関に向かう。足取りは依然岩山を踏破したあとのように重いが、目指す方向から全く視線を逸らさないでいるせいか、歩み自体は淀みなかった。

「分かった分かった。つきあうよ」

薬の待合所の横を通り、二人は玄関のドアをくぐる。その先は車道がぐるりと右まわりに巡り、中央には子供が二人駆け遊んでいる銅像があった。桜の季節を過ぎてもやや膚寒いくらいの気候が続いていたが、今日はすっかり初夏といってもいいくらいの陽気だ。空も雲ひとつない抜けるような日本晴れで、こんな時期に様ざまな事件が数珠繋ぎに起こり、世間を恐怖と不安に陥れているとは信じられないくらいだった。

茎田自身それらのいくつかに直接立ちあい、そして今も渦中に投げこまれていながら、ともすれば何もかもひとときの夢ではないかという想いに流されそうになる。けれども現実とは常にそのようなものなのだろう。この作りものめいた蒼穹を含めて、すべては少なくとも現実と等価なのだ。そして人間の認識可能な因果関係を超えて、すべては必然の網の目のなかの出来事なのだ。

茎田はそう考えるほかなかった。もしかするとそう考えることに意味などなかったかも知れないが、彼はそう考えずにいられなかった。

無言のままミューは駐車場に足を向け、ぎっしり並んだ車の列を横目に歩いていたが、やがて一台のグレーの車の脇にまわりこんだ。いつ取り出したのか、手のなかでキーをチャラリと鳴らし、助手席側のドアを開ける。そしてくるりと振り向いたかと思うと、いきなりそのキーを放って寄こした。

「運転、できるんでしょ」

そう言って自分はさっさと助手席に乗りこんでしまう。茎田は仕方なく運転席側にまわりこみ、そちらのドアを開けた。

「これ……君の車?」

運転免許を取得できるのは十八歳以上のはずだがという疑問もチラと脳裡をかすめはしたが、彼女ならそのあたりも何とかできるのではないかという考えがそれを押しやった。

「まあね」

「じゃ、君が運転してきたわけだろう。どうして僕なんかに任せるの」

「今事故らずに運転できる自信ないから。それでもいい？」

「僕だって同じようなものだけど」

言いながら茎田はエンジンをかけた。

「で、どこへ？」

「あたしが指示するよ」

「そりゃどうも」

茎田は車を出し、もと来た通路を戻って玄関の向かい側の車道にはいった。そこで彼は意外な人影を眼にして思わずあっと声を洩らしそうになった。折りしも開いた玄関の自動ドアのなかに吸いこまれようとしているのは鷹沢悠子の後ろ姿に違いない。倉石を見舞いに来たのだろう。それともここにいるはずの自分に何か連絡事項でもあったのだろうか。――そう考えて茎田はいったん車を停めるべきかどうか迷ったが、

「そこを出て左」

ミューの声にこめられた有無を言わさぬ響きに促され、そのまま玄関前を素通りした。

「知ってる人でも見かけたの？」

そう尋ねてきたのは病院を出て、美しく梢（こずえ）をのばす欅（けやき）の並木道をしばらく走ったあとのことだった。

「ああ。同じ部署のね」

「鷹沢って人？」

ずばりと言いあてられて、茎田は小さく首をのけぞらせた。こういう驚きには基本的に慣れるということ

とはないものらしい。もっともそれは自分が茎田諒次という人間だからで、例えば全く同じ立場に置かれたのが佃だったとしたら、とうの昔にすんなり受け入れられるようになっていただろうが。

「そういうことは眉ひとつ動かさずに分かっちゃうのに、さっきの読み取りはどうしてうまくいかなかったのかな」

そう訊き返すと、ミューはなぜか不機嫌そうな面持ちに戻り、じっと正面を見据えたまま口を鎖した。

車はそのまま並木道をまっすぐ走り抜け、相模原から小田原方向へと走っていく。眼に映る風景は次第に山間の雰囲気に近くなり、それに従って緑の占める割合も増していった。ここ数年は全くペーパー・ドライバーの状態で、それ以前も進んで車を乗りまわすタイプでなかった茎田にはまるで土地鑑のない道筋だったが、それだけにゆったりとした心落ち着く風景は救いだった。

そうして車を走らせているうちに、茎田はどうして自分がこんな状況のなかにいるのか、何ともいえない不思議な感覚に囚われた。少なくともこんな十以上も齢の離れた少女を隣に乗せてドライブすることなどかつて一度もなかった経験だ。ましてそこに肉づけされている様ざまな付帯条件を考えれば、この状況をいくら改めて驚いてみても驚き足りないだろう。それだけにこれはみんな現実ではないのではないか——古めかしい言い方をするなら何かに化かされているのではないかという気分はずっと胸の奥底から離れないでいる。そしてこのミューという少女もふと気づくといつのまにか煙のように消え去ってしまっているのではないだろうか。そんな想いから彼は何度もちらちらと隣を横目で窺ったが、パイナップルの蔕のように逆立った黄色い髪も、つんとすました形よい眼鼻も、未だ蒼褪めたままの艶やかな膚も、ヒラヒラした薄い衣裳に包まれた華奢な体も、一片のあやふやさもなく彼に向けて実在を主張していた。

「うまくいかなかったっていうのは——そういう意味じゃないんだ」

不意にミューはそんな呟きを洩らし、茎田は、え、と訊きなおした。

「恐いものを見たんだよ。見ちゃったんだ」

「……恐いもの？」

鸚鵡返しに呟きながら茎田はぶるっと肩を震わせた。意味内容は分からないまま、彼女が押し抱いている恐怖がそのまま伝わってきたような気がしたのだ。

「読み取りの最中に？　それは倉石さんの身に起こったことの記憶？」

けれどもミューはかすかに首を横に振り、

「もちろんそれはそうだと思うけど……多分、今回直接あの人の身に起こったこととは違うと思うよ。いや、でも……やっぱりそうともいえないのかな。そう……だけど、そんなことって……」

これまでの彼女からは考えられないほど判断がふらついて定まらないでいる。そしてそんな躊いぶりが彼女に振りかかった問題の深刻さを如実に示しているようだった。

「いったい何を見たっていうんだい」

ミューはチラとこちらに視線をくれ、再びまっすぐ前方に顔を向けながら大きく息を吸いこんだ。そして眉をきりりと引き絞ると、

「ずっと闇が続いてた」

ぽつりとそう呟いた。

「闇が――？」

「ああ、そうさ。一ミリ先も見えない闇だよ。はじめはずっとそうだった。もうあの倉石って人の意識は完全に壊れてしまって、あとかたも残っていないのかも知れない。あたしはそう思ったよ。だけどそのう

ち闇に眼が慣れてきて、だんだんまわりが見えてきたんだ。もちろんほんとに薄ぼんやりとだけど。おかしなものに囲まれた、迷路みたいな場所だった」

「おかしなもの？」

ミューはようやくそれと見分けられるほどかすかに頷き、

「ああ。グニャグニャ曲がった壁が続いてて、何かがいっぱい積み重なったり、上からぶらさがったりしてるんだ。ところどころ講堂みたいにずいぶん広い場所もあったりしたけど、そこにもいろんなものがいっぱい折り重なってて、結局足の踏み場は少ししかなかったから。それにあちこち窓みたいに開いた部分があって、むこうの様子がぼんやり見えるんだけど、その先にもやっぱり窓があって、その窓のむこうにも窓が見えてというふうにずーっとどこまでも続いてるんだ。そんなずーっと先のほうに光のもとがあって、だけどそれがあまりにも遠くにあるからこちらにはほんのちょっとしか光が届いていない。――何となくそんな感じだった」

「現実そのままの光景じゃないんだろうね」

茎田のその言葉には直接応えず、ミューは自分の胸もとを探り、煙草を一本取り出した。そしてそれを口に咥えると、フロント・パネルのライターをカチッと押した。

「あたしはそんななかを歩きまわった。手探りでしか歩けないから仕方なくそうしながらね。手に触れるいろんなものは木やコンクリートみたいにそれっぽいのもあるけど、ほとんどはぷにゅぷにゅ柔らかかったり、ガサガサしてるくせにさわるとすぐに崩れたり、かと思うとまわりじゅうがねっとり濡れてたり、今まで触れたこともないような感触ばっかかで、気持ち悪くてしようがなかった。おまけに床は――床といっていいかどうかも分かんないけど、大きなレコード盤みたいにゆっくり回転してて、すっごく歩きにくかった……」

　ミューは煙草を咥えたまま続ける。

「レコード盤？　どういうこと？」

「だってそうとしか言いようがないんだもの。もの凄く大きなレコード盤だよ。直径が十メートルもあるみたいな。それがいくつもまわってて、こっちからあっちにとび移るのが大変なんだ。こうして今から思い返してみると、狭い迷路みたいな場所と大きなレコード盤っていうのが全然話があわないみたいだけど、でもそのとき、そこではちゃんとあってたんだよ」

　不機嫌な口調で言いきり、ミューはライターを抜き出して煙草に火をつけた。チリチリと音がするくらい深く煙を吸いこみ、その煙草にワインレッドのマニキュアが施(ほどこ)されたしなやかな指をやる。そして優雅に口から遠ざけると、たっぷり十秒ほどの間を置いて濃い煙を吐き出した。

「そんなおかしな迷路のなかをあたしは何時間も彷徨(さまよ)った」

　すべての煙を吐ききらないうちにミューはそう呟いた。

「何時間も？」

　茎田は予想外の言葉の連続にただ振りまわされるばかりだった。

「実際の時間は三分もなかったよ。それなのに？」

「でも、そうだったんだ。あっちに行ったりこっちに行ったり。細くなって分かりにくくなった抜け道を見つけたりして。多分何度も同じところをぐるぐる歩きまわったりもしたんだろうけど。はじめはそこが何なのか調べるためだったはずなのに、だんだん歩きまわること自体に必死になっちゃって。きっとあんなに一心不乱に歩き続けたのはもしかしたらそこから抜け出せなくなっちゃうんじゃないかって気持ちがあったからかも知れないね。それくらい迷路はどこまでもひろがってて、全体がどうなってるのか分かんなかった」

　そしてミューは二服目を吸いこみ、

「そうして最後に――あたしは女の子を見つけた」

　言いながら煙を吐き出した。

「女の子？」

「そう、ちっちゃな女の子。フリルのついた白い服を着て、むこうを向いてしゃがみこんでた。それが真っ暗ななかにぼんやり浮かびあがってたんだよ。あたしはぞっとして立ち止まった。でも立ち止まったままだとレコード盤に連れていかれちゃうから、すぐに横歩きしなきゃいけなかったんだけど。そんなあたしに気づいてんのかどうか、女の子はじっとしゃがみこんだまま動かないんだ。いったいそうやって何をしてるのか、後ろからでは全然見当もつかなかった」

　そう語るミューの頰には依然血の気の戻る様子がない。そればかりか、茎田はふと彼女の肩が最前からかすかに震えてさえいるのに気がついた。

「逃げ出すわけにもいかなかったからあたしは仕方なしに近づいていった。そしてこうやって声をかけたの。どうしたの、こんなところで何をしてるのって。そしたらその女の子は……こう、ゆっくり立ちあがったんだ。黙ったまま、糸につりあげられるみたいにゆっくりと。そのときジャラリと音がして、あたしはやっと気がついたんだ。女の子の首に鉄の環みたいなものが嵌められて、そこから太い鎖が垂れさがってることに。その鎖はずっと床を這うようにのびて暗がりの先に呑みこまれてた」

「鎖が……？」

その声は咽にひっかかった。背筋を冷たいものが駆けあがる。

「ああ、そうさ。人間どころじゃない、象でも引きちぎれそうにない太い鎖だよ。見るだけで眉をひそめちゃうような取りあわせじゃない？　あたしは急に可哀そうになって、思わずひどいって言ったんだ。そしたら……あたしがそう言ったら……立ちあがってもむこうを向いたままだったその女の子は――」

声のトーンが急にうわずるように変わり、ミューはそこでふっつり言葉を詰まらせてしまった。これまで懸命に押しこめていた感情が今にも箍を弾きとばそうとしているのだろう。その内圧の凄まじさがまざまざと感じ取れて茎田も全身が粟立つような戦慄に襲われた。

ハンドルを握る手に冷たい汗を感じつつ、茎田は再びそっと隣を窺った。ミューは煙草を指に挟みながら自分の胸を掻き抱くように腕組みしている。かすかに開いたままの唇はパールピンクのルージュを通してさえ紫に近いほど血色を失っているのが分かった。

「その女の子は……」

ミューは懸命に押し殺した声で繰り返したが、

「立ちあがるときと同じように……体ごとゆっくりこちらに振り返ったんだ。そしたら……その顔が……」

そこまで言うと、再びたまらなくなったように俯き、片手を下顎のあたりに押しあてた。

「口が耳まで裂けてた？」

茎田は思わずそんな合の手を入れた。それで凍りつきそうな空気を振り払おうとしたのだが、けれども彼は言ってしまったあとで、それがいくらかでも冗談になっているのかどうかすら判断できない事態に気がついた。

「そんなんじゃない」

ミューは煙草を持ったまま、その手の小指の爪を噛んだ。

「きれいな女の子だったよ。本当に彫刻みたいにきれいだった。肌もまるで透き通るように白くて。だけど……ああ、どう言ったらいいのかな。その顔はあちこち大きく抉り取られてたんだ。分かる？　骨よりも深くだよ。片方の頬のあたりなんて、ほとんど鼻の奥あたりまで。ほら、まるでスプーンでスイカを抉り取ったみたいに。……おまけにそんな空洞になった部分に何本か太い金属のパイプを上下に通して、全体の形が崩れないように支えにしてあるんだよ。抉ったところは妙につるんとしてて、うっすら皮が張った下に肉や骨の断面まで見えてる。パイプはそんな断面に深くめりこんで、片方がぽっかりがらんどうになった眼の奥まで、同じようにずっと通じてるのがはっきり見て取れるんだ。普通ならあんな状態で生きていられるはずがないよ。……あれはもう人間の顔じゃない。それでももともとの美しさが分かるだけに、どんな化物よりも悍ましくて酷たらしいんだ」

話に引きこまれていた茎田はその映像を自分なりに思い描いて、頭の芯まで痺れるような恐怖に縛られた。

「それはきっと――倉石さんの見た夢なんだ。意味なんかないんだよ。どのみちはじめから現実のものじゃないんだし」

そう考えれば少しでも気休めになるかと思ったが、

「こんな話、傍で聞いてるだけだと、そんなふうにみんな帳消しにできるのかも知れないけど……でも、あたしはそれをすぐそばで見たんだ。手がとどくほど近くでだよ。今でもはっきり眼に焼きついてる。あとからいくら夢だなんて言われたって、あたしがそれをじかに見ちゃったことは打ち消しようがないんだ！」

吐き捨てるようにそう言い返されては茎田には言葉の接ぎ穂もなかった。

しばらく重苦しい沈黙が続いた。緑を増した車外の風景は途切れることなく背後に流れ続けている。けれども今しがたのやりとりのせいか、いつしか現実と非現実が入れ替わってしまったかのようにそんな風景のほうが妙に作りものめいて眼に映った。

「あたしがぞっとして身動きできないでいると……」

一分近くたった頃、今にも折れそうにのびた煙草の灰を灰皿に落として、ミューは再び語りはじめた。

「その子はガクガクと首を揺すりはじめたんだ。こう、上下に。壊れた機械みたいにね。そしてもともと片側が抉れた口をパックリ開いて、今まで聞いたこともない声を出すんだよ。どう言ったらいいのかな。もの凄く大きくて長い笛から出そうな音。船の汽笛のボーッていう音に近いような。その声で体じゅうがビリビリ震えるんだよ。それであたしは感電したみたいにハッと気がついたんだ。どうしてその子があんなに太い鎖で繋がれてたのか。だって理由は決まってんじゃん。そうしておかないといけないくらいその子が危険だからだよ。だけどもうあたしはすぐそばまで近づいちゃってる。そう気がついてあたしは心臓が破裂しちゃうんじゃないかと思った。そしたら――その子は胸の前まで手をあげて、いきなりワーッととびかかってきたんだ」

ミューはそこで胸いっぱいに煙草を吸い、煙とともに恐怖を絞り出そうとするかのように深く深く吐き出した。

「豹のときなんかと訳が違う。力を使おうなんて余裕はまるでなかった。あたしは大声で叫んで、もうムチャクチャに振りほどこうとしたよ。だけどむこうも凄い力でしがみついてくるんだ。そうやって暴れてるうちに後ろから首に抱きつかれた恰好になって。そして顔をあたしの頬に押しつけながら、口を耳もとに近づけてきて――」

言いながらミューはこちらを振り向き、

「こう言ったんだよ。『オマエノセイダ』って」

嗄れた声色で口真似してみせた。

ハンドルを握る手までが冷たく凍りつくようだった。いったいこれは何だろう。彼女はなぜそんなものを見たのだろう。いくら夢のようなものとはいえ、倉石の頭のなかにどうしてそんな恐ろしい情景がひそんでいたのだろう。

「あたしは死にもの狂いで叫んだよ。咽が潰れるくらいの声で。そしたら次の瞬間、映画のシーンが切り替わるみたいにあの病室に戻ってたんだ。はじめと同じように手を翳したまんま。……ああ、あたしがどんなにホッとしたか誰にも想像なんてできないだろうな。それでもあの子がまだくっついてきてるんじゃないかって気がして、思わず首のまわりを確かめずにいられなかったくらいだけど。いや、あのとき後ろからしがみついてきた手の感触は今でもはっきり首のまわりに残ってる。すべすべした、ひんやりと冷たい腕だった」

そうしてミューは再びぶるっと肩を震わせ、さも悍ましげに煙草を揉み消すと、

「全く、迂闊に人の頭なんて覗くもんじゃないよ。どんな化物がひそんでるか分かんないんだから」

喚くように言ってシートに背を投げ出した。

「……さっきの言葉を繰り返すようだけど」

茎田はオズオズと口を挿み、

「結局、それは倉石さんの見た夢なんだろう」

「もしそうだとしても」

ミューは首をシートに預けたまま振り返り、

「単なる一回こっきりの夢じゃないのは確かだよ。そういうのとは違うんだ。あれはあの人から切り離せない――もしかしたらあの人を根こそぎ支配してるような何かだよ。そうでなきゃあんなにくっきりリアルに出てきたりするもんか」

きっぱりとそう言いきった。

「でも、とにかくそんな化物が現実に存在するはずはないんだし。……何かのメタファーと考えるほかないね。そうだよ。それこそ倉石さんのいう〈つじつまあわせ〉の作用によって別のかたちに置き換えられたものなんだ」

「メタファー……?」

ミューはまた分からない言葉をというように眉をひそめた。

「比喩という意味だよ。もとの素材を表現するために別の素材で代用するんだ。薔薇（ばら）で美しい少女を表わすようにね。夢や潜在意識ではこの働きが頻繁にあらわれる。この場合、もとの素材は何なのかということもそうだけど、それ以上に問題となるのはなぜそんな変換が行なわれたのかという点だね」

「なぜかっていうのが問題?」

「ああ、そうだよ。多くの場合、そこにはもとの素材をありのままのかたちで残しておきたくないという心理が働いている。できれば完全に抑圧して、何もなかったことにしてしまいたいけど、それにはなかなか無理があるので、せめて別のかたちに変換しておこうというわけだよ。もちろんいつでもそういう心理が前提になっているわけじゃないけど、今度のケースではその可能性が高いんじゃないかな」

茎田がそう言うと、ミューは両手を頭の後ろにやり、

「もとの何かをそのままにしているのは厭だから、代わりにあの化物で置き換えたってわけ？　それってあの化物のほうがまだましってこと？　そんなの信じらんないよ。あの化物より恐ろしいものがあるなんてさ」

そんな反論を寄こした。

「いや、そういうことじゃないと思うよ。恐怖を軽減するのが目的とは限らないからね。他人の眼からは前者より後者のほうが恐ろしいものに映ろうと、本人にとっては生々しい忌まわしささえ緩和できればいいんだから。例えばそれがもとの要素を極端化する場合であってもだよ」

「もとの要素を極端化……？」

「例えばの話だよ」

言いながら茎田は本当にこうした筋道でいいのだろうかと考えていた。

そう、多分いいに違いない。だけどこの場合の〈いい〉というのはどういう意味内容でのことなのだろう。

そうではないのか？　あの夜から論理は破綻してしまっているはずだ。それなのに今もこうやってそれを延命させようとしている。これを欺瞞(ぎまん)といわずして何というのだろう。それともあくまで破綻は部分的なものであって、それ以外の場所では立派に通用するとでもいうのだろうか。

しかしほかに頼るものなど何もない。見事なくらい何ひとつない。新たな論理の構築など夢のまた夢だ。だとすればとりあえずは今まで通り、それに縋って進んでいくしかないのだろう。

「よく分かんないな。いったいあの倉石って人はどういう人なの。あんな化物を使ってまでごまかさなきゃいけないようなものをずっと胸のなかに抱えてたなんてさ」

その疑問は茎田にしても不可解という以前に驚きだった。

思えば彼は倉石の経歴について、鷹沢悠子と同じ大学の先輩であり、青森の生まれであることくらいしか知らなかった。だが少なくとも現在の飄々(ひょうひょう)とした人柄はそんなトラウマの持ち主というイメージからは程遠いものがある。自分が言い出したことながら、どうしてもそれが倉石という人物像としっくり結びつかないのが正直なところだ。

「そんなふうに見えない人間だったのは確かだよ。だけどまあ、人の心の奥底なんて外からではなかなか窺い知れないものだからね」

茎田がそんなふうに答えたのは、だから自分を納得させるためでもあった。

「それはいいけど、結局あの化物でごまかそうとしたものって何なの。あんな……顔を無理矢理壊されたみたいな……あの女の子が何を表わしてるっていうの。それにあの『オマエノセイダ』って言葉は」

「その点は今のところお手あげだね。あまりにも手がかりがなさすぎる」

するとミューはぎろりとこちらを睨み、

「それっていくら何でも情けないんじゃない。マブダチってほどじゃないにしても、それなりのつきあいはあったんだろ。何かちょっとくらい心あたりはないの」

「そう言われると弱いね」

茎田は小指の先で眉間を掻いた。ほどなくミューは「その先の信号を右」と、初めて幹線道路から逸れる指示を出した。

「そういえば……倉石さん、高校のときに親が離婚したと言っていたな。東京に出てから一度も田舎に帰ったことがないとも」

「兄弟は？」と、すかさずミューは質問を繰り出す。

「齢の離れたお兄さんがいるそうだ。どこかの大学病院でお医者さんをやっているとか。――ああ、そうそう、確か妹さんもいるようなことを言っていた」

「妹？」

ミューは下唇を指でつまみ、

「もっと詳しいこと、聞いてない？」

「齢は四つ下だと言っていたかな。僕より一つ下だね。美人かと訊いたら、自分に似ず凄く可愛かったと――」

「可愛かった？　そう言ったの」

「ああ、そうだね。そう言ったよ」

ミューは唸るような声をあげ、下唇をつまむ仕種を忙しく繰り返した。

「可愛いじゃなくて、可愛かったと言ったんだね。もしかしたらその妹っていうの、ずっと前に死んでんじゃない？」

「さあ、そこまでは……」

首をひねってみせながら、茎田は何ともいえない居心地の悪さを感じていた。

「可能性はあるんじゃない。倉石って人、子供の頃に自分のせいで妹にひどい死に方をさせてしまった。その罪悪感があんなイメージを作りあげたって考えれば」

「それはいささか穿ちすぎじゃないかな」

茎田はやんわり不賛成を表明したが、

「でもそれくらいのことがない限り、あんな化物に取り憑かれるとは思えないよ。うん、そう。ピッタリ来るじゃない。きっとそれに近いことがあったんだ」

ミューはすっかりそう確信してしまったようだ。

「仮にかつてそれに類したことがあって、君が見たのはその反映だったとしても、そのことは今回倉石さんの身に起こったこととは関係ないよ」

茎田がそう言うと、ミューはようやく少し紅味の戻ってきた顔を顰め、

「まあ、それはそうかも知んないけど」

渋々といった面持ちで認めた。

「けど、それですませちゃっていいのかな。あの人に何があったかという問題が先になきゃ、それはそれで大きな問題と思うけど」

「しかしそっちはあくまで個人的な問題だからね」

「そうなのかなあ」

ミューはなかなか割り切れないふうだったが、すぐに「まあいいか」と顔をあげると、

「でも、お蔭でちょっと気が楽になったよ。あんたってそういう使い道もあんだね。これならあそこまで行く必要なかったかな」

「あそこ?」

「チャージのための場所さ。まあどうせここまで来たんだからついでに寄ってくけどね。……あ、そこを

左だよ」

狐につままれた気分でハンドルを切る。そこは広びろとした田畑のなかに住宅地と林が交じりあうように散在している場所だった。おそらく相模原市の一角なのだろう。あちこち舗装の剝げてしまった道が蛇行しながら続き、ふと見ると、ずいぶん以前に車に追突されたらしく、根もと近くから大きく横倒しになった道路標識が放置されたまま埃まみれになっていた。

それから五分ほどして車は目的地に着いた。安っぽい建て売り住宅が並ぶなかに、そこだけ取り残された古い公民館のような建物がある。その裏手に何台か車を収容できる駐車スペースがあり、茎田はミューの指示に従ってそこに車を駐めた。

外に出ると、どこかで鳥が啼いていた。あれはヒバリだろうか。カケスだろうか。鳥の種類などに全く疎い彼には、かろうじて聞き分けられるのはスズメとカッコウの声くらいのものだ。しばらく足を止めてその声に聞き入っていると、ミューが「何やってんの」と顎で招いた。

水色のペンキがそこらじゅう紙状にめくれあがった裏手のドアを開けると、そこはやや小広い炊事場になっていて、意外なほど整頓が行き届いていた。その横に続いている薄暗い廊下にあがると、折りしも奥から四十くらいのひょろりとした男が現われた。

「また来たよ、先生」

「ああ、ミュー君か。そちらの方は」

角張った長い顔。大きな黒縁のメガネもそれにあわせるように角張っている。ぴったりした薄手の黄色いセーターと、同じくぴったりした黒いズボン。この男がどんな意味での〈先生〉なのか、茎田には何とも見当がつきかねた。

「リョージっていうの。こないだ話をしたでしょ。心理学の学者さん。いろいろあって、ここまでつきあってもらったんだ。――こちらは橋爪（はしづめ）先生。まああたしの主治医ってとこかな」

ミューはそんなふうに紹介した。

「お医者さん……？」

橋爪と呼ばれた男は薬指を一本だけ立ててメガネを押しあげ、

「いちおうサイコセラピーの真似事をやっていますので、いわばお仲間の端くれといえるでしょうか」

そう言って握手を求めてきた。長くて白い指だった。

「いつもの、やってほしいんだけど。ちょっと今回は念入りに」

「何かあったのかい」

「まあね。怪我人の頭を覗いてたらとんでもない化物に襲われちゃって」

橋爪はそれだけである程度の事情を察したのか、ふうんと鼻で相槌を打った。

「危害は？」

「それはなかった。ただ、思いきり抱きつかれちゃったけど」

「詳しい話を聞こうか」

言われると、ミューは心得たようにさっさと廊下の奥に歩いていく。

「茎田さん、でしたね。どうぞこちらへ」

橋爪の薄い笑みに促され、茎田もそちらに足を踏み出したが、そのとき突然奇妙な呻き（うめき）声がどこからともなく聞こえ、思わずぎょっと立ち竦んだ。

年齢はよく分からないが、とにかく女や子供の声ではない。むしろかなりの老人かとも思えるくらい、咽を潰した低い声だった。それが長々とのたうつようにうねり、途中からほとんど切れぎれになりつつも続いている。怨訴と悲嘆が綯い交ぜになった、聞く者を震えあがらせずにおかない気味悪い声だ。けれどもミューと橋爪の二人はまるで声そのものが耳にはいっていないかのように変わらぬ様子で廊下を辿っていった。

　つきあたりの場所に階段があり、二人はそこを上っていった。茎田も恐る恐るつき従ったが、奇妙な呻き声はどこから聞こえているのか、階段を上りきってもほとんど大きさに変化は感じられなかった。

　二階には廊下がL字形にのび、短いほうには通常の壁とドアが二つ見えたが、長い廊下の窓側でない壁は舞台の暗幕にでも使われそうな黒く分厚いカーテンでいちめん仕切られている。それが何となく怪しげな儀礼のようなものを想像させて、茎田はますます得体の知れない膚寒さに囚われた。

「では、しばらくあちらの部屋でお待ち戴けますか。飲物はご自由に」

　橋爪の言葉を尻目に、ミューはさっさと長い廊下を歩いていく。茎田は二人がカーテンで仕切られた空間にはいるのを見届けると、何とも心許ない気分で短いほうの廊下を辿った。

　指定された奥の部屋は橋爪の個室らしく、向こう半分にパソコンの置かれた机があり、手前には背の低いテーブルを円筒形の布張りの椅子が四つ囲んでいた。部屋の周囲には大小の本棚が並び、ビデオやオーディオのほか、一角には小さな冷蔵庫も備わっている。きれい好きな性格なのか、下の炊事場同様、いずれもきちんと片づけられていた。

　あれよあれよというまにこんな場所に連れこまれ、結局ぽつんと置き去りにされてしまっている状況に茎田はしばし茫然とするほかなかった。とはいえ、いつまでも腑抜けのように判断停止の状態でいるわけにはいかない。部屋にはいってからも奇妙な呻き声はまだかすかに聞こえている。とにかく状況をつかまなければ。茎田はぐるりと部屋を見まわし、改めて思考を巡らせた。

あの男はサイコセラピーをやっていると言った。ここはそのための私設診療所のようなものなのだろう。しかしその内容は一般的な心理分析によるものとは思えない。単にそれだけのことならミューがあれほど急いでここに駆けつけた理由にはならないはずだ。

それにあの呻き声。あれもサイコセラピーを受けている人物のものなのだろうか。とてもそうとは思えない。あれこそここで行なわれているのが真っ当なサイコセラピーでない何よりの証拠だろう。もともとサイコセラピーというのは自己流の理論で捻じ曲げられたり様ざまな民間療法と結びついたりして相当怪しげなものが流布しているのが現状だが、彼が感じているのはそういうレベルとも違った異質さだった。

いや、ミューがここの常連らしいことや、橋爪が彼女の能力を承知しているらしいことからして、はじめから彼はひとつの疑念に囚われていた。――そう、ここは超能力者のためのヒーリングの場所ではないだろうか。つまりある意味では、ここで行なわれているのは文字通りのサイコセラピーということだ。だからここはミューだけでなく、あの少年たち全員にとっても重要な拠点のひとつなのだろう。

茎田はそんな推測の補強材料はないかと周囲の本棚を眺めまわしたが、そこに並ぶ書籍のジャンルは極めて雑多で、はっきりした傾向を読み取ることはできなかった。まさかファイル類や机のなかを探ることまではできないので、とりあえずそれ以上の追及は断念するほかないだろう。けれどもそんなふうにはっきり思い定めることで、かえってあとのことはあとのことだと腹を括ることができた。

飲物はご自由にと言われたことを思い出し、冷蔵庫を開けてみると、そこにはビールやウーロン茶やコーヒーの缶がぎっしりと詰めこまれていた。茎田は迷わずウーロン茶を選んで缶を開け、先程から無性に渇きを訴えかけていた咽を潤した。

円筒形の椅子に腰かけ、何気なくテーブルの上にある本に眼を落とす。表紙には黒地に大きな緑の活字で『闇に用いる力学』というタイトルが印刷されていた。そしてその下に記されている著者名が橋爪唯之（ただゆき）となっているのに気づいて茎田はあっと首をのばした。

それほど厚みはないが、いかにもきちんとした造りの本だった。そっと表紙を開いて目次を見ると、どうやら心理学ないしは社会学関係の内容らしい。恐らく偶然の一致ではないだろう。これはあの男が書いたものなのだ。奥付を確かめると、出版日は今年の一月末となっている。著者紹介らしい頁（ページ）はなく、後書きの類いもついていなかった。

茎田は膝の上に本を取り、適当に頁をめくって斜め読みしてみた。たまたま眼についたのは失神を起こしやすい気質の人物がパニックの発生に大きく関わっているという論旨を展開した部分で、そんなものかと思いながら読み進めていくと、意外に文章自体も面白く、説得力もあって、いつのまにかどんどん引きこまれていった。ロジックの明快さとレトリックの巧みさがしっくりと同居して、とにかく書き手の頭のよさが印象に残った。

ノックの音が響いたのは十五分もたった頃だったろうか。慌てて本を閉じてもとの位置に戻すと、橋爪が薄い笑みを湛えながら部屋にはいってきた。

「申し訳ありません、長いあいだほったらかしにして。あとは彼女一人で大丈夫なので、少々お話を伺わせて下さい」

そう言って橋爪はパソコンの前の椅子に腰かけ、細い体をやや前屈みにした姿勢を取った。そういえばあの気味悪い呻き声はいつのまにか聞こえなくなっている。

「あなたのことは彼女から簡単に聞いています。もちろん今日あったこともですが。そのことをお話しできる範囲で結構ですので、あなたご自身の口からもう一度お聞かせ願いたいのです」

「僕の口からですか。ええ、それはかまいませんが」

茎田はミューとの出会いから今日までのことをごく簡単に要約して喋った。もっと詳しい内容を要求されるかと思ったが、相手はミューの話の裏づけを取るのが目的らしく、いくつか要所を確認する以上の詮索はされなかった。

「そうですか。お蔭さまでだいたいのところは分かりました」

橋爪はいったんそうしめ括ったものの、こちらをじっと見据えたまま眼を逸らそうとしない。まるで患者を観察する医者の眼だ。そう考えるとひどく居心地が悪かった。

「こちらからもお尋ねしていいでしょうか。サイコセラピーと言われましたが、彼女はよくこちらに来ているのですか」

するを橋爪はぽんと膝を叩いて、

「ああ、これは失礼。こちらのことも説明しておかなければいけませんでしたね。先程はいちおうそういう言葉を使いましたが、多分内容は一般的なサイコセラピーとはかなり違っていると思います。ただほかに言いようもないので対外的にはそんなふうに表現しておりますが。もともとそれを正式な職業にしているわけでもないし、はっきり看板を掲げているわけでもありません。何となくそんな真似事をしているうちにどんどん人が集まってきてしまったというだけで。彼女もそういう一人なのです。初めてここに来たのは一年くらい前だったでしょうか。それ以来、立て続けに来たり、しばらく間を置いたりして、それでも今日で十回目くらいのものですよ」

「彼女の仲間たちも来るのでしょうね」

そう尋ねると、橋爪はなぜかうっすらと眉を歪めて笑った。

「二人ばかり、ですね」

「二人？　そんなものなのですか」

「ええ。ここは恐らくあなたがご想像になっているような、彼女の仲間たちの溜まり場ではありませんよ」

図星を指されて、茎田は言葉に詰まった。

「……では、あなたの療法はどんなものなのですか」

「特に決まった方法論はありません。強いていえば、まず相手の話をよく聞くことですね。あとは全くそれぞれのケースで違ってきます」

「彼女に関してはどうなのですか」

「今回に関して具体的にいえば、ある装置を使って自分自身の精神構造にはいりこみ、外傷部分を取り除くという手法を取ってもらっています。手作りですから見た眼はいかにも無骨ですがね」

橋爪はそんな驚くべきことを言ってのけた。

「自分自身の精神構造にはいりこむ？　そんな装置があるんですか。本人の超能力を利用して？　いったいどんな仕組なんですか」

茎田は腰を浮かさんばかりの勢いで訊き返したが、橋爪は細く角張った顔に再びかすかな笑みを浮かべて、

「全くのでっちあげですよ」

あくまで淡々と言い放った。

「は？」

「実際に作用しているのは暗示効果だけです。私は被暗示性というのをいくつかのタイプに分けているんですが、彼女はそのうちのあるタイプが高いので、それに見合った暗示の与え方を選んでいるんですよ」

「でっちあげ――ですか。本人にそう思いこませているだけだと？」

「もちろんそうです」

あっさり言われて、茎田は肩透かしを喰らった想いのいっぽうで、なるほどと深く頷いてもいた。

「だけどそんな装置ひとつで実際にうまくいくものなんですか」

「これでも環境設定はいろいろ気を遣って整えますからね。前もって吹きこんでおくこともあるし、催眠術を併用したりもしますから、その点は今のところまずまずですね」

「でもいいんですか。僕なんかにそんなにあっさり手のうちを明かして」

「私としてはあなただから明かしたつもりなんですが」

そして橋爪は膝の上に手と手を重ね、そこにやや体重をかけるように前傾の度を深めると、

「こう申しては奇妙に思われるかも知れませんが、彼女からお話を伺って以降、私はずっとあなたに興味を抱いていたんです。もちろん今回こうしてお会いできるとは夢にも思いませんでしたが、それだけにこれは私にとって願ってもない幸運なんですよ」

「それは……どういうことですか」

「ひとつの理由はあなたが倉石恭平氏と関係がおありだという点です。私は倉石氏と全く面識はありませんが、これまで発表された論文を通じて前々から氏の考え方には注目していましたし、影響される点も多かったんです」

「ああ、そうなんですか」

茎田は驚きもし、納得もしたが、

「もっとも、そのことがなくても私の興味はさほど変わらなかったと思いますね。失礼な言い方になりますが、私はこみいった状況に置かれた人物というのに自分でも不思議なほど強い興味を惹かれる部分があるんです。多分、こういったサイコセラピーの真似事に関わっているのもそのせいでしょう。本人のために錯綜した状況を解きほぐしてやりたいという気持ちもあるにはありますが、それ以前に、とにかくある人物がこみいった状況に置かれているという、その構図自体にたまらない魅力を感じるんですよ」

「まあ、こみいった状況に置かれているのは確かですが」

茎田は肩を竦めながら、この男、やはりひと筋縄ではいかない人物だとつくづく腹の底で思い返した。

「それで、この状況を解きほぐす手だてについて何かアドバイスのようなものがおありなのですか」

「あなたが置かれている状況のすべてを把握しているわけでもないですし、その渦中で倉石氏が重体に陥っておられる以上、軽はずみなことは申しあげられないのが正直なところですね。ただ、その多くを整理することは可能だと思います。正確にいえば状況そのものではなく、状況を捉える視線を整理しなおすことはできると思うんです」

「どういうことですか」

オズオズ問い返すと、橋爪は前傾の角度をさらに二、三度ほど加え、

「私が申しあげられるポイントはひとつです。いわゆる超能力など、物理的な意味ではこの世に存在しない――」

一瞬頭のなかが空白になった。それほどそれは意外な言葉だったし、それをどう捉えればいいのか判断

できなかった。

　どういうことなのだろう。この男はミューが超能力の持ち主であることを承知しているのではなかったか。少なくとも重体の倉石から思考を読み取り、そこで化物に出会(でくわ)したことを認めた上で、今回の治療を手がけたのではなかったのか。

「恐らく今となっては受け入れ難い言葉だとは思います。彼女と出会う以前はあなたもそういう世界観をお持ちだったでしょう。それが事実という圧倒的な反証にぶつかって変更を余儀なくされ、とはいいながらおいそれと立てなおしができるはずもなく、その結果、極めて不安定な心理状況に追いこまれている——というのが私の勝手な推察なのですが。しかしその事実というのはあくまで心理的なものであって、物理的なものではないのです」

　茎田は依然言葉を失ったままだった。ほとんどミューの話だけからここまで正確に状況を読み取ってしまう能力には舌を巻くほかない。しかし肝腎な部分にはやはり決定的な捻れがある。懸命に自分自身の記憶を検討しながら茎田は不思議でならなかった。

「いいですか。もう一度繰り返しましょう。いや、何度だって繰り返していいのです。いわゆる超能力などというものは物理的なレベルでは実在しない。それが存在し得るのは人間の共同認識という世界空間において、なおかつ共同幻想によってのみです。もちろん人間は共同認識の世界空間の外には決して出ることができず、その意味では〈実在する〉という共同幻想さえあれば、超能力ばかりか、サンタクロースもシャーロック・ホームズもキュウビノキツネもまぎれもなく実在し得るのですが、そうした共同認識の世界空間の抽象化のひとつの極である客観的真理という空間内では、それらのものはもはや実在し得ないのです」

ここにいるのはつい二週間ばかり前の自分だ。茎田はそう思った。

「あなたは……彼女の能力を眼にしていないのですか」

ようやく疑問を口にすると、

「確かにいくつかは眼にしましたよ。けれども私の見るところ、それらは詐術で説明できる範囲を超えるものではありませんでした」

「彼女がトリックを使ったと言われるのですか」

「もちろん詐術には意識的なものと無意識的なものとがあります。しかもそれらは二項対立的な関係ではなく、連続的なグラデーションをなしている。そして実際の局面では様ざまなレベルのものが混淆しつつ介在しているケースがほとんどでしょう。彼女の場合は無意識的なものがほとんどで、それはそれで典型的なタイプといえますね」

茎田はかすかな眩暈を感じた。部屋全体が船底のように大きく傾いだ感覚だった。その傾きから体を立てなおそうとすると、ますますおかしな方向に頭からのめりこんでしまいそうだった。

「しかし……僕の認識では、それらは詐術で説明できる範囲を超えていた。そこのところはどうしても動かしようがない。つまり……それは客観的真理の空間内でも成立している。それがもはや僕にとっての大前提なんです」

じわじわと冷や汗が腋の下から滲み出る。ここにあるのは絶対的な断絶だ。妥協や歩み寄りの余地はない。原理的に、論理によってだけではこの種の前提の正否を判定することはできないのだから。その亀裂の何という深さ、何という底知れなさだろう。けれども頭ではそんなふうに捉えながら、実際には大きくそちらに揺れ動こうとする自分も確かにいて、彼は二重三重に引き裂かれていた。

「まあ、それならそれでかまいません。是非とも受け入れて戴きたいというわけではないですから。うすうすお察しかと思いますが、私の欲求は状況を現実に解きほぐすことにあるのではなく、そのなかからいくつかの方程式なり解なりを見つけ出すことにあるんですよ。いわばこれは私にとって、ちょっと複雑なパズル・ゲームのようなものといえるでしょうか。そして明快な式を見つけるためになら、その状況のなかに小石を投げこむこともある。霧箱による素粒子衝突の写真をご覧になったことがあるでしょう。あれと同じですよ。ある一点から崩壊した粒子が花火のように飛散して、初めてそこにもとの素粒子が存在していたことが分かりますね」

「あなたがさっきのようなことを言われたのも小石のひとつなんですか」

しかし橋爪は直接それには答えず、前屈みにしていた上体を引き起こすと咽の奥を鳴らすようにして笑った。

「いや失礼。あなたは素晴らしい。私がこうであればと期待していた以上の方です。どうか気を悪くなさらないで下さい。正直になればなるほど、どうしてもこういう物言いになってしまうのが私の性癖なんです」

茎田は懸命に自分を立てなおそうと努めながら手を振り、

「気を悪くしているわけではないですよ。初対面という条件さえ除けば、むしろあなたのような考え方のほうが僕には馴染み深いですから」

「そう言って戴けると――」

橋爪が言いかけたとき、突然ドアのノブがガチャガチャと鳴りだし、茎田は慌てて振り返った。誰かが外でまわしているのだ。はじめはミューかとも思ったが、彼女にしては扱いが乱暴すぎるし、鍵はかかっていないはずなのにいつまでもガチャガチャまわしているのも奇妙だった。

それ以上に奇妙なのは橋爪の反応だった。今まであれほど沈着な態度を崩さないでいたのに、その音が鳴り響いた途端に弾けるように腰を浮かせ、ドアを向いたまま凍りついてしまったのだ。

その顔はたちまち蒼褪め、肉が薄いせいか、表情の強張りもあらわに浮かびあがっている。いったい誰なのだろう。何がこの男をこれほど動揺させているのだろう。けれども橋爪はすぐにつかつかとそちらに寄り、体で隠すようにして隙間から外に滑り出ると、

「ああ、申し訳ありません。またちょっと用事ができましたので――」

それだけ言い残してぴしゃりとドアを鎖してしまった。

しかしその一瞬、茎田の視界を奇妙なものがかすめた。橋爪の膝の少し上あたりに重なって、小さな腕がドアの陰から横向きに突き出したのだ。ほんの一秒にも充たない時間だったが、それは確かに人の腕だった。

橋爪の腰よりも低い位置だ。それにあの細さ。まだ幼い子供だろう。だけどそれだけのことならあんな隠し方をする必要はないはずだ。いったいどんな素姓の子供だったのか。まさかミューが見た少女がここに現われたわけでもあるまいに。――けれどもついついその情景を思い浮かべてしまうと冷たいものがざわざわと背筋を這いのぼった。

橋爪はそのままいっこうに戻ってこず、茎田は前にもまして一人置き去りにされた気分を味わった。仕方なく最前言われたことやら、腕だけ見えた子供のことやらをもう一度反芻しようとしたが、脈絡があちこちふらつくばかりで、さっぱり考えはまとまらなかった。

さらに十分ほどして、ギシッと床の軋む音に続き、ドアのノブに手のかかる気配がした。橋爪？　それ

ともさっきの正体不明の子供？　そう考えると身の縮む想いがしたが、今度はノブがガチャガチャまわされることもなく、開いたドアからひょっこり顔を覗かせたのはミューだった。

「先生は？　いないの？」

「……用事ができたと言って出ていったよ」

「そう。じゃ、帰ろう」

ミューはあっさり言って背を向ける。

「いいのかい。黙って帰っても」

「いいよ、そんなの。先生の用事って、いつもどれくらい時間がかかるか分かんないんだから」

茎田も一刻も早く立ち去りたい気分だったので、この場はとりあえず彼女の言葉に従うことにした。もと来た経路を辿って裏口から外に出、先程と同じ鳥の囀（さえず）りを聞くと、それだけでミノタウロスの迷宮から抜け出せたような言いようのない解放感に包まれた。

早々に車に乗りこみ、エンジンをかけてスタートさせる。そしてバックミラーにも建物の姿が映らなくなったあとで、

「もうチャージは完了したのかい」

やっとそう尋ねるだけの余裕ができた。

「うん。そこでもけっこう波瀾（はらん）万丈だったんだけど、長くなるからまあいいよね」

「自分で自分の心のなかにはいっていって……？」

するとミューは、あれ、聞いたの、と首を傾げた。

「あそこのチャージはそんなにいいのかい」

「ほかのとこなんて行ったことないから。でもとにかく、頭のなかが洗濯されたみたいにスッキリするのは確かだよ」

頭を洗濯――ブレイン・ウォッシング――洗脳――そんな連想が駆け巡ったが、状況全体からすればひどく意味ありげではあるものの、多分ただそれだけのことに過ぎないのだろう。

「あそこを知ったきっかけは？」

それにはなぜかちょっと口ごもるようにして、

「人から話を聞いたんだ」

「友達？」

「まあね」

「それは超能力仲間じゃない、別の友達？」

ミューはそこではっきり眉をひそめた。

「そんなこと訊いてどうすんの」

確かにそれでどうなるわけではない。しかし彼にとっては全く無意味な問いかけではあり得なかった。彼女もずっと仲間どうしの世界のなかにだけいるわけではないだろう。学校には行っていないかも知れないが、親もあれば帰るべき家もあるはずだ。少なくともそうした彼女の日常空間の一端を窺い知ることにはなるのだから。

「これは訊いていいのかな。君の本名は何ていうの？」

するとミューはうんざりしたように大きく肩を竦め、

「まるでそこいらの大人と同じ言い方だね。そのあとはどこに住んでるのかって訊くんだろ。そんなのどうでもいいじゃない。あたしはあたしなんだから」

「じゃ、君に連絡を取りたいときはどうしたらいいのかな」

「そんな必要ないよ。気が向いたらあたしのほうから出向く。それで充分」

「君にとってはそうかも知れないけど――」

そこで茎田はハタと思い至り、

「そういえば君、齢は？　十八にはなっていないよね。それなのにどうしてこんな車に乗れているのか、そろそろ種明かししてくれないかな」

ミューは一転してニンマリと笑った。

「まさか、単なる無免許？　今までよく捕まらなかったね」

「その点は大丈夫」

ミューは言って、サイドケースから真っ赤なカード入れのようなものを取り出した。茎田の眼の前で開いてみせると免許証だ。ちゃんとノーメイクの彼女の写真があり、氏名は野添美由紀（のぞえみゆき）とある。記された生年月日から急いで計算すると、年齢も間違いなく十八。

「何だ、ちゃんと――」

言いかけて茎田は眼を見張り、

「偽造？」

「当たり」

「何てことだ。無免許どころじゃない。公文書偽造となるともう立派な重犯罪だよ」

「人間、これまで犯した罪を累計すれば誰だって立派な犯罪者さ」

「ヤレヤレ」

茎田は手櫛を額から後頭部まで滑らせ、

「ちょっと話を戻していいかな。さっきのあの建物は何ていうの」

「さあ、名前なんてあるのかな」

「あそこには……小さな子供がいる？」

「子供？　知らないよ。見たこともない」

「じゃあ、はじめのうちずっと聞こえていた声はやっぱりあそこに来ている患者さんのかな」

ひととき答はなかった。横目で見ると、その代わりのようにミューは怪訝な表情を寄こしている。

「声って？」

「気味の悪い呻き声だよ。低く押し潰したような」

「知らないよ。そんなの聞こえてた？」

茎田は唖然とするほかなかった。あの声が彼女には聞こえていなかったというのか。確かにあのときはまるで耳にはいっていないような素振りだったが。

それほどまでに彼女は気もそぞろだったのだろうか。それにしては橋爪も同じようにあの声に関して知らんぷりをしていたのは妙だ。もしかすると前々から後催眠か何かを使うことで、ミューには意図的に声が消されていたということは考えられないだろうか。

それとも――と考えて、茎田は再び眩暈に攫われそうになった。ひょっとするとあれは現実のものではなく、自分だけに聞こえていたのだろうか。そう思い至ると、事実とは何かという先程の橋爪の問いなおしが別の意味あいをおびてまざまざと蘇ってくる。そうだ。彼は確かにこう語ったではないか。それらは客観的真理という空間内では実在しないと。
けれども原理的に前提の正否を判定することはできない。その亀裂の何という深さ、何という底知れなさだろう。橋爪とのやりとりのなかでそう思ったとき、なぜあれほどまでに激しい違和感を覚えたのか、今ならはっきり言いあてることができる。実際、論理をつくせば正否が判定できるのではなく、はじめからそれが不可能だからこそ、むこうからこちらを見れば決定的に病的なのだ。

それにあの冷徹な眼。まるで患者の一人を眺めるような。あれはやはり相手の意識がそのままあらわれていたのだろうか。

いや、それらすべてが意図的なものだったとすればどうだろう。あのとき自分にだけ気味悪い声が聞こえたのも、そしてそのあとあんなやりとりが交されたことも――。それこそ妄想に過ぎないことは明らかだが、正否の判定ができないという点では似たようなものではないか。

どうして真っ先にあの声のことを問い質さなかったのだろう。茎田はつくづく後悔した。そうすればその時点であっさりカタがつき、今さらこんな疑念に縛られることはなかっただろうに。

詐術。あの男はそうも言った。すべての正否を確定できないでいる彼にとって、その言葉はひとつの種子だったに違いない。それはどんな芽をのばし、どんな花を咲かせようというのだろう。ハンドルを握る手をゆっくり開いたり閉じたりしながら、茎田は結局そんな益体もない自問に取り縋っていた。

4　殺す権利

彼は考え事の好きな人間だった。

はじめは誰もがそうなのだろうと思っていた。いろんなことについてあれこれと想いを巡らせ、いくつもの筋道を気儘に追い続けたり往き来したりする、そんな時間が誰にとっても何より貴重なものなのだと――。けれども自分と他人のテンポの違いを意識させられ、そんな機会がどんどん積み重なっていくうちに、どうやらほかの人間はそうではないらしいと分かってきた。

とはいえ、そんな自覚も彼の性癖の歯止めにはなり得なかった。しばしば周囲との摩擦を引き起こしはすれ、それは善悪の基準で量られるものではない。ある種の人間はそんなふうに生まれついてくるという、ただそれだけのことなのだ。彼はそう思い切り、結果、自分の性癖にどこまでも埋没していった。

そんな彼が好きなだけ物想いに耽(ふけ)ることができる時間といえば、授業中と通学の電車のなかになるだろう。とりわけ途中で邪魔がはいらないという点では電車のなかは最高の環境だった。

そこでは自分の夢想にひたすら没頭するというより、眼に映る乗客たちを素材に空想をひろげるケースが多い。だいたい決まった時刻の決まった車両に乗りこむのだが、常連と認知できる顔はほとんどなく、いろんな人間が次々に通り過ぎていく感覚しかない。それだけに毎回彼の想像力を掻き立てる素材に不足することはなかった。

なかでも彼の空想の引き金になりやすいのは見るからにいけ好かない、嫌悪を催すタイプの人間だった。そしてそこから膨らんでいく空想は、彼らがいかにくだらない、生きていても仕方のない人間であるかを計量するというかたちを取るのだった。

もちろんただ外見や印象からだけではそれが極端なところに行き着くことは少ない。だが、なかにははっきり決定的な材料を提供してくる連中もいる。それは例えば何人分もの席に寝転がって眠りこけている連中であり、あたり憚(はばか)らない大声で喋り、笑いこけている連中であり、はたまた買い喰いしたものの包み紙や袋を平気で窓から捨てたりする連中だった。その種のマナーに関係したことだけでなく、会話の内容からいかにも品性下劣な人格が伝わってくる連中も彼の神経をおおいに逆撫でした。そしてそういった人間を眼にしたとき、彼は迷わず死刑を宣告し、ひたすら相手の死を想い望むのだ。

まず前提として、彼には念じるだけで人を殺す能力がある。もっとも、念じるだけというのは何となく頼りないので、彼の右手の人差し指の先から人には見えない殺人光線が自在に発射できるという設定を取りこんである。そして彼はその手をピストルの恰好に構え、こっそり目指す相手に向けて引き金を引くのだ。すると相手は何時間か何日か後に様ざまなかたちで死に至る——。

もちろんはじめは本気ではなかった。強い願望に導かれてのこととはいえ、それがひとときの妄想に過ぎないことは自分でもよく弁(わきま)えている。また、たびたびそんなことを考えているからといって、彼自身が悪徳や背徳に親しみを覚える類いの人間というわけでもない。むしろ彼は自分のことを平均よりいくらかなりとも倫理的な人間ではないかと位置づけていた。

そう。むしろ倫理的であるからこそ連中がどうにも許せないのだ。別に高潔であれなどとはいわないが、最低限のマナーも守れないような人間にどうして生きていく価値を認めることができるだろう。彼らは一生周囲に迷惑や不愉快な想いを撒き散らしながら生きていくのだから。いや、仮にその人物が社会にもたらす利益と害悪を秤(はかり)にかけ、なおかつ利益のほうが大きいとしても（彼にはどうしてもそうは思えなかったが）、明らかに害悪を垂れ流しながら全く省(かえり)みる素振りもないというのはそれだけで充分万死に値することだった。

そうした点では、彼の倫理は世間一般のそれとは一歩離れているかも知れない。そして彼はその点についても自覚的だった。どのみち世間一般の平均値と全く同一の倫理の持ち主など誰もいないだろう。だから彼は大衆を代表したり、社会の名のもとに糾弾を行なうつもりはさらさらない。ただ彼は彼個人の倫理に照らしあわせて、その種の恥知らずな行為を容認できないだけなのだ。

ともあれそれはあくまで何の実効性もない、単なるファンタジーに過ぎなかった。ただでさえ、頭のなかで考えるだけならどんなに非人間的・非人道的なことでも自由が保障されている。そうである以上、彼は彼のゲームに対して何ひとつ後ろめたさを感じることもない。いつしか彼はそのゲームに〈殺す権利〉という名称を与えていたが、それはまさに彼のなかでは、彼だけに行使できる、彼のためだけの権利にほかならなかった。

そんな状況に異変が起こったのは、ある日、下校途中に友人といっしょに喫茶店にはいり、たまたまそこのテレビでニュースを見たときだった。ビルの何階かにある駐車場から車が金網を突き破って転落したというニュースが流れていたのだが、その事故で死亡した運転手の顔写真が映し出された途端、彼は思わずアッと声をあげそうになった。それはその二日前、電車のなかで彼が〈殺す権利〉を行使した人物だったからだ。

そのときのこともよく憶えている。向かい側の座席にその姿を認めたときからクサいと睨んでいた。その種の人間は普段から特有の雰囲気を身に纏っていて、十分も同じ車両に乗りあわせているとだいたい間違いなく尻尾(しっぽ)を出すものだ。これまでその見定めを誤ったことはほとんどない。そのときもものの五分とたたず、男は笊(ざる)から水が漏れるように本性をあらわした。

男はしきりに耳の後ろを指で撫でさすっていた。溜まった垢(あか)をなすり取っているのだろう。白髪交じりの乱れた髪やヨレヨレの衣服から、最低三日は風呂にはいっていないと見当がついたため、その行為からその目的を推察するのは何よりたやすかった。

もっとも、ただそれだけのことなら到底死刑の決め手になどなり得なかっただろう。だが男はそうやってひとしきり垢をなすり取った指を、今度は座席の布地にゴシゴシとこすりつけはじめたのだ。しかもひとかけらの悪びれた様子もなく、むしろ妙に不貞腐れたような面持ちで――。

これは致命的であり、決定的だった。彼は体の底から湧きあがる嫌悪感に揺さぶられ、それはすなわち死刑の判決が下ったことを意味していた。彼はひそかに指をピストルの恰好に構え、心のなかで引き金を引いた。そしてこのときのひと続きの経過には普段と特に変わった部分はなかったと思う。

その相手が実際に死んでしまったというのだ。もちろん単なる偶然に過ぎないのだろう。それが驚きの次に来た合理的な結論だった。しかし偶然に過ぎないとしても、〈殺す権利〉を行使した直後に相手が死んだという事実はやはり彼をひどく落ち着かない気分にさせた。

そんな気分がさらに高波となって押し寄せたのはそれから何日もたたないあとのことだった。チリ紙交換に出すために溜まった新聞をまとめている最中、何気なくそのいくつかをひろげて見ているうちに、ふと記憶の片隅にあった顔が眼にとびこんできたのだ。

それは死亡欄に出ていた写真だった。そしてそこに写っているのも間違いなくかつて彼が死刑宣告した人物だった。慌てて素姓を確かめると、その人物の肩書きは歌人となっていて、死亡した日付けは既に一ヵ月前、死因は急性心不全、享年七十三歳とある。電車のなかで連れの婦人二人に向かってやたら威張り散らしていたかと思うと、傍目(はため)からはよく分からないちょっとしたことを捕まえてネチネチといびるように叱りつけていた。

あのときは特別念入りに光線を浴びせてやったのを憶えている。その相手がやはりこうやって死んでいたというのだ。日付から考えても、死刑宣告したすぐあとだったのは間違いない。これも果たして偶然といえるのだろうか。もちろんこちらは年齢から考えても不思議はないといえるかも知れないが、立て続けに同じような事例を見せつけられてはそこに因果関係を意識しないほうがどうかしているだろう。

いや、もしかするとこの二つの例だけではないのかも知れない。ほかにも彼が死刑宣告した多くの人間が同様の運命を辿っているのではないだろうか。あるいは彼がそうした人間は一人の例外もなく死んでしまっているとは考えられないだろうか。そうだ。行きずりの人間がその直後に死んだかどうかなど知りようもないために、今までそうなっていることに気づかずに来ただけかも知れないのだから——。

彼はそんな疑問を打ち消せなかった。そしてそれが本当かどうか確かめたいと思った。

彼はその機会を待った。放っておいても獲物は確実に現われる。焦れる気持ちを抑えながら過ごしたが、その機会は数日とたたず訪れた。ちょっと見には浮浪者かと思えるほどヨレヨレの見窄らしい服装をしたその四十男は車両と車両の連結部分にぼんやりと立っていた。

一人の女性客がむこうの車両からやってきて、そこを通り抜けようとした。けれども男は通路に突っ立ったままいっこうに体をどけようとしない。女の姿が眼にはいっていないはずはないのに、まるで全くその存在を無視しているかのようだ。仕方なく女は「すみません」と小声で言いながら体を割りこませる素振りを見せたが、それでも男は一瞥をくれようともせず、相変わらずの知らんぷりを決めこんでいる。そんなふうに相手が全く体をよける気配がないので、女はとうとう通り抜けをあきらめ、もと来た方向に引きさがってしまった。

ほんのひとときの些細な出来事だったので、まわりにもほとんど気に止める者はいなかったかも知れないが、彼の神経には女が困惑し、憤慨し、最終的に怯えに落ち着く内面の移り変わりがビンビンと伝わった。彼はそばにいる人がどういう感情を抱いているかに人一倍敏感な人間であり、つまりはその感情が感染しやすい人間なのだ。彼はそんなささくれ立った気分でつくづくと男を眺めまわした。

男は依然上の空な様子で突っ立っている。陽に灼けすぎて牛革のようにてかてかした膚。彫刻刀で刻んだような深い皺。白いものが交じった不精髭は硬そうだった。眼はどんよりと濁っている割に、妙にぎらぎらした光を宿している。その眼つきを見て、やはり女の存在に気づいていなかったはずはないと思った。とにかく男は意識的に女の意思表示を無視したのだ。たとえ頭がイカレている上でのことにせよ――いや、ある程度イカレているのは間違いないだろうが――それは情状酌量の理由にはならない。自覚ある状態での行為である以上、その責任はあくまで本人が取るべきだ。そして男のその行為はそれだけでまさしく死に値した。

彼はいつもの型通りに〈殺す権利〉を行使した。そしていつもと違っているのはそのあとの結果を見届けなければならないことだった。

ほどなく電車は次の駅に停まり、女は待ち侘(わ)びた様子でホームに降りた。そこが目的地かと思いつつ眼で追うと、女はホームを迂回して隣の車両に乗りこんだ。その次に停まったのが彼の自宅の最寄り駅だったが、男が降りる気配を見せないので、彼も覚悟を決めてそのまま乗り過ごした。

男がフラリとドアに向かったのは新宿のひとつ手前の初台(はつだい)だった。男は駅を出て、暮れなずむ街に流れこんでいく。彼も手早く精算をすませると、高鳴る胸を押さえつつ男の姿を追った。

こっそり人のあとを尾けるというのは初めての経験だった。はじめはあまり近づくと相手に悟られてしまうのではないかという意識が強すぎ、かなりの距離を置いたために何度も姿を見失いそうになってひやひやしたが、十分も尾行を続けるうちにそれが取り越し苦労に過ぎないことが分かってきた。男の足取りはどこか雲の上を歩くようで、それでいてよろめいたりふらついたりという感じはない。後ろを振り向くことも一度もなく、お蔭で彼は充分距離を詰めて尾行を続けられた。

それでも胸の鼓動はなかなかおさまらなかった。しかもそれは避けたい種類のものでなく、むしろひどくわくわくした感覚だった。どうしてこんなことでと思えるくらい全身が火にかけた圧力釜のように沸き立っている。けれども今までほかのことでこんなスリルを味わったことがないのは確かだ。もしもこれで本来の目的が遂げられなくても過程自体に病みつきになってしまいそうだった。

男は知らない街筋をどんどん先に歩いていく。空はたちまち宵闇に覆いつくされていったが、街灯とヘッドライトと建ち並ぶ商店から吐き出される光で、かえって昼間より明るく感じるくらいだ。遠くに新宿副都心の高層ビルが林立し、男はそちらの方角へと向かっている。はじめはずっと車道のある大きな通りを辿っていたが、何度目かの横断歩道を渡ったあとで男はビル街の薄暗い裏通りにはいった。

そこから人通りがめっきり少なくなっていたので、さすがに今までのような間近での尾行は危険だと思った。角のところで間隔を十メートルほどに調整しなおし、改めてあとを追ったが、男はその裏通りの中程まで行ったところでさらにひっそりとした路地にはいった。

これからが本番だ。彼は全身の注意を集めて足音をひそめ、男が曲がった角に急いだ。体を斜めにしてそっと覗きこむと、古い建物に挟まれた路地には街灯ひとつなく、ずっと先にある二階窓の明かりがかろうじて壁や地べたの一部を浮かびあがらせている。もしかすると男はすぐ角の先で待ちかまえ、彼が覗きこんだ拍子につかみかかってくるのではないかという恐怖に襲われたりもしたが、男の姿は半分闇に呑みこまれるようにしてヒョコヒョコと同じ歩調で歩き続けていた。

その路地に踏みこむにはかなりの覚悟が必要だった。そして実際に足を踏み入れると、長らく呼び醒まされることのなかった本能的な闇への恐怖がにわかにムクムクと頭を擡(もた)げてきた。

その呼び水になったのは路上の狭さからくる閉塞感と、思いがけないほどの闇の深さ、そして彼ら以外に人通りがないことだが、まず何よりも大きいのはそこが全く知らない場所ということだ。そう、かつて人びとを襲った獣たちはいつもこんなところにひそんでいたのだろう。そしてその頃の深い闇は今もこうして都会の隅ずみにさえ、そっくりそのまま残されているのではないだろうか。

そんな恐怖を懸命に振り払い、彼は意識を眼の前の男に引き戻した。足音をたてないようにさらに全身の神経を集中させる。けれども靴とセメントとのあいだで砂がこすれて鳴る音だけはどうしても完全には消し去ることができない。そうやって耳に意識を傾けると、自分の呼吸までが異様に大きく響いて、何メートルも先の相手に聞こえてしまうのではないかという気がした。

男の影はすっぽりと闇に包まれたり、また淡い光のなかに浮かびあがったりを繰り返した。しかも路地はゆるやかに曲がりくねり、男の姿を覆い隠そうとする。そのたびに彼はこのまま見失ってしまうのではないか、それとも待ち伏せされているのではないかとひやひやしなければならなかった。しかし結局それも杞憂(きゆう)に終わり、男の姿はひょっこりと小広い空間に出たところで立ち止まった。

空間の片側には高いトタン塀が聳え、その向かい側には金網のフェンスがあって、その先は木立に囲まれた小さな公園になっているらしい。そして正面には戦前から建っているのではないかと思えるような古いモルタル造りの建物があり、その門柱の上に据えつけられたぼんぼり状の照明のほかは、明かりといえるのは公園の木立を透かして見える街灯だけだった。

男はその場にぼんやり立ちつくしたまま正面の建物を眺めているふうだった。すぐまた歩きだすだろうと思ったが、なぜかいっこうにその気配はない。こんなところまで来て、どうして急に動きを止めてしまったのだろう。彼は急いで思考を巡らせたが、考えれば考えるほど理由が見つからず、その訳の分からなさがおかしな疑心暗鬼を掻き立てた。こうして自分は後戻りのできないところに誘いこまれてしまったのではないだろうか。これはみんな何者かが仕組んだことではないのだろうか。考えればはじめからみんなおかしかった。そうだ、単なる空想に過ぎなかったはずの〈殺す権利〉が実際に効力を発揮するなんて――。

そもそも奴は何なのだろう。どういう人間なのだろう。何の目的でこんなところに来て、ああやって立ちつくしているのだろう。そうだ、みんなおかしい。いったいこれは本当に今起こっている出来事なんだろうか。

ふと男は左手をあげ、それと同時に軽く背を屈めた。ハッとして眼を凝らすと、どうやら腕時計を見ているらしい。そうやって時間を確かめたあと、男はもう一度建物のほうに眼をやり、これからどうするかを決めようとして決めかねているような落ち着かない様子を体全体にあらわした。

もしかするとこちらに戻ってくるのではないか。咄嗟に彼はそう直感した。だとすれば、相手がそれを行動に移してからでは隠れてやり過ごすような場所もない一本道のこの路地では、いくら急いでも逃げ出すところを見つかってしまうに違いない。いや、たとえ姿は見られなくても、慌ててバタバタと逃げ出す足音を聞きつけられては同じことだ。いったん身辺に不審を抱かれてしまっては尾行を続けるのはまず不可能といっていいだろう。

どうする？　今のうちに急いで引き返しておくべきか？　けれどもここで相手を直接眼にはいる範囲外に置くと、そのあいだにどこに行ったか分からなくなって、それっきりということになってしまう公算も大きいはずだ。せっかくここまで来てそれだけは避けたい。そんな板挟みの想いに囚われて即座には判断がつかなかった。

しかしぐずぐずしている暇はない。奴は今にもこちらに足を向けるかも知れない。そのわずかな時間内に厭でも決断を下さなければならないのだ。そう思うと心臓がぎゅっと縮みあがり、微細に寸断された時間が過ぎていくにつれてますます石のように凝り固まっていった。

実際、男がこちらに引き返してくる可能性はおおいにあっただろう。けれどもそのとき、どこからともなく「やあ」という声が聞こえて、まだ逡巡の途中だった男はハッと横手に振り向いた。

声の主は金網フェンスのほうから現われた。正確にはフェンスの手前の一角に被さった闇のなかからだ。多分そこから公園に沿って細い抜け道が続いているのだろう。齢は五十前後で、痩せた体にだぼだぼの服を着ているせいか、見かけはどことなくショボくれた印象だったが、長い眉の下におさまった大きな眼には異様に活力に充ちた光が爛々と輝いていた。

「ソウマ先生」

はじめの男は心底驚いた素振りでそう言った。

「こんな時間にどうしたんだね」

ソウマと呼ばれた男が鷹揚(おうよう)に尋ねる。それでも相手がぼんやり立ちつくしたままなので、

「今日は午前中で終わりだよ。連絡がいかなかったかね」

重ねてそう尋ねかけた。

「……そうですか」

男はガッカリしたように肩を落とした。

「しかしちょうどよかったよ。ひとつ頼まれてくれないか」

「……何でしょう」

「本郷（ほんごう）にあるうちの出版局は知っているね。七時にイブキという男が編集部に戻ってくるはずだから、彼からファイルを受け取って代々木（よよぎ）の例のところに運んでほしいんだ」

「ファイル……ですか」

「ああ、これくらいの大きさだ。封筒にはいっていると思う。もちろんあとできちんとお礼はするよ。どうかね」

男はハアと頷き、その申し出を了承した。

「そうか、それは助かった。じゃ、頼んだよ」

ソウマは嬉しそうに相手の肩をポンポンと二度叩き、

「じゃ、僕はちょっとやることがあるから」

そう言ってまっすぐ古い建物に向かった。

男はしばらくその姿を見送り、門のなかに消えてしまうのを待って、相手が来た方向に歩きだした。妙ななりゆきに戸惑いながら、彼は再びそのあとを追う。闇の奥にはやはり細い抜け道があって、フェンスの角からそっと窺うと、これまでと歩調を変えずに歩いていく男の姿が見えた。

公園はやはり猫の額ほどしかなく、その周囲を巡る抜け道もさほどの距離はなかった。ひとつ曲がり角を過ぎるとすぐに大通りに出て、男はそのまま新宿方向に向かった。

とりあえずの目的地は本郷と言っていた。七時までにはまだ一時間もあるので、時間潰しに新宿駅まで歩いていくつもりなのだろう。まあそれはいいとして、最終目的地は代々木の某所ということだったが、果たしてその往ったり来たりがすんだあと、男はすんなり自分の塒（ねぐら）に戻るのだろうか。これだけあちこち引きまわしておいて、今度は本人の用事で寄り道でもされた日には、今夜じゅうに目的が果たせるかどうか知れたものではない。

　どうする？　それでもこのまま尾行を続けるのか？　いちおうの自問のあと、彼はすぐに続行の決断を下した。ここまできて尻切れトンボに終わらせるのは願い下げだし、先程のやりとりもどこかしら曰くありげで、ますます好奇心を掻き立てられていたのだ。

　副都心の高層ビル街にさしかかったところでようやく周囲が見知った風景になった。大通りがまっすぐ新宿駅へと続いている。歩道は途中でそのまま地下道になり、しばらく歩くと浮浪者たちが段ボールで組み立てた棲処が列をなしていた。それを横目で見ながら追跡を続けるうちに人通りはどんどん多くなっていった。

　西口の地下ターミナルにはいったところで彼は異変に気づいた。駅に近づくにつれて男の歩調が遅くなってきている。それがはっきり足を引きずるような感じになっている。それも靴ずれか何かで足を痛めたというよりは、全身クタクタに疲れきってしまっているという印象だった。

　それほどたいした距離を歩いたわけでもないのに、いったい急にどうしたというのだろう。どこか体の具合でも悪いのだろうか。怪訝に思いながら見ていると、男は周囲の人の動きも眼にはいっていないかのように何度も正面から人とぶつかりそうになった。

　これまでとは違った意味で鼓動がどんどん高鳴るのが分かった。もしも男の顔を覗きこんだなら、恐らくその表情は苦痛に歪みきっていることだろう。多分、歯を喰い縛り、額にびっしりと脂汗を浮かべて。それほど男の全身にあらわれた異変は歴然としている。いや、もしかすると周囲の人びとは何も気づいていないかも知れないが、少なくともずっと監視を続けている彼の眼には明らかだった。

　すると——どうしてなのだろう、まわりの空気がゆるゆると粘り気を増し、水のなかにアルコールを注いだときのように縮れた糸屑状の影となって蠢く様がはっきりと眼に見えはじめた。人の周囲ではその歩みに引きずられて渦を巻き、とりわけ店の前などでは動きが激しく乱れている。もちろん大きな流れの具合もよく分かった。そして彼自身もそんな粘り気を増した空気に搦め捕られて、次第に動きが不自由になっていくような気がした。

もう時間の問題だ。破局はすぐそこにまで迫っている。そう思った瞬間、男の体はひときわ大きく不安定によろめき、その場にハタと立ち止まった。そして機械人形めいたギクシャクした動きで背をのばしたかと思うと、朽ちた大木のようにゆっくり真正面に倒れていった。

全く受け身を取らずに転倒する人間の姿をじかにその眼で見たのは初めてだった。彼も思わず眉をひそめたほど全体重をかけて顔から床に激突し、しかもほとんどはね返りのない、最も衝撃の大きそうな倒れ方だった。

一瞬遅れて若い女の悲鳴がいくつか重なった。彼女たちも倒れる瞬間を眼にしたのだろう。単に転んだというのとは全く違うあの倒れ方では、その衝撃だけでも到底無事でいられるはずがないのは明らかだ。そしてその悲鳴は周囲の人びとの注目を呼び集め、彼らが何が起こったかを見て取るにつれて、はっきり声にならないどよめきのようなものが順々に四方へと伝播していった。

彼は咄嗟に地上への階段に身を寄せた。男の周辺には既に疎らな円陣ができつつある。遠くの者も少なからず足を止めて様子を窺い、なかには好奇心まる出しで近づいていく者もいたが、それでもなおかつ圧倒的多数の通行人はそちらを振り返ろうともせずに先を急いでいた。

恐る恐る一人の男が声をかけながら屈みこんだ。そしてすぐに連れらしい男に顔をあげ、こりゃダメだというように首を振る。

「救急車だ、救急車！」
「死んでるってよ」
「いいから動かすなよ」
そんな声がとびかうなか、彼は階段を半分ほどあがった。斜め上から眺めると、男は左頬を床につけ、大きく眼を見開いたまま倒れ伏している。両手の指は悉く鉤形に折れ曲がって、まるで必死に何かをつかもうとしているかのようだ。口もとも大きく歪み、黄色い歯が剝き出しになっていて、そこから白い泡の塊りが親指の先ほど垂れ落ちていた。

誰かが死んでいると言ったのは本当だろう。見た眼にも既に生気は全く感じられない。あそこに転がっているのは屍体なのだ。

そう考えると奇妙な笑みが湧きあがってきた。自分でも予想のつかなかった、激しい興奮を伴った法悦だった。

やっぱり間違いなかった。〈殺す権利〉には現実の効果があるのだ。そのことを反芻すればするほど興奮はどこまでも膨れあがっていく。何の証拠も残さず、ただ死ねと念じるだけで人を殺せる能力。これこそ究極の武器ではないか。それを手にすることはある意味で世界を支配するということだ。そんな途轍もない特権をいきなり与えられて、興奮しないほうがどうかしているだろう。高だか飛び出しナイフを胸にしのばせただけで誰よりも強くなったような気になるのが人というものなのだから。

従って襲い来る興奮も並はずれていた。かつて一度も味わったことのない激しい眩暈に、ともすれば根こそぎ攫われてしまいそうなほどだ。だからしっかりと足場を踏みしめるためにはあまり意識をそちらに集中させないほうが無難かも知れなかった。

そんな想いから視線をずらしたとき、ふと彼の眼に一人の女性が止まった。彼のいるところとは別の階段が斜め方向にあり、その女性はそこから降りてきたところらしかった。年齢は三十か、その少し手前だろう。知的な顔立ちのなかなかの美人だ。そして彼女はその場の騒ぎにもかかわらず、やや首を横に向けるようにして、少し怪訝そうな顔で彼のほうを見あげていた。

まだ周囲の空気はゆるゆると渦を巻いている。そのなかに雑然と往き交い、滞り、人垣を作っている雑踏のなかで、彼女だけがまっすぐにこちらに視線を送っているのだ。それはひととき時間の裂け目から立ちあらわれたような、何ともいえない不思議な光景だった。

傍目にもおかしな表情をしていたのだろうか。彼はひやりとして自分自身を振り返ったが、浮かんでいるのはごく柔らかな微笑に過ぎない。確かにこの状況のなかでは微笑程度でも違和感を感じさせるのかも知れないが、別にそれほどナーバスになる必要もないだろう。そう、これくらいなら全然大丈夫だ。そう考えた彼はあえて表情を真顔に戻さず、その女性に向けて最上級の笑みを送った。そして相手の顔にかすかな驚きが浮かびあがるのを確かめておいて、スキップを踏む要領で軽がると階段を駆けあがった。

地上にあがると心地よい開放感とともにますます法悦が噴きあがってきた。それを押さえこもうとして両方の二の腕を互いにきつく握りしめたが、そうやって力をこめればこめるほど逆に体が震えだして止まらなくなった。

自分で自分の感情をうまくコントロールできない。そのこと自体が初めての経験だった。きっと感情があまり大きくなると少々の意志では手に負えなくなってしまうのだろう。いま気をつけなければならないのはこの降って湧いたような幸運に夢中になって事故にでも遭わないようにすることだ。実際、これでウカウカして車に撥ねられでもしたら、悲劇というより完全に喜劇だろう。

彼は震える体を懸命に押さえつつ、冷たさを増す外気のなかを急いだ。自宅に戻るには新宿駅から乗ったほうが早いが、今さらそちらに引き返す気にはなれなかったし、しばらく胸の昂ぶりを冷ましたかったので、結局さっきの初台駅まで歩くことにした。

甲州街道に出て西に向かい、何分か流れゆく雑踏に乗って歩いているうちにようやく少しずつ高揚がおさまってきた。そしてその上げ潮が引いたあとにはかすかな怯えという岩礁が頭を覗かせた。

それはもちろん当然のことだろう。究極ともいえる武器を手にして何の不安や恐怖も感じない者はいないに違いない。ただし、それによって悦びの度合いが差し引かれるというわけではなかった。こういう種類の特権には裏腹に寄り添う破滅の匂いこそが魅力を弥増すスパイスになっているからだ。だから彼にはそんな怯えさえもが自分が選ばれた人間だという意識を確かなものにしてくれる要素にほかならなかった。点滅するネオンサインや眩しく浮かびあがったイリュミネーション、そして低くかかった大きな月までが彼にひそかな賞賛の声を送っているかのようだ。このことを知らないのは通りを往き交う有象無象の群衆ばかりだ。そう考えるとまるで隠れ蓑を纏って人ごみに紛れこんでいるような気がして、それもなかなか愉快だった。

けれどもそんな浮き立つ気分はほんの十分も続かなかった。高層ビル街を横目に通り過ぎ、人通りが急激に少なくなったあたりでいきなり後ろから「芹沢君」と声をかけられたのだ。ギョッとして振り返ると、そこには全く見憶えのない異様な人物が立っていた。

一瞬外国人ではないかと思った。背もガッシリと高いが、顔立ちの彫りの深さが日本人離れしている。膚ものっぺりして、全体に仮面のようだった。何よりも特徴的なのは眼の大きさに較べて不つりあいなほど小さな瞳だ。そこからくる印象はむしろ人間離れしているといっていいほどだった。

その人物と眼があった途端、全身がざわざわと音をたてて粟立つのを感じた。これは普通の人間ではない。今まで見たこともない恐ろしい奴だ。そのことが全身の体毛をアンテナにしてビンビンと伝わってくる。同時に最大レベルの危険を示す警報が鳴り響きはじめたが、蛇に睨まれた蛙のように彼は身動きひとつできなかった。

「あんたは……？」

彼はようやくそれだけ口にした。男は薄い唇をゆるく針金のように曲げ、

「おめでとう」

そんな言葉を投げかけた。

「何だって？」

思わずそう返しながら彼はぞっと震えあがった。この男は知っている。彼が手に入れた特殊な能力のことを。そうでなくてどうしてこんな言葉が出てくるだろう。

だけどどうやって？　そもそも誰にも知り得ないはずで、しかも彼自身が先程初めて確信を持てたことをなぜこの男は知っているのか。それだけはどう考えても理屈が通らない。どんな理屈を持ってきても今のこの事態は割り切れないはずだ。だとすればやっぱりこれははじめから夢なのではないだろうか。〈殺す権利〉が本当に効くのではないかと思いはじめたときから長い長い夢を見ているのではないだろうか。

けれどもそんな考えをめまぐるしく思い巡らせていると、男は唇の湾曲の度合いをかろうじてそれと分かるほど加えながら、

「君の能力は素晴らしい。まさに君が得たのは究極の武器だよ。しかもその使い方も充分心得ている」

冷えびえとした声質で呼びかけた。

この男は人の心が読めるのだ。そう考える以外になかった。そしてそう確信すると同時に、ますます得体の知れない恐怖がじわじわと足もとから這いあがってきた。

「ただ、今のままなら君ははぐれたマンモスだ。持てる力を充分に活かすことなく終わってしまうだろう。力はより多く集結し、しかも有効に活かせる場があってこそ意味を持つものだからね。そこで君に提案したいのだが、どうだろう、君のその力を僕に貸してくれないかな」

「力を、貸す……だって？」

彼は再び激しい眩暈に攫われそうになった。

「そうだよ。そうすれば君の力はもっと強大なものになる。何より、そのままでは結局自己満足を充たすためだけにしか役立たない能力をもっとはっきりした成果に結びつけられるんだ。それにこれはつけ足しのようなものかも知れないが、これからの君の生活も保障されるしね」

口調自体は突き放したような印象だが、それでいて独特の流れるような抑揚があって、その声を聞いていると知らず知らず吸いこまれてしまいそうになる。これもこの男の特殊能力なのだろうか。彼は懸命にその吸引力から身を退け、自分自身を立てなおそうとした。

「……そのためにあんたの手下になれっていうのか」

すると男はすかさず首を振り、

「いや、誤解してもらっては困るね。僕は決して支配的な関係を望んでいるわけではない。ただ、どうすれば君の能力を活かせるのか、そのためには何をなすべきかを自分で納得してもらいたいんだよ」

あくまで淡々とそう続けた。

「耳ざわりのいい言葉だな」

彼は持てる力を振り絞り、できるだけふてぶてしい口調で言い返した。そうだ、ここにいるのは昨日までの自分ではない。今は途轍もない力を手に入れたのだ。相手がどんな人間であれ、対等以下でいる必要などないだろう。その気になればいつだって相手の命を奪うことができるのだから。

けれども自分をそう力づけたとき、男はさらに唇の湾曲の度合いを加え、「断っておくがね」と前置きした。

「君の能力には大きな特性がある。使用してから効果があらわれるまでかなりのタイムラグがあることだ。つまり即効性がないということだよ。これは使い方さえ誤らなければ大きな長所となり得るが、少なくとも防御の側にまわった場合には致命的な欠点となる。例えば君が僕にその力を向けるようなことがあれば、僕はいくらでも直接的な報復ができるし、君には到底それを回避する術はないだろう」

これは脅しだ。彼は足の下の地面が抜け落ちたような感覚に襲われ、腹の底まで冷気がひろがるのを感じた。

「……力を向けたかどうか、すぐにあんたに察知できるならな」

切羽詰まった想いで言い返したが、

「それは君にもうすうす察しがついているはずだがね。やめておいたほうがいいとは思うが、どうしても納得できないというなら試してみるかい」

男は大きな眼をさらに大きく見開いた。そのために瞳の矮小さがますます強調される。まるで蛇の眼だと彼は思った。そういえば先程からほとんど瞬きもしていない。その眼でそんなふうに言われては彼の虚勢も既に限界だった。

そうだ。この男なら本当にやるだろう。念を送っておいてあとはお任せという、こっそり毒を盛るようなやり方ならともかく、自らの手でどんなに血腥い惨殺をやりとげるときもこの男は顔色ひとつ変えないだろう。

「分かったよ。……ただ、ひとつ訊いていいか。さっき力を結集するとか言ってたけど、あんたの後ろにはどれだけの組織が控えてるんだ？」

するとほぽんと軽く手を打ち鳴らして、

「思った通り君は頭がいい。見通しも利く。そう、確かに僕は多くの人間や組織と繋がりがあるよ。その全体を取りあげれば君も驚くほどの規模になるだろう。しかしそれはステロタイプに想像されやすい一枚岩の巨大組織ではないし、僕もそれらに拘束を受けているわけではなく、もっと身軽な立場にいる。だから君も機械の歯車として組みこまれるようなイメージでは受け取らないでほしい。そこははっきり念を押しておきたいね」

「そうはいっても何の制約も受けないわけじゃないんだろ」

そこで男は初めて掠れた声をあげて笑った。

「もちろんそうだよ。しかしそれはどんな組織でも同じことだろう。しかも世間一般から見れば裏の世界でのことだからね」

「裏の世界――」

彼は思わず相手の言葉を繰り返した。劇画や映画では既にごくありふれた設定になっているし、現実にそう称んでいい世界があるのも確かだろうとは思っていた。だがこの自分がそういった世界と接触したり覗きこんだりする機会は一生ないだろうとも思っていたのだ。

「分かったよ。……けど」

「けど？」

男は下から覗きこむように軽く首を突き出してみせた。

「どうしてなんだ。昨日まではそんな世界なんて尻尾の先ほども正体を見せなかったくせに、今度はこちらが望んだわけでもないのにいきなり引き入れにかかるなんて。ずいぶん勝手な話じゃないか。どうして今まで通り放っておいてくれないんだよ」

それは心の底から絞り出された言葉だった。しかし男は依然かすかな笑みを浮かべたまま、

「なるほど、そういう理屈もあるか」

他人事のように頷いた。

「だけど仕方がないんだよ。なぜなら君がその力を得て、なおかつそのことを自覚したときから君はこちらの世界に踏みこんでしまったんだから」

男はゆっくり諭すように言った。いつのまにかその声以外のすべての音が静かに舞台から引きさがってしまっている。遠くでネオンサインが色とりどりに瞬いて、何もかも凶い夢のようだった。

5　交錯

「ねえ、聞いたァ。最近、新型の突然死ってのが流行ってるじゃん。今までは四十五十のオジさんが多かったのに、若い人も関係なく死んじゃうって。あれって伝染病なんだってー」

ウトウトしかけていたところにそんな言葉が耳にとびこんできて、佃はギョッと眼を剝いた。彼の座席の斜め向かいのドア寄りに女子高生のグループがたむろしていて、声の主はそのなかの一人のようだ。

「えー、ホントー？」

「あ、あたし、知ってる知ってる。タカコもそんなこと言ってたよ」

どういうことだと佃は思った。雑誌記者の彼でさえつい昨日初めて聞いたスクープネタが既にこうして女子高生たちのあいだで噂になっているなんて。見ると六人いる少女たちはみな同じ制服姿で、そのうちの五人までが茶色に髪を染めており、何人かは耳に、とりわけ一人は鼻にもピアスを嵌めている。彼はそういったコギャルと称ばれる種族に世間並程度の偏見を持っていることを自認していたが、それをさっぴいても到底頭のよさそうな連中とは思えない。なのにそんな彼女たちがどうしてそんな情報を知り得たのだろう。

「うっそー！　伝染るのォ」

「ヤッバー。あたしの行ってる塾の子、こないだ急に死んじゃったんだよ。昨日ノリタカから聞いてびっくりしちゃってさー」

「それってよく知ってる人？」

「同じ教室だもん。何回か話もしたことあるよ」

「ねえ、それ、マジでヤバイじゃん。もう伝染ってんじゃない？」

冗談か本気か分からない素振りで、そう言った一人が相手から体を遠ざけようとする。

「やあよォ。そんな話、どっから聞いたの。嘘じゃない」

「ネットに洩れたんだって。タカコはそう言ってたよ。突然死のこと研究してる人たちがいろいろやりとりするじゃない。それが間違って誰でも覗けるところに出ちゃったんだろうって」

「でも、どんなふうに伝染るの。エイズみたくじゃないんでしょ」

「それはまだ分かんないんじゃないのかなー」

「やだなー、エボラみたいだったら。あれって、さわっただけで伝染るんだったよね」

「えー、あれは口からはいるんじゃなかった？」

「そうだっけ」

「違うわよー」

「どっちみちさわって手に菌がついて、それが口からはいればいっしょじゃん」

「空気感染しないの？　何かそんな映画やってたじゃん」

「何なの、空気感染って。そんなのあるの？」

「バカじゃなーい。インフルエンザみたいな奴よ。咳とかしたら空気中にとんじゃって、それを吸いこんだら伝染っちゃうの」

「たまんないなー。そんなんだったら防ぎようがないじゃん」

彼女たちの会話は機関銃のようにテンポが速く、佃がそれを追い駆けるのに苦労していると、最初にこの話題を提供した一人が急に手を口にそえて声をひそめた。

「あたしの聞いた話だけどねー、突然死の菌は6号肉にはいってんじゃないかって」

「えー、それホントー？」

少女たちがいっせいに声をあげる。それにつられるように周囲の乗客も何事かという素振りでそちらを振り返った。

驚いたのは佃も同じだった。そんな話は彼にも全く寝耳に水だ。いったいどこからそんなとんでもない話が出てきたのだろう。

「6号肉って、六本肢の豚の肉のこと?」

「そう。あたしの姉さん、看護婦やってんじゃない。で、そこの医者が喋ってたっていうの。突然死した人たちを調べたらみんな肉が大好きで、特に豚肉が好きなことが分かったんだって」

「やっぱり口からはいるんだー」

「豚肉、あたしも好きよォ」

「だから肉ついちゃうんじゃない」

「あー、ひっどーい」

「でもさ、でもさ。どうしてみんな豚肉が好きだったたってだけで6号肉になるの」

「だって、今までは豚肉いっぱい食べている人も何ともなかったわけじゃん。それなのに急に突然死がふえてきたってていうのは最近おかしな肉が出てきたってことでしょ」

「あ、そうか。それで6号肉!」

「そうよォ。気をつけたほうがいいよ」

「もーゲロヤバ。あたしなんて肉は好きだし、同じ塾の子は突然死で死んじゃうし、救いようがないじゃん」

「これが6号肉だって売ってるわけじゃないもんねー。豚肉使うのやめろって親に言っとかなきゃ」

突然死した人びとはみな豚肉が好きだったなど、全く初めて聞く話だった。果たしてそれは事実なのだろうか。今聞いた内容だけでは何とも判断がつかず、佃は首を傾げるほかなかった。もしもそれが事実とすれば6号肉が怪しいという推論にもそれなりの説得力があるかも知れないが。

確か公的な調査チームも動いているという話だったが、これはそこでもつかんでいるデータなのだろうか。いや、もしかすると、そもそものチームがこの話の出どころということはないのだろうか。いずれにしても、よりによって突然死と6号肉事件が結びあわされていること自体が彼にとっては偶然以上の奇しき因縁と思えたし、それだけに単なるヨタ話として聞き捨てにできなかった。

「でも豚肉買わないってだけじゃすまないよねー。ハムとかベーコンとか、あとハンバーグなんかも豚肉使ってんじゃない」

「そういうの全部ダメ？　ショックー」

「焼けば大丈夫でしょ」

「どうかなァ。食中毒なんか生焼けくらいじゃダメだって聞いたけど」

「でも、それってどうなるの。ホントに突然死んじゃうの」

「そうなんじゃない。テレビでやってたけど、歩いてるときに急に倒れて死んじゃった人も多いって」

「ガンとかエイズとかよりはいいかな。ずーっと苦しむの、ヤじゃない」

「そうよねー。でも、なかには死なずに植物状態になっちゃう人もいるって」

「そうなの。それもヤだなー」

会話のほうはいっこうにテンションがさがらない。それどころか死なずに植物状態になる者がいるというのも初耳だった。これも本当だろうか。それともこれだけ雑誌記者の彼さえ知らない情報がとび出してくるということは、やっぱりみんな根も葉もない噂に過ぎないのだろうか。ともあれこいつは早めに裏を取っておいたほうがよさそうだ。彼はそう判断して腰をあげ、車両の連結部分にもぐりこんで携帯電話をかけた。

「はい、花井です。あ、佃さん？　今ですか？　城光医大病院です」

「そいつはちょうどいい。ちょっと聞きたいことがあるんだが、突然死した連中はみんな豚肉が好きだったというのは本当か」

「ああ、例の噂ですか。確かにそういう話はありますね」

後輩の花井はのんびりした口調で返した。

「やっぱりただの噂か？」

佃はいささか肩透かしを喰った想いだったが、

「いやあ、どうもそうとは言いきれないんです」

戻ってきたのはそんな台詞だった。

「何だって。そりゃあどういうことだ」

「誰が言い出したことかよく分からないんですが、とにかくそういう噂がひろがりだして、それを聞きつけたある大学の教授が念のために病死した人間を何ケースか確かめたところ、本当にそういう傾向がはっきり出てきたというんですよ。こちらのチームでも別個に調べてみたんですが、やっぱり同じような結果だったとか」

「へえ、そうなのか。じゃ、突然死の病原体が6号肉にはいっているというのもあながち根拠のない話じゃないんだな」

「ちょっと結論を急ぎすぎてますけど、実際、ひそかに有力な容疑者と見なされているのは確かみたいですよ」

「ということは新型突然死が感染症だというのは完全に固まったわけだな」

けれども相手は「さあ」と頼りない声で、

「まだあくまで仮説というのが本当のところじゃないんでしょうか。はじめにその可能性を唱えたのは疫学の外村博士なんですが、別の分野のスタッフからそのことが外に洩れて、それからかえってチーム全体の口が堅くなっちゃったんですよ。まあ外村博士は自説に自信があるから我々にもいろいろ喋ってくれますがね。スタッフのなかには疑問視する声もあるみたいです」

「とにかくまだ病原体はつきとめられていないんだな」

「ええ、とりあえずウイルスの可能性が高いということですが」

「最近新手のウイルスがうじゃうじゃ登場してるからな。全くおかしな時代だぜ」

　すると急に花井は声をひそめるようにして、

「これは高橋君がつかんだことなんですが、新型突然死が感染症である可能性は早くから東亜薬科大の市川博士も指摘していたそうなんです。それによると、数年前にアフリカのコンゴで流行したイシュケシュ病というのが今度の新型突然死に極めてよく似ていて、同じ病原体によるものではないかというんですよ」

「イシュケシュ病？　初めて聞いたな」

「その話がまた面白いんですよ。市川博士は四年前にアメリカのチームの一員として医療の実態調査のためにコンゴに渡ったんですが、しばらくしてある村でおかしな病気が流行っているという話を聞いて、単独でそこに出向いたというんです。もともと三十人くらいの村だったんですが、それまでの一年間に半数の人間がばたばたと倒れて、たいがいはそのまま死んでしまうか、よくても植物状態になってしまう――」

「ちょっと待て」

佃は慌てて相手の言葉を差し止めた。

「突然死の場合も、やっぱりなかにはそのまま死なないで植物状態になっちまってるケースがあるのか」

それには相手もちょっとびっくりしたように、

「そのこと、どうして知ってるんですか。ええ、確かにそういうケースもあるらしいんです。まあそのことはちょっと措いといてですね……とにかくはじめはその村がかつて銅の鉱山だったこともあって、何らかの化学物質による中毒が疑われてたんですよ。それで薬物生理学が専門の市川博士に声がかかったわけなんですが、いろいろ調査していくうちに、博士はむしろ感染症の可能性のほうが高いと判断したんですね。そこでウイルスの専門家のメンバーを呼び寄せ、引き続き調査を進めていたんですが、いよいよウイルスによる感染症であることがはっきりしてきた頃にアメリカから疫病センターの人間が続々送られてきて、博士はもとの医療調査に戻されてしまったというんです。その後、結局ウイルスの正体をなかなかつきとめられず、現在に至っているということなんですが」

「へえ、そうか」

佃が間の抜けた相槌を打つと、花井はここからが本番だというように、

「ところで問題は植物状態で生き残った人間なんですよ。そういう患者は六人いたそうなんですが、博士は彼らが一様に奇妙な症状を示しているので詳しいデータを取ろうとしていたんですね。ところがその解析を疫病センターのチームに任せた途端、ろくな経過報告もないまま いきなり現場からしめ出されてしまったというんですよ。合流した当初はさほど排他的な雰囲気もなかったというんですがね」

「奇妙な症状ってのは何なんだ」

「進行性の体組織の変異ということですが、詳しいことはこれから直接聞こうと思ってます。とにかく市

川博士は今度の新型突然死の場合も生き残る患者が出るだろうから、そのときは是非検査スタッフに加わりたいと希望してて、実際そういうケースも出ているらしいんですが、患者はすべて調査チームが押さえてしまって、全く外部の人間を寄せつけない状況なんだそうです」

「ナルホド。何だかキナ臭くなってきたな」

佃は自分が獲物を見つけたように思わずニヤリと北叟笑(ほくそえ)んだ。

「で、そのイシュケシュ病のほうではどうやって感染するかというのはつきとめられてるのか」

「基本的には経口と接触感染だそうです。これも詳しいことは直接聞こうと思ってますが」

「そうか。ご苦労さん」

そのとき電車は目的地の恵比寿(えびす)に着いた。先程の女子高生のグループは手前の渋谷駅で下車したのか、既に誰一人残っていない。改めて彼女たちの情報力に舌を巻く想いだった。彼は携帯電話を手にしたままプラットホームに降り、最後にひとつ尋ねかけた。

「イシュケシュっていうのはその村の名前かい」

「いいえ。イシュケシュというのはその村では『精霊の悪戯』という意味の言葉なんだそうです」

「へえ、『精霊の悪戯』ね」

「ええ、そうです」

花井は妙に神妙な声で応えた。

駅近くの喫茶店は外観はオランダの水車小屋を模し、美しいカップが棚にぎっしりと並べられて、いかにも味に自信ありといいたげな店構えだった。そこで十五分ほど待つと、定刻に少し遅れて待ちあわせの相手が「佃さんですね」と声をかけてきた。

誰しも初めての相手に会うとき、名前や肩書きからある程度どんな風貌か予想を立てるだろう。とりわけ今回は人からの紹介で、事前に声も交していないため、かえって自然に好奇心が働いたが、現われた人物はおよそ彼が思い描いたイメージから大きくはずれていた。

そもそも早瀬友美（はやせともみ）という名前から相手は女だと思いこんでいたのだ。しかもその男というのは今まであまり彼が出会ったことのないタイプだった。

図体（ずうたい）は佃にも引けをとらないほどなのだが、もともと象のように小さな眼を本当に開いているのかどうか疑わしいくらいに細め、どこかしら全体にオドオドした物腰といい、口先だけで声を出しているような喋り方といい、見るからに気の小さそうな人物だ。特にこちらの言うことに頷くときの忙しない首の振り方はそんな印象にさらに拍車をかけている。

「どうもわざわざすみません。ここは仕事場に近いんですか。そちらにお伺いしてもよかったんですが」

「いえ、そっちはゴチャゴチャ汚いだけですから。時間に縛られているわけでもないですし、外のほうがいいんです。いや、汚いっていうか、物でいっぱいで落ち着いて話をできるスペースもないし。とにかく狭いんですよ。ちょっとは整理もしなくちゃいけないんですが」

早瀬はかなりの早口だった。

「はじめにちょっと伺っておきたいんですが、お仕事の内容はどういうものなんですか。こちらはコンピュータ方面はさっぱりなので、バーチャル・オペレーターという肩書きだけでは全然見当がつかなくて」

「いや、誰でもそうだと思いますよ。適当なデッチあげですから。いえ、僕がつけたわけじゃないですよ。上の人が僕を引き入れるとき、それっぽい名目が要るというので先に用意してたんです。実際にやってることは、まあ早い話が情報集めですね。とにかくネットをずーっとウロついて、何か面白いことはないか、どんなことが流行ろうとしているか、人びとが何を求めているかを捜し出すんです。まあはじめから特定の目的があって情報捜しすることもありますが。だから僕にとってはほとんど遊びの延長みたいなものですね。いや、こう言ってしまうとアレですけど」

途中で言葉を挿まれないように急いでひとつのことを喋りきり、それに対して突っこみを入れられそうだと思うと慌ててフォローをつけ足し、それでも言い足りないような気がしてさらに補足をつけ加える。そんな強迫的な傾向が、なまじ早口なだけにはっきりと透けて見えた。しかもどうしても開いているとは思えない眼のせいで視線がどこを向いているのかもよく分からない。口先だけ小さく動かして喋るため、そこ以外の表情はほとんど変わらず、しかも常にうっすらとした笑みを浮かべているのが不気味なくらいだった。

「それで高木さんからの伝え聞きなんですが、僕に関するおかしな情報が流れているというのはどういうことなんでしょうか」

すると早瀬はパチパチと素早く睫毛を動かした。瞬きしたということはやはり普段はちゃんと眼を開いているのだろう。けれどもその動きがおさまったあともやっぱりどうしてもそんなふうには見えなかった。

「あなたに関する、と聞きましたか。まあそう伝わっても不思議はないかな。おかしな情報が流れてるというのはあなたではなく、あなたの友人の茎田さんに関してなんですよ」

「茎田の？」

思わず声が大きくなった。途端に早瀬は慌てた素振りで振り返り、ぐるりと店内を見まわした。一瞬、話の内容を誰かに聞きつけられるのを気にしているのかと思ったが、その反応をよく見ると、単に話の途中で大声があがったのを恥ずかしがっているふうだ。全くシチュエーションが違う場合でも話相手が大声を出せば同じ反応を示すのだろう。ともあれ彼らのほかに客は二組しかなく、若い男二人もおばさん連中もこちらを気にしている様子はまるでなかった。

「茎田の、どんな情報が流れているというんですか」

「情報が流れているという言い方もちょっと変ですか。まあ、とりあえず実物を見て戴くのがいちばんいいでしょう」

早瀬は平べったいバッグを開けて、何枚分かがひと綴りになった紙を取り出した。そこには日本語の文章がびっしりと印字されている。

「どうぞ」

佃はオズオズとそれを受け取り、「時は今」という一行からはじまる文章に眼を通したが、次の行にかかったところから彼の眼はみるみる大きく見開かれていった。

時は今。

場所は新宿歌舞伎町裏の星陵大学付属病院地下。

登場人物はリョージ（28歳　男）とミュー（14歳　女）。

もちろん星陵大学付属病院といえば、ヘリコプターの墜落事故を引き金として起こった新宿大火災によって多くの犠牲者が出たところである。

リョージは新宿副都心にある日本総合心理学研究所の所員。その日、彼は同じ研究所に勤めるキョーヘイから、何者かの監視を受けていることを打ち明けられ、勤務後にスナックで落ちあう約束をした。

仕事を切りあげたリョージは待ちあわせの時間までまだ間があるので、火災に遭った病院に立ち寄ってみることにした。ところがその病院の正門近くまできたところで、彼はキョーヘイについていた監視の眼が自分にも貼りついていることを察知する。

狼狽えているリョージの前にミューが現われ、門のなかに彼を誘いこむ。正体不明の監視者たちの出現に恐怖を感じていた彼はすんなりその誘いに乗る。……

そのあと描写は次第に克明さを増しながら、茎田がミューに先導されて病院の建物にはいり、さらに迷路のような地下道を引きまわされ、その先で超能力少年のグループに引き会わされる経緯が描かれていた。既に茎田から聞かされた話とも一致する上に、まるで実際のなりゆきをずっと盗み見していたかのようにはるかに事細かく書き録(しる)されている。特に茎田が少年たちを相手に延々と『シオンの議定書』や倉石の研究論文に関する話をするところなどは、いったんすべてを録画でもしない限りこれほど詳しい再現は到底無理と思われた。

「これは……何ですか」

「ある人物に送られたネットの書き込みです。送り主は〈首狩り人〉だそうです」

「首狩り人？」

佃はただただ面喰らうばかりだった。

「ハンドルネームですよ。まあペンネームみたいなものですね。ネットではそれぞれのユーザーが本名でなく、ハンドルネームでやりとりするのが一般的になってるんです。そのことがネットを気軽なものにしているのは確かなんですが、反面こうした匿名性のせいでいろいろ問題が出てきているのはご存知でしょう。以前からぽつぽつその名前を見かけて、胡散臭い奴だと思ってはいたんですけどね」

「結局、送り主の正体はよく分からないわけですか」

「いえまあ、たいていの場合はそれなりにつきとめられないこともないんですが、この〈首狩り人〉の場合はそもそも他人のIDを勝手に借用していたらしくてどうしてもダメだったんです」

「つまり……盗難車であちこち犯罪をしまわっていたようなものか」

佃がそう喩えると、早瀬は感心したように口を窄めながら「ええ、そうですね」と頷いた。

「で、送りつけられたほうは誰なんですか」

「僕の通信仲間の少年なんです。最近自分のパソコンに新種のウイルスがはいりこんできたらしいと言ってたので、データの出入りを独自に保存して、定期的にこちらに送り返してくるプログラムを作ってやったんですよ。そしたらちょうどこのおかしな文面が送られてきている途中でウイルスが発現しちゃったらしいんですけど、僕の作ってやったプログラムは無事だったので、結局そのあと、この文章がこちらに送られてきたんです」

佃は懸命に類推を働かせて何とか大筋を理解した。

「で、どうしてこれを僕のところに？」

「内容があまりに奇妙だし、小説の一部にしては最近の新宿大火災のことなどが書かれていたりするものですから興味を覚えて調べてみたんです。そしたら実際に日本総合心理学研究所というのはあるし、そこにリョージやキョーヘイという名前の所員がいることも分かりました。つまり茎田諒次さんと倉石恭平さんですね。さらにいろいろ調べてみると、倉石さんは事故に遭ったばかりで意識不明の状態だというし、どうもこれはいよいよ何かありそうだと思うじゃないですか。で、茎田さんの親しい友人に『ひふみ』の記者のあなたがいて、高木さんとも知り合いだというのが分かったものですから、どうしてもここに書かれているのが実際のことなのかどうかお会いして確かめておきたいと思ったんですよ」

「ナルホド、そういうことですか」

佃は大きく腕組みして唸った。

「まあ、貴重な情報を教えて戴いたんですから、それに対して隠し立てするのも失礼ですね。どうかご内密に願いますが、確かにこういうことがあったのは事実らしいです」

「やっぱり――」

早瀬も腕を組み、満足そうに何度も首を振った。

「それにしても、これを書いたのが誰にせよ、どうしてその少年のところに送りつけたんでしょうか」

「さあ、それは僕にもさっぱり分かりませんね。……まさかあの事件と何か関係があるのかなあ」

「あの事件？」

思わず首を突き出すと、相手は言いにくそうに口をモゴモゴさせて、

「いや、実はですね、その少年の兄というのが先日逮捕された上野公園爆弾事件の容疑者なんですよ」

「何だって⁉」

佃は再び大声をあげた。早瀬は再びオドオドと周囲を気にしながらも、

「しかもそのために警察が家に踏みこんできたのはこの文章が送られてきた直後だったそうなんです」

「……え？」

佃はめいっぱい眉をひそめた。

「少年のところにこれが送られてきたのはあの事件の容疑者が逮捕された当日だったというんですか」

「ええ、そうです」

佃の勢いに、早瀬は首を縮めるようにして返した。

確か茎田にあのことが起こったのは爆弾事件の容疑者逮捕と同じ夜だったはずだ。つまりこの怪文書の内容は後日に再現されたものではなく、実際の進行をほとんどリアルタイムで書き綴ったものなのかも知れない。そういえば冒頭にも「時は今」とあった。

そんなことが可能だろうか。どんな手段を使うにせよ、そんなことが果たして人間に可能なのだろうか。そう考えると、佃は全身がじわじわと冷たい戦慄に包まれていくのを喰い止められなかった。

「爆弾事件の容疑者は……確か、品戸透とかいう名前じゃなかったっけな」

佃が呟くと、早瀬は小さく何度も頭を振りおろした。

「そうそう。弟のほうは融というんです」

「品戸融か。今も連絡は取りあってるんですか」

「ええ、いちおうは。ただ彼にも共犯の疑いがかけられているらしくて、なかなか自由行動もままならないらしいんですよ。おまけに連日家宅捜索みたいなことをされて、頻繁に連絡できる状況ではないようですし」

そう語る表情は早瀬なりに心配でたまらないというふうだった。

「その少年とじかに会ったことはあるんですか」

「いえ、オフでは会ったことはないですね。だけどいい子ですよ。メチャメチャ頭もいいですし。いや、本当にそうなんです。今どきあれだけ性格の素直な子はいないんじゃないですか。ネットのやりとりだけでもそれくらいは分かりますよ。彼が爆弾事件の共犯だなんて、そんなこと絶対ありっこないです。ええ、知らず知らずうまく利用されていたというのならともかく」

「じゃあこれに関してはどうなんですか。どうしてその子のところにこんなものが送りつけられたのか――」

佃が手にした紙束を指で弾きながら訊くと、

「それについては彼自身には全く心あたりがないそうです。実際、彼とあなた方とのあいだに繋がりがあるとは思えないですからね。ただ、このなかに出てくる海老原夏樹という少年のことは彼の兄が知ってると言ったとか」

「え？」

佃は思わず顎をしゃくりあげた。

「兄貴のほうもこの文章を見たんですか」

「ええ。このメッセージが送られてきたとき、たまたま兄もそばにいたらしいので――」

「じゃ、もしかしたらこの文章は兄貴のほうに送られてきたんじゃないですか」

すると早瀬は再び何度も小さく首を上下させて、

「それは僕も考えました。だけど兄のほうはパソコンとかネットにはまるで無関心で、そもそも普段あまり兄弟で喋ったりもしてないそうなんです。何せ兄のほうは暴走族の幹部クラスにいるような人間ですからね。だからメッセージが届いたときに兄がそばにいたのも本当にたまたまのことで、そうでなければこれが兄の眼に触れることはなかったはずだというんですよ」

「そうはいっても、そこにしか繋がりはないわけでしょう。で、その兄貴と海老原夏樹はどういう関係だと？」

けれども早瀬は「それが」と残念そうに首を落として、

「メッセージの途中でウイルスが働きだして、彼のほうがすっかりパニックになってしまったところにすぐ警察が踏みこんできたので、そのことはそれっきりになってしまったというんですよ。それ以降もずっと面会させてもらえない状況が続いてるそうですし」

「そうか。それは痛かったな」

佃は唸り、分厚い掌を思いきり膝に叩きつけたが、自分でもびっくりするくらいのその派手な音で、奥まった席にいたおばさん連中の一人がチラとこちらに目線を寄こした。

「とにかくそのあたりのことを調べてみる価値はおおいにあるな」

指の関節を鳴らしながらそう呟くと、今の音で決まり悪そうにしていた早瀬も嬉しそうに口もとを綻(ほころ)ばせ、

「そうですか。僕もいくらでも協力しますから」

佃に引けを取らないほどの巨体を小さく窄めるようにして乗り出した。

「それは有難いですね。何しろこちらはパソコンの類いはさっぱりですから。とりあえず〈首狩り人〉ですか。そいつの正体を是非つきとめたいですね。ほかに何か手がかりになりそうなことはありませんか」

まるで探偵の助手にでもなった気分なのだろう、乏しい表情ながらウキウキした様子を隠せないでいる早瀬は、

「いや、これは融君もあまり言いたがらないんですが、どうも彼は前々から奴とたびたび連絡を取りあっていたようなんですよ」

「何だ、そうなんですか。じゃ、やっぱり彼は〈首狩り人〉のことをある程度知ってるんでしょう？」

けれどもそれには縮こまるように首をひねって、

「いやあ、僕の感じではそこまでではないと思いますけど」

「だけど連絡を取りあっていたことを喋りたがらないというのは――」

「そこはどうもよく分からないんですよね。〈首狩り人〉の評判がよくないのを知ってるから、それでそのことを言いたがらないというだけじゃないでしょうし。これはまあ僕の直感なんですけど、どうも二人のあいだで交していたやりとりの内容が問題なんじゃないかと」

「やりとりの内容？　それは」

早瀬は依然としてどうしても開いているとは思えない細い眼をショボショボさせて、

「そこまではどうも。ただ、そういえば今になって気になるんですけど、ここ半年ばかりですか、彼と会話を交していると、最近楽しいゲームをしているという言葉がちらちら出てくるんですよ」

「楽しいゲーム？」

佃はつるりと顎を撫でさすった。

「ええ。もちろん普通の意味でのゲームじゃないだろうとはそのときから思ってましたけどね。そのゲームというのが――何か〈首狩り人〉とのあいだで後ろめたいことがあるんだろうというのと、どうも繋がりあってるような気がしてならないんですよ。それで融君のキャラクターから考えて、彼が楽しいゲームと思えることは何だろうと頭をひねったんですけど、やっぱりこれはコンピュータ関係の事柄に違いないですね。彼はとにかくコンピュータにかけてはとんでもない能力の持ち主ですから。いやまあ、オールラウンド・プレイヤーというわけではないですが、得意な分野となると本当にプロも顔負けなんですよ。実際そういうところから誘いの声もあったようですし、僕もいずれうちのチームに引き入れたいとは思ってたんですけどね。そんな彼が興味を惹かれて、しかも何かしら後ろめたいゲームというと、結局ハッキングのようなことだったんじゃないかという気がして……」

早瀬は結論を口にするのに気が引けるのか、最後は消え入るように口ごもってしまった。

「ハッキングというと、コンピュータを使っていろいろ悪さすることでしたっけね」

その表現がおかしかったのか、早瀬はちょっと口をつぼめて笑い、

「本来はそうじゃないんですが、そういう意味あいで使われることが多いですね。他人の情報を盗んだり、壊したり――」

「でもさっきは爆弾事件の共犯なんかやるはずないと言ったでしょう。ハッキングならやるかも知れないっていうんですか」

「いえ、もちろん自分から進んでそんなことをするとは思えないですよ。もしも僕の直感があたってるなら、結局うまく唆(そそのか)されてのことでしょう。爆弾作りはともかく、コンピュータというのをあいだに立てさえすれば、彼の素直さは逆に利用しやすいと思いますよ」

「ナルホドね。で、そのハッキングの内容までは想像がつきませんか」

そう尋ねると、早瀬は両手で顔の下半分を覆い、ウーンと考えこんでしまった。そして突然ハッと思いあたったように睫毛をシパシパさせると、

「そういえば――いや、これは関係あるかどうか分かりませんが、さっき、データの出入りを独自に保存して、こちらに送り返してくるプログラムを備えさせたと言ったでしょう。そうやって送られてきたデータのなかにちょっと妙なのがあったんですよ。詳しく眼を通したわけじゃないんですが、何かの会議のやりとりみたいな。あれはもう一度ちゃんとチェックしておいたほうがいいかな」

「ハア、会議のやりとりですか」

「ええ、そうなんです。多分、通信による会議ですね。だけど一般のフォーラムなんかで見かけるのとはずいぶん感じが違ってたような。とはいっても本当にチラッと眺めただけだから、どんな内容だったかほとんど憶えてないんですけどね。……確か、どこそこに配備する部隊をどう変更するとか、ナントカの会との連絡体制を密にするとか、あと、とにかくいろんな地名や団体名がいっぱい出てきてましたね。放送局とか、警察庁とか、永田町とか、どこかの鉱山の廃坑跡ってのもあったかな」

「へえ？」

佃は大きく眉をひそめ、それから羽虫を追うようにゆるゆると視線を宙に彷徨わせた。

実際、そのとき彼は一匹の羽虫を見ていた。現実の羽虫ではなかったが、確かにそれは眼の前を横切った。けれどもそれがどんな姿をしているかをはっきり見定めようとすると、相手はこちらを翻弄するようにするすると視界の外に逃げ去ってしまうのだ。

とはいえ、肝腎なのは一瞬でも彼がそれを捉え得たことだ。長年の記者生活で培われた嗅覚のようなものが隠されたもののかたちを予感させたに違いない。けれどもそのとき彼の嗅覚はもうひとつ別の端的な部分にも不審を感じ取っていたので、とりあえずそちらを片づけるような気分で訊きなおした。

「ナントカの会……？」

すると早瀬も「ええ」と返しながら顔を宙空に泳がせた。

「そう、何だったっけな。確か……紫苑？　ああ、そうだ。紫苑の会とか書かれてあったかな」

佃は眼を剝き、テーブルに両腕を立てると、無言のままガバと体を浮かせた。それはなまじの大声よりも早瀬を驚かせたらしく、それまで閉じているとしか見えなかった眼を初めてうっすらと開きながらのけぞった。

「紫苑の会？　そりゃ本当ですか！」

「え……ええ。そ、そうだったと思います」

しどろもどろでそう答えるのに押し重ねて、佃はフームと獣のように唸った。そしてふと視線をずらすと先程の婦人と再びチラと眼があったが、むこうは何気ない素振りで顔に手を翳した。そのテーブルには同年配の婦人が三人いて、ほかの二人はこちらに背を向けて座っている。髪に半分白いものが交じり、腫んだような肥り方をした、どんよりした顔つきの婦人だった。

「じゃ、もしかして水王会という名称は？　水に王様の王と書いて――」

再び早瀬はうっすらと眼を見開き、

「ああ、ありました。そう、確かに水王会だったですね」

いったい何がどうなっているのかという表情で頷いた。

何がどうなっているのかという想いは佃も同じだった。どうしてこんなところに紫苑の会や水王会の名称が出てくるのだろう。ほかでもない、彼がこのところ追いかけ続けている団体の名が――。まるで眼に見えない不思議な力によって何もかもがあらかじめ決められた筋書き通りに運ばれているかのようだ。そんな感覚をどうしても振り捨てられないくらい、その事実は言いようのない困惑をもたらした。

ともあれここには途轍もなく重要な何かが隠されている。それだけはもはや間違いのない事実だ。

「是非そのデータというのを見てみたいですね。もちろん問題の少年からもじかに話を聞いてみる必要があるし」

言いながら急いで頭のなかでスケジュールを立てなおしていると、不意に携帯電話のコールがピ、ピ、ピ、ピと鳴りだした。
「あ、ちょっとすみません」

花井だろうと思いながら慌てて通話ボタンを押したが、思いがけないことに相手は鷹沢悠子だった。

「ごめんなさい、突然。茎田クン、どこにいるか知りません？」

彼女とは二、三度喋ったことがあるくらいだが、少なくともそのときのゆったりした印象とは違った様子だった。

「茎田？　今日は研究所に出てないんですか」

「ええ。昨日、倉石さんのところに行くと言って研究所を出たきり連絡が取れなくて。完司にも訊いたけど分からないっていうし。そしたらこの番号を教えてくれて」

「そうですか。いや、こちらも昨日から連絡しあってないんです。もし自宅にも戻ってないとすると、どうもちょっと心配ですね。あの日以降、奴のマンションの周囲におかしな連中が張りついてる様子もなかったから、笠部の人間だったとすればもう心配することもないだろうと思ってたんですが。それでもいちおう念のために、今晩あいつにもこちらの用意した携帯電話を渡そうと思ってたところなんですよ。もしかしたらやっぱりあれは笠部の人間じゃなくて、倉石さんを襲った連中だったのかな」

マイクの部分を手で覆いながら努めて小さな声で言うと、

「だとするとよけい心配だわ。倉石さんを襲った連中というと、超能力者狩りをしている人たちのことでしょう。昨日、私もあとで病院に行ってみたんだけど、どうも倉石さんの病室にあのミューって子がやって来て、茎田クンといっしょに出ていったらしいんです」

佃は「はあ」と顎をあげ、

「あの子がですか。全く神出鬼没だな。しかしまあ、それだと今も彼女といっしょにいるのかも知れませんね。正直な話、少々の連中がつけ狙ってきてもあの子なら大丈夫だろうって気がしますから。……とにかく今度のことはいろんなことがいっぺんに重なってきてるもんだからどこに本筋があるのかなかなか見えてこなくて」

「そうですね」

悠子は浮かない声で相槌を打った。そしてちょっと躇うような間を置き、

「これはお話ししておいたほうがいいでしょうね。倉石さんがああなって以降、私も私なりにうちの超心理学課の動きを探ろうとしてたんです。それで今日になってやっと機密データの一部にアクセスすることができたんですけど、そのなかに仁科尚史という少年に関することや紫苑の会を含むいろんな団体組織との接触の記録も含まれていて――」

佃は思わず口をへの字に曲げながら、

「大丈夫ですか。そんな無茶なことして」

「それはご心配なく。パソコンを使って覗いただけですから」

「ハハア、全くコンピュータってのは有難いもんですね」

それは彼の偽らざる実感だった。

「とにかくその外部団体との接触の記録を見ていくと分かるんですけど、仁科少年を巡っては、どうやら紫苑の会のほかにいくつかの団体とも手を組んでいるらしいんです。だからこの線を辿っていけば今まで見えなかったことがいろいろ浮かびあがってくるのではないかと思って」

「そいつは願ってもない情報ですね。で、そのいくつかの団体というのは?」

「ひとつは城光医大付属生化学研究所。それから——」

「ちょ、ちょっと待った」

佃は慌てて相手の言葉を差し止めた。

「城光医大ですか？　こりゃあいったいどうなってるんだ」

「どうかしたんですか」と不審そうな声の悠子に、

「いや、今新型突然死のことで、ちょうど城光医大病院がこちらで話題にあがったところでしてね。全くこういろんなことが符合してくると、いったい何がどうなっちまってるのか——。いや、すみません。それから何なんです」

「どういう団体かはよく分からないんですけど、カイルという名称がよく出てきます」

「カイル、ですか」

「ええ、それからメディウム・ジャパンという経営コンサルティング会社。そしてこれがいちばん奇妙なんですけど、新農本主義連絡会議という団体——」

「新農本主義？」

「ええ、まだご存知ありません？　そろそろマスコミでも取りあげられはじめたみたいですけど。全国の専業農家の若い人たちを中心にひろがっている、農業をもう一度日本の産業の基盤に据え戻さなければならないとする思想なんです。今は農家の人たちもインターネットで情報交換をしあう時代ですから、既に全国各地で具体的な動きがはじまってて、いくつか本も出てるし、その考え方に基づいた農業体制も推し進められてるし、政党を作って国会に議員を送り出す計画もあるとか」

「そういえば断片的に話は聞いてますね。しかしその新農本主義というのが超能力少年や紫苑の会とどう繋がってるのかな」

佃はひとしきり首をひねっていたが、

「いや、ともあれ、大変重要な情報を有難うございます。今はちょっと取りこみ中ですので、詳しいことはまたすぐ連絡して伺わせて戴きます」

鯱ばって礼を述べ、そこでひとまず電話を切った。

「どうもお待たせして申し訳ありません」

向きなおって深ぶかと頭を下げると、早瀬は慌てて首を横に振ったが、そのままオズオズと首を突き出してきた。

「さっき、カイルという名前が出てましたよね」

「何かご存知なんですか？」

思わず勢いこんで訊き返すと、早瀬はその反応に嬉しそうな笑みを浮かべて、

「あれでしょう。『黒の方程式』……」

「な、何ですかそれは。いや、団体名らしいというだけで、どういう団体かは全然知らないんですよ。詳しく教えてもらえますか」

「いや、詳しいこととなると僕にも分かりませんが、要するにそういうソフトを出してる会社ですよ」

「ソフトというと、ゲームですか」

「ええ、ホラー仕立ての。カイルからはほかにもいくつかソフトが出てるんですが、みんなちょっと内容がマニアックなもんだからあんまり一般人気はなかったですけどね。でもまあ、基本的にアドベンチャー・ゲームだから僕はやってないけど、まわりの評判はけっこうよかったですよ」

「ゲーム会社ですか。ふうん」

佃は丸太のような腕を組んで考えこんだ。新興宗教や生化学研究所はともかくとして、ゲーム会社や経営コンサルティング会社や新農本主義団体が超能力少年を巡ってどう繋がりあっているというのだろうか。ただ頭をひねっているだけではまるで想像もつかなかった。

――ま、頭で分からなきゃ体でぶつかってみるまでだ。

佃はすぐにそう思い切り、あとは実地の調査に任せることにした。とりあえず会議のやりとりめいたデータというのをのちほどファックスで送ってもらう手筈を取り決める。品戸融に会いにいくのはそれを見ておいてからのほうがいいだろうという判断だった。

「では、事務所に戻ってすぐやっておきますよ」

「お手数かけて申し訳ありません」

佃が頭を下げると、早瀬は突き出した掌をワイパーのように振り、

「そんなふうに言わないで下さいよ。かえってこれから気軽に協力しにくくなるじゃないですか」

細い眼をさらに細めながら立ちあがった。佃も反動をつけて立ちあがり、レシートを奪うようにひったくった。

そのとき例の婦人がまたぞろ素早く視線を逸らすのが眼にはいった。依然ほかの二人はこちらに背を向けたままだ。時折り言葉を交している気配はあったが、二人の後ろ姿はほとんど人形のように動かなかったように思う。佃はひそかにこちらを気にしている様子の婦人よりも、その二人のほうにどんな人物なのか興味を惹かれた。

社に戻る前に中野にある茎田のマンションに寄ってみた。事前に電話をかけて不在であることは確かめていたが、とにかくじかに確認しておきたかったのだ。まず建物の周囲を窺ってみたが、やはりあのときのような監視がついている気配はない。七階にあがり、茎田の部屋の前に立った佃はそっと左右を見まわしておいて、ジャンパーの内ポケットから先が鉤状に折れた二本の金具を取り出した。

急いでそれをノブの鍵穴に差しこみ、カチャカチャと操作すると、ものの十秒で掛け金のはずれる手応えがあった。これが佃の特技のひとつなのだ。よくあるこのタイプのシリンダー錠はとりわけ簡単に破ることができる。再びそっと左右を見まわしたあと、細く開いたドアから急いでなかに滑りこんだ。

部屋のなかはがらんと静まり返って、やはり人の気配はなかった。リビングの明かりをつけ、ぐるりとひと渡り様子を窺う。几帳面(きちょうめん)な性格を映し出したように整然と片づいて、小さな丸いテーブルの上に大判の科学雑誌と直接ポストに投げこまれたものらしいディスカウント・ショップの商品カタログが斜めに折り重なっているほかは、乱れた箇所はどこにもなかった。

窓際のサイドボードの上に留守番電話があることは承知していた。再生ボタンを押してみると、二件の通話が記録されていたが、ひとつは彼の知らない友人らしい男からの短いメッセージで、もうひとつは悠子のものだった。

昨日、茎田はミューというあの少女といっしょに病院を出たという。いったいどこへ行ったのだろうか。外ですぐに別れたのでないならば、行き先はミューが指定したとしか考えられない。そこは彼女の棲処か？　仲間たちの溜まり場になっているようなところか？　それとももっと思いがけない場所なのか――。

そもそもミューは何のために茎田の前に現われたのか。彼を鷹沢のいる倉庫に連れていったときもミューは現われたが、あのときは危険が迫っていることを報せようとしてだった。いや、そもそも二人が出会ったときも倉石を襲った連中につけ狙われている最中だったではないか。彼にとってミューは二度とも救いの女神のような恰好で現われているのだ。だとすれば今回も茎田の身に何らかの危機が迫っていたのではないだろうか？

考えれば考えるほどそれがあたっているような気がする。そしてもしかするとミューの出現にもかかわらず、その危機が具体化してしまったというのはあり得ないことではない。だが悠子に表明してみせた通り、彼女が少々のことでやられてしまうはずがないというのも確信としてあるからには、ひとまず二人で身をひそめて危機をやり過ごしているというのが最も妥当と思える想定だった。

――どっちみち、携帯電話を手渡すのがもうちょっと早かったならな。

そんな後悔の念がじわじわと胸を浸し、佃はじっとしていられなくて、いちおう寝室も覗くことにした。そちらはリビングほど整然としてはいなかったものの、万年床が敷きっぱなしの佃の寝室兼仕事部屋とは大違いだった。

ベッドの掛け蒲団はめくれたままだが、シーツもカバーも洗濯が行き届いている。普段女っけはほとんど感じられないのに、あの野郎、どうしてこんなに小綺麗な生活空間を維持できるのか。こんな奴にカミさんなんざ必要ないよな。本当に同居人が必要なのは俺みたいな人間なんだ。――佃は不貞腐れた表情を作りながらベッドサイドの小机に置かれたメモ用紙の束を覗きこんだ。そこには『論文の所在は？』と読める走り書きの文字があり、その下に何本ものアンダーラインが強調に強調を重ねるように引かれていた。

意図するところはすぐに分かった。倉石の論文は今どこにあるのかという疑問だ。そして茎田がわざわざこれを書き録したということは実際それがどこにあるのか分からない状況だからに違いない。

そもそも倉石に魔の手がのびることになったのはマインド・コントロールに絡んだ論文の内容が原因だ

ったという。そのおおもとの論文が、今は所在不明になってしまっているというのだ。そうなると茎田さえその現物を眼にしたわけではない以上、もはやその内容のどこがどう問題になったか誰にも確かめようがない。

しかしそれでいいわけがない。倉石が襲撃された経緯を明るみに出すためにも、そうした面からの追及は必要だ。もちろん現物は研究所の上のほうに渡ったきりで、今は研究所さえ離れてもっと上に行ってしまっているのかも知れないが、少なくとも元原稿のようなものは今でも倉石の自宅に残されているのではないだろうか。

そう思い至って、佃は弾けるように背をのばした。そうだ、それがある。こいつは是非とも確かめておかなければ。確か倉石の母親も田舎から出て来て、病室につきっきりという話だった。どうする？　これからすぐ病院に向かうか？　善は急げという諺もあるし、この差し迫った状況のもとで茎田の走り書きからそのことに気づいたのは機会を逃すなという天の報せのような気もする。佃は病院行きを決断し、急いで寝室のドアに向かった。

リビングを通り抜けようとしたとき携帯電話が鳴りだした。今度こそ花井だった。

「佃さん？　どうもエライことになってきましたよ」

いつものんびりした口調の花井がすっかり興奮で声がうわずっている。

「どうしたんだ」

「えーっと、何から言えばいいのかな。東亜薬科大の市川博士を訪ねようとしたんですが、ちょうど大学の建物にはいったとき、近くにいた学生がいきなりバタッとブッ倒れたんです。白目を剝いてウーンと唸って。ええ、そりゃびっくりしました。ああいう場所だからすぐに専門の先生が集まってきて、どうやらこれは癲癇や脳溢血とも違う、最近流行の突然死じゃないかってことになって。そりゃもうえらい騒ぎですよ。ちょっと遅れて市川博士も駆けつけたところ、これはまさしくイシュケシュ病の症状に違いないっていうし。学生はすぐ近くの付属病院に運ばれたんですが、そんなこんなで落ち着いて取材というわけにもいかない。君もいっしょに来たまえってことで慌ててくっついて行きましたよ。そしたら患者は何とか即死を免れて、もしかしたらこのまま持ち堪えるかも知れないってことですから、言葉は悪いですが、市川博士にとってはいきなり宝籤にあたったようなもんじゃないですか」

「新型突然死の生き残りを手に入れたのか。そりゃ博士としては願ったり叶ったりだな」

「ええ、もうすっかりご機嫌で、忙しく動きまわりながらもいろいろ話をしてくれました。その内容も内容なんですが、それはちょっと後まわしにしておいて、とにかくそうやって博士にくっついてインタビューを続けているうちに、いきなり病院のすぐそばの繁華街で爆発が起こったんです」

「何だと!?」

佃は思わず天井を振り仰ぐようにして怒鳴った。

「いやあ、近くにミサイルでも落ちたんじゃないかと思いましたよ。慌てて窓から見ると、もの凄い黒煙がモウモウと立ちのぼって。今、現場のすぐそばなんです。本当に凄い有様ですよ。何軒もの建物がグシャグシャなんです。あちこち火の手があがってますし、道路にはいちめんガラスがとび散って——」

それを聞いて、佃は真っ先に自分も巻きこまれた上野公園の爆弾事件を思い出した。

「爆発があったのはいつなんだ」

「ほんの二十分ほど前ですよ。たまたまですけど、カメラ持っててよかったです。とりあえず写しまくってますけど。慣れないなりに取材もしてますよ。原因はまだはっきりしてないようなんですが、僕としては上野公園と同じように爆弾じゃないかと思うんです」

佃は詰まった言葉を咳払いでごまかし、

「それはどうして」

「どうも爆発が起こったのはデパートの一階の喫茶店の部分らしいんですよ。これは変じゃないですか。そんなところに大量のガスが溜まることもないはずだし」

「デパートの喫茶コーナーか。そりゃあクサいな」

そう返すと、

「でしょう。絶対ただの事故じゃないですよ！」

花井は百万の味方を得たという勢いで言いきった。

「……もしかしたら上野のときと同じ奴じゃないのかな」

佃がふと洩らすと、花井はぎょっとしたように、

「でもあっちは犯人が捕まってるでしょう」

「まだ単なる容疑者だぜ。犯人と決まったわけじゃ——」

そこまで言って、佃は電撃に打たれたように一本の光条が背後から前方へ貫き通るのを見た。そうだ、もしかしたら……いや、きっとそうに違いない！　一秒の何分の一かのあいだにそれは疑問から確信に変わり、同時に居てもいられないような興奮が体じゅうを浸した。

「そうか。そうだぜ。そうに違えねえ。ああ、何てこった。ありゃあ眼くらましだったんだ！」

「え？　何のことですか」

面喰らった声の花井。

「品戸透の逮捕がだよ。はじめから目的は別にあったんだ」

「目的？　目的って——」

「そうだ、弟だ。そうに違えねえ。はじめからそっちが本筋だったんだ！」

花井はますます混乱した態で、「あのう」と弱々しく呟くばかりだったが、佃もはっと我に還って、

「いやまあ、そいつはこっちのことだ」

そんなふうに打ち消した。

「状況は分かった。もう応援は頼んだのか？　俺はやらなきゃいけねえことができたからそっちには行けねえが、とにかく頑張ってくれ」

そんなことで連絡を打ち切り、佃は編集部への帰路を急いだ。その道すがら、身を浸す興奮はひとときも醒めやらず、むしろどんどん膨れあがるにつれて、何かに追い立てられるような感覚にすり替わっていった。


編集部に戻ると、さらに驚くべきことが待っていた。早瀬から既にファックスが届いていたのだが、もっと分量があるべき用紙はたった一枚しかなく、急いでデスクの上にひろげると、そこには次のような文が太いマジックペンらしいもので書きつけられていた。

『事務所に戻ってすぐに引き出そうとしたのですが、誰かにデータを壊されてしまっていることが分かりました。どうも佃さんと会っているあいだの出来事ではないかと思います。取り急ぎ、それだけご連絡しておきます』

その文面を穴のあくほど見つめていた佃の顔は、ほぼ一分ものあいだ、いくつもの感情を不安定に彷徨

った。そして最終的に行き着いたのは今にも破裂しそうな憤然たる表情だった。

「俺と会ってるあいだに……？」

そしてふと佃の脳裡にこちらをチラチラ窺っていた婦人の様子が蘇った。もしかしたらあの女がそうだったかも。大声をあげたこちらを非難がましく見ているだけかと思ったが、はじめからあの女はこちらの喋っていることに聞き耳を立てていたのかも知れない。そして早瀬が握っている重要なデータがまもなくこちらの手に渡りそうだと察知し、急いで仲間に連絡するか何かしてデータを壊させたのではないか。

もちろんあのテーブルの間隔では直接こちらの会話の内容が聞き取れるはずはない。しかし例えば盗聴器を使うか何かすれば——。

そして佃は一人大きく頷き、ますますそれまでの確信を深めた。

やはり本筋は弟のほうにあったのだ。でなくて、どうしてそこまでの組織力を動員するものか。少年がやっていたという楽しいゲームが事の発端だったに違いない。それによって少年の手元に転がりこんだ何らかのデータを奴らは是非とも奪還しなければならなかった。そのための口実として兄に適当な冤罪を押し被せ、逮捕したのだ。

家宅捜索と称して奴らはいくらでも少年の持ち物であるパソコンを調べ、ディスクの類いを持ち去ることができただろう。それによってデータの奪還には成功したのだろうが、プログラムの分析から早瀬の存在が浮かびあがってきたのでそちらにもずっと監視の眼を貼りつかせていた。——全体としては推論の積み重ねにしか過ぎないが、そう考えるのが最もすっきりと脈絡がつくのは確かだった。

けれどもそうなると、この筋書きには警察も絡んでいることになる。もちろん普通ならそんな現実離れした話と一笑に付されてしまうだろうが、長年の記者生活で警察というものの実態を直接間接に見聞きしている佃には、それは決して非現実的でも荒唐無稽でもなかった。そして警察が絡んでいるという意識は彼を改めて身震いさせた。

いや、単に絡んでいるという言い方では足りないかも知れない。利用されたというくらいでは警察がわざわざ冤罪作りなどに荷担するはずがないからだ。とすれば、むしろ警察そのものが連中の正体と考えたほうがいいのではないだろうか？

佃はしばしその可能性を検討し、さすがにそこまではないだろうと結論した。それよりは警察の上層部に連中の主要メンバーが喰いこんでいるという構図のほうがはるかに現実的だろう。そう考えれば、さらに一歩奥の推論へと導かれるのは自然な流れだ。すなわちその場合の主導権は刑事部ではなく、公安部が執っているに違いないと。

そこまで考えて、佃は再び弾けるようにデスクを離れた。こうなってはもはや一刻の猶予もならない。問題の品戸融に会って話を訊き出さなければならないのだ。けれども勢いよくドアを開けようとした途端、それを制するように後ろから「佃クン」と声がかかった。

速水遼子編集長だった。佃は恐い飼い主に呼びつけられた仔猫のように首を縮めた恰好で振り返る。いつもならそこで遼子は優雅な笑みを湛え、眼で自分のほうに呼び寄せるか、さもなければモンローさながらのウォーキングで近づいてくるところだが、そのときの彼女は壁に寄りかかったまま気難しそうに眉をひそめ、キャップの嵌まったボールペンでゆっくり髪のなかを探っていた。

「どうかしたんですか」

「さっき花井クンから連絡がはいったんだけど」

喋りながら自分でも考えをまとめようとするかのように間を置いて、

「応援に駆けつけた足立クンたちと交替して、いったん病院に戻ってみたら、市川博士自身が突然死で亡くなっていたというのよ」

「何だって⁉」

そう叫び、佃は分厚い掌底で自分の額をこづいた。咄嗟にそうでもしない限り、ぐらりと傾きかけた地軸にそのまま持っていかれそうになったからだ。

「市川博士が死んだ？　そんなバカな。チクショウ、やられた！」

「やられた？　やっぱりそう思う？」

「ええ、そうですよ。生き延びそうな突然死の患者が出て、そのすぐあとに近くで爆発騒ぎがあって、そしたら今度は市川博士が突然死しちまうなんて。バラバラにそんなことが起こるわけはねえ。きっと仕組んだ奴がいるんだ」

「取材を進めているうちに近くで爆発事件が起こるというパターンも、こちらにしてみれば偶然とは思えないわね。だけど新型突然死が本当に感染症だとして、それで市川博士を狙ったようなタイミングで倒すなんてことができるのかしら」

もっともな疑問に、佃も急いで頭を回転させなければならなかった。

「博士自身は専門家だとしても、まわりの連中がどれほど突然死に詳しいかは知れたもんじゃねえ。急に死んだら突然死ってことになっちまうんじゃないですか。もしかしたら博士は全然別の方法で殺されたのかも知れませんよ。ちょっと見には分からないような毒を使ったりして」

「なるほど、そういうことも考えられるわね。で、相手の目的は？」

「そりゃあ新型突然死の秘密の隠匿でしょう」

「だけど、どうして市川博士だけが？　実際に動いているのは調査チームのほうなのに、人を殺してまでどんな秘密を隠匿しようと？」

「市川博士しか知らない事柄ってことになりますね。いや、どうも俺には調査チームってやつ自体、まるごと敵さんの手のうちにあるんじゃないかって気がするんですよ。だとすりゃ、目的は秘密の独占ってことですっきり説明がつくでしょう」

「私もそれは考えたわ」

遼子はますます厳しい表情になり、再びボールペンの先で頭をつつきながら、

「だけどもうひとつのケースも考えられないかしら。問題はアフリカでの博士の体験だったとは。今度のことでそのことが芋蔓式に世間に公表されそうだと予感して、それを喰い止めようとした者がいたのかも」

「ナルホド。そういえば博士が現場の調査からはずされたってところはいかにも訳ありですからね。あれは確か、アメリカのナントカいう団体があとからやってきて――」

「中央防疫センターよ」

「そうそう、そいつがクサイですね。今にも原因がはっきりしそうな段階で追い払われたってことは、そうやって部外者を排除しておいて、極秘に何かを行なう必要があったわけでしょう。もしかしたらもうとっくにウイルスはつきとめられて、生物兵器か何かに応用されようとしてんじゃないですか。そういえばエイズなんかもはじめの頃は生物兵器の開発途中で外に洩れたウイルスじゃないかって噂があったでしょう。だいたいエイズでもエボラでもたちまちウイルスがつきとめられちまう昨今、四年ものあいだずっと正体が分からないままでいるっていうのが変ですよ」

「まあ、それはそうともいえないみたいだけど」

遼子は壁に寄りかかったまま腕を組み、

「例えばウイルス性肝炎のうち、A型とB型の原因ウイルスはすぐにつきとめられたのに、そのどちらでもない第三種のウイルスはなかなかつきとめられなくて、ずっと非A非B型と称ばれてたでしょう、ようやく正体が明らかになってC型と称ばれるようになったのは比較的最近のことよ。詳しい理屈は分からないけど、ウイルスによって発見されにくさというのはかなり違いがあるんじゃない」

そう言われて佃はシュンと首を縮めたが、

「でもまあ確かにそんなことも考えられるわね。イシュケシュ病を巡って極秘の動きがあったことをどうしても知られたくない勢力が存在すると――」

そんな言葉をかけられると、たちまち表情の輝きを取り戻した。

「生物兵器の可能性、ありですか。そうなるとまさに今の状況とも符合してますしね」

「そうね。もしそれがあたっているなら、どちらかというと大量殺戮のためというよりも暗殺用の武器として開発されたんじゃないかって気がするわ。というのは、これは読者からの投稿にあったことなんだけど、最近の突然死は新興宗教の信者に集中して起こっているという指摘があって、実際ちょっと調べてみると確かにそんな傾向があるようだから、どういうことかずっと気になってたのよ。最近はどんどん数が膨れあがってきたせいでそんな傾向もはっきり見えなくなってしまったけど。だから今度の市川博士の件といい、狙った人物にピンポイントで発症させている可能性は大きいと思ってたの」

途端に今度は大きく眼を剝き、ガリガリと短い髪を搔きまわして、

「豚肉の好きな人間に多いというのは聞きましたが、もともとは新興宗教の信者に多かった、ですか。ウ

ーン、何だか頭がグラグラしてきたな。ひそかに新興宗教がらみの人間が暗殺されてたってことですか。現代の日本で人知れず宗教戦争がはじまってる、みたいなことが――」

けれどもそれを口にしてみると、佃はにわかにそんなこともあり得るのかなという想いに占領されていった。

「そうかそうか。ああ、いったいどこまでが繋がりあってんだろうな。さっきの話にしても、日米どっちのチームが怪しいにしろ、その背後に控えてる相手ってのは全体が見えないくらいデカそうだし。……いや、実は今日仕入れたばかりのネタなんですが、どうも倉石恭平を襲った連中ってのは警察も巻きこんで動いているらしいんですよ」

佃はそれまでの経緯をざっと説明した。途中で何度も驚きの表情を見せた遼子だが、とりわけ爆弾事件の容疑者品戸透の逮捕が眼くらましに過ぎなかったのではないかという点に至って大きく頭を抱えこんだ。

「確かに何がどこまで繋がりあっているのかと思いたくなるわね。超能力少年狩り。複数の新興宗教団体の動き。爆弾事件。新宿の大火災。倉石氏の襲撃。新型突然死の流行。少年に送られたという通信。その兄の逮捕。市川博士の死。もしも噂が本当なら6号肉事件まで絡んでくることになるし。そんなふうに考えていくと、最近起こっているいろんな事件がもっともっと繋がりあってきそうな勢いじゃない」

「いや、全くそうですよ。これで公安どころか、アメリカの国家機密まで連動してるとなると、果たしてどこまで全体像に迫れるものやら」

そこで遼子は初めて子供を窘（たしな）めるような笑みを浮かべて、

「佃クンにしてはずいぶん弱気な言葉じゃない。まあ市川博士の件に関してはまだあまり先入観を持たないほうがいいでしょうけどね。でも、とにかくその線で鍵になるのは生き延びた患者じゃないかしら。これは私の勘だけど、どうもそんな気がしてならないの。すぐに高橋クンにも東亜薬科大病院のほうにまわるように言っておいたんだけど」

「そうですか。いや、別に弱気になってるわけじゃないですよ。そっちも気になるところですが、俺のほうはとにかく品戸融って少年に直接話を聞かなきゃと思って——」

　すると遼子はぽんと壁から背中を離し、

「アポなしであたるつもりなの。せめて早瀬という人に事前に紹介しておいてもらったほうがいいんじゃない？」

「それも考えたんですが、早瀬が連中にマークされてて、しかもデータを壊されまでしてるような状況じゃ、ヘタにこちらの動きを伝えないほうがいいかと思って」

「なるほどね。分かったわ。じゃ、モタモタしてないでさっさとお行きなさい」

　ぴしゃりと背中を叩かれて、佃は素っ頓狂な声で「了解！」と叫び、あたふたとドアからとび出していった。

　その姿を見送ってほっと溜息をついたとき、奥のブースから「編集長！」と声がかかった。

「今、テレビで面白いのやってましたよ。問題の農水省食品流通局の三田村局長に女性問題発覚ですって」

「え？」

　遼子は眉をひそめた。食品流通局といえば同じ農林水産省の畜産局とともに今回の6号肉事件で企業との癒着疑惑の槍玉にあがっている部局だ。その件で三田村局長は何度も記者会見などでテレビに登場し、直接的にも既に顔馴染みといっていい関係だが、むろんむこうからは仇敵扱いされている。

「ワイドショーで？　テレビ欄にはそんな予告はなかったはずだけど」

「メイン・スクープという扱いじゃなかったですからね。いちおう『これだけある農水省の問題』ってことで、今まで言われてたようないろんな問題を取りあげたあと、そこだけ完全に芸能ネタのノリでやってました」

「具体的にどんなことなの」

「不倫ですよ。お相手の愛人は赤坂の高級イメクラ嬢だそうで。その本人が登場して、あれやこれや暴露するんですが、いやあ、凄かったなあ。看護婦プレイや女教師プレイならまだしも、おしゃぶり咥えておむつプレイなんかしてたのをバラされた日にゃあ生きてくのがやんなっちゃいますよね。これ、明日からはもっと盛りあがると思いますよ。女もまだまだ勿体つけてる様子だったし、調子に乗ればいくらでも喋りそうなタイプだったからどんどんエスカレートしていくんじゃないですか。はじめはザマぁ見ろという気持ちで見てたんですが、だんだん気の毒になっちゃいましたよ」

　おかしそうに得々と喋るまだ新米の部下から視線をはずし、遼子は眉根をさらに深く寄せながら、

「やられた――」

　そう呟いた。

「何ですか」

　びっくり顔で訊き返す部下には答えず、遼子は再びボールペンの先を髪のなかに突き刺した。

　これで世間の関心は問題の本質から逸らされてしまうだろう。それが奴らの巧妙な手口だ。組織的な問題を個人の人格的な問題にすり替え、人びとに分かりやすい腹いせの捌け口を与えてやる。そしてこの件で局長が失脚することにでもなれば最小限の代償で禊がすんでしまうのだ。かくして顔の見える部分は

切り捨てられ、顔の見えない部分はそのまま生き延びてしまう。いつもそんなことの繰り返しだった。

全くうまい。考えれば考えるほど舌を巻かされる。遼子は正直そう思ったが、もちろんそれですませるわけにはいかなかった。相手が眼を眩まそうとするならば、こちらは人びとの眼を引き戻させるまでだ。けれどもそれは奴らの手口であるだけでなく、人びとが自ら呼び寄せたシナリオかも知れないという想いも一方にあって、そう考えると気持ちが萎(な)えそうになるのも確かだった。もともと人びとを動かしている原理は義憤などではなく、掘りさげれば掘りさげるほど私的な嫉妬に行きついてしまうのだから。

遼子はなおも無言のまましばらくボールペンで髪をまさぐり続けた。まるでそうすることによって、入り組んだ迷路に抜け道を見つけ出そうとするかのように。部下の青年はそんな編集長の様子に戸惑い、ただ茫然と見つめているばかりだった。

6　黒の転回

——馬鹿野郎。馬鹿野郎。馬鹿野郎。馬鹿野郎。馬鹿野郎。

世界はその言葉でぎちぎちに埋めつくされ、今にもパンクしてしまいそうだった。ましてそのひとつひとつにいくつもの感情がまつわりついているとすればなおさらだろう。怒り。悲憤。後悔。憎悪。絶望。嘆き。虚脱。自虐。未練。呪詛(じゅそ)。まだまだ数えきれない感情が渦巻き、犇(ひし)めきあい、マグマのように煮え滾(たぎ)っている。地殻に小さな亀裂を探りあてさえすれば、どこまでもそれを押しひろげ、地表を突き破って噴火せずにおかない。そして今の彼にとって亀裂の種は至るところに転がっていた。

それでも常時噴火の衝動に身を任せるわけにいかないというセーブが働いているのは彼に残った最後の

人間的な自覚からではなく、そうしてしまうと結局噴火の機会を長期的に奪われてしまうからに過ぎない。とどのつまり、彼にとってそれは自己規制などではなく、あくまで他から押しつけられたものでしかない故に鬱屈した憤懣はいっそうつのるばかりだった。

とはいえ、全くの自力でセーブを続けるのは既に不可能だった。だとすれば少しでも状況を紛らわせてくれるものに縋るしかない。それが呑めない酒だった。彼は捻じこむようにそれを体内に放りこみ、ひたすら世界と自己の関係が麻痺するのを願った。

けれどもそれでいくらかでも苦痛が軽減されただろうか？　答は否というほかない。確かにある部分は麻痺するようだが、ほかの部分でそれ以上に感情が暴風となって吹き荒れ、彼は木屑のかけらのように揉みくちゃにされてしまうのだ。それでもまだ呑まずにいるよりましなのはギザギザに尖り立った気分が内側ではなく、外に向かうからなのだろう。

彼は荒れた。眼に映るものすべてが敵だった。いったい何が彼の味方でいてくれた例(ため)しがあるだろう。世界は巧妙に連携を取りあい、生かさず殺さずの攻撃をしかけてくる。たまにこちらに飴を舐めさせることはあっても、それは必ず手ひどいしっぺ返しの伏線だった。そうやって悲嘆に暮れる様を面白がっているかのように罠は執拗に何度でも繰り返された。

人には魅入られたようにその連続攻撃に晒(さら)される者と、そうでない者とがいる。それが彼の得た哲学だった。それでもちょっと飴を舐めさせられただけでやすやすと悪しきサイクルから抜け出られたような気分になり、再び奈落に落とされては自分の甘さを激しく叱咤(しった)するのだが、そうした性懲(しょうこ)りもない堂々巡りのたびにそんな確信がますます強化されてきたのは確かだった。

今またそのことを噛みしめると涙さえ滲んでくる。いや、あてどなく街をうろつき、眼に映るいろんなものにあたり散らし、道端に這いつくばって反吐を吐きながら彼は何度大声をあげて泣いたことだろう。いくら吐いても割れんばかりに脈打つ頭痛や、見えない手で捻り搾られるような胃痛はいっこうに消え去ることなく、わずかな吐瀉物が惨めにひろがるばかりだった。

そんなとき彼の脳裡にはいつも同じ光景が蘇った。厚ぼったい暗がりのなかに蹲る巨大な機械。ゴトン、ゴトンと腹に響く音とともに上下するシリンダー。その下から転がり出てくる真っ赤に灼けたビス。シリンダーを伝う水がその灼けたビスに垂れ落ちて、あたりには濛々と蒸気が立ちこめている。

それは美しい光景だった。彼の記憶をいくら探ってみてもそれ以上に美しい光景は見つからない。とりわけ赤熱したビスの表面にキラキラと星粒が輝く美しさは魂を奪われてしまいそうなほどだった。

いや、実際奪われたのかも知れない。幼い頃は一日じゅうその光景を見ていても飽きなかった。それが結局自分の職業になり、うんざりするほどその光景とつきあうことになるのだが、それでもかつてうっとり見とれていた気分はいつまでも風化せずに残っている。もちろんかつての自分にとってはそれこそ望ましいなりゆきというべきなのだろうが、今の自分にとってみれば唾棄すべき悪い冗談でしかなかった。

そんなギャップが彼の胸をさらに掻き毟った。もしかしたらあのとき今の運命も決定づけられてしまったのではないだろうか。あれこそがそもそも罠の手はじめだったのではないだろうか。そう考えると幼い頃の自分の純真さまでが踏み躙られたような気がしてどうにもたまらなかった。

かくしてアルコールの力を借りてもマグマの内圧を喰い止められなくなると、彼は見知らぬ夜の街を彷徨い、ひたすら噴火のチャンスを狙った。一部の繁華街を除いて夜の街はどこもひっそりと死んだように静まり返り、以前より増員されている警官の眼さえうまく避けることができれば彼の目論見にとっては都合がよかった。

その夜彼が歩いていたのは大田区のとある住宅街だった。日中はかなり陽気もよくなってきたが、深夜ともなるとまだまだ空気は膚に冷たい。全く人けのない裏通りにはいると、十メートル先で小さな釘が落ちても分かりそうな静寂が占めている。そのあたりはまだまだ古い日本家屋が多く、塀は凸凹に入り組み、ところどころに残る木立も既に葉を繁らせて、いざというときに身をひそめるための物陰には事欠かなかった。

適当な場所の物色にかかったときから、マグマの内圧はそのままながら、意識はここ最近の日常とは打って変わって凪(な)ぎ静まり、目的の一点に向けて鋭く研ぎすまされた。彼はそうやって感度の高まったアンテナを張り巡らせ、最適のポイントを探りあてようとする。とはいえ、そのために時間をかければかけるほど姿を見咎(みとが)められる危険性も増すので、なるべく短時間のうちに決行しなければならないのも必須の条件だった。

畢竟(ひっきょう)、最終的な決定はひたすら直感にかかっていた。そしてその直感は突然に訪れる。彼はばったりと立ち止まり、素早く周囲を見まわした。そこには長い裏通りが大きくカーブした場所で、片側に続く生け垣が隣家のコンクリート塀の手前で途切れ、そこから母屋の勝手口や小さな物置小屋がいかにも無防備に見て取れる。その向かいには高いブロック塀が立ち塞がって、どこからも人の眼は届きそうになかった。

いったん決断を下せば行動は迅速でなければならない。彼は素早く生け垣の奥に踏みこみ、ジャンパーの懐からタオルを取り出した。そこにオイルライター用の油を振りかけ、火をつける。たちまち大きく燃えあがるタオルの塊りを床下に通じた孔(あな)のなかに放りこんでおいて、彼はすぐさまその場を離れた。

できれば間近でなりゆきを眺めていたかったが、そればかりは無理な相談だ。彼は急いで裏通りを引き返し、そこから高台の方向へとまわりこんだ。はじめはゆるやかな坂道だったが、途中からコンクリートで固めた急傾斜の階段になっている。いったん登りきったところに小さな神社があり、境内の先にはさらに小高い展望台のような一角があった。

彼はその端にある石碑の陰に身をひそめながら恐る恐る眼下の光景を見おろした。街は百万ドルとはいかないものの、充分美しい夜景となってひろがっている。つぶさに見ていくと、先程の家がどのあたりに位置するかもすぐ見当がついた。じっとそこに眼を凝らしているうちに息切れは次第におさまっていったが、胸を突き破りそうな動悸はいっこうに鎮まらなかった。

そうやって何分ほど待ち続けただろうか。一時は失敗したかと気持ちが落胆に傾きかけたが、なお辛抱強く見守っていると、やがてうっすらとした光が揺らめき、たちまち黒煙となって舞いあがった。

そのときの歓喜を何と形容すればいいだろう。全身をムズ痒い感覚が包んだかと思うと、灼熱のマグマがいっきに体の底から噴きあがってくる。とはいえ、まだ手放しで悦ぶわけにはいかない。すぐに鎮火されてしまっては話にならないのだから。

——見つかるなよ。しばらくは誰にも見つかるなよ。

彼は渾身の想いでそう念じ、それとともに動悸はますます速くなった。けれども結果的にはさほどの心配も要らなかった。いったんあがった煙はどんどん勢いを増し、そしてその底で揺らめいていた光もすぐに真っ赤な炎となって燃えあがった。

——よし。ひとまずこうなればこっちのもんだ！

自然に肩がぶるぶる震えだし、それを止めるおまじないのように忙しく両手をすりあわせる。炎は刻一刻と大きくなり、身を捩（よじ）るように激しさを増して、周囲に複雑に入り組んだ光と影を投げかけていた。

これが三度目の放火だった。前の二度ともうまくいった。最初のは民家が一軒、次のは三軒が全焼した。

今度はどうだろう。まだ消防署に通報された気配はない。あの家は留守だったのだろうか。それともよほどぐっすりと眠りこけているのだろうか。前の二件では死者は出なかったようだが、もしもまだ眠りこけているようなら今度こそ死者が出るかも知れない。しかし今の彼にとってそんな想いはいささかの罪悪感も呼び起こさなかった。

炎が庇（ひさし）の上まで噴きあがりはじめると、ほどなく屋根にも燃え移っていった。もしもまだ家人が眠ったままでいるなら間違いなく炎に巻かれて焼け死んでしまうだろう。だがそんなことなど知ったことではない。――いや、本音はむしろその逆だ。彼はそれを願ってさえいた。ただ単に建物が燃えてしまうというだけなら鬱屈した憤懣の捌け口としてはなお不充分なものでしかなかっただろう。そこに人の生命が巻きこまれる可能性が併存してこそ神経がひりつくようなあの法悦が保証されるのだから。

やがてようやく遠くでサイレンが鳴りはじめ、二つ三つ折り重なるようにして次第に近づいてきた。彼がいる場所からでは人の姿までは見えないが、さすがに現場の周辺ではかなりの騒ぎになっているに違いない。そう思うと胸の亢（たか）まりはますます抑えきれないものになっていく。沸騰するあらゆる種類の情動が体表を突き破って噴出するかのようだった。

そうだ、急げ。消防隊が防水をはじめる前になるべく勢いを蓄えておけ。できるならば少々の消火活動では手がつけられないほどに。――彼は全身全霊をかけてそう祈った。そしてそれが天に通じたわけでもないのだろうが、炎はみるみるうちに勢いを増し、たちまち屋根全体を覆いつくしていった。

車道を流れるライトを眼で探ると、すぐにどれが消防車なのか見当がついた。その赤い光はほかのライトを搔いくぐるようにして近づいてくる。そして現場の至近距離まで到達すると、大通りから離れて闇のなかに見え隠れするようになった。後続の消防車もいくつか寄り集まり、同じように裏通りへとはいっていく。そうして都合五つのライトが現場の周囲に蝟集したときには炎は既に風に巻かれ、すぐそばの樹木に燃え移ろうとしていた。

いったん一線を越えた炎の勢いは凄まじかった。まるで紙屑でできているかのように樹木はみるまに赤い舌で舐めつくされていく。そして一本の木でそれが完了しないうちに炎は早くも近くの別の木へととび移っていった。

その連鎖はもう誰にも止められない。あっというまに何本もの樹木が火達磨になり、それと並行してたやすく塀を越えた炎は木立ばかりでなく隣の家屋にも飛び火した。遠目に窺っている限りでは消防隊が到着したためにいっそう火災が激しくなったように見える。そんな皮肉な想いすらが彼をいよいよ有頂天に押しあげた。

既に放水ははじまっているはずだ。身悶えするような炎の動きからもそれは察せられる。しかしそれによっていくらかでも勢いが衰えるかといえば、事態は全く逆のようだった。うねり、逆巻き、のたうちまわりながら、かえって荒々しさを増しているとしか見て取れない。それは全く彼の思う壺だった。

――へへッ、ざまァ見やがれ！

誰に向けてともなくそう吐き捨てると、彼はもどかしげに地団駄を踏みだした。遠くから見物するのもいいが、やはり火事と喧嘩は近くで眺めるに限る。充分騒ぎが大きくなり、分厚い人垣ができたなら、再び現場に戻るつもりだったのだ。そろそろいい頃合だろうか。戻りは下り坂だからさっきより時間は短縮されるにしても、それでも三分はたっぷりかかるだろう。そのあいだにもっと野次馬も膨れあがるはずだ。そう考えるともう矢も楯もたまらず、彼は展望台のようなその場所を抜け出し、一目散に境内を突っきった。

階段を駆け降りたところで道を変え、裏通りを逆方向からまわりこむことにした。もしも往路で誰かに姿を目撃されていた場合、また引き返しているのを見咎められると命取りになるかも知れないという用心からだ。近づくにつれて炎がもの恐ろしく夜空を赤く染め、ゴウゴウという低い轟きが膚に伝わってくる。パジャマにカーディガンやジャンパーを羽織った人びとがどこからともなく湧き出して、どんどん寄り集まってきているのが何より心強かった。

周囲は予想よりはるかに多くの人びとでごった返していた。そんな人出に比例するかのように火災の規模も大きくなっている。既に数軒が炎に包まれ、今また新たに別の一軒から火の手があがろうとしているところだ。熱気は頬に痛く、凄まじい量の火の粉が噴きあげられて、散りぢりに天空へ舞いひろがっていく。獣の咆哮めいた炎の轟き。木材の罅(は)ぜ割れる音。瓦の崩れ落ちる音。放水が壁に弾ける音。鳴り響くサイレン。それらに混じって人びとの怒号や悲鳴が地の底から伝わってくる潮騒のようだった。

ガタガタと激しく肩が震えだした。恐怖ではない。眼も眩むような純粋な興奮のせいだ。必死で自制していなければ大声で快哉を叫んでいたことだろう。全身の血が細かに泡立ち、今にも突沸(とっぷつ)を起こしそうだった。

美しい。何て美しいのだろう。あの忌まわしい過去の光景にも匹敵するほどの美しさだ。彼は実際に眼が眩み、深い白濁の底に落ちこみそうになった。コン畜生。こんなところで一瞬でも気を逸らしてたまるか。この至福をひとかけらでも味わい逃してどうする。燃えろ。もっと燃えろ。そして何もかも焼きつくせ。そうだ、みんな焼け死んでしまえばいいのだ。彼はひそかに腕をひろげ、全身を降りそそぐ熱気に晒した。たちまち彼は燃え盛る炎と同化し、荒々しく世界を専制した。

そうとも。超能力だと? そんな小細工めいた力など必要ない。俺は豹だ。猛々(たけだけ)しく原野を駆けまわる豹なのだ。――けれどもそんな想いで充たされたとき、ふと彼の耳は近くで〈豹〉という言葉が現実に声となって出たのを聞きつけた。

そんなおかしな偶然があり得るだろうか。彼は痺れるような法悦から呼び醒まされ、急いで周囲を見まわした。その声は彼から数メートルほど離れたところにいる男のものだった。三十近いと覚しい芋っぽい顔のその男は近所の顔見知りらしい年齢もバラバラの一団に向かって、必死に何かを訴えているふうだった。

「本当だよ。気のせいでも見間違えでもねえ。白装束の女なんだ。ホラ、神社の巫女が着てるみたいなやつ。そいつが真っ黒な豹を連れて、まるで宙を駆けるように走り過ぎていったんだ！　そう、まだ屋根に火が燃え移るかどうかってときだったよ。そこの暗がりの奥からとび出してきて、こっちの道へ、さーっと。俺はもうびっくりしちまってさ。いや、俺以外にも見た奴はいるって。俺が来たとき、もう何人かウロチョロ集まってきてたからな。白い着物がふわっと舞って、長い髪が後ろになびいて――。自分でも夢みたいだとは思うけど、でも、ホントにホントなんだよ！」

まくしたてるその様子は真剣そのものだ。まわりの連中の反応はと見ると、ポカンとしたり、怯えに顔を強張らせたり、半信半疑の態だったり、はたまたへの字に口を曲げたりと様ざまだが、いずれも戸惑いという部分は大なり小なり共通していた。

「決まってるよ。あいつだ。あの女が火をつけたんだ！」

男はなおも懸命に言いつのっている。するとその近くにいた同年配の男が興奮のあまり言葉を詰まらせながら、

「そ、そうか、やっぱりそうなんだ！　いや、彼が言うの、本当だよ。この前、区役所に勤めてる伯父さ

んから聞いたんだけど、最近あちこちで放火が続いてて、そのとき豹を連れた白装束の女がよく目撃されてるんだって。はっきりしない話だからまだニュースなんかでは取りあげられてないんだけど。でもやっぱり本当だったんだ！」

そんな新たな情報が追加されるに至って、今まで納得しかねる素振りをあらわにしていた者たちもへェーッと嘆息交じりに眼をまるくした。

「豹って、あの人喰い豹？」

「その豹を女が連れてたって？　もともとその女が操ってたのか」

「それじゃなかなか捕まらないのもあたり前だな」

口ぐちに言い立てるなかで、まるまると肥った厚化粧の婦人が、

「だけど何なの、その女。そんな巫女みたいな白装束を着て」

訳が分からないという声をあげた。そしてひとたびその疑問が口に出されると、彼らは一様に何ともとりとめのない、宙ぶらりんの不安定な表情に追いこまれた。

けれどもその戸惑いがいちばん大きかったのは彼だろう。至福の法悦から一転して、底なしの渾沌に突き落とされた気分だった。

これはいったい何だ。俺は何を聞いたんだ。豹を連れた女？　そいつが火をつけてまわってるって？　馬鹿な。火をつけたのはこの俺だ。そんな女なんか知らない。見たこともない。それなのにどうしてこの場にそんなものが割りこんできやがるんだ。

不可解さに続けて激しい苛立ちが彼を占領した。本来火をつけたのが自分以外なら誰と思われてもよさそうなものだが、この状況ではまるで手柄を横取りされたような気分にしかなれない。冗談じゃねえ。冗

談じゃねえ。これは俺の、俺だけのための儀式だ。余分なものに介入されてたまるか。そう考えて彼は再び鬱屈した怒りに身を焦がされそうになったが、次の瞬間、その怒りにさえ亀裂が走るような不安に襲われた。

もしその女が実在するなら、そいつは俺の行動をちくいち知りつくした上で動きまわっていることになる。つまり俺をずっと監視しているということだ。だとすればこの今もそうなのだろうか。豹を連れているという正体不明の女の眼は今も俺の背中にぴったり貼りついているのだろうか。

そういえばあの蛇のような男も、あのとき再び俺の前に現われたからには俺のことをずっと監視していたはずだ。もしかしたら今度のもあの男と関係があるのだろうか？

そんなことを考えて立ち竦んでいたとき、

「矢狩さん」

不意に背後からそう呼びかける声がした。

「矢狩さん」

今度はよりはっきりした声で。俺を知っている奴がいる！　彼は弾けるように振り返った。背後には何人もの野次馬がたむろしていたが、呼びかけた相手がどれかはすぐに分かった。ほかの連中は戦々兢々(せんせんきょうきょう)と燃え盛る炎を眺めているのに、その人物だけはまっすぐこちらに視線を向け、にこにこと笑っている。まだ十三、四としか思えない少年だった。

黄色のヨット・パーカーに黒っぽい短パン。ポケットに両手をつっこみ、ちょっと小首を傾げているその少年は今まで見たこともないほど綺麗な顔をしていた。そしてその美貌に魂をつかまれたように彼はしばらく身動きもできないでいた。

少年はくるりとこちらに背を向け、ポケットに手をつっこんだまま歩きだした。そして五、六歩遠ざかったところで足を止めたかと思うと、肩ごしに振り向き、彼がついてくるのを促すような素振りを見せた。ほかにどうすることができただろう。彼はゆるゆるとそちらに足を踏み出した。それを確かめておいて、少年も再び歩きはじめる。そして一つ二つの角を曲がり、すっかり周囲に人影がなくなったところで、少年は体ごと向きを変えて立ち止まった。

「初めまして。矢狩さん」

張りのある、よく通る声だった。

「……お前は誰だ」

そう訊くのがやっとだった。けれども少年はそれには答えず、溢(あふ)れるような魅力的な笑みを浮かべたまま、

「家を一軒や二軒焼いたってたかが知れてるじゃない。もっと凄いことしようよ。国をまるごと焼きつくすみたいな、さ」

そんな台詞をさらりと言ってのけた。

（赤気篇　完）

闇に用いる力学　赤気篇
初出　「EQ」105号（1995年5月）〜116号（1997年3月）
単行本　1997年6月25日刊
本書は、1997年の単行本を基に、
著者によって全面的に改訂された決定版です。

竹本健治（たけもと・けんじ）
1954年、兵庫県生まれ。東洋大学文学部哲学科中退。
1977年、『匣の中の失楽』を探偵小説専門誌「幻影城」に連載開始。破格のデビューを飾る。
『囲碁殺人事件』に始まる〈ゲーム三部作〉、『ウロボロスの偽書』に始まる
一連の〈擬似推理小説（ミステロイド）〉、『狂い壁 狂い窓』『閉じ箱』など著作多数。
2017年、『涙香迷宮』で第17回本格ミステリ大賞を受賞。

闇に用いる力学 赤気篇

2021年7月30日　初版一刷発行

著者　竹本健治

発行者　鈴木広和
発行所　株式会社光文社
〒112-8011　東京都文京区音羽1-16-6
電話　編集部　03-5395-8254
書籍販売部　03-5395-8116
業務部　03-5395-8125
URL　光文社 https://www.kobunsha.com/
組版　萩原印刷
印刷所　萩原印刷
製本所　ナショナル製本

ISBN978-4-334-91409-7

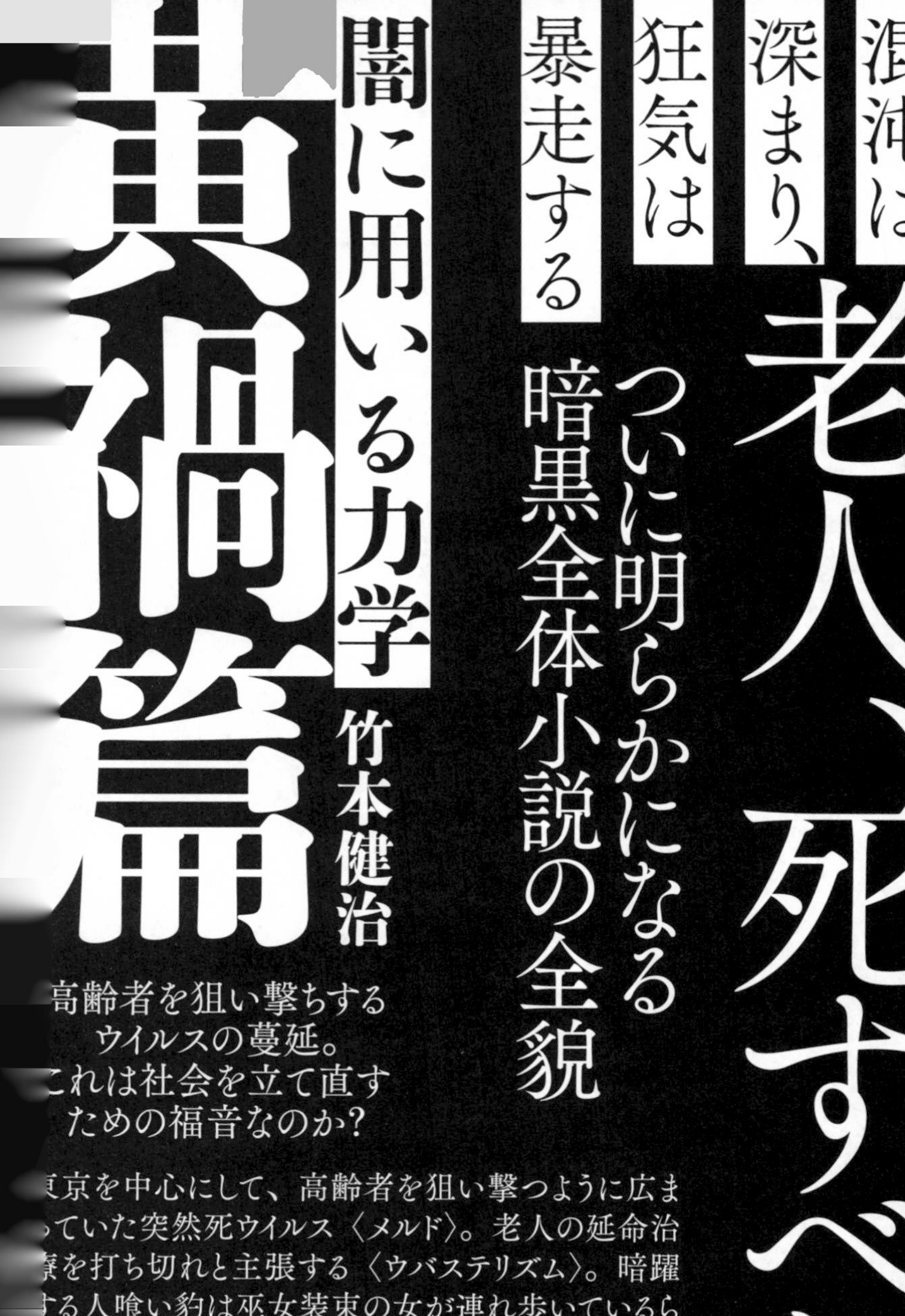

東京を中心にして、高齢者を狙い撃つように広まっていた突然死ウイルス〈メルド〉。老人の延命治療を打ち切れと主張する〈ウバステリズム〉。暗躍する人喰い豹は巫女装束の女が連れ歩いているらしい。超能力少年集団〈ミュータイプ〉の動向と、貯水槽毒薬投げ込み事件も不安を煽る。一連の事件は相互の関連を示すことなく、解決の糸口も見せぬまま、悪化の速度を増していく——。

超能力少年は駆り出され、
ウイルスは凶悪化していく。
〈集団の狂気〉が
行き着く果てとは?

私たちがこの国を終わらせる

青嵐篇

光文社

相互の関連が見えぬまま拡大し続ける、数々の犯罪・疫病・陰謀。それぞれの要因は複雑に絡み合い、敵と味方、頼れる者と裏切り者、生者と死者がめまぐるしく入れ替わる。降り続ける雨の中、陰謀の中心にいるらしい〈PEグループ〉の正体も、彼らの目的も、眩暈の向こう側で朦朧と揺らめくばかり……。この闇の先に生き残った者に、世界はいかなる顔を見せるのか。著者畢生の大作、ここに完結!

Mechanics used
in the dark